U0107699

教育部职业教育与成人教育司推荐教材

中等职业学校市场营销专业教学用书

推销实务

Tuixiao Shiwu

（第二版）

黄元亨　主编

李志杰　周泽人　主审

高等教育出版社·北京

HIGHER EDUCATION PRESS　BEIJING

内容提要

　　本书是中等职业学校市场营销专业教育部职业教育与成人教育司推荐教材，是在第一版基础上修订而成的。本书主要内容包括：推销与推销职业、推销员职业素养、推销准备、推销接近、推销洽谈、处理顾客异议、推销成交、推销售后跟踪与管理。每章后面附有推销技能测试、案例分析和技能训练。

　　本书把教学、培训与实践经验和国内外先进的理论研究成果相结合，职业能力训练内容充实，符合中等职业教育的实用性和操作性强的特点。

　　本书可作为中等职业学校市场营销专业及相关专业教学用书，也可以作为营销人员岗位培训教材和自学用书。

图书在版编目（CIP）数据

推销实务/ 黄元亨主编. —2 版. —北京：高等教育出版社，2011.7
ISBN 978 – 7 – 04 – 032407 – 5

Ⅰ.①推… Ⅱ.①黄… Ⅲ.①推销 – 中等专业学校 – 教材

Ⅳ.①F713.3

中国版本图书馆 CIP 数据核字（2011）第 114809 号

策划编辑　黄　静	责任编辑　丁孝强	封面设计　张　志	版式设计　王　莹
插图绘制　黄建英	责任校对　王　雨	责任印制　田　甜	

出版发行　高等教育出版社		网　　址　http://www.hep.edu.cn	
社　　址　北京市西城区德外大街 4 号		http://www.hep.com.cn	
邮政编码　100120		网上订购　http://www.landraco.com	
印　　刷　北京鑫海金澳胶印有限公司		http://www.landraco.com.cn	
开　　本　787mm×1092mm　1/16			
印　　张　15.75		版　　次　2005 年 6 月第 1 版	
字　　数　360 000		2011 年 7 月第 2 版	
购书热线　010 – 58581118		印　　次　2011 年 7 月第 1 次印刷	
咨询电话　400 – 810 – 0598		定　　价　28.00 元	

本书如有缺页、倒页、脱页等质量问题，请到所购图书销售部门联系调换
版权所有　侵权必究
物　料　号　32407 – 00

出 版 说 明

为进一步贯彻党的十六大和全国职业教育工作会议的精神,坚持以就业为导向,以能力为本位,面向市场、面向社会,适应经济社会发展和产业结构调整,以及落实《2004—2007 年职业教育教材开发编写计划》(教职成引函[2004]13 号)中提出的教材编写任务和要求,高等教育出版社组织广州、福建、四川、江苏、山东、辽宁、北京等十几个地区的营销专家、职业学校骨干教师,研讨职业学校市场营销专业发展方向,制定中等职业学校市场营销专业教学方案,确定市场营销专业核心课程和相关方向课程,并组织编写中等职业学校市场营销专业的教材。

中等职业学校市场营销专业的教材力求在学习内容、教学组织、教学评价等方面给教师和学生提供选择和创新的空间,构建开放的课程体系,适应学生个性化发展的需要,用灵活的课程结构和学分制管理制度满足教学需要。市场营销专业教材体系分为专业核心课程教材和相关方向课程教材两个部分:

(1)专业核心课程教材,包括:《商品学基础》、《市场营销基础》、《营销心理学基础》、《商业业态知识》、《市场调查与分析》、《推销实务》、《市场营销策划》、《市场营销案例与实训》等。

(2)相关方向课程教材,包括:《基础会计》、《商务礼仪》、《公共关系》、《企业经营与管理》、《经济法律法规知识》、《电子商务基础》、《网络营销》、《国际贸易实务》、《会展营销实务》、《房地产营销实务》、《物流营销实务》等。

市场营销专业教材均由具有丰富实践经验的企业技术专家、具有丰富教学经验的教师和教学研究人员编写,由营销教学专家审定。在教材编写中,力求体现职业教育教材的特点,努力把提高学生的职业能力放在突出的位置,加强实践性教学环节,使学生成为企业迫切需要的营销人才。

市场营销专业教材已通过教育部职业教育与成人教育司立项,作为教育部职业教育与成人教育司推荐教材,供中等职业学校市场营销专业及相关专业教学,以及营销人员岗位培训和自学使用。

高等教育出版社
中等职业教育出版事业部
网址:sv. hep. com. cn
2005 年 4 月

第二版前言

为了适应新形势下经济发展对中职人才培养的要求,体现中职教学在新时期下的新特点和新要求,我们以《推销实务》总体结构和基本内容为基础,对《推销实务》进行了修订。

本书具有以下几个特点:① 章节结构更加紧凑,知识脉络更清晰。本书的知识框架结构仍然秉承第一版的"按照推销流程设置章节"的逻辑,但简化了章节结构,由原来的十章归并为八章,即由"推销与推销职业、推销员职业素养、推销准备、推销接近、推销洽谈、处理顾客异议、推销成交和推销售后跟踪与管理"构成。其中,原来的第三章"确定目标顾客"和第四章"推销前准备工作"合并为"推销准备",原来的第六章"推销洽谈原则与策略"和第七章"推销洽谈流程与技术"合并为"推销洽谈"。② 核心知识更加突出。为了更好地帮助学生或读者理解各单元的核心内容和主要技能,本书在每章增加了"案例导入"和"本章小结"。③ 理论与实训教学要求更加突出职业教学的特色。为了让专业教师(或培训者)和学生更加明确各章的教学或学习要求,本书对课后知识与技能提出了更加明确的要求,将课后环节修改为推销技能测试、案例分析和技能训练,其中,技能训练包括校内实训和校外实践。④ 内容更加丰富、贴近现实。本书在相应章节内容里和课后实训中添加了较多的最新国内外推销经典案例;除此之外,在各章节的阐述中添加了许多"推销小贴士",以强化学生或读者的理解和体会。

本书由福建经济学校黄元亨和林思琴共同负责总纂,黄元亨负责第一章、第二章、第四章、第五章、第七章和第八章等内容的修订,第六章由重庆女子职业中专学校朱海林教师修订,林思琴教师负责第三章的修订;全书各章添加的"推销小贴士"、案例等由林思琴负责编辑处理。本书由高级营销师李志杰和福州经济开发区职业中专学校高级讲师周泽人负责审稿。

本书设计的授课时间为 72 课时,学时建议如下:

学时分配建议表

模块类型	教学内容	学 时 数			
		总计	理论教学	实训教学	备注
理论教学	第一章　推销与推销职业	5	5		
	第二章　推销员职业素养	5	5		
	第三章　推销准备	5	5		
	第四章　推销接近	5	5		
	第五章　推销洽谈	10	10		
	第六章　处理顾客异议	8	8		
	第七章　推销成交	4	4		
	第八章　推销售后跟踪与管理	4	4		
	合计	46	46		

续表

模块类型	教学内容	学 时 数			备注
		总计	理论教学	实训教学	
实训教学	"目标推销品调查与信息汇总"社会实践	1		1	校内外
	"典型产品顾客分析"课内实训	2		2	
	"特定拜访任务推销准备策划"课内实训	2		2	
	"典型产品寻找顾客线索"社会实践	2		2	校内外
	"拜访第一句话"模拟训练	3		3	校内外
	"推销接近难题处理"模拟实训	2		2	模拟场景
	"典型产品介绍或演示"录像观摩	2		2	
	"特定产品推销谈话设计"课内实训	2		2	
	"典型产品介绍与演示"模拟演练	4		4	模拟场景
	典型顾客异议处理的模拟训练	4		4	模拟场景
	促销员顶岗实习	2		2	实习单位
	合计	26		26	

由于水平有限,加上时间仓促,书中难免存在一些不足之处,欢迎广大读者和专家批评指正。读者意见反馈信箱:zz_dzyj@ pub. hep. cn。

编　者
2011 年 4 月

第一版前言

进入 21 世纪以来,在加入 WTO 和经济全球化的影响下,我国市场营销环境发生了重大的变化,为了适应这种环境变化的要求,我国企业的市场营销步入了品牌化营销和战略营销的阶段。推销员作为企业第一线的销售人员,企业对其提出了更高的要求,他们的职业技能也被赋予了新的内容。在这种背景下,作为培养基层推销人员的中等职业学校,其市场营销专业人才的培养目标和教学要求也随之提高。"推销实务"作为中等职业学校市场营销专业的骨干课程,它的直接教学目标和主要任务就是培养市场营销专业学生基本的推销职业能力。为了适应新形势、新环境对企业基层推销人员培养提出的新要求,我们根据教育部审批通过的中等职业教育市场营销专业人才培养导向的要求与精神,编写了《推销实务》。

在编写本书的过程中,我们始终坚持中等职业教育"以就业为导向,以能力为本位"的宗旨,结合中等职业教育的教学特点,在汲取传统推销教材优点的基础上,对《推销实务》的结构和内容进行了全方位的创新和变革,使之更有利于中职学生推销职业能力的培养,更加适合国内各中等职业学校的教学条件,更加适应 21 世纪中等职业学校在校生的素质状况和特点。本书编者具有多年中职市场营销及相关专业"推销实务"教学的经验,并具有一定的企业推销人员培训和企业工作实践经验和能力;同时,在编写的过程中,我们在广泛参阅和吸纳大量国内外最新推销理论和实践研究成果的基础上,深入企业,调查了解基层推销员的职业素质要求和业务情况,并征询和借鉴了许多一线业务员和销售管理人员的意见和看法,对推销实务的有关专业技术进行了一定程度的修正和补充,使本书的结构、内容和编写方法更加贴近实际推销员职业能力的要求。

综上所述,我们认为,本书具有以下特点:

(1)先进性。本书能紧紧扣住 21 世纪新时代、新背景的特点,广泛借鉴和吸收了大量的国内外最新推销实践和推销理论的研究成果,基本上反映了推销理论及职业技能的最新发展方向和趋势。

(2)实用性。书中许多推销理论和职业技能来自于推销实践专家和一线推销员的经验总结或体会;在教材的设计上,我们把推销理论和技能按实际推销业务流程进行设计,并在大部分业务环节上列入具体的推销情景,使教师和学习者更能身临其境地领会和体验推销基本原理和技术操作要领;在操作性较强的职业技能上,给出对应的操作范例或案例,使学生和教师有了学习和教学的具体参照范本。

(3)内容有实质性突破。我们删减或缩小了传统推销教材过分强调而学生一般难以理解和运用的推销基本理论所占的篇幅,如推销环境、推销组织管理等,增加了实用性较强而学生又易于理解和运用的推销职业技能内容,如推销员职业介绍、推销方案设计、推销接近细节处理、推销洽谈过程的组织和技术运用、推销沟通技术、售后服务、市场管理职责等。

(4)实训化。本书除了各章给出了较多的实例或案例之外,对"课后练习"进行了较大幅度的改革。在思考题上,减少了抽象的问题,尽量按照实际工作要求设计问题;在案例分析题上,减少了综合型的案例,尽量按照对应章节的内容要求,设计安排反映相应章节内容要求的对应性案例;在社会实践题上,根据各章的技能或职业技术的要求,设计和安排相应的实训活动。

本书第八章由重庆女子职业中专学校朱海林编写,福建经济学校高级讲师黄元亨负责其余章节的编写,并担任全书的统纂与修改。福建阳光假日集团总经理、高级营销师李志杰和福州经济开发区职业中专学校高级讲师周泽人对全书进行了审阅。

本教材设计的授课时间为 72 学时,学时建议见下表:

学时分配建议表

模块类型	教学内容	学 时 数			
		总计	理论教学	实训教学	机动
理论教学	第一章 推销与推销职业	4	4		
	第二章 推销员职业素养	5	4		1
	第三章 确定推销对象	4	4		
	第四章 推销拜访准备	4	4		
	第五章 推销接近	6	6		
	第六章 推销洽谈准则、策略、方式与方法	4		4	
	第七章 推销洽谈流程与组合技术	7	7		
	第八章 处理顾客异议	8	8		
	第九章 推销成交	3	3		
	第十章 售后服务与推销员管理	4	4		
实训与实践教学	组织主流产品调查	1		1	
	组织推销员基本素质测试与训练(含案例分析)	1		1	
	组织推销品分析与确定推销对象实训(含案例分析)	2		2	
	组织推销拜访准备设计的训练(含案例分析)	2		2	
	组织推销接近典型难题处理模拟训练(含案例分析)	3		3	
	组织推销洽谈流程模拟训练(含案例分析)	2		2	
	组织推销标准说辞设计与模拟训练(含案例分析)	4		4	
	组织处理顾客异议的模拟实训(含案例分析)	4		4	
	组织推销社会实践活动	2		课外时间	2
	组织推销员售后服务与市场管理调查和案例分析	2		2	

由于编写时间仓促,书中难免存在一些疏漏之处,欢迎广大读者批评指正。

编　者
2005 年 4 月

目　　录

第一章
推销与推销职业

 本章学习目标

- □ 1. 正确理解推销的概念和含义
- □ 2. 初步了解推销员、顾客和推销品
- □ 3. 正确认识推销职业特性与职业价值

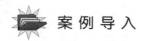 案例导入

李嘉诚的推销生涯

李嘉诚的父亲李云经曾经是一个私塾先生,虽说收入不多但仍可维持一家的生计。无奈1937年抗战爆发,为避战火,一家人颠沛流离到广东,又辗转到中国香港。一介书生的李云经在贫病交加中辞世,那一年,李嘉诚14岁。14岁的孩子,正是备受父母呵护疼爱、充满梦幻的时代。父亲辞世,弟妹尚幼,母亲是懦善的家庭妇女,更加上经历时局动荡,世态炎凉,促使李嘉诚早熟。他明白,今后必须靠自己瘦弱的双肩,挑起全家的生活重担。尽管舅父表示资助李嘉诚完成中学学业,接济李嘉诚一家,但李嘉诚仍打算中止学业,谋生赚钱,李嘉诚被逼上独立谋生之路。

1943年冬,正是中国香港少有的寒冬。李嘉诚独自外出找工作,接连两天遭受的种种挫折,在他幼小的心灵里产生一个顽强的信念:我一定要找到工作!苍天不负有心人,第三天的正午,李嘉诚在西营盘的"春茗"茶楼找到一份工作——做煲茶的堂仔。广东人习惯喝早晚茶,天蒙蒙亮,就有茶客上门。店中的伙计按照季节的不同,必须在早上5时左右赶到茶楼,为客人准备茶水茶点。李嘉诚每天都把闹钟调快10分钟响铃,最早一个赶到茶楼。茶楼的工作时间每天都在15个小时以上。茶楼打烊,已是半夜人寂时。

茶楼是个小社会,三教九流,什么样的人都有。他们与先父所说的古代圣贤相去甚远。他们或贫,或富,或豪放,或沉稳。也许是泡在书堆里太久的缘故,李嘉诚对茶楼的人和事有一股特别的新鲜感。他会揣测每一位茶客的籍贯、职业、财富、性格。他由此而养成观察人的习惯,他已经熬过最艰辛的一年,老板给他加了工钱,他能够向其他堂倌一样,轮流午休或早归。可是李嘉诚觉得茶楼工作出息不大,于是辞去茶楼的工作,去了舅父庄静庵的中南钟表公司。

李嘉诚从小学徒干起,起初时还不能接触钟表活儿,做扫地、煲茶、倒水、跑腿的杂事。李嘉诚在茶楼受过极严格的训练,轻车熟路,做得又快又好。开始,许多职员不知李嘉诚是老板的外甥,他们在庄静庵面前夸李嘉诚,说他"伶俐勤快"。他利用打杂的空隙跟师傅学艺。他心灵手巧,仅半年时间就学会各种型号的钟表装配及修理。1945年8月,日本投降,庄静庵预见中国香港经济将有超常的发展,于是扩大公司规模,调整人事。李嘉诚被调往高升街钟表店当店员。少年时的李嘉诚,就显示出与众不同。

1946年年初,17岁的李嘉诚突然离开势头极佳的中南公司,去了一间小小的名不见经传的五金厂,做行街仔(推销员)。他说,他一生最好的经商锻炼是做推销员。行街推销,与茶楼侍候客人和坐店销售钟表皆不同。后者顾客已有购买的意向,而行街推销,最初只有一方的意向。对方有没有买的意图?需不需要你的产品?你如何寻找客户、联系客户?你与客户初次会面该说什么话、穿什么衣服?客户没有合作意向,你如何激发他的意向?建立了购销关系的客户,你如何巩固这种关系?

李嘉诚生性腼腆、内向而不喜主动交谈。五金厂出品的是日用五金,比如镀锌铁桶这一项,最理想的客户是卖日杂货的店铺。大家都看好的销售对象,竞争自然激烈。李嘉诚却时

时绕开代销的线路，向用户直销。酒楼旅店是"吃货"大户，李嘉诚攻入一家旅店，一次就销了一百多只桶。家庭用户都是散户，一户家庭通常只是买一两只桶。高级住宅区的家庭，早就使用上铝桶。李嘉诚来到中下层居民区，专找老太太卖桶。他很清楚这点，只要卖动了一只，就等于卖出了一批，因为老太太不上班闲居在家，喜欢串门唠叨，自然而然成了李嘉诚的义务推销员。自从李嘉诚加盟五金厂，五金厂的业务蒸蒸日上，以销促产，产销均步入佳境。老板喜不自禁，在员工面前称阿诚是第一功臣。然而，备受老板器重的李嘉诚，刚刚打开局面，就要跳槽弃他而去。老板心急火燎，提出给李嘉诚晋升加薪，他仍不回心转意，那是因为李嘉诚在推销五金制品之时，就敏感到塑胶制品的巨大威胁。

他到酒店推销塑胶桶时，与塑胶裤带公司的老板不期而遇。这个老板是个具有现代意识的经营者。推销白铁桶的李嘉诚成了老板手下的败将，酒店更青睐塑胶桶，而不惜废掉进白铁桶的口头协议。不打不相识。老板认为，李嘉诚未推销出白铁桶，问题在白铁桶本身，而不是他的推销术火候欠佳。

老板有意与李嘉诚交朋友，约他去喝晚茶，诚心竭拉李嘉诚加盟。言谈中，李嘉诚表现出对新行业的浓厚兴趣。但他说："老大（老板）还算蛮器重我，我去他厂做事没多久就走恐不太好。""晚走不如早走，你总不会一辈子埋金，难得有大前途。"这正是李嘉诚所不愿的。他离开舅父的公司出来找工，只是作为人生的磨炼，而不是作为终身的追求。

李嘉诚终于跳出了五金厂。辞工时，李嘉诚向老板进言：审时度势，要么转行做前景看好的行业；要么就调整产品门类，尽量避免让塑胶替代自己的一切金属制品。一年后，这家五金厂转为生产系列锁，一度奄奄一息的五金厂焕发出勃勃生机。

李嘉诚来到的塑胶裤带公司原来有 7 名推销员，数李嘉诚最年轻，资历最浅。另几位是历次招聘中的佼佼者，经验丰富，已有固定的客户。李嘉诚在香港岛的西北角，而客户多在香港岛中区和隔海的九龙半岛。李嘉诚每天都要背一个装有样品的大包出发，乘巴士或坐渡轮，然后马不停蹄地行街串巷。李嘉诚说："别人做 8 个小时，我就做 16 个小时，开初别无他法，只能以勤补拙。"李嘉诚做任何事，都会感谢过去生活对他的磨砺。他不属那种身强体壮的后生仔，而像文弱书生，背着大包四处奔波，实在勉为其难。幸得他做过一年茶楼跑堂，拎着大茶壶，一天 10 多个小时来回跑，练就了腿功和毅力。他在茶楼养成了观察人的嗜好，现在做推销正好派上用场，他在与客户交往之时，不忘察言观色，判断成交的可能性有多大，有没有必要"蘑菇"（拖拉）下去，自己还该做什么努力。

要做好一名推销员，一要勤勉，二要动脑。李嘉诚对此有深切的体会，李嘉诚做推销，愈做愈老练，他深谙一个推销员，在推销产品之时，也在推销自己，并且更应注重推销自己。李嘉诚有意识去结交朋友，先不谈生意，而是建立友谊，友谊长在，生意自然不成问题。他结交朋友，不全是以客户为选择标准。如俗话所说："人有人路，神有神道。"今天成不了客户，或许将来会是客户；他自己做不了客户，他会引荐给其他的客户。即使促成不了生意，帮着出出点子，叙叙友情，也是一件好事。李嘉诚广博的学识、待人的诚恳，使人们乐意与他交友。有朋友的帮衬，李嘉诚在推销这一行，如鱼得水。李嘉诚把推销当事业对待，而不是仅仅为了钱。他很关注塑胶制品，加盟塑胶公司仅一年工夫，李嘉诚实现了他的预定目标。他超越了另外 6 名推销员，这些经验验丰富的老手只能望其项背。老板拿出财务的统计结果,连李嘉诚都大吃一惊——他的销售额是第二名的 7 倍。18 岁的李嘉诚被提拔为部门经理,统管产品销售。

　　两年后,他又晋升为总经理,全盘负责日常事务。李嘉诚是塑胶公司的台柱,成为高收入的打工仔,是同龄人中的杰出者。他才 20 出头,就爬到打工族的最高位置,做出令人羡慕的业绩。李嘉诚应该心满意足。然而,在他的人生字典中没有"满足"二字。功成名就、地位显赫的他,再一次跳槽,重新投入社会,以自己的聪明才智,开始新的人生搏击。老板自然舍不得李嘉诚离去,再三挽留。曾有个相士,拉住李嘉诚看相,说他"天庭饱满,日后非贵即富,必会光宗耀祖,名震香江"。此事在公司传为佳话,老板不信相术,但笃信李嘉诚具备与众不同的良好素质,他不论做什么事,都会是最出色的。因此,李嘉诚绝非池中之物,他谦虚沉稳的外表,实则蕴涵着勃勃雄心,他未来的前程,非吾辈所能比拟。老板挽留不住李嘉诚,并未指责李嘉诚"羽毛丰满,不记栽培器重之恩,弃他远走高飞"。老板约李嘉诚到酒楼,设宴为他辞工饯行,令李嘉诚十分感动。李嘉诚怀着愧疚之情离开塑胶裤带公司。他不得不走这一步。这是他人生中一次重大转折,从而迈上充满艰辛与希望的创业之路。

　　后面的故事就是大家所熟知的:

　　李嘉诚 22 岁创业,全部资本是当推销员时所积蓄的 5 万元;

　　29 岁时从默默无闻的小老板成为"塑胶花大王";

　　30 岁涉足房地产……58 岁首次登上中国香港首席财阀的宝座;

　　60 岁被《财富》杂志评为世界华人首富。

　　古今中外,在商界有很多了不起的名人都是以"推销"作为他们职业生涯的开始,在谈到早年的经历,他们都和李嘉诚一样认为推销员的工作为他们后来的发展奠定了很好的基础。

　　思考:

　　1. 为什么说推销职业是一个锻炼人的职业?

　　2. 推销是一个怎样的职业?

　　3. 即将走向社会的你在进行职业的选择的时候要抱着怎样的心态面对这份职业?

第一节　推销的概念与含义

学习掌握推销技术,首先从理解推销的概念与性质开始。

一、对推销概念的理解

　　关于推销概念,目前还没有形成统一的认识,其表述也多种多样。我们认为,所谓推销,就是在特定环境下,推销员运用一定的方法和手段说服一定的推销对象接受一定的推销品,以实现预定目标的一种说服性商品销售活动。

　　为了正确理解推销的概念,必须(正确)区分"推销"与以下这些相近概念的不同。

（一）　与广义的推销不同

广义的推销是指人们的任何说服活动,也就是说,只要某种社会活动带有说服的特性,这种活动都可以称为广义的推销……广义上的推销活动是一种非常广泛的社会活动。例如,政治家说服选民投票、家长说服教育子女、学生就业应聘说服用人单位接收自己、教师(传授知识)说服学生接受新的知识等。在这里,这些活动都是广义的推销活动,政治家、家长、学生、教师等都是广义上的推销员。

狭义的推销,是指说服性的商品销售活动,本书所说的推销是指狭义的推销概念。狭义的推销与广义的推销有着共同的一面,即说服性;但狭义的推销,其主体仅局限于市场经济条件下的商品或劳务推销员,其客体仅局限于市场中用于交换的商品(其活动仅局限于说服性销售活动)。

（二）　与销售的不同

商品推销活动其实也是销售活动,所以,要准确区分推销与销售的不同是比较困难的。目前理论界和实业界对这两个词汇的理解和使用经常是交叉混合在一起的,我们可以把它理解为同义词或近义词。不过,在人们的习惯和使用场合上,这两个词汇并不完全等同。比如,推销活动更强调应用说服技巧完成销售目标,没有说服的销售是一种商品供应。简言之,推销是一种带有说服性质的销售活动。

（三）　与促销的不同

从某种角度来讲,企业几乎所有的促销活动都带有商品推销的色彩,但商品推销与企业促销有着明显的不同。促销是企业整体的宣传推广活动,它包括人员推销、广告、公共关系和销售促进等活动,而推销只是推销员的商品推销活动,它属于促销组合中的人员推销,是企业促销的一个组成部分。

（四）　与市场营销的不同

把推销与市场营销相混淆,往往反映了陈旧营销观念的色彩。在 20 世纪 90 年代之前,许多人就是喜欢把“市场营销”理解为“推销”。在 21 世纪的今天,要区分“推销”与“营销”是不难的。市场营销是企业的整体经济活动,有一个完整的系统,主要由市场调研与机会分析、企业发展战略规划、市场营销组合和市场营销管理等构成。推销只是市场营销整体系统内的促销子系统中的一个具体活动。

二、推销的基本含义

掌握推销的基本含义,有助于推销员加深对推销活动特点与性质的认识,有助于推销员正确把握推销规律,提高推销能力。

（一）　推销的本质属性是说服

推销是一种说服性的商品销售活动,推销的本质属性是说服。为了进一步阐释这一本质属性,下面对"说服"作简单分析。

1. 说服的特性

说服是一种非常普遍的社会活动,在我们的生活、工作、学习中,可以经常听到、看到、接触到或者直接参与各种说服活动。比如,在有关媒体上你听到或看到美国总统候选人说服选民的各种活动;在学校里你经常可以接触到老师或学校领导耐心地给你讲解学习的重要性;在某种场合,你可能在说服你的同学跟你一起去参加某种活动;毕业的时候,你可能在尽己所能地向应聘单位展示自己的才华和工作能力等。

那么,说服是一种什么样的活动呢? 本书认为,说服是某个人或组织为了达到一定目的,试图通过沟通促使另一方接受某种观念或某种东西,并使之采取行动的活动过程。"说服"至少具有以下几个特性:

(1)目的性与主动性。说服是说服者为达到一定目的而主动发起的。说服者意识到说服活动能够产生有利的结果,因此,主动发起说服另一方的活动。

(2)自愿性。说服是在说服者与被说服者都是乐意接受的前提下进行的。这说明"说服"有别于强迫、威胁、命令等非自愿行为。

(3)双向沟通性。说服不是单方面的,而是双方互动下的信息沟通过程。

(4)艺术性。为达到说服效果,说服者要注意对方的要求和反应,讲究技巧和策略,做到反应敏捷、随机应变。

2. 推销说服的特性

说服是推销的本质属性,从"说服"角度看,我们可以认识到推销说服至少具有以下基本特性:

(1)任何情况下,推销说服都是有具体目的的;

(2)推销员是推销说服活动主动的一方,推销员必须主动发起推销说服;

(3)推销说服必须在自愿、互利的基础上进行,不能强迫、威胁顾客;

(4)推销说服是一个沟通的过程,必须在互动的情况下进行,不能把推销变成"一言堂";

(5)推销说服是有技巧性的,要讲究方法和策略。

(二) 推销目的的多重性

推销目的的多重性是指推销活动必须对买卖双方或多方都有利。

近年来,倡导和实现"双赢"或"多赢"成了商务交易活动中非常时尚的原则。这个"双赢"和"多赢"的商业原则,体现的就是交易目的双重性或多重性的要求。在只有推销员和顾客(消费者)两方的交易中,推销结果既要有利于自身企业,又要有利于顾客(消费者)。而在另外一些交易中,一笔买卖会涉及多方的利益,比如,向中间商(包括经销商、代理商、零售商等)销售某种商品,这笔交易可能涉及了总代理、分销商、零售商、最终消费者等多方利益。在这种背景下,除了推销方要实现推销企业的利益要求之外,所有参与的中间商都有实现利润收入的要求,而最终消费者又有满足自己需要或欲望的要求。因此,推销员在这种交易中要考虑多方利益要求,实现"多赢"的局面。

 **推销小贴士**

哈 默 定 律

阿曼德·哈默于 1987 年出版了《哈默自传》,这是他一生成功经验的浓缩。在这本书里,他提出了哈默定律:天下没什么坏买卖,只有蹩脚的买卖人。销售人员要认识到:不同的思维会产生不同的结果;在向客户销售产品时要考虑到客户的需求,只有充分了解对方的利益需求,才能实现双赢。

对以下两种错误的观念和行为应坚决杜绝:

第一种是推销员(或企业)认为企业和推销员个人的利益高于一切,为了自身的利益可以不择手段。持有这种观念的推销员,往往会采取损害顾客利益的做法来满足自身利益的要求。这种观念和做法在 20 世纪 90 年代之前"非常盛行"。在今天,还有许多推销员(或许多企业)有时还会经受不住利益的诱惑,采取一些饮鸩止渴的做法。

第二种是推销员为了讨好顾客而损害企业利益的观念和做法。这些推销员完全不顾企业的利益和形象,刻意地讨好迎合顾客,以取得个人期待的某种结果。比如,为了巴结顾客,在顾客面前贬损企业形象或说企业负责人的坏话;为取得区域经销商的合作,故意透露企业的商业秘密,完全以经销商的意图向企业要价、要挟等。这些推销员忘记了个人的身份,忘记了他与顾客之间关系的性质,因而,他的行为也就超越了商业行为本身,必然会遭到企业的唾弃。

(三) 推销员、推销对象和推销品构成了推销活动的三大基本要素

推销活动是一个多因素共同作用的过程。推销员、推销对象(顾客)、推销品是任何一种推销活动必不可少的三个基本因素,这三个基本要素的相互作用决定了推销活动的基本规律和特点。推销员必须切实把握这些基本要素的内外特性,才能适应推销工作的具体需要。

比如,你在某房地产项目做"售楼"工作,你一定要了解:① 售楼人员是干什么的,有什么职业素质要求。② 所销售的楼盘有什么特点,楼盘的竞争产品是哪些,它们有什么特点。③ 顾客有哪些类型,这些人或组织有什么特点,他们为什么要买。只有这样,你才能在顾客面前体现出专业销售人员的形象,你才可能胜任售楼工作的要求,成为真正的销售能手。

(四) 推销是有规律的活动过程

在实际中,有这样的一些推销员,他们认为学习推销理论和参加推销培训没有什么意义,因为推销技术是非常灵活的,通过理论学习根本学不到。为什么会出现这样的认识,原因很简单,因为他们否认推销过程的规律性。这种认识是非常有害的。

推销活动过程的规律性主要是由推销活动要素的确定性和推销对象购买心理活动的规律性所决定的。众多的推销实践专家或推销理论研究者已经用事实回答了推销过程的规律性。比如,欧洲推销专家海因兹·姆·戈德曼总结出了"爱达模式"、"迪伯达模式"等(具体内容请见第二章),这些模式正是推销过程规律性的反映。它们被广泛地应用于实际推销之

中,并被证实是极其有效的。

图 1-1 所展现的推销过程是目前被普遍认同的一种,它适用于绝大部分的推销活动。本书就是据此构建全书体系的。

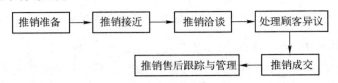

图 1-1　推销过程示意图

在图 1-1 中,"推销准备"在第三章介绍;"推销接近"在第四章介绍;"推销洽谈"在第五章介绍;"处理顾客异议"在第六章介绍;"推销成交"在第七章介绍;"推销售后跟踪与管理"在第八章介绍。

（五）　推销活动受客观环境的制约

推销总是在特定环境下进行的,必然要受到特定环境的影响和制约。环境对推销活动的制约主要表现在两个方面,即不可控性和动态性。不可控性是指推销环境是客观存在的,推销员只能去适应它的要求,而不能使环境来适应自己;动态性是指随着空间和时间的推移,推销环境会不断地发生变化,推销员要不断地调整和改变推销策略,以适应环境的变化。从这两个方面的影响来看,推销员要做到适应环境的要求,必须做到以下两个方面:

1. 了解和掌握外界环境的具体情况

影响和制约推销活动的环境因素可以分为两类,即宏观环境和微观环境。宏观环境包括人口、经济、社会文化、政治法律、科技、地理与自然资源、国际政治经济动态等,微观环境包括企业自身、资源供应商、营销中介、竞争者、公众等,见图 1-2。它们对推销活动有着不同程度的制约作用。本书认为,推销员除了要关注宏观环境中的经济、政策、社会文化等因素之外,更应该侧重了解自身企业、所属行业状况、竞争者的动态、营销渠道企业等的具体情况。

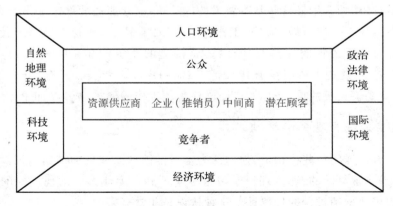

图 1-2　推销环境示意图

2. 适应环境变化的要求

推销环境的变化主要由空间和时间两个因素引起。从空间的变化来看,新的地区有新的情况、新的要求,这要求推销员要有"因地制宜"的能力;从时间的变化来看,不同时期的环境有不同的特点,这要求推销员要有"与时俱进"的能力。

"因地制宜"的能力就是推销员要适应不同地区的新情况而相应改变推销策略的能力。"与时俱进"的能力就是推销员要随着时代的发展而不断提高自己、改进推销方法的能力。从前者来看,推销员在不同地区要有不同的工作方法和策略;从后者来看,推销员必须要了解市场变化发展的趋势。西方销售管理研究者对 20 世纪 90 年代后推销环境的一些变化趋势进行了总结,尽管这些变化趋势反映的是西方的情况,但在经济全球化的今天,这些变化在我国市场中也开始逐步体现出来,我国推销员应该加以关注。这些变化趋势可以概括为:

（1）一线销售活动成本的增加。

（2）传统做法重视开发新客户而不是留住老客户,而现代做法则重视留住老顾客。

（3）采购习惯的变化和买方技巧的变化。

（4）在许多行业中购买权集中化。

（5）80/20 准则的巩固,亦即 80% 的销售额来自于 20% 的客户。

（6）普遍认识到大客户的重要性。

（7）日益重视可靠性、质量和客户服务。

（8）激烈的国际竞争和市场全球化。

（9）某些市场在裂变,增加了细分市场的复杂性。

（10）媒体分化且电视广告的影响减小。

（11）直复营销和数据库营销的增长。

（12）计算机技术和无线通信技术的发展。

第二节　推销的基本要素

一、推销员

推销员是主动说服顾客购买推销品的推销主体,是从事商品推销及其有关市场活动的人员。在现代市场环境下,推销员是企业的对外销售代表。

推销员职业在社会上分布范围非常广泛,具体工作性质也有不同程度的差异。从目前来看,推销员主要有以下几种类型:

（一）营业员

营业员也叫售货员,是较早出现的推销员职业。站在传统的角度看,营业员是处在销售终端,直接面向最终顾客,在相对固定的场所（主要是室内）从事商品销售及其相关服务工作的企业销售人员。严格讲,传统的营业员更像是一名服务员,而不是推销员。

不过,随着市场经济的发展,终端市场发生了巨大的变化,如各商业业态的市场竞争日趋激烈;越来越多的制造商开始建立自己的销售终端;另外,越来越多的复杂产品,如汽车、高级家电、综合型服务型产品进入终端市场;等等。在这种新背景下,营业员的职业技术开始被赋予越来越多推销技术的内涵,它的称谓和职业层次也开始出现了分化和扩展,如营业接待、营业代表、客户代表、销售代表等。

（二）直销员

直销员是指在制造商直接分销模式下，从事直接面向最终用户的某种商品销售活动的推销人员。这类推销员主要有两类，即入户推销员和直复营销推销员。入户推销员就是沿街或上门推销的各种推销员，直复营销推销员目前最常见的主要有电话推销员、信函推销员等。

直销员的推销对象在很多时候与营业员的推销对象是一样的，都是最终用户。但两者还是有明显的区别的。直销员是制造商或某个品牌的销售人员，而且许多情况下要主动对外联系业务；而营业员则往往是某类产品的销售人员，而且一般情况下没有外勤的推销活动。直销员在早期非常普遍，但随着网络、通信的广泛应用，那种走街串户的推销员会越来越少，而直复式的推销员如电话推销员会越来越多。

（三）促销员（或导购员）

促销员（或导购员）就是在制造商或经销商（或代理商）下从事某品牌产品的宣传性销售活动的推销人员。促销员（或导购员）对企业来说，最大的职能在于帮助企业宣传和推广新产品，所以，最常见的促销员（或导购员）就是某种新产品在特定地区或销售现场的促销人员，如某品牌化妆品在某商场的促销员。当然，随着市场竞争的进一步加剧，企业开始越来越重视终端营销，许多企业为了应付竞争，实行终端拦截，所以，现在促销员（或导购员）更多的是在各种销售终端拦截最终顾客或用户的促销（或导购）人员，如酒店里的某品牌啤酒的促销员，小区、街道咨询式的报刊订阅受理员，某某娱乐中心会员卡的入户促销员，商场、药店等的各种促销员（或导购员）等。

促销员（或导购员）往往与直销员、营业员很难分清楚。因为，从身份看，促销员（或导购员）也是某品牌产品直接面对最终用户的推销员，与直销员身份很相近；从工作性质看，促销员（或导购员）也经常在固定的场所从事营业销售工作，与营业员很相近。但是，认真分析起来，促销员（或导购员）与直销员、营业员还是有区别的。

促销员（或导购员）与直销员的区别主要在于两者的工作职能不同：直销员的主要职能是帮助企业销售产品，而促销员（或导购员）的主要职能除了要承担一定的销售任务之外，更重要的是还担负着产品的宣传推广任务。

促销员（或导购员）与营业员的区别主要在于：营业员的销售地点是相对固定的，而促销员（或导购员）则不一定；促销员（或导购员）肯定是某种品牌产品或某类产品的销售人员，他（她）服务于某个或某些制造商，营业员则不是。

（四）业务员

业务员是职业涵盖范围非常广泛的一项职业，要确定业务员的概念是很难的。笼统地讲，业务员是在各类企业或团体中从事对外市场业务的工作人员。企业中的业务员包括销售业务员、采购业务员、招商业务员、其他商务活动业务员；事业机构或机关团体的业务员主要包括对外事务联络、采购、经办具体对外事务等的业务员。这里讲的业务员主要是指企业的销售业务员。

目前,社会中对企业销售业务员的认识和理解很不统一。从一般的理解来看,企业的销售业务员一般是指以组织型顾客为主要推销对象、业务内容相对复杂的外勤销售人员。常见的业务员主要有:

1. 铺货业务员

这类业务员的工作一般有以下特点:从事某种或某品牌系列产品进入销售终端的铺货工作;所推销的产品一般还未完全打开市场,他们的工作目标就是争取把这些产品打进某些销售终端市场;所推销的产品大都是消费品,如食品、饮料、化妆品、医药用品、电器、酒类产品等;推销对象大都是零售终端,如超级大卖场、超市、百货商场、便利店等;一般在城市的某区域里针对特定类别顾客进行铺货;要进行简单的谈判工作,与顾客洽谈的内容大多是有关进场条件,如价格折扣率、进场费、上架费、端头费等。

目前,这类业务员的需求量很大,很多大中专毕业生刚开始从事的职业大都是这类业务员。

2. 订单业务员

顾名思义,订单业务员就是跑订单的业务员。目前,这类业务员的业务复杂程度不一、职业层次多样、称谓也很不统一。这类业务员分布的行业范围很广,包括人寿保险、服装订制、医疗器械、广告代理、工业用品、建筑材料、办公设备、软件安装、企业培训、旅游服务等。这类业务员工作的主要特点有:推销对象以组织型客户为主,但具体顾客类型比较复杂;工作目标就是取得订单;拜访对象的身份一般比较复杂,且决策人难以辨认,有时要跟专业技术人员或单位负责人打交道;要进行一定的业务谈判,且延续较长的时间;对产品的专业知识要求较高;等等。

3. 营销业务员

营销业务员就是要担负一定营销职责的业务员,一般是指某特定品牌或制造商系列产品的驻外业务员、业务代表、市场维护人员、协管员、市场督导等。他们的一个重要特点就是:要在一定地区范围内承担一定的基层营销职能,包括货物管理、客户关系(中间商)维护、分销渠道管理、市场信息反馈、中间商销售支持等。这类业务员虽然承担一定的市场管理职责,但还是属于基层营销人员,并不是企业的管理人员。很多中职毕业的营销类专业学生一开始也可以从事这类推销工作。

4. 咨询式业务员

这类业务员可以列入高级业务人员的系列,因为这类业务员具有以下几个特点:销售的产品是复杂产品或高新技术产品;面对的是特定的大客户;推销对象一般是单位的负责人或专业技术人员;要进行复杂而长时间的谈判;往往以产品专家或顾问的形象进行拜访;交易双方往往要建立长期的战略伙伴关系或协作关系,售后要进行长期的跟踪;等等。这类业务员往往需要专门的产品知识、一定的业务谈判经验和较高的学历。从某种程度上说,这类业务员中的部分业务员属于下面所讲的高级销售人员。

(五) 高级销售人员

这里把担负着市场管理和领导工作而又可能从事顾问式或咨询式销售活动的销售人员

归类为高级销售人员,包括销售工程师、大客户代表、销售顾问、片区主管、地区主管、区域主管、客户经理、销售经理、销售总监等。

他们在企业中承担着某品牌产品特定区域的销售管理职责,属于企业管理人员,但是,他们要直接参与一定的销售业务活动,特别是大宗业务或复杂业务的销售活动。因此,他们也属于推销员的类别。

二、推销对象——顾客

推销对象是推销活动的另一主体,是推销说服的对象。在不同的场合下,推销对象可以有多种称谓,如顾客、客户、消费者、用户、买主、购买者等。在这些称谓中,"顾客"是最为通用的,它几乎适用于任何场合下的推销,而其他称谓或多或少都有些限定性。

(一) 推销对象的分类

推销对象可以从不同的角度来划分。

1. 个体型顾客与组织型顾客

按推销对象的性质划分,推销对象主要有个体型顾客和组织型顾客。

个体型顾客就是出于个人或家庭的需要而购买推销品的推销对象。这类顾客就是通常所讲的最终消费者,它主要由个人和家庭购买者构成。

组织型顾客就是有一定的正式组织结构,以组织的名义,因组织运作需要而购买推销品的推销对象。这类顾客包括工商企业用户、各类中间商、团体机构、政府等。

2. 其他类型的顾客

推销对象按其购买用途划分,可以划分为消费者、转卖者和生产者;按地区范围划分,可以划分为本地顾客和外地顾客;按其重要程度划分,可以划分为 A 类顾客、B 类顾客、C 类顾客等;按推销进程划分,可以划分为顾客线索、准顾客、目标顾客、现有顾客和老顾客等。

(二) 几种主要推销对象的基本特点

1. 最终消费者

最终消费者即购买、使用各种消费品或服务的个人与住户(包括家庭和集体合租者)。它一般就是上述的个体型顾客。

这类推销对象的主要特点有:出于个人或家庭的消费需要或利益要求而购买产品;购买决策程序简单;产品信息渠道来源狭窄,缺乏专业的购买知识和经验,属于非专家购买;受个人情感影响较大,弹性和伸缩性较强等。

2. 中间商

中间商是指为了通过转卖以获取利润而购买推销品的各种商人。它一般包括各类经销商、批发商、厂家代理商、销售代理商、采购代理商、佣金商、各类零售商等。

其主要特点有:出于取得产品销售利润或佣金而购买;关注产品知名度、消费者接受度、销售前景、差价折扣率、费用分摊、销售支持等利益;产品信息渠道来源广泛,决策者和采购者具有专业的购买或谈判知识和技术;需要较复杂的谈判过程;属于理性购买等。

3. 工业用户

工业用户也叫生产者,是指出于企业的生产与管理需要而购买推销品的各种生产企业。它一般包括各类厂家或制造商等。

这类推销对象的主要特点有:关注产品质量的可靠性、供货的稳定性、价格与费用的合理性、技术支持的保障、销售服务的连续性、合约与互惠关系等;因产品使用对象决定决策者的分布;购买程序复杂,一般要进行较长时间的谈判与磋商,且往往需要团体决策;计划性较强;以理性需要为主等。

4. 政府及其他社会团体

政府及其他社会团体是指出于组织机构运转需要而购买推销品的非营利性组织机构。这类推销对象包括政府机关(政府采购以及其他福利性采购)、医院、学校、各种社会团体等。

这类推销对象虽然属于组织型顾客,但在购买需求的客观性、购买动机的理智性以及购买决策的组织性上,相对于工业用户和中间商来说要显得弱化了许多;个人的关系在这类顾客的购买活动中往往起着比较重要的作用;不同用品的购买决策权的分布有明显的区别。

以上四类推销对象,在需要的产品、购买动机、购买要求、购买决策组织程序等方面有着明显的差异,因而,针对不同推销对象的推销策略和推销方法也有着较明显的差异。

三、推销品

(一) 推销品的基本类别

推销品是推销活动的标的物,也叫推销客体。推销品在不同场合下有多种不同的称谓,包括推销品、商品、产品、推销业务、推销项目、用品、货物、服务等。

推销品可以从不同的角度进行划分,对此,相关学科里已经有比较详细的介绍,这里仅作简单分析。

1. 推销品按形态划分

从推销品的形态看,推销品主要有三类,即有形产品、无形服务和介于两者之间的混合型物品与服务。随着市场经济的发展和商品化程度的提高,越来越多的物品、服务、观念、价值、思想、创意、建议等都成了推销品。

2. 推销品按用途划分

从推销品用途看,推销品主要有三类,即消费品、生产用品和公共服务用品。它们分别服务于最终消费者、工业用户和政府及其他社会团体。消费品包括各种有形产品和服务等;生产用品包括机器设备、原材料、辅助材料、办公用品以及各类服务等;公共服务用品就是各类机关、事业单位运营所需要的各种商品和服务,包括各种办公用品、办公设备、服务等。

(二) 正确理解推销品

在市场竞争日益激烈的环境下,对推销品的理解能力已经成为衡量推销员职业水平和能力的重要尺度。

首先,不管推销什么产品,推销员都必须站在现代营销理念的高度去认识推销品。推销品只是满足顾客需要的载体,顾客真正购买的是推销品的效用。正如推销专家戈德曼所说的那样,"推销员所推销的不仅仅是产品本身,而是产品的使用价值观念,即产品在满足顾客需要时所发挥的作用"。

其次,不管推销品有多复杂,推销员都必须全面掌握推销品。作为现代市场经济条件下的推销品,它是产品、服务、观念及其效用的综合体。因此,推销员要全面掌握产品的规格、花色、款式、性能、质量、用途、价格、服务、品牌价值、形象定位、企业承诺等情况。只有这样,推销员才有可能在顾客面前树立"权威"、"顾问"的形象,推销员对顾客来说才有影响力和说服力。

第三节　推销职业特性与职业价值

一、推销员的职责与作用

(一) 推销员的基本职责与工作内容

不同类型的推销工作,其工作职责与内容不尽相同,这里以最主要的推销员类型——业务员为例,简单说明推销员的工作职责,见表1-1。

表1-1　厂家业务员的基本职责与工作内容

销　　售	售后服务与跟进工作	区域市场管理性工作	其他行政工作
销售前奏工作	提供包装分类等商品化支持	需求、竞争等信息管理	参加会议
销售接近	配备货架、协助陈列等	向公司反馈信息与建议	经验交流
业务洽谈	检查存货水平、建立合理存量	顾客网络管理	受训与学习
排除障碍	催收货款、监督合同执行	维系客情关系	专业协会
成交签约	提供办理退货、处理投诉等	市场秩序控制	
收取货款	提供促销、管理等商务计划	制定销售市场开发计划	
执行协议或合同	培训经销商、零售商	财务预算、人员安排	

从表1-1中可以看出,推销员的职责与工作内容主要有四个方面:一是完成销售任务,二是做好售后服务与跟进工作,三是承担一定的区域市场管理性工作,四是其他行政工作。

(二) 推销员的作用

1. 对社会的贡献

推销员对社会的贡献主要有:创造并刺激了消费需求,他们已经成为市场经济条件下不可或缺的一股力量;由于推销员坚持不懈地努力,使人们接受新产品,促进了社会技术创新;为顾客提供周到的服务,促使产品的附加值得到提升;传播商品信息和最新的消费观念,促使社会精神文明的发展;解决了社会就业压力等。

推销员对社会发展所作的贡献就像一位美国推销员在《我是一名推销员》的文章里所说的那样："推销员是创造新产品的人，如果有人把他门前的推销小道给踩坏，使道路难以通行，而他又对此置之不理，他就准会饿死……广大群众需要几千个推销员，作为带头人或先驱者……推销员使更多的人受到教育，给人们创造更多的工作机会……使社会上的人们过着历史上谁都未曾享受过的那种丰富多彩的令人满意的生活……缺了具有推销员这个名称的我，整个产业的车轮就不得不停止运转……我是推销员。我为了家属、同胞和祖国，以能进行这样的服务而感到自豪和感激。"

2．对企业的贡献

人员推销是现代企业促销组合中的一种重要形式，它对企业的贡献至少有以下几个方面：

（1）加速新产品市场推广的进程；

（2）实现和扩大产品销售；

（3）建立和巩固企业销售网络；

（4）组织和协调产品销售服务工作；

（5）贯彻执行企业营销战略与政策，组织实施企业营销策略和措施；

（6）维系客情关系，建立、巩固和发展顾客关系；

（7）收集和反馈市场信息，协助企业进行市场管理。

二、推销职业的特点

推销工作是一项与人打交道的、最为多样化、富有挑战性、令人兴奋而又可能带来理想回报的职业。

（一） 与人打交道的职业

交易达成的前前后后，伴随着信息流、商流、物流和资金流，必然要发生各种各样的关系：推销员要与各种各样的顾客打交道；要与企业内部各个部门的领导、负责人及经办人员等打交道；要与企业外部的银行、广告与信息咨询公司、储运单位、税务机关、工商局等的有关人员打交道，见图1-3。

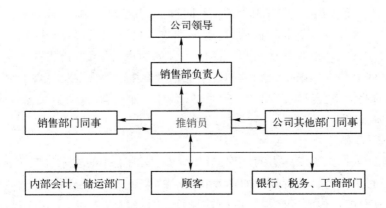

图1-3　推销员工作关系示意图

从推销这个职业来看,作为推销员,必须乐于并善于与人打交道,必须"要做事,先要学会做人"、"学会推销自己"。

（二）　挑战性

推销职业的挑战性主要体现在以下四个方面:

1. 高失败率

由于种种原因,推销工作是高失败率的工作。一次推销拜访活动就能达成交易,是很少见的,绝大部分交易都是经历多次失败、拒绝之后才得以达成的,在实际推销中遭到顾客冷遇或者拒绝是家常便饭的事。这一职业特点决定了推销员个人的个性品质、心理素质在推销事业中的重要性。

 推销小贴士

1∶29∶300 法则

1∶29∶300 法则的意义在于,只有多拜访客户才能获得成功,付出与回报成正比。

1∶29∶300 法则也叫海恩法则,最初是一个关于飞行安全的法则,即每一起重大飞行安全事故的背后,必然有 29 次事故征兆,而每个征兆背后,又有 300 多起事故苗头,以及 1 000 多处事故隐患。要想消除这一起严重事故,就必须把这 1 000 多处事故隐患控制住。这条法则充分说明了结果与原因之间的必然联系。就销售而言,一次成交来自于 29 位客户中的一位,而这次成交又来自于对这 29 位客户的 300 次拜访。所以销售人员要勤于拜访客户,这样才能为成交打好基础。

2. 工作环境的复杂性与多变性

推销员往往是在广阔而复杂多变的特定区域市场(而不是办公室)中工作,而且这个区域市场经常在外地。对此,推销员要具有很强的环境适应能力。

3. 工作考核与收入机制的现实性与残酷性

在推销员职业范围内,不同工作性质,不同行业,其工作业绩考核和收入制度会有所区别,但总体上看,大都采用"靠业绩说话"的考核和收入机制。这种"以成败论英雄"的机制对任何一个推销员来说,都是非常现实和残酷的。大家知道,推销员销售业绩的高低取决于很多因素,既有主观上的内部因素,也有客观上的外部因素。即使主观条件非常优秀的推销员也很难保证他的业绩不会发生波动。不管是谁,面对这种波动,内心难免会产生挫败感,这种挫败感对于任何推销员来说都是一种严峻的考验。

4. 体力与脑力相结合

一方面,推销工作是需要体力的工作;另一方面,推销工作的艺术性又要求推销员思维敏捷、富有创造力和想像力。没有强健的体魄和灵活的头脑,很难胜任推销工作的要求。

以上四个方面综合构成了推销职业的挑战性。对许多人来说,工作上高度的挑战性,可能是他(她)选择逃避的理由;而对于另外一些人来说,反而是他(她)选择推销工作的理由。

也正是推销工作的挑战性,才造就了推销员非同寻常的意志品质、个人魅力和社会发展能力。毫不夸张地说,推销工作是一项造就人才的工作。世界上许多著名的企业家,如著名的美国企业家艾柯卡等,早期都是从推销员做起的。正是推销工作严酷的磨砺才造就了他们非同寻常的意志和各种经商经验,为他们日后事业的成功奠定了极其重要的根基。

（三）　刺激性

虽然推销是一项容易遭到拒绝的工作,而且也很艰苦,但这些并不妨碍它的另一个工作特性,即令人兴奋、具有很强的刺激性。这主要表现在:

（1）高成就感。在经历了种种困难、失败和拒绝之后达成一笔交易,对推销员来说,没有任何东西能取代他内心的自我成就感和满足感。

（2）高度自由、自主地工作。推销员在大部分经济类职业中是十分自由的职业,自己支配工作时间,独立处理业务事务。

（3）新鲜感强,接触面广,机械性重复劳动少。

（4）收入不封顶,在一些公司,推销员的收入经常要高于管理人员,甚至高于公司的总经理。

（5）高度的挑战性本身也是这个职业的刺激性因素。

从实际推销工作来看,"刺激性"无疑是那些上进型推销员缓解工作压力的一种缓冲器或润滑剂,但对于那些消极型推销员来说,则可能是逃避工作的机会。从这一点上说,推销员个人的自律能力和工作自觉性、主动性是非常重要的。

（四）　高回报

推销职业的高回报,一方面来自于经济报酬,另一方面来自于非经济回报。

1. 获得较高的经济收入

推销员的报酬一般采用佣金制,底薪不高,收入高低依靠个人业绩,没有封顶。做推销员成为百万富翁,在业界并不是什么新鲜事。

首先,从一个企业内部来看,企业考虑到推销工作的重要性和艰巨性,推销员收入的平均水平一般会略高于企业同等级别行政人员的收入水平。那些超额完成销售业绩的推销员收入则更高,甚至会超过企业高级管理人员的收入。

其次,从社会角度来看,在同等职业层次下,推销员的收入处在较高的水平。这一点在市场经济发达的国家表现得尤为明显。比如,在美国,根据美国全国大学及雇主协会发布的年度调查报告显示:广告从业者人均年收入 23 374 美元,品牌主管人均年收入 27 255 美元,销售人员人均年收入 30 140 美元,市场研究人员人均年收入 29 381 美元。在我国,一般来说,在同行业里,推销业务员的收入一般要比其他同层次职业的收入高。

同时,推销员还可以获得其他间接的经济报酬。一些企业考虑到推销工作的特别付出会给推销员特别的福利津贴。比如,在美国的一些企业,为推销员精心设置了一系列的福利津贴,包括延长的休假和节假日,退休金计划,健康、事故和法律保险,汽车和车辆开支,专业会费,住房和娱乐开支,免费的俱乐部会员资格等。在我国的一些企业也开始参照他们的做法,给予推销员一些特别的补助,如一定额度的活动经费,差旅补贴,电话、交通、办公用品等推销工具的使用补贴等。

2．获得非常诱人的非经济回报

首先,推销职业生涯的发展空间大,不受学历限制,而且晋升快。推销员的职业发展层次,如图1-4所示。推销员的晋升主要取决于实际工作能力,而不是文凭或者学历,这对于学历较低的从业者来说,无疑是个非常理想的选择;晋升快,主要是因为推销员职业层次的层级多,选择空间大,因此,工作能力出众的推销员往往在工作后的一两年内就可能被提拔到推销管理的职位上来。如果他上任之后表现出色,可能又很快地被提拔到更高的管理职位。

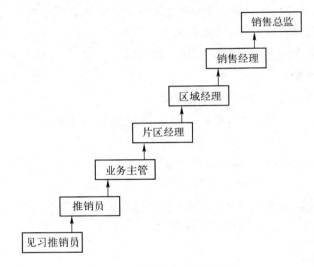

图1-4　推销职业层次示意图

其次,推销员可以获得更多的成为高层管理者的晋升机会。许多行业规定,要获得高层管理职位,必须具备销售经验,因为熟悉市场情况、了解顾客的需要和要求是高层管理者重要的工作基础。在发达国家,人们预测,将来企业的首席执行官有一半以上将来自于从事市场营销工作的人员,而这其中有2/3以上的人是从事基层销售工作的人员。

再次,推销员可以获得更高的工作成就感。工作难度越大,所获得的工作成就感就越强。

最后,推销员可以获得更多的培训和教育机会。由于推销工作的重要性和艰巨性,大部分企业都非常重视对推销员的培训和教育。这对推销员来说也是非常重要的职业回报。

三、推销的职业价值与职业选择

当人们要决定是否从事某个职业的时候,通常要对该职业进行职业价值的评估。许多人不愿意主动选择推销职业的直接原因就是不能正确认识推销职业的职业价值。那么,推销的职业价值到底体现在哪些方面呢? 根据本节前面的分析,可以得出如下结论:

（1）推销工作是高尚的、重要的社会工作,因为它对社会、企业、消费者的作用不容忽视;

（2）推销职业是选择余地最大、就业机会最多的热门职业之一;

（3）推销工作是一项可以完全自主、行动自由的工作;

（4）推销工作的高挑战性带来更高的自我价值感,加速自我成长、成熟;

（5）推销工作可以获得丰厚的经济报酬;

（6）推销工作是可以一辈子干下去的工作,发展前景好,空间大;

（7）从事推销职业,可以很快得到晋升,受学历的限制程度较小。

当然,任何一个职业都不能只有好处,而没有缺点。推销工作也有许多不利之处,这里介绍美国销售管理教授 G. 大卫·休斯所提供的推销职业优缺点对比分析,以供参考。

推销员必须让别人来购买,但当销售满足了顾客的需求时,推销是一份不断获得奖励的职业;当别人不购买时,销售人员有时产生挫折感,但挫折是暂时的,并有可能让你学到更有效的销售技巧;销售人员的工作和收入通常是不稳定的,但他们能自由地管理自己的账户;销售人员有时必须独立工作,但奖励与个人成就是直接相关的;出差会扰乱销售人员的个人生活,但出差能够有新鲜感和增加见识;销售人员有时会感到自己的工作缺乏好的名声,但他们的收入往往比营销管理者多;销售人员需要自我激励和非常好的时间管理能力,但这些正是作为管理者必备的技能。

 推销小贴士

销售是自我价值的体现

销售不只是一种赚钱的工作,一种实现自我价值的机会。每个人都需要被承认,每个人都需要实现自我价值,获得社会的认同。认识到销售工作是实现自我价值的机会与途径,并在销售过程中不断给自己灌输新的理念,让自己的生活方式、思想、能力都因销售而变得更好、更完美。

 ## 本 章 小 结

作为一门学科的前沿知识,本章介绍了推销、推销要素和推销职业有关概念性的问题。

从本质上看,所谓推销,就是一种说服性的销售活动。其本质属性是说服,而说服是人们为了达到某种预期目的而通过富有技巧性的沟通活动,进而影响和改变对方认知,并促使对方采取行动的活动。从这个角度来讲,推销活动也是一种极富艺术性的沟通活动。

任何推销活动都离不开推销员、顾客和推销品三大要素。推销员只有深入了解和掌握推销员的各种职业类型、推销对象即顾客的各种类型和购买心理及行为特点、推销品的各种类型和基本特点,才能适应特定环境下推销工作的需要。

正确认识所从事职业的工作职责、社会意义和职业价值,才能树立正确的事业观。推销职业的主要职责是销售工作,与此同时,还要承担着企业产品信息传播、售后跟踪、市场维护和客户管理等工作;它是一项与人打交道、极具挑战性和刺激性、收入较高又具有巨大发展空间的特殊职业。推销职业的这些特点既赋予该职业极富吸引力的一面,同时也带来了该职业许多让人诟病的地方,比如比较艰苦、到处奔波、不够稳定。

 **本章关键词**

推销　说服

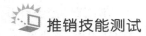 **推销技能测试**

1. 推销品按用途划分,可分为(　　　)。

A. 消费品　　　　B. 有形产品　　　　C. 生产用品　　　　D. 公共服务用品

2. 当推销员被顾客拒绝后,推销员应该(　　　)。

A. 强迫、威胁顾客　　　　　　　　B. 放弃对其推销

C. 分析顾客需求点,伺机进行说服　　D. 把推销品送给该顾客

 **案例分析**

业务员时代的终结

一、营销人员主流词汇的变迁

回顾实行社会主义市场经济以来对营销人员的称呼的变迁,我们将会发现一直用的主流词汇——"业务员"正在走向终结。

最初对营销人员的主流称呼是"推销员"。1997 年之前,"推销技巧"是主流文章,从事推销工作的人被称为"推销员",他们的工作是一单一单地做推销。

大约 1997 年前后,"推销员"这个词汇逐渐淡出,取而代之的是"营销员"和"业务员"这两个新词汇。很快,"业务员"这个词成为主流词汇。按照约定俗成的理解,业务员的工作通常是:划一片市场,然后独立运作这片市场。按照一些专家对业务员的职能要求,他们必须从事区域市场调研、区域市场管理、促销、回款、市场维护等诸多工作,或者说区域市场的所有营销工作都在业务员职责范围之内,因此,业务员的职能也被称为"八大员"、"十大员"(调研员、铺货员、进场谈判员、策划员、促销员、协销员、收款员、管理员、导购员、市场督导员等)。

2001 年前后,一些新型营销人员出现了。最初是促销员(现在更倾向于被称为导购员),后来是铺货员、终端维护员……这些新型营销人员的职责只是业务员的众多职责之一。

……

"推销员"这个词虽然淡出营销的主流词汇,但仍然用于称呼工业品的营销人员。业务员这个词也许会淡出营销主流词汇,也许仍然流行,但其约定俗成的内涵将发生变化。

二、小农模式与工业化模式

给业务员一片市场,然后让他去经营,业务员这个词所代表的不仅是一项职业,还代表一

个营销时代。业务员时代的基本特征是:第一,业务员划片包干"跑单帮",业务员之间极少合作,更少相互支援;第二,企业对业务员实行"遥控管理",由于缺乏监控手段,主要靠业务员自律,在国外和我国港台地区有效的、以"纸上作业"为基本特征的指挥和汇报方式,在大多数企业业流于形式;第三,要求业务员"多专多能",即每个业务员承担一个区域市场的所有营销职能;第四,对业务员以结果考核为主,因为无法监控过程,过程成为黑箱;第五,收入分配是结果导向,因为只有结果是可知的,其他都是黑箱。

......

"业务员"模式遭遇挑战是超级终端的出现,面对高度组织化、专业化的"沃尔玛"等,精英业务员也无力以对,不仅超级终端的专业能力使"全职全能"的业务员相形见绌,跨国公司和国内优秀企业高度专业化、组织化的营销模式,也使得"全职全能"的业务员们失去了抗衡能力。

如果说业务员"包干到户"的模式打上了小农经济的烙印,取而代之的将是具有工业化特征的营销组织方式。其基本特征是:

- 营销人员专业分工,专业能力是营销人员的最主要竞争能力;
- 在企业有效组织下,营销人员在专业分工基础上密切合作,相互依存;
- 企业提供支持平台,使营销人员在系统支持之下取得超乎其能力的业绩;
- 严密的过程管理,变业务员的自我管理为企业的组织化管理。

有人戏称,以前,不管白猫黑猫,抓住老鼠就是好猫;现在,以自己的专业优势协助企业抓老鼠的猫才是好猫。业务员的淡出,终结的是营销的小农时代,开创的将是营销的工业时代。

分析题:

(1)这里的"业务员"是书中所指的哪一类业务员?他们的工作职责主要有哪些?

(2)除了这类推销业务员之外,推销员还有哪些不同的类别?试举例说明。

(3)你是否同意文中的观点——业务员时代的终结?为什么?

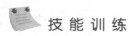

技 能 训 练

技 能 训 练 1　校 内 实 训

1. "推销职业类型调查"实训

● 实训内容

组织"推销职业类型"的专题调查活动,并进行分析讨论。

● 实训目标

帮助学生了解将来的工作方向;正确认识推销职业价值,提高学习的目的性和积极性。

● 实训方法

调查本校历届毕业生与推销直接相关的就业情况;通过网络搜集相关情况;调查当地及

周边地区的企业用人情况。

2. 培训小游戏

该游戏用于沟通,主要是训练如何将谈话的内容分为几个层次,循序渐进地将顾客心理的保护屏障一层层剥掉,从而改变顾客评价,使顾客内心产生信任感,促使销售成功。

游戏名称:狗仔队。

游戏规则:将所有人进行分组,每组两人;培训师首先提问"在小组里谁愿意作为 A";另一人为 B。培训师宣布选 A 代表八卦杂志的记者,俗称"狗仔队",B 代表被采访的明星,A 可以问 B 任何问题,B 必须说真话,也可以不回答,时间三分钟,不可以做笔记。三分钟后角色互换。

请在游戏完成后,根据本章所讲的内容写出自己的感想。

技能训练2 校 外 实 践

"目标推销品调查与信息汇总"社会实践

● **实训内容**

目标产品信息收集处理能力训练。

● **实训目标**

通过实训,增强对具体产品的认识,加深学生对推销品的理解;提高学生收集和处理产品信息的能力;为后续推销技术学习提供具体的背景知识。

● **实训方法**

根据国内产业结构和行业趋势,向学生提供较具代表性的热门或主流产品备选;指导学生建立信息收集途径;组织、指导和跟踪学生实际调查活动过程;定期检查执行进度;分阶段进行汇总与交流。

第二章
推销员职业素养

 本章学习目标

- 1. 掌握推销员职业素质基本要求和培养的途径
- 2. 掌握现代推销观念、意识和理念
- 3. 了解现代推销的主要模式
- 4. 懂得推销工作必需的礼仪要求

案例导入

奇特的演讲

一位著名的推销大师即将告别他的推销生涯,应行业协会和社会各界的邀请,他在该市最大的体育馆举办一场告别职业生涯的演说。

那天,会场内座无虚席,人们在热切、焦急地等待着这位伟大的推销员作精彩的演讲。当大幕徐徐拉开,人们看到舞台的正中央吊着一个巨大的铁球。为了吊起这个铁球,台上搭了一个高大的铁架。一位老人在人们热烈的掌声中走了出来,站在铁架的一边。他穿着一件红色的运动服,脚下是一双白色胶鞋。

人们惊奇地看着他,不知道他要做什么。

这时,两位工作人员抬着一个大铁锤,放在老人的面前。主持人这时对观众说:"请两位身体强壮的人,到台上来。"好多年轻人站起来,转眼间已有两名动作快的跑到了台上。

老人告诉他们游戏规则,请他们用这个大铁锤,去敲打那个吊着的铁球,直到把它荡起来。一个年轻人抢着拿起铁锤,拉开架势,抡起大锤,全力向那铁球砸去。只听一声震耳的响声,但吊球动也没动。他接着用大铁锤接二连三地砸向吊球,很快他就气喘吁吁了。另一个人也不示弱,接过大铁锤把吊球砸得叮当响,可是铁球仍旧一动不动。台下逐渐没了呐喊声,观众好像已经认定那是没用的,就等着老人作出解释。

会场恢复平静后,老人从上衣口袋里掏出一把小铁锤,然后认真地面对着那个巨大的铁球敲打起来。

他用小锤对着铁球"咚"地敲了一下,然后停顿一下,再用小锤"咚"地敲一下。人们奇怪地看着他,老人就那样"咚"地敲一下,然后停顿一下,就这样持续地做着。

10 分钟过去了,20 分钟过去了,会场早已开始骚动,有的人干脆叫骂起来。人们开始用各种声音和动作发泄着他们的不满。老人却仍然敲一下、停一下地工作着,好像根本没有听见人们在喊叫什么。很多人甚至愤然离去,于是会场上出现了大片大片的空缺。留下来的人们好像也喊累了,会场又渐渐地安静了下来。

大概在老人敲打了 40 分钟的时候,坐在前排的一个妇女突然尖叫了一声:"球动了!"刹那间,会场鸦雀无声,人们聚精会神地看着那个铁球。只见那球以很小的幅度动了起来,不仔细看很难察觉。老人仍旧一小锤、一小锤地敲着,吊球在老人一锤一锤的敲打中越荡越高,它拉动着那个铁架子"咣咣"作响,它的巨大威力强烈地震撼着在场的每一个人。现场爆发出热烈的掌声,在掌声中,老人转过身来,慢慢地把那把小锤揣进兜里。

老人开口讲话了,他只说了一句话:"在销售的道路上,你如果没有在坚持中等待成功的到来,那么,你只好用一生的坚持去面对失败。"

思考:

作为一个推销员,需要具备哪些重要的素质?

第一节 推销员的职业素质与培养

具备一定的职业素质,并不断地学习和提高自身综合素质,是推销员取得推销事业成功的基础。

一、推销员的职业素质

推销员的职业素质可以从不同的角度进行分析:第一,从职业本身角度,分析推销员一般的素质结构及其要求;第二,从现有推销从业者角度,分析从事这项工作的具体素质要求;第三,从推销职业成功者角度,总结成功推销员所具备的素质特征。下面,以第一个角度为基础,尽量结合后两个角度的分析,阐述推销员的素质要求。

推销员职业素质结构一般由思想、知识、智能、个性心理和身体五个要素构成,见表2-1。

表2-1 推销员职业素质结构参照表

思想素质	知识素质	智能素质	个性心理素质	身体素质
① 政治素养: 公民基本素质	① 文化基础: 学历及基本文化知识	① 智力: 智商与思维能力	① 先天性格: 内向、外向等	① 体魄: 体力活动所需的生理技能
② 道德品质: 诚实与守信	② 专业知识: 专业理论与业务知识	② 能力: 沟通力、组织能力、行动力、观察力、社交能力等	② 后天个性: 爱好、技能等	② 精力: 脑力活动所需的生理技能
③ 职业态度: 职业认识、职业感受和工作态度	③ 社会知识: 社会、法律、心理、地理、人情等		③ 心理素质 意志力、受挫力等	

(一) 推销员的思想素质

完整的职业思想素质包括政治素质、职业道德和职业态度三个方面。

1. 政治素质

推销员的政治素质,是推销员作为一名公民所应具备的基本政治素养,它包括爱国主义思想、法律意识、政治倾向等。推销员作为一名公民,应该热爱自己的祖国,具有较高的政治思想觉悟,遵守法律法规和政策,履行纳税义务等。

2. 职业道德——诚实与守信

推销员职业道德,指的是推销员在处理与企业、顾客、竞争对手等关系时应遵循的行为准则与规范。本书认为,推销员最重要的职业道德要求就是诚实和守信,即诚信。为什么呢?

第一,在"信用危机"的背景下,诚信是获取顾客信任最有效的手段。当今市场上确实存在着一定程度的信用危机。许多顾客在缺乏诚信的推销员及企业面前吃尽了苦头;许多推销员和企业也频频陷入不怀好意的顾客的"交易陷阱"。在相当多的场合下,买卖双方都不敢轻易相信对方。在这种背景下,哪个推销员能够做到诚信,他就能获取对方的信任。对于推销员来说,坚持"诚信",就意味着赢得顾客的信赖,就有可能获取长期的交易。

第二,与推销员身份有关。推销员在顾客面前所代表的是企业,而推销工作具有很强的自主性,他的道德水准直接关系到企业的形象和声誉。推销员欺骗顾客的结果不仅仅是错失一笔交易,更可能的是损坏整个公司的声誉和形象。

第三,与推销工作性质有关。推销工作是说服性的工作,需要通过沟通来影响顾客、改变顾客。互不信任是最严重的沟通障碍,推销员如果不能坚持诚信,不能获得顾客的信任,顾客就完全有可能怀疑推销员所说、所做的一切。在这种状况下,任何说服工作是毫无意义的。

世界著名推销专家戈德曼把"赢得顾客"作为推销的最终目标。而要"赢得顾客",推销员所要做的最重要的一件事情就是要坚持诚信。

3. 职业态度——态度决定一切

人们常说,"态度决定一切"。良好的职业态度是推销员取得事业成功的重要前提。

 推销小贴士

斯 通 定 理

"态度决定结果"这一定理是由美国"保险怪才"斯通提出的,意思是对于同样一件事,用不同的态度去对待,就会有不同的结果。

"态度决定一切"是在美国西点军校广为流传的一句名言。这句名言告诉我们没有什么事情是做不好的,关键要看做事的态度。要想成为一名优秀的销售人员,就要牢记:一切归结为态度,你付出了多少,你采取什么样的态度,就会得到什么样的结果。

谈到推销员的职业态度,不是"热爱推销事业"一句话的问题。因为态度是指人们对某事物所持有的认识上的评价、情感上的感受和行为上的倾向。推销员要真正达到"热爱推销事业"的境界,必须做到以下三个方面:

首先,在认识评价上,推销员必须正确认识推销事业的价值。这一点在本书的第一章的"推销职业特性与职业价值"中已作过介绍。如果推销员在思想上对推销职业价值没有正确的认识,根本就不可能有"热爱推销事业"的情感,因而,也更不可能有"热衷于推销事业"的行为倾向了。

其次,在情感上,推销员要由衷地喜欢推销工作。要培养对推销工作的感情,需要推销员以正确的职业认识为基础,同时,推销员自身要树立积极向上的人生观和事业心,并且在工作中积累成功的经验,逐步培养工作成就感。

最后,在行为倾向上,推销员要具有高度的敬业精神。要做到这一点,推销员在推销工作中要有责任心,积极主动地勤奋工作。

我们来看看汽车推销冠军乔·吉拉德是怎么确立自身的高度职业态度的:"推销员是这个世界发展的动力,我认为,我们每一个推销员都应该以自己的职业而感到光荣,我总是这样想的。从 35 岁那年开始,我已经卖出了 12 000 多辆汽车,其中包括各种型号的轿车和卡车。你知道吗? 我一个人就为社会创造了许多就业机会,因为要生产这些汽车,就要生产和出售许多钢材和其他各种材料,要开动这些汽车,就要有高速公路和加油站,还要有汽车修理店,如此等等。了解了这些道理,也许你就会知道推销员是了不起的无名英雄,推销员推动了商品,也推动了这个世界。如果我们不把货物从仓库里的架子上搬出来卖给顾客,那么整个经济体系就要停止运转,一切都完蛋了。要知道,没有我们这些推销员,就没有工作和商店,就没有你现在这样美好的生活。没有,一切都没有。"

有了这种以推销员职业为荣的认识,才能有强大的工作动力和忘我的工作精神。

（二）　推销员的知识素质

1. 驳斥学习无用论

很多人认为,从事推销工作,知识可无可有。甚至有的人认为,过多的知识反而会抑制推销能力的发展。这种认识是极其错误和非常有害的。实际上,现代推销需要推销员具备丰富广博的知识。理由如下:

（1）知识基础是推销员学习能力的基本条件。在现代社会,没有一定的知识基础,不具备学习的能力,无疑就像一个人被剥夺了新陈代谢的能力一样而无法生存!

（2）推销过程需要推销员掌握扎实的推销知识。推销知识包括企业、产品、顾客、竞争、市场环境、业务流程与操作规范、说服技巧、谈判策略等一系列业务知识。在现代社会,谁敢向不学无术、一问三不知的推销员购买东西呢?

（3）知识是智力的基础,学习是提高思维能力的重要途径。推销员学习并掌握丰富广博的知识,有助于提高推销员在推销过程中应对各种问题的表达能力、分析能力、决策能力和应变能力。无知的人,何来高智商? 无知的推销员何有应对精明顾客的能力?

2. 知识结构

一般来说,推销员的知识结构包括以下三个方面:

（1）基础知识。这些知识体现在职业教育的有关学科上,包括数学、计算机、物理、化学、地理等自然科学知识和历史、文学、哲学、美学、社会学、经济学等社会科学知识。

（2）专业知识。主要由专业理论和业务知识组成:① 专业理论知识,主要由市场营销、企业经营管理和推销谈判三个领域的专业知识构成。其中,市场营销知识包括市场调查与分析、市场营销与策划、广告公关等,企业经营管理知识包括企业管理、商业业态管理、物流配送等,推销谈判知识包括推销技术、谈判技术等。② 业务知识,一般包括企业知识、产品知识、工作规程知识、顾客知识、专业销售技术知识、市场知识等。业务知识需要在工作中积累。

（3）社会知识。推销工作是一项接触面很广的工作,要跟各种各样的顾客打交道。因此,需要推销员了解和掌握国家宏观经济、法律、心理学、伦理、教育学、领导艺术、交际等多方面的社会知识。

（三）　推销员的智能素质

所谓智能素质,就是推销员智力和能力的潜质。以下这些智能要素对推销员特别重要:

1. 基本的思维能力

它通常用"智商"来衡量。推销员一般要具有较强的记忆力、逻辑思维能力、想象思维能力、创造性思维能力等。广而言之,推销员的智商越高,在其他同等条件下,推销工作就会做得越好,特别是复杂程度高的推销业务。

2. 沟通能力

提起沟通能力,人们大都联想到推销员的"口才"。其实,口才只是沟通能力的一部分,属于沟通中的口头表达能力。在推销中,仅有口头表达能力是远远不够的,推销是双向沟通的过程,推销员除了说话之外,更重要的是要善于观察、倾听和发问,洞察顾客的心理和动机,找出共同的话题,让顾客说话。这一切需要推销员具备观察、倾听、发问等多种沟通技能。对于沟通技巧,将在本书第七章作详细介绍。

3. 行动力

行动力是指推销员的动手能力,就是想到事情就去行动、贯彻实施的行为特性。推销工作主要是"做"出来的,而不是"想"出来的。具体怎么来衡量一个推销员的行动力呢?"只要发现有达成交易的任何一点可能性,就马上前往拜访"这句话就反映了成功推销员的最重要行为特征——行动力很强。

4. 洞察力

洞察力也叫观察力,是对人、环境及情景等外界因素进行观察判断,捕捉有用信息的能力。洞察力是推销员在实际业务洽谈中"随机应变"的最重要素质基础。观察活动贯穿推销的全过程,推销的任何阶段都需要推销员的观察力。

(1)发现和理解"顾客的问题与愿望、需要与动机、购买要求"的能力。很多专家把这种洞察能力称之为"移情"(empathize)。

(2)及时寻找和获取潜在顾客信息的能力。许多情况下只能依靠个人的观察力来获取顾客线索。

(3)用观察的方法对顾客的资格,特别是购买力和信用状况作出准确的判断。

(4)在正式业务洽谈阶段掌握顾客的心理变化状况。

(5)捕捉和判断成交时机的能力。

5. 组织协调能力

随着关系市场营销的发展,推销员所承担的工作职责日益增加,如组织促销活动、联系大型销售展示、处理顾客投诉、维系顾客关系、催收货款、为下端客户提供销售支持等。这些活动需要推销员具有一定的组织协调能力。

6. 其他智能素质

社交能力、谈判能力等智能素质对推销员工作的开展也是很重要的。

(四) 推销员的个性心理素质

个性心理素质在任何一个职业中都是决定事业成败的关键因素,任何一个成功的人士,都有某些非同常人的个性特征,推销行业更是如此。以下这些个性心理素质对推销员事业的成功尤为重要:

1. 积极的人生态度

在各行各业中,积极的人生态度都能带来成功。迈克尔·乔丹是传奇式的职业篮球明星,他曾经说过:"在我的职业生涯中,我投丢了 9 000 多个球,输了差不多 300 场比赛。26 次得到大家的信任去投制胜的一球……结果没中。我在生活中一次又一次地失败。那就是我为什么……成功的原因。"

推销中最需要迈克尔·乔丹这种不怕失败的积极人生态度。一个推销员每天都要承受着来自公司、顾客和家庭的压力;每天几乎都是单兵作战,承受着成功与失败的喜怒哀乐;每天都竭尽全力让顾客满意,而压抑着诸多个人的委屈和看法……推销员比谁都更需要积极的人生态度,坦然地面对成功与失败,沉着应对困难和挑战。

2. 坚强的意志与毅力

良好的意志与毅力品质在工作中可以表现出坚定的目的性、果断性、坚持性和自制性。推销工作的挑战性、艰巨性需要推销员具有坚强的意志和毅力。这种意志和毅力表现在具体的工作中,就是要具有很强的受挫力和坚持力。

推销员的意志与毅力除了受个人先天的个性特征影响之外,大部分来自于后天因素。比如,个人的人生信念以及工作、生活的磨炼。如果一个人能有积极向上的人生信念,他必然会自觉地在工作生活中磨炼自己的意志与毅力。

3. 自信心

自信心是什么? 自信心怎么来? 推销专家戈德曼给出了答案:相信公司、相信产品和相信自己——吉姆模式。相信公司,就是相信自己的公司是声誉良好的,能够为顾客的利益着想的;相信产品就是相信自己的产品是有竞争力的、是符合顾客需要的,能够给顾客带来利益和好处;相信自己就是相信自己有能力说服顾客。只有自信的推销员,才会让顾客相信;只有自信的推销员,才会有战胜困难和失败的勇气。

对于新推销员来说,开始时不会有多少自信心,因为自己根基太浅,尚未取得足够的经验,只有熟悉了业务、积累了经验,自信心才会逐渐增强。因此,推销员要达到吉姆模式的要求,需要不断提高自身综合素质,并在实践中磨炼自己,在不断获取成功经验和逐步做到办事胸有成竹的过程中建立起对自己能力的信任——自信。

4. 信念与决心

一个人如果有了某种坚定的信念和决心,就会产生强大的行为动力。推销员在确立了自信心的基础上,要激发自己强烈的渴望成功的欲望和不达目的决不罢休的斗志。

日本的齐腾竹之助 58 岁才开始从事"寿险"推销工作,但在 5 年之后就成为所在保险公司的"首席推销员",在他 72 岁高龄的时候成了"世界首席推销员"。他能取得任何人都未曾取得的巨大成就的根本就是"坚定的信念和决心"。在他刚进入该公司时就暗暗发誓:一定要在 2 万名公司推销员中名列前茅,成为首席推销员;5 年后当他成为公司的"首席推销员"之后,他又在心里发誓:现在应继续努力争当全日本第一;大概两年之后,当他实现了全日本第一之后,他又下决心:成为世界第一。最后在他 72 岁的时候终于实现了他的目标。我们可以看看他是怎么理解信念与决心的:"只要干,就能成功。不管到了多大年纪,只要有干劲,无论什么事情,都没有做不成的……靠坚定的信念而焕发斗志,动脑筋、想办法,不断创新,顽强地使推销获得成功,就一定能成为优秀的推销员。我就是这样做才有今天的。"

从"世界首席推销员"齐腾竹之助事业成功的过程中,完全可以看得出:信念和决心在个人事业成功上的重要意义。

5. 勇气

勇气是推销员每次拜访顾客的心理起点,是战胜困难和失败的重要力量。世界著名的推销专家都是勇气过人的人,并且大都有过锻炼勇气的经历。日本推销之神原一平在谈到自己年轻时这样写道:我经常是囊空如洗,我曾告诉自己:午饭只好取消……那时,如果任自己气馁,就会觉得心情悲伤,劲力全失。为了鼓起克服困难的勇气,每每在这种时刻我大声斥责、激励:"原一平啊!切莫泄气,拿出更大的勇气来吧!提起更大的精神来吧!宇宙之大,只有你一个原一平啊!"当你如此呼喊,保证从丹田会涌现前所未有的勇气,恐惧如雾之四散。

6. 受挫力与持久力

受挫力就是承受挫折与失败打击而不丧失斗志的能力;持久力是不轻易放弃奋斗目标,坚持不懈,努力工作的能力。由于推销工作的特殊性,这两种心理素质在推销中显得特别重要。无数事实表明,推销员事业成败大都与其受挫力和持久力直接相关。

7. 自律力

自律力就是推销员自我约束、自我管理的能力。推销工作有很强的自主独立性,推销员必须要学会自己管理自己,控制自己的欲望,抵制诱惑。一些推销员在工作中经常经不起诱惑,一连几个小时泡在牌桌上,或因为私事熬夜而睡懒觉,或因为安排不好工作时间而失去拜访机会,或因为暂时的不顺而过早地放弃一天的工作。这样的推销员是不可能有什么成就的。不管干哪一行,要想取得成功,养成良好的工作习惯都是很重要的。

自律力要求推销员要有很强的工作主动性,要有明确的工作计划性,要有严谨的生活习惯和生活规律。

8. 责任心

责任心是一个人做好任何事情起码的个性品质。推销工作是自主、自由的过程,推销员能否做到自律、能否养成良好的工作习惯以及能否自觉地按高标准来完成工作任务,很大程度上取决于推销员自身的责任心。

9. 性格的稳定性与柔韧性

推销工作要求推销员性情稳定、心态平和、宽容温和。暴躁或急躁的个性是很难适应推销工作的。

(五) 推销员的身体素质

身体是革命的本钱,推销的职业特性要求推销员具备良好的身体素质。它可以为推销工作提供以下几个方面的帮助:

(1)可以为推销工作提供良好的体力。推销工作在很多时候需要付出大量的体力劳动,如长时间站立、长距离奔波,没有好的体力是很难胜任工作的要求的。

(2)可以为推销工作提供旺盛的精力。推销工作需要进行长时间的脑力活动,如分析市场状况、策划推销方案、设计推销策略、解答顾客异议、撰写工作报告等,没有持久、旺盛的精力,一天下来就会筋疲力尽,长期下来怎么能应付?

(3)可以为推销员提供良好的形象。健康的身体是推销员良好的个人形象的基础,面黄肌瘦、弯腰驼背的推销员何来美好的形象?

良好的身体素质,除了遗传特质之外,很多情况下需要本人有健康的意识和良好的生活工作习惯。健康的意识就是推销员要认识到健康身体的重要性,并懂得保持身体健康的方法。良好的生活工作习惯包括有规律的生活习惯,讲究卫生、注意营养、讲究科学的工作方法,坚持锻炼身体等。

二、推销员职业素质的培养和提高

推销工作对推销员素质的要求很严格,而且随着环境的变化和时代的发展,这种要求在不断地提高。因此,对于推销员来说,找到培养和提高自身职业素质的正确途径和方法,就变得非常重要了。它主要包括:接受系统的职业教育、在工作中积累和磨炼、借鉴他人的经验教训、参加培训和自我学习与训练等。

(一) 接受系统的职业教育

系统的职业教育指的是各类职业院校所提供的各种专业教育。有种观点认为,推销员是实践磨炼出来的,认为学校教育没什么用。这种看法难免有些偏激。事实上,这种职业教育对推销员的素质培养至少起两个方面的作用:一是培养了推销从业者基本的素质基础;二是给推销从业者提供了工作所需要的基本知识和基本理念,包括观念、理论知识乃至工作流程与方法。可以说,接受系统的职业教育是成为一个职业推销员的必经之路。

(二) 在工作中积累和磨炼

在工作中学习是职业推销员提高自身素质最主要的途径。在工作中推销员通过亲身体验,确立和提升职业认识、巩固和充实知识体系、磨炼和强化业务能力,塑造良好的个性品质。

1. 成为学习型的推销员

21 世纪是知识经济、信息化的时代,如果不会"学习",就会被时代前进的步伐甩在后面,就会被新时代淘汰。这里的"学习"可以理解为:不断地吸收和消化新的观念、知识、技术、信息等,并以此提高自身的认识和行为能力的过程。学习型的推销员,就是能不断吸收新知识、新信息、新技术,进而不断进步,跟上时代发展步伐的推销员。

2. 不断自省,积累经验,提高认识

在实际工作中,很多推销员只会在自身工作出现波折或心情沮丧的时候,才会"静下来好好想想",而且他们的自省一般也只是"就事论事",很少进行系统性的总结和提升。这种自省往往更多的是自责或自我发泄,很难达到积累和升华的效果。

要有效地积累自我经验,并促使自己推销业务素质与能力循序渐进、阶梯式地提高和发展,必须要做到两点:① 要养成每天都反省的习惯,进行日常性的经验教训总结;② 要有意识地进行阶段性的总结和回顾,检查自己在不同阶段有没有实质性的进步和提高。

推销员通过日常性的反省和总结,能及时发现问题、改进不足;通过阶段性总结反省,有利于推销员对自身业务素质与能力进行系统的分析,从而提升自己的职业能力层次。

(三) 借鉴他人的经验教训

"三人行,必有我师",在你的工作和生活中,到处都有自己学习的老师,推销员要有海纳百川的胸怀,善于吸收和借鉴别人成功的经验,吸取别人失败的教训。在本章案例2-1"哪些推销员不能成功"中,戈德曼把"从不接受他人的经验教训,从不采纳他人的建议"的推销员列为五种典型失败推销员的第一种,说的就是这个道理。借鉴他人的经验教训主要有三条途径:

1. 向自己的同事、领导取经

从途径看,主要有以下几条:一是各种形式的交流会,包括企业业务例会、经验交流会等;二是自己主动询问;三是观察;等等。

从内容看,大致有这几方面:业务技术、工作方法、敬业精神、为人处世等。

从对象看,大致有这些员工:企业领导、业务主管、推销员直接上司、企业里的业务明星、经验丰富的师傅等。

这里要强调的是,别忘记向你的主管和公司领导学习。他们在很多情况下是成功者,他们的为人、品格、胆识、作风、领导方法、管理经验等对推销员职业生涯发展有重要的借鉴作用。

2. 向成功的推销员学习

向成功的推销员学习有以下两条基本途径:

(1) 通过参加推销专家或推销明星的讲座,从中获取他人成功的经验。现在社会上这种讲座或培训班很多。推销事业成功者大都非常珍惜这样的学习机会,他们不惜金钱,自费报名学习。这种精神也反映了他们正确的职业理念。

(2) 阅读名人自传。"世界首席推销员"齐腾竹之助在这方面是推销员学习的典范。他刚进入朝日生命保险公司的时候,找来所有能找得到的国内外有关推销员成功的书籍,用心阅读。以书中的事例作为典型,训练自己的头脑。其中,对他影响最大的就是美国寿险推销大王弗兰克·贝德格写的《我是如何在销售外交上获得成功的》。他把这本书带在身边,在每天上班途中,无论是在地铁上,还是在电车上,都专心致志地反复阅读,而且发誓要和贝德格争个高低。我们认为,阅读名人自传不仅可以从中汲取有益的经验和方法,更可以激发自己向上的力量。

3. 广交有益的朋友

"近朱者赤,近墨者黑",推销员结交朋友要把握一定的尺寸。交友不慎,对人生无益,有时反而有害;反之,好的朋友,不仅是可以互相袒露心迹、肝胆相照,更重要的是可以互相促进,可以明鉴自己。推销员在推销业绩或心态波动较大的时候,向朋友求教,由于"当局者迷,旁观者清"的缘故,往往会有"听君一席话,胜读十年书"的收获。

4. 向顾客取经

在推销领域,顾客就是最好的老师。因为顾客会用他们的表情、行为以及语言告诉你,你什么地方做对了,什么地方做错了;有些顾客,会站在你的利益角度善意地指教你的为人处世和工作方法;在获取顾客的信任下,有些顾客会帮助你获得更好的发展方法。推销员要把顾客看做是自己的衣食父母,看做是自己的老师,尊重顾客,与顾客为友,取得顾客的信赖,通过顾客来提高自身的业务素质,改进工作方法。

(四) 参加培训

推销员在企业内经常会有岗前培训、在职培训和晋升培训等各种培训机会,这是学习和提高的很好机会。

岗前培训是上岗之前的教育、训练。培训内容一般包括公司基本情况、产品生产工艺流程、企业规章制度、推销业务知识、工作流程、专业销售技巧等。

在职培训是公司为了提高推销员的工作能力,适应新形势、新要求而组织的业务培训,主要内容一般包括新知识、新信息、新技术技能等的学习和训练。

晋升培训是公司为了让即将晋升的推销员适应更高层次岗位的工作要求而对推销员进行的有针对性的培训。

(五) 自我学习与训练

推销员可以通过有效的自我管理,有意识地安排和制定各种计划,以巩固和提高自身综合素质。这些计划包括:

1. 制定个人职业生涯发展规划

个人职业生涯发展规划应比较具体,具有可操作性,例如:

自己将来想达到什么目标——企业家或职业经理或白领阶层?

3 年内要达到什么目标——销售主管或销售明星?

1 年内达到什么目标——业绩优秀或企业销售冠军?

目前要达到什么目标——胜任工作或其他?

2. 制定个人学习计划

个人学习计划包括学习内容和学习时间两个方面。

在学习内容上:要补哪些知识?哪些技术要提高?能力的瓶颈是什么?心理个性有什么缺陷和不足?有哪些需要改进的方法?

在学习时间上:5 年或 10 年以内要达到什么境地?每年、每月要利用哪些时间来学习?学什么?今天怎么安排学习时间?

3. 制定个人自我训练计划

个人自我训练计划是指针对自身素质的高低,重点解决个人素质与能力的瓶颈,制定对应的训练方法。比如,怎么提高个人的表达能力?怎么加强自身的沟通能力?怎么提高自己的文字书写能力?怎么提高自己的记忆力?怎么强化意志力?等等。

通过自我学习以提高自身综合素质的例子有很多,最值得学习的典范就是被誉为"推销之神"的原一平。他相貌丑陋,身材矮小(只有 145 cm)。为了弥补自身形象的不足,他横下一条心,坚持每天苦练"笑功",数年后他终于成功了。在今天,他的微笑被誉为"价值百万美金的笑容"。

第二节 现代推销理念

一、确立现代推销理念的重要性

推销理念是推销活动过程形成的带有规律性、指导性的推销意识、哲学和观念的总称,它是推销员对推销工作的一种认识方法。推销理念来自于实践,它反过来又指导推销实践,它决定推销员的行为方向,并为推销活动提供指导性准则。因此,作为现代推销员,必须树立正确的现代推销理念,用现代理念作为自身推销工作的指导思想,使自己成为真正意义上的现代推销员。

现代推销理念形成并应用于现代市场环境,反映现代市场营销活动的要求,服务于推销工作。因此,它具有以下几个基本特点:现代推销理念是现代市场营销观念在推销工作中的具体体现;带有鲜明的时代意识;具有明显的职业特点——应用性。由此可以看出,推销员的现代推销理念包括三个方面:营销理念、时代意识和推销工作理念。

二、推销员的现代营销观念

现代营销理念在市场营销学教材中一般有专门论述,这里只作简单的提示。

(一) 顾客观念

顾客观念是指企业一切经济活动都要以顾客需要和欲求为导向的思想。体现在推销工作中,就是推销员要以顾客的需要为出发点,尊重顾客利益,满足顾客需要。

(二) 社会观念

社会观念就是企业获取自身利益必须以社会利益和满足消费者需要为前提的一种思想。在推销活动中,要求推销员要有社会整体意识,注意保护环境,倡导先进的时代理念和精神,促进社会文明、健康、协调、持续地发展。

(三) 效益观念

效益观念是指企业一切经济活动在尊重顾客利益和社会利益的前提下要有投入产出、获取最优效益的一种思想。在推销活动中,就是要求推销员要有投入产出的意识,确立以盈利为中心的工作目标,善于经济核算,节省费用开支,增加销售收入和利润。

(四) 服务观念

服务观念是指企业要认识到服务可以增加产品附加值和提高顾客满意度,用最优质的服务以赢得市场竞争优势的一种思想。体现在推销活动中,就是要求推销员要充分认识服务的价值和意义,注重顾客服务,提高顾客满意度。

(五) 大营销观念

大营销观念就是企业营销活动在运用传统营销组合手段的同时,要善于运用政治和公关手段的一种思想认识。在推销活动中,就是要求推销员不仅要善于说服顾客,还要善于说服地方政府与公众以及有关机构,取得多方的共识和合作,顺利打开新区域市场。

（六） 关系营销观念

关系营销观念就是企业为了实现市场营销目标,通过承诺与履行诺言,创立、保持和发展与经销商、顾客及其他各方关系的一种思想。体现在推销活动中,就是要求推销员要遵循双赢甚至多赢的商业准则,履行诺言,协调利益矛盾,维系客情关系,从而建立、保持和发展与顾客的长期合作关系,达到巩固和扩大市场销售的目的。

（七） 顾客价值观念

顾客价值观念也叫顾客让渡价值观念,就是企业最大限度地提高顾客价值,降低顾客成本,使顾客感到满意的一种思想。在推销中,就是要求推销员要认识产品的顾客让渡价值,从而正确认识产品的质量、性能、价格、服务等的重要性,向顾客提供超值产品和服务,使顾客的满意度达到最大化。

（八） 整合市场营销观念

整合市场营销观念就是企业为实现整体效果和效益的最大化,要善于用系统的观点,整体、动态地运用营销资源和营销手段的一种思想。体现在推销活动中,就是要求推销员要有全局的观念和系统意识,在工作中贯彻企业营销战略思想和营销哲学,服从企业大局,全方位地贯彻和执行企业的营销政策和营销策略。

三、推销员的时代意识

新时代的推销员必须迎合当今的时代要求。在当今时代,以下意识是推销员开展推销工作必需的:

（一） 时间与效率意识

时间是一种资源,单位时间内可以产生一定的经济价值,而这种资源是有限的,抓住时间,善于利用时间,就意味着提高工作效率;反之,浪费时间就意味着浪费金钱,就意味着失去机会。所以有人说,时间就是效率,时间就是金钱。因此,推销员要充分认识时间的价值,在工作中要提高时间利用率,注意在关键时机要决策果断,行动迅捷,把握机会。

（二） 学习意识

如今新技术、新知识、新信息层出不穷,是信息时代,是知识爆炸的时代。所以,推销员必须具有学习的意识和能力,跟上时代前进的步伐。

（三） 协作意识

推销过程虽然可能是由推销员个人独立完成的,但市场销售的局面要靠全体人员的共同努力和协作配合来实现。因此,推销员要具有组织观念和团体意识,服从企业全局和销售组织部门的要求,善于与别人取得合作,并注意协调关系,共同完成销售任务。

（四） 信息意识

信息在现代社会已经成为企业发展的战略性资源,也是推销员开展推销工作的重要工具。信息意识就是要求推销员要认识到信息的重要性,注意收集信息、反馈信息和利用信息。

（五） 竞争意识

现代社会是竞争的社会,竞争实质上就是资源、利益的争夺。从某种意义上说,在特定的空间和时间下顾客资源是有限的,因此,推销员的竞争意识就是推销员要认识到市场资源的有限性和竞争对手的客观存在,行动上时刻保持自己处在最有利的位置,使自己略胜一筹。

（六） 应变意识

现代社会是瞬息万变的时代,推销活动更是错综复杂、变化多端的过程,推销员要根据内外部条件的变化,随机应变。

四、推销员的现代工作理念

推销工作理念直接服务于推销员的具体工作,它是最直接的推销理念。推销工作理念有很多,以下这些理念对推销工作特别重要。

（一） 使用价值理念（效用理念）

现代市场营销原理告诉我们,顾客购买产品,其实不是购买产品本身,而是购买产品给顾客带来的利益或效用。比如,人们购买服装,买的不是服装,而是购买服装给他带来的"自信"、"虚荣心的满足"等;人们购买汽车,买的是汽车给他带来的"身份与地位的象征"、"成就感"或"工作便利"等。因此,所谓使用价值理念,就是推销员在推销中不仅要向顾客推销产品的实体,更重要的是要向顾客推销产品给顾客带来的利益和效用的一种工作认识方法。

（二） 诚信理念

诚信理念就是对推销员要具有诚实的道德品质,遵守职业规则,以诚相待,讲究信用,不欺骗顾客,更不能损害顾客利益的一种认识。

 推销小贴士

赫克金法则

美国的一项调查表明,优秀销售人员的业绩是普通销售人员业绩的 300 倍。资料显示,优秀销售人员与长相无关,与年龄大小无涉,也与性格无关。那么,究竟什么样的人才能成为优秀销售人员呢? 美国营销专家赫克金有句名言:"要当一名优秀销售人员,首先要做一个好人。"这就是赫克金的诚信法则。

（三）　行动理念

行动理念就是推销员要有果断的行动力,想到、说到,就要做到。本章第三节已作过论述。

（四）　换位思考理念（移情理念）

换位思考就是站在对方的角度和立场考虑问题。体现在推销中,就是:推销员要站在顾客的角度,理解顾客的问题,认识顾客的需要,体会顾客的态度和种种反应,掌握顾客的购买要求,进而采取有针对性的推销活动。

（五）　双赢理念

双赢理念有的也叫多赢理念。它是指为了取得顾客的长期合作和支持,维持和发展平等、互利、长期、稳定的买卖双方或多方关系,推销员要替顾客利益着想,使买卖双方或多方都要在交易中获利的一种认识。

（六）　专家理念

专家理念就是推销员要成为产品的专家,成为顾客的购买顾问的一种认识。在复杂产品和服务推销领域,交易式的推销形式逐步被新型的咨询式、解决问题型推销洽谈所替代。作为推销员,就是顾客的购买顾问,能够帮助顾客发现其问题和难题,通过业务洽谈帮助顾客认识解决问题的方法和途径,通过商品交易,帮助顾客解决问题和满足其需要。

第三节　现代推销模式

推销模式就是人们根据推销活动的特点及对顾客购买活动的各阶段的心理演变应采取的策略,归纳出的一套程序化的标准推销形式。所有推销模式都是成功推销实践的总结和归纳。在推销活动中,模仿、运用这些推销模式有助于推销员取得好的推销效果。推销模式有许多,由于还未接触真正的推销专业技术,在这里掌握学习推销模式有一定的难度,所以,这里就几种常见的推销模式作简单的介绍。

一、爱达（AIDA）模式

根据消费心理学的研究,顾客购买的心理活动过程可分为四个阶段,即注意（attention）、兴趣（interest）、欲望（desire）、行动（action）,即 AIDA（爱达）模式。这是著名推销专家海英兹·姆·戈德曼于 1980 年在《推销技巧——怎样赢得顾客》一书中总结的推销模式。爱达模式根据消费者购买心理活动过程的规律性,把推销员的推销过程总结成四个步骤:引起顾客注意→诱发顾客购买兴趣→刺激顾客购买欲望 →促成顾客购买行动。

爱达模式是最具代表性的推销模式,被公认为是成功的推销模式,其总结的推销四步骤被认为是成功推销的四大法则。它主要适用于店堂的销售、易于携带的办公用品及生活用品的销售及推销员面对陌生顾客的推销。

二、迪伯达（DIPADA）模式

迪伯达模式也是戈德曼总结出来的，它比爱达模式更具创造性，充分体现了以顾客需求为核心的现代推销理念。其主要观点是先谈顾客的问题，然后谈论所推销的产品。戈德曼把推销过程概括为六个阶段，即发现（definition）→需要与产品结合（identification）→证实（proof）→接受（acceptance）→欲望（desire）→行动（action），简称为 DIPADA（中文音译为迪伯达）。

迪伯达模式的具体步骤是：① 准确地发现顾客的需求和欲望；② 把顾客的需求和欲望与销售的产品结合起来；③ 证实销售的产品符合顾客的需求和欲望；④ 促使顾客接受推销品。

迪伯达模式主要适用范围有：生产资料，无形产品或无形工程、无形交易，老顾客和熟悉的顾客，顾客主动询问的情况下的推销。

三、费比（FABE）模式

费比是 FABE 的译音，FABE 是特点（feature）、优点（advantage）、利益（benefit）、证据（evidence）的缩写。费比（FABE）模式是由美国俄克拉荷马大学企业管理博士、中国台湾中兴大学商业学院院长郭昆漠总结提出的。它是指通过介绍和比较产品的特征优点，陈述产品给顾客带来的利益，提供令顾客信服的证据，以实现推销目标。

费比模式的主要步骤是：① 在掌握产品、顾客需求等有关情况的前提下，把产品的特征详细介绍给顾客；② 充分分析产品的功能，体现产品的差异化优势；③ 结合顾客需求点和购买要求，阐述产品给顾客带来的利益；④ 用有说服力的证据说服顾客购买。

四、吉姆（GEM）模式

吉姆模式实际上是一种培养推销员自信心、提高推销员说服能力的一种理论，而不是推销过程的一种模式。吉姆模式就是推销人员在推销中必须相信自己所销售的产品（goods，G），相信自己所代表的公司（establishment，E），相信自己（man，M）。如图 2-1 所示，三角形是最稳定的结构，缺一不可，吉姆模式中缺少任何一点（G、E 或 M），都会导致推销工作的失败。

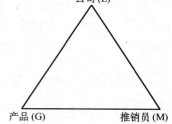

图 2-1　GEM 模式示意图

五、希斯模式

希斯模式适用于生产资料有关产品的推销。该模式的主要步骤和内容是：

（一）分析顾客购买欲望

购买生产资料有关产品的顾客多是专业技术人员，且受过专业训练，其购买行为富有技术性和理性,对其购买欲望的判断相对较难。因此,推销员应认真分析顾客的购买欲望类型,针对顾客的不同购买欲望进行重点介绍,才能促成交易。

(二) 判断购买决策者

生产资料购买决策采用正式组织程序,购买参与者身份比较复杂,决策权的归属较为隐蔽,权限分布也较广。因此,推销员非常重要的任务就是要真正分清购买组织中不同参与者的身份和决策的分工,找出真正掌握决策权的推销对象。

(三) 协调集体决策中成员之间的关系

为了达成交易,推销人员必须要认清不同参与者与交易的不同利益关联程度以及他们各自不同的立场和对购买决策的影响力,确认顾客的真正需求和具体购买核心要求,进行有效的说服和磋商,协调好各个成员之间的关系,使他们尽快统一思想,达成一致意见,作出购买决策。

(四) 创造有利的市场环境

这里的市场环境应特别包括地方市场保护、政府部门干预、公众利益触动等阻碍成交的因素。推销员要全面、动态地认识市场环境及其变化,检测和把握各种环境力量对交易达成可能产生的影响,趋利避害,善于利用环境并积极创造有利的市场环境,以便为自己推销成功创造机会。

第四节 推 销 礼 仪

推销礼仪与推销员个人形象有着密切的关系,同时也直接影响着顾客对他的评价。因此,许多企业都非常重视对推销员进行推销礼仪的培训。这里简单介绍几种常见的推销礼仪。

一、推销员的仪表

推销员的仪表由推销员相貌、气质、精神风貌以及个人卫生状况等构成。在社会交往中,人们往往会"以貌取人",这个"貌"指的就是推销员的仪表。恰当的仪表不仅对顾客,而且对推销员自身也会产生良好的效果。一个人如果知道自己的外表不会引起别人的反感,他就能产生一种自信;相反,如果他的仪表遭到顾客不时投来挑剔的目光,这种自信心就会消失。按美国销售技术的观点看:一个推销员必须具备良好的仪表,这不是为了显示,而是为了在推销时不为仪表担忧。

(一) 相貌

相貌是一个人的五官、身体、肤色等所构成的整体容貌。表面上看,相貌是由先天决定的,是无法改变的。其实不然,人们可以改变相貌的整体视觉效果。林肯曾经在一次拒绝某人推荐的一位阁员时说:"我不喜欢他的长相,每个人在过了 40 岁就该对自己的面孔负责。"这里说的就是相貌会因个人的修养和装饰而改变。

首先,在个人素质上下工夫。一个人的信心、素养、信念都直接影响他的相貌。

其次,应懂得审美,掌握必要的个人包装技术。但不提倡为了改变相貌而去"整容";只要懂得审美,小小的改变,就可以掩饰相貌的某些不足,而突出相貌的长处。比如,穿着、化妆、发型等都可以改变相貌的特征。

最后,养成合理的工作、生活习惯。保持充足的睡眠、合理的营养和必要的运动,会让人有更好的肤色和体格。

当然,相貌不等于一切。因此,推销员没有必要因为自己的相貌出众而沾沾自喜,或因为自己的相貌不佳而灰心沮丧。

（二）　气质

一个人的气质更多地取决于个人的个性、素质、年龄、阅历、地位、成长环境等因素。推销员要塑造自己良好的气质,至少要做到以下几点:

（1）树立积极向上的人生观和世界观,培养健康的情趣爱好;

（2）从思想、知识、智能、心理等方面入手,长期坚持学习和训练,全面提高自身的综合素质;

（3）努力工作,积累成功经验,增强信心,培养成就感;

（4）积极参与社会社交活动,扩大接触面,丰富社会阅历。

（三）　精神风貌

精神风貌显示的是一个人的精神状态。推销员在顾客面前,应表现出"精神饱满、神采奕奕"的精神状态,表现出"热忱、坦然"的态度,表现出"沉稳成熟、不卑不亢"的风范。

（四）　个人卫生状况

谁也不会喜欢指甲有污垢、满脸胡须、头发脏乱、浑身臭味的推销员。一个仪容不整、不修边幅的人,会使人产生此人生活没有条理、生活作风不严谨的感觉。因此,推销员要特别注意:经常洗澡,保持牙齿洁白,常理发、刮胡子、整理脸部;衣服烫平;等等。

二、推销员的服饰

服饰包括服装和修饰,也叫穿着打扮,有的人形象地把它比喻为个人"包装"。俗话说,"人靠衣裳、马靠鞍","佛要金装,人要衣装",推销职业是与人打交道的职业,它是企业对外的代表,推销员个人的"包装"不仅关系到个人的形象,在一定程度上也代表着所在企业的形象。因此,讲究服饰的得体性,不仅是推销员个人的要求,也往往是企业自身的要求。

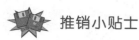
推销小贴士

着装的"TOP"原则

要掌握正确的穿衣之道,必须遵循 TOP 原则:T—time(时间),O—Occasion(场合),P—place(地点)。要成为一个出色的销售人员,应该遵循以下几个基本穿衣原则:

(1)遵循时间原则。所谓时间原则,就是着装要随着时间的变化而变化。

(2)遵循场合原则。着装要随场合的变化而变化。着装的场合一般可以分为正式场合、非正式场合以及半正式场合,不同场合对着装的要求是不同的。

(3)遵循地点原则。着装要入乡随俗,因人而异。无论如何,销售人员只有能够博得客户的好感和共鸣,增加彼此的认同感和亲切感,才是着装最根本的目的和准则。

因为篇幅关系,这里不一一罗列服饰的具体要求,仅对推销员职业服饰的共性要求提出几条建议,以供参考。

(一) 稳重大方,展现沉稳成熟的形象

稳重的服饰,可以体现一个人的沉稳成熟,可以增加顾客对推销员的可信度。职业服装设计师莫洛伊对推销员职业服饰有过专门的建议,他把"稳重大方"放在了职业服饰的第一位;国际知名企业 IBM 公司为了使他们的推销员在顾客面前体现出稳重的形象,要求推销员穿深色西装,戴黑领带,穿黑皮鞋和白衬衣。

稳重的穿着最少有这么几个要求:服饰款式严谨,穿正式的职业服饰,如西服、公司规定的制服;不穿奇装怪服或过分张扬个性的服饰;不过分追求时尚;不佩戴过多的首饰;不浓妆艳抹;等等。

(二) 适应场合的需要

1. 要适应顾客的习惯和品位

顾客身份、地位、职业、文化层次等不同,其服饰品位与接受习惯也就不同,因而对来访者的评价标准也就不同,因此,不同顾客,推销员的装饰应有所区别。穿着笔挺、考究的西服去拜访农民,无疑是不适合的;同样,穿着破落的衣服去拜访公司高级主管,同样也会落得失败的结局。

2. 适合不同场合的需要

推销员的拜访场合有办公场所、生活场所、娱乐场所、社交场所、运动场所,这些场所性质不同,服饰应有所区别。大家可以想象,穿着同样一套衣服分别去装修精致的办公室、尘土飞扬的工地或到处是泥泞的农场拜访顾客,会是怎样的结果?

3. 因双方关系而异

业务拜访中,出现这些情况下,推销员的着装就要特别加以重视:对陌生人的首次拜访,顾客是异性,推销员与顾客的社会地位有明显的差异,等等。

（三）　适合自己的习惯，展现自信

"适合自己的习惯"，指的是服饰要适合推销员自己的相貌、气质特征、穿着习惯，自己没有不自然或别扭的感觉。

（四）　一些名人的建议

美国著名时装设计师约翰·T. 莫洛伊曾经为工商企业界人士写过一本名为《成功的衣着》的书，其中有一部分专门论述推销人员的服饰，这里提供部分内容供参考：

（1）可能的话，推销人员应穿正统西服或轻便西式上装。

（2）衣服应该干净烫平。

（3）除了在特殊场合之外，衣着的式样和颜色应该慎重选择，尽量保持大方、稳重。

（4）不要佩戴一些代表个人身份或宗教信仰的标记，除非推销员知道对方与自己具有同一身份或信仰。

（5）绝对不要穿绿色的衣服。

（6）不要抹太多的发油，以免让人觉得油腻恶心。

（7）不要戴太阳镜和变色镜，只有让顾客看得见眼睛，才能使顾客相信推销员的言行。

（8）不要佩戴珠宝或首饰，珠光宝气会让人觉得俗不可耐。大戒指、珠链、手镯等都是绝对禁忌的物品。

（9）可以佩戴某一种能代表公司的标记，或者穿一种与产品印象相符合的衣服，使顾客加深对本公司和产品的联想。

（10）可能的话，要携带一个考究的公文包。

（11）要带一支比较高级的圆珠笔、钢笔或铅笔，不要那种粗俗的圆珠笔。

（12）可能的话，带一条质地优良的领带。

（13）尽可能不要脱去上装，以免影响推销员的形象。

（14）推销员在拜访顾客之前，应该对镜自照，检查一下头发是否梳好，领带是否整齐，扣子是否扣好，衣服是否干净，胡须是否已经刮光等。

三、推销员的言谈

由于言谈的重要性，本书在第五章有专门的介绍。这里主要介绍一下言谈的礼节性要求。

总的来看，推销员言谈礼仪的基本要求是：准确、规范、文明礼貌、具体明确、职业化、生动幽默、适当使用身体语言、注意倾听。

具体来讲，推销员的言谈礼仪包括以下两方面的内容：

（一）　推销员应该做到的

（1）使用普通话或当地适用的地方语言。

（2）使用正确的专业、专用或适用词汇，造句正确，符合逻辑。

（3）声音洪亮或清晰圆润，富有质感，发音正确，音调适中，吐字清晰。

（4）说话时表情平静,语气平稳、坚定,语意分明。

（5）注意倾听,温和目视对方,让顾客说话,尊重对方观点,并作出反应。

（6）保持自然、亲切、稳定的姿势,面带微笑。

（7）多用"请"、"您好"、"谢谢"、"对不起"、"不用客气"、"再见"等文明礼貌用语。

（8）善于利用身体语言。

（二） 推销员应该避免的

（1）使用错别字、白字,语病百出。

（2）满嘴的地方口音、口头禅;不时有粗俗用语和脏话。

（3）声音嘶哑,音调尖刻刺耳,说话速度太快或太慢。

（4）语调生硬或油腔滑调,语意尖酸刻薄,使用蔑视性语言或语调。

（5）模仿他人的语音语调、手势或表情,讽刺别人。

（6）措辞含糊,语意混乱。

（7）打断对方发言或经常与顾客争辩,甚至与顾客争吵不休。

（8）故作幽默,表现滑稽,开过分的玩笑。

四、推销员的行为举止

（一） 目光

1. 恰当的注视

直愣愣地盯着对方、上下打量顾客、用好奇的眼光打量顾客或漠视顾客,在推销中都是无礼的。恰当的目光应该是:在交流时注视对方,无交流时适当转移视线。

2. 视线的位置

对话时注视对方的眼睛;注视范围可扩大到对方的领结或耳朵附近;如果是男性,注视焦点在对方的鼻子附近,如果是已婚女性,注视焦点在对方的嘴巴,如果是未婚女性,注视焦点在对方的下巴;提出请求或洽谈即将结束时,注视对方的眼睛。

（二） 手势与握手

1. 手势

根据对人的心理分析,当人们手心向外展示自己时,是一种坦白的表示;反之,手心向内会给人"隐藏着什么"的感觉。因此,推销员在应用手势时应注意养成手心向外的习惯。

2. 握手

握手的先后要依具体情况而定;自然大方,目视对方;稍微有力而稳定;不用左手,用右手;手掌握手掌;表达额外的热情可用双手;收手时稍微停顿一下;适当地问候;注意手的卫生;掌握合适的时间;等等。

（三） 站姿

（1）站立等待时将脚打开,双手握于小腹前,视线可维持水平略高的幅度,气度安详稳定,表现出自信平静的神态。

（2）与顾客商谈时,两脚平行张开约 10 cm,站立平稳,全身可以前后摆动。

（3）鞠躬（15°）时,视线约停在脚前,身体自然向前倾斜,低头比抬头慢。

（四） 坐姿

（1）身体基本保持正直,可微前倾。

（2）手要端正地放在两腿上。

（3）先让顾客就座,起身要从椅子的另一侧退出,并推回椅子。

（4）坐满整个椅子面,不要求双腿并拢,但两膝盖间的距离不可过开,在一拳之间,脚跟要靠拢。

（5）身体便于左右转动,以身体的一侧面向顾客。

（五） 距离

（1）站立时与顾客的距离,对于熟悉的顾客一般保持在一个半手臂长左右,对于不熟悉的顾客保持在两个手臂长左右。

（2）入座坐着时,与顾客的距离,对于熟悉的顾客一般保持在一个手臂长左右,对于不熟悉的顾客保持在一个半手臂长左右。

（六） 推销员行为举止的禁忌

推销员应禁忌有以下行为举止:

（1）卑躬屈膝,太紧张,表情僵硬。

（2）太随便,与顾客勾肩搭背。

（3）挖耳搔头,吐舌,咬指甲,舔嘴唇,手脚有节律地拍打抖动。

（4）不停地看表,东张西望。

（5）慌慌张张,将东西掉地上。

（6）死皮赖脸,死缠硬磨,不达目的誓不罢休。

（7）直愣愣地盯着对方,上下打量顾客。

（8）拼命地吸烟。

（9）漠然无趣地像抹盘子或大力士式的握手。

五、其他推销礼仪

（一） 打招呼的礼节

1. 总的要求

打招呼总的要求是:态度热情、诚恳,表情自然、沉着,话题贴切,时机合适。

2. 可供选择的打招呼方式

（1）问好:"刘先生,您好!""张女士,您好。"

（2）时间："早上好,张总。""晚安,黄经理。""圣诞快乐!"

（3）气候："今天真热!""上午还出太阳,现在却下起雨来!"

（4）顾客兴趣爱好："林经理,昨晚上那场球赛真精彩!"

（5）顾客行动："吴主任,这次去上海有什么收获?"

（6）顾客生活情况："最近家里都好吧?""你的儿子这次高考考得不错吧?"

（7）联络感情："今天你看上去气色不错!"

（8）新闻或社会焦点："最近好像石油又涨价了。怎么样贵公司有没有受此影响啊?"

（二）　使用名片的礼节

（1）一般名片放在衬衫的左侧或西服的内侧口袋,最好不要放在裤子口袋。

（2）经常检查名片是否完好,备齐;必要时准备两种不同用途的名片。

（3）一般在自我介绍后传递名片;手指并拢,双手大拇指捏着名片下方,以弧状方式递交对方,并使名片的正面面向对方。

（4）接取名片要用双手,放置于自己名片夹的上端夹内。

（5）同时交换名片时,可以右手递交,左手接拿。

（三）　记住顾客的名字

戴尔·卡内基在《如何赢得朋友和影响别人》里说:"你能记住我的名字就是对我的巧妙的赞美;因为这表明我已经给你留下深刻的印象……一种最简单但又最重要的获取好感的方法,就是牢记别人的姓名。"

顾客的名字是最有力的成交工具,因为绝大多数人对自己比对别人更感兴趣。

在推销访问中应多次提到顾客的名字——但不要过多。把顾客的名字与主要的利益说明联系在一起:"张经理,我们作出这样的保证就是要让您放心。"或者"立敏先生,这个自动拨号的特点能给你节省很多时间。"

如果你把顾客的名字与三四个突出的产品好处联系在一起,你一提到他/她的名字,顾客就希望听到某些有益的东西。当你接近结束时,记住要用顾客的名字。顾客听到自己的名字可能再次被激起积极的感觉。

要牢记顾客姓名,可参考下面四个方法:

（1）用心倾听。

（2）利用笔记,帮助记忆。

（3）重复一个人的姓名,能够帮助记忆。

（4）运用有趣的联想。

 **本章小结**

通过本章的学习,我们要认识到:要胜任推销工作的要求,推销员必须具有较高的综合素养。首先,要干好任何一项社会工作,都需要具备一定的思想、知识、智力与能力、心理和身体

等方面的基本素质基础。从推销工作的基本特点和基本要求来说,第一,要有正确的世界观和强烈的事业心,具备诚实守信的职业道德观念;第二,在具备基本的文化知识基础上,要掌握扎实系统的专业知识和广博的社会常识;第三,要具有一定的思维分析能力,同时要有较强的沟通说服、组织协调、动手做事等方面的行动能力;第四,要有抵御失败和挫折的强硬心理素质和坚定的信念与信心;第五,要有能胜任长时间、高强度工作的精力和体力。为了胜任工作的要求,成为合格直至优秀的推销员,推销员需要通过系统的职业教育、在工作中积累和磨炼、借鉴他人的经验教训、参加培训和自我学习与训练等途径,实现个人综合素质的动态提升。

其次,人们的观念和理念是行为抉择的导向,推销员在实际工作中还必须树立正确的观念和理念。推销活动是企业面对顾客的基本营销活动,也是特定时代背景下的社会活动,同时,推销工作又是一项相对复杂、涉及多方利益关系的沟通说服性工作,因此,推销员必须确立正确的现代营销理念,必须具备现代职业人应有的时代意识和符合职业特点要求的职业理念。

最后,推销员活动是与人打交道的社会性活动,推销员必须懂得和遵循仪表仪容、服饰打扮、言谈举止等方面的商务社交礼仪要求。

 ## 本章关键词

受挫力 关系市场营销 爱达模式 吉姆模式 仪表

 ## 推销技能测试

1. 假如您觉得有点泄气,您应该( )。

A. 请一天假不去想公事   B. 强迫自己更努力去做

C. 尽量减少拜访   D. 请业务经理和您一起出去

2. 下列情形中,推销员充分利用时间的做法有( )。

A. 将客户资料进行更新   B. 当他和客户面对面的时候谈天说地

C. 在销售讲座上学习更好的销售方法   D. 和销售同事谈论事情

案例分析

案例 2-1 哪些推销员不能成功

戈德曼对不能取得预期成果的推销员进行了分析,指出其中主要有五个方面的原因:一是许多推销员特别是那些认为自己有经验的"老手",总认为自己的方法是正确的。这种所谓"自己的推销方法"常常是杂乱无章的。"任何一个人都不可能比我更了解我自己的工作了。这行当我已经干了好几十年了!"所以他们从不接受他人的经验教训,从不采纳他人的建议。二是推销员欣然把推销工作中的过失归结于其他原因,如顾客、产品、具体推销时间、交易类别以及市场状况等,唯独不从自己身上找原因。所以他们也就不可能从自己的失败中吸取教训。三是一些推销员在业务洽谈终了,顾客还没有对其推销作出直截了当的答复时,他们就以为万事大吉了。他们忘记要达成交易还有许多事情要做。他们相信"明天"会给他们带来成功，但这样的"明天"是永远不存在的。四是许多推销员自以为他们是合格的，其实不然。他们夸大自己对人的本性的认识，他们洞察不到潜伏在顾客反应背后的真正动机，他们没有同顾客建立真正的业务联系。总之，他们全然不知推销过程的奥妙所在。五是极少参加系统的推销训练或根本就不愿意参加推销培训，缺少专业指导。

分析题：

（1）你能详细描述这五种失败类型的具体行为特征吗？

（2）试对推销员失败的原因作全面的归结。

（3）联系自己的情况，谈谈为避免职业失败，自身应该怎样做。

案例 2-2　乔·坎多尔福的早期生活

下面是乔·坎多尔福的一段描述："有一些夜晚，我患了难以忍受的思乡病，想妻子、想我那年幼的孩子。最糟糕的是当我劳累十七八个小时而又一无所获地回到又小又孤独的房子时，我难过得要死。每当这时，我就将自己锁在屋里，跪在地上求上帝保佑。我这样做得对吗？我真牺牲得太多了吧？我向家庭要求的东西太多了吧？"

"每天早晨，我 5 点起床，6 点钟做完弥撒，就开始一天的工作，直到深夜 10 点。一天我只吃一顿饭（工作后吃），如果一天工作进展不好，这一顿也省了。在我二十几岁的时候，我的基本生活规则就是一天吃一顿饭，如果没有事干就继续停食。"

乔·坎多尔福极富有耐心，并能排除各种杂念，由于他不断的努力，使他在第一星期就获得了 92 000 美元的销售额。1976 年，他的推销额达到 10 亿美元，成为美国"百万美元推销员俱乐部"的成员，并获得了"推销大王"的荣誉称号。

分析题：

（1）看了乔·坎多尔福早年的奋斗故事，你有什么感想？

（2）你觉得推销员的个性心理素质在成功中起着何种的作用？

案例 2-3　测试自己最重视的价值观[①]

步骤一：选择

从这个包括个人和工作价值的清单中，选择你心目中的十个最重要的行为准则或生活方式。你可以随意在这个清单上，增添你重视的价值观。

成就　升迁　关爱　艺术　挑战性的问题　冒险　变化　亲密关系　社群　能力　竞争　合作　国家　创造力　决断力　民主　生态意识　经济保障　效益　效率　道德　实践　卓越　刺激　专业　快节奏的工作　自由　财务收获　友谊　拥有家庭　帮助别人　帮助社会　诚实　独立　影响别人　内在和谐　廉洁正直　知识上的地位　工作的平等　知识　领导

---

① 张云起.销售业务与潜能开发.北京：中国经济出版社，2000.

力 地点 忠贞的市场地位 有意义的工作 功绩 金钱 大自然 智慧 名气 和别人一起工作 在压力下工作 生理上的挑战 享乐 权力 隐私 公共服务 纯洁 做事的品质 人际关系品质 肯定 宗教 名誉 责任 安全感 自重 安宁 成熟 稳定 地位 督导别人 能自由运用时间 财富 放荡的生活 独自工作 个人发展 秩序 与开放诚实的人为伍

步骤二：消去法

现在，你已经选定了十个项目，假定你只能保留五项。你会放弃哪些项？把它划掉。

现在，假定你只能保留四项，你会放弃哪一项？把它划掉。

现在，再划掉一项，你的单子上只剩下三项。

再划掉一项，你的单子上只剩下两项。

最后，划掉两项中的一项。你的单子上的项目中，你最关心的是什么？

步骤三：说明

看看单子上你最重视的三项价值。

分析题：

(1) 这些价值到底代表了什么意义？即使在困境中，你对自己有什么期望？

(2) 假如这些价值都被实践而且发扬光大，你的生活会有什么转变？

(3) 你最后选择的是哪些价值观？你怎么解释你作出选择的理由？

案例 2-4 相信自己的产品

齐格·齐格勒是一个非常成功的推销员，他推销的是厨房成套设备。有一次，他被同事比尔邀请到家里做客。比尔在最近一段时间工作很不顺利，所以有意请齐格勒指教。

齐格勒很快地告诉他："我很清楚事情坏在哪里。问题很简单，是你强迫自己做不可能做到的事情。"

比尔不解地问道："我不懂你说的是什么意思？"

齐格勒说："你呀，比尔，你在拼命推销连自己都不相信的产品。"

比尔立刻反驳："齐格勒，你胡说些什么呀！我是在推销全国市场上最受欢迎的厨房成套设备……"

"喂！比尔，你这蠢话到别处去说吧！我对你的情况知道得很清楚，你现在说的话连你自己都不相信，这一点我也很清楚。"

比尔急了："你怎么说都行！可是我自己知道自己推销的产品是可以信赖的。"

齐格勒将脸转向厨房说："比尔，我可以证明你确实不相信自己推销的产品。"（比尔使用的是另一种牌子的厨房设备。）

比尔："你不要那样想，那并不重要，我也是想买公司的产品的，可是，你知道我也有我的难处啊！我们把汽车撞坏了，所以这两个月以来不是借车就是乘公共汽车或出租车。在我妻子住院治病的两个星期，花掉了我所有的时间和钱。而且，这还没完，因为孩子要做扁桃体手术，不住院不行。还有，齐格勒，你要知道，我们没有参加任何保险。你说我们应该购买我们公司的产品,这点无疑是正确的,我也认为绝对要买,但现在不是时候。"

"比尔,我想问你一个问题,你进这家公司有几年了?"

"5 年了。"

"你去年没有买的理由是什么? 前年,大前年、再前些年,你没买的理由又是什么? 我可以告诉你,当你要使你的顾客下决心而他正在考虑的时候,你心里在想什么? 那种情景已经浮现在我的眼前,比尔,我想再来描述一下那种情景给你看……当你面对顾客列举他不买的理由时,你是怎么对待的呢? 你肯定是坐在那儿勉强地微笑,暗地里对自己说:'比尔,不要失望,要尽力往好处想。'但在内心深处你想的却是:'比尔,无论怎么说,最高明的对策就是即使典当全部家当,也要买下那套设备。'"

在齐格勒的劝说下,比尔下狠心买下了一套自己推销的厨房设备。很显然,从此以后,当面对顾客提出没有钱而表示不想买时,他盯着对方的眼睛说:"你现在的心情我是知道的,但是根据我的亲身体会来说,付出牺牲买这样的东西是值得的,你绝对不会后悔!"不久之后,他的销售额戏剧性地以令人难以置信的速度不断上升。

分析题:

(1) 这个故事说的是推销中的什么问题?

(2) 你觉得比尔有必要那样做吗? 为什么?

(3) 结合此例,解释齐格·齐格勒的名言:推销就是传达推销品使用心得。

案例2-5 日本推销学校是怎样训练推销员的?

日本有一所推销员训练学校,为了锻炼学员的意志品质和勇气,他们要求学员每天清晨四点半起床,先洗冷水澡,然后一边用力挥动湿毛巾拍打地面,一边喊口号。有时让学员到东京最热闹的东站广场上,站在人流中引吭高歌,唱自己编的歌曲。教员则站在 100 米以外,若听不到或听不清他的歌声,那么学员的这门课就算不及格,不及格的学员往往要被除名。他们通过这种近乎残酷的方式培养学员的"不怕丢面子,敢于面对失败"的心理素质。

分析题:

(1) 你觉得这所推销培训学校这样训练的目的是什么?

(2) 你觉得训练推销员的意志、勇气等个性品质的方法还有哪些?

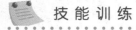 技 能 训 练

技能训练1 校 内 实 训

1. 推销礼仪训练

● 实训内容

口语(含普通话)训练、形体训练。

● **实训目标**

通过实训,提高学生的普通话水平和口头表达能力;培养学生良好的行为举止习惯。

● **实训方法**

可以结合其他相关课程如"礼仪"、"语文"或"口语"等学科的实训教学活动,借助其相关专业训练人员和训练场所进行有针对性的实训活动。

2. 小游戏:勇于承担责任

游戏规则:学员相隔一臂站成几排(视人数而定),培训师喊"一"时,向右转;喊"二"时,向左转;喊"三"时,向后转;喊"四"时,向前跨一步;喊"五"时,不动。

当有人做错时,做错的人要走出队列、站到大家面前先鞠一躬,举起右手高声说:"对不起,我错了!"做几个回合后,提问:这个游戏说明什么问题?

请在游戏完成后,根据本章所讲的内容写出自己的感想。

技能训练2　校外实践

上网收集推销员的成功事迹,分析他们成功的根源,并指出他们在素质上具有哪些基本特征,向他们学习。

第三章
推销准备

 本章学习目标

- □ 1. 懂得推销前要做的准备工作的总体内容
- □ 2. 了解推销业务背景的基本内容
- □ 3. 掌握寻找顾客线索的基本方法
- □ 4. 掌握顾客资格审查意义和内容
- □ 5. 初步懂得制定推销拜访计划

案例导入

有一家销售男性产品的公司,该公司经常在报纸杂志上宣传他们的"真空改良法"。

有一天,原一平的业务顾问把原一平介绍给该公司的总经理。原一平带着顾问给他的介绍函,欣然前往。

可是,不论原一平什么时候去总经理的住处拜访,总经理不是没回来,就是刚出去。每次开门的都是一个像颐养天年的老人家。

老人家总是说:"总经理不在家,请你改天再来吧!"

就这样,在 3 年零 8 个月的时间里,原一平前前后后一共拜访了该总经理 70 次,但每次都扑空。

原一平很不甘心,只要能见到那位总经理一面,纵使向他当面大叫"我不需要保险",也比像这样连一次面都没见到要好受些。

有一天,一位业务顾问把原一平介绍给附近的酒批发商 Y 先生。

原一平在访问 Y 先生时,顺便请教他:"请问住在您对面那幢房子的总经理,究竟长得什么模样呢? 我在 3 年零 8 个月里,一共拜访他 70 次,却从未和他碰过一次面。"

"哈哈! 你实在太粗心大意了,喏! 那边正在掏水沟的老人家,就是你要找的总经理。"

原一平大吃一惊,因为 Y 先生所指的人,正是那个每次对他说"总经理不在家,请你改天再来"的老人家。

"请问有人在吗?"

"什么事啊?"

原一平第 71 次敲开了总经理的大门,应声开门的仍是那位老人家。脸上一副不屑的样子,意思就像说:"你这小鬼又来干什么!"

原一平倒很平静地说:"您好! 承蒙您一再地关照,我是明治保险的原一平,请问总经理在家吗?"

"唔! 总经理吗? 很不巧,他今天一大早就去国民小学演讲了。"老人家神色自若地又说了一次谎。

"哼! 你自己就是总经理,为什么要欺骗我呢? 我已经来了 71 次了,难道你不知道我来访问的目的吗?"

"谁不知道你是来推销保险的!"

"真是活见鬼了! 要是向你这种一只脚已踩进棺材的人推销保险,会有今天的原一平吗? 再说,我们明治保险公司若是有你这么瘦弱的客户,岂能有今天的规模。"

"好小子! 你说我没资格投保,如果我能投保,你要怎么办?"

"你一定没资格投保。"

"你立刻带我去体检,小鬼头啊! 要是我有资格投保,我看你的保险饭也就别再吃啦!"

"哼! 单为你一人我不干。如果你全公司与全家人都投保,我就打赌。"

"行! 全家就全家,你快去带医生来。"

"既然说定了,我立刻去安排。"争论到此告一段落。

数日后,他安排了所有人员的体验。结果,除了总经理因肺病不能投保外,其他人都变成了他的投保户。

思考:

1. 原一平说:"你对客户了解得越多,你的推销成功概率就越大。"你是如何理解这句话的?

2. 作为一个推销员,应该如何做好销售前的准备?

第一节　推销准备概述

在现实的销售中,如果始终能够持有一定量的并且具有价值的准客户,你就可以在很长的时间内获得稳定的收入。因此说准客户是推销员最大的资产,是推销员赖以生存和发展的根本。对于一个新手推销员来说,最头疼的就是寻找准客户。很多新手推销员到了公司后,公司给他们印了名片,主管就叫他们出去寻找准客户了。当他们站在人群中时,一片迷茫,不知道该从哪儿做起,浪费了许多时间。因此,对推销员而言,最大的问题是"有没有足够多的有效目标客户资料? 能不能在销售一开始就找对人?"如果一开始就找错对象,那么不管付出多大努力,也不会产生好的销售结果。

因此,推销工作需要推销人员在正式开展工作之前做好一定的准备,往往准备越充分,工作开展得就会越顺利。

一、推销准备的总体操作步骤

从图3-1中可以看出,确定推销对象的总体步骤由基础准备和直接操作两个阶段构成。

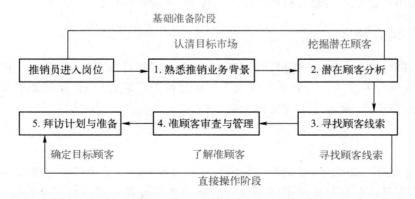

图3-1　推销准备操作过程示意图

（一）基础准备阶段

基础准备就是为确定推销对象而进行的一系列基础准备。它主要由熟悉推销业务背景和潜在顾客分析等两个环节构成。熟悉推销业务背景就是推销员了解公司、产品、市场等基本情况的过程；潜在顾客分析就是推销员明确推销品潜在顾客的类型、结构与分布等状况的活动过程。

（二）　直接操作阶段

直接操作阶段主要由寻找顾客线索、准顾客资格审查与管理、拜访计划与准备三个环节构成。寻找顾客线索是推销员通过一定途径和方法获取具体潜在顾客的过程；准顾客资格审查与管理是推销员根据所获取的顾客线索对准顾客的具体情况展开的调查，以真正确定目标顾客，同时针对准顾客的特征进行一系列的资料分类管理的工作；确定目标顾客以后，推销员应制定相应的拜访计划，并做好拜访前的准备工作，以求有效地促进成交。

二、与推销准备相关的几个概念

推销准备工作就是帮助你在销售的一开始就找到足够多的有效潜在目标客户，使推销对象"身份"逐步清晰的过程。通过图3-1可以看到：伴随着推销准备工作的深入，推销对象的身份在不断地发生变化，从一开始的宽泛的人群概念——目标市场，到相对具体的人——潜在顾客，再到可寻找的对象——顾客线索，直到具体的销售对象——准顾客和目标顾客，这个变化过程实际上就是推销员筛选顾客的过程。这个过程对于推销工作的成功与否关系重大，它决定了推销人员能否以较少的精力和较短的时间投入赢得客户。

（一）　目标市场

目标市场就是企业在市场细分的基础上，选定并为之服务的最佳细分市场。推销品的目标市场是一个群体的概念，是一个需求特征具有相似性的顾客群。它只是推销品顾客的总体范围，推销员不可能把产品的目标市场作为具体的某一拜访对象。

（二）　潜在顾客

潜在顾客就是有可能需要推销品的单位和个人。它与目标市场的区别是：它是推销品目标市场的各个单位和个人。但它也不能成为直接的推销对象，因为它仅仅是不含有具体信息或情况的单位或个人，而且还未经资格审定。

（三）　顾客线索

顾客线索也叫顾客引子，是指有可能成为推销对象的单位和个人。顾客线索是通过寻找而获取的、具有具体信息特征的潜在顾客。潜在顾客只有表面共性的基本特征，而顾客线索则是具有名称或姓名、地址、经济状况、购买需要等具体差异性信息的单位和个人。但它还不能成为推销员的直接推销对象，因为它是没有经过资格审查的潜在顾客。

（四）　准顾客

所谓准顾客就是既能从推销品中获益，又具备购买能力和购买权利的单位和个人。准顾客是由顾客线索而来,经过筛选的、具有实际拜访意义的推销对象。由此可知,推销员的推销对象就是推销员通过各种途径所得到的所有准顾客。

（五） 目标顾客

目标顾客是推销员经过评估确认,确定即将拜访或正在拜访的推销对象。在大部分情况下,目标顾客就是直接的推销对象。

第二节　熟悉业务背景与潜在顾客分析

从推销业务的流程来看,推销活动是从熟悉业务背景开始的。推销业务背景,简单地说,就是从事推销工作必须了解和掌握的基本情况。它主要包括推销企业的自身情况、自己所在业务部门的基本情况与自身工作的情况、推销产品的情况、推销产品市场情况等,这是开展推销工作的前提和基础。

一、熟悉业务背景与潜在顾客分析的重要性

（一） 了解和掌握推销业务背景，既是确定顾客的需要，更是任何推销活动的基础

任何推销活动的开展,都离不开对推销业务背景的了解和掌握。即使是最简单的日用消费品营业员工作,他(她)在某柜台销售之前也要了解该柜台有哪些商品,这些商品的价格是多少,分别摆放在哪个货架或某货架的哪个位置上,等等。至于复杂一点的业务员工作,比如葡萄酒厂家的业务员,他至少必须知道:这个企业有多少年的历史了? 这个企业和这种品牌在同行业里处在什么样的地位? 这种葡萄酒有什么质量特色? 有什么荣誉? 产品的零售价格是多少? 同行业其他同类产品的价格是怎样的? 推销产品采用怎样的销售(分销)方式? 给总代理、二级代理、零售商的价格折扣率是多少? 可以为中间商提供什么帮助? 在哪些媒体上作过什么广告宣传? 一笔业务的交易程序是怎样的? 等等。

可以这么说,对于推销业务背景的了解和掌握,是任何推销活动在任何推销阶段最基本的基础和工作起点。

（二） 有针对性地了解业务背景是任何推销工作顺利开展的条件

不同复杂程度的产品、不同业务类型以及不同的推销员职位层次,推销员所需要了解的业务背景内容和要求是不同的。

(1)不同产品,推销员所需了解的业务背景内容和要求有所不同。日用消费品的营业员可能只需要了解柜台种类、货位布局、价格、结算程序、基本的工作制度等就够了,它可能只需要几个小时就行了;而销售汽车的营业员,则需要对汽车的性能、使用、驾驶状况、交通知识、税收、付款与结算方式、信贷、售后服务等方面有较深入而专业的把握,要掌握这些知识和情况,他们往往要进行长达几个月甚至更长时间的专门学习或专业培训。

（2）不同业务类型，推销员所需了解业务背景的内容和要求也是不同的。同样是日用消费品，日用消费品厂家业务员与营业员所需了解的内容就不同，他们需要了解企业、部门等组织的基本情况、产品销售区域状况、顾客分布以及企业有关销售政策等多种情况，这需要推销员花较长的时间才能熟悉。

另外，同样产品、同样类型的业务，职位层次不同，所需要了解的业务背景内容和要求也是不同的。例如，日用品的销售总监，由于他们的业务对象不同，所需要了解和掌握的情况与业务员又有明显的不同。

（三） 对潜在顾客的分析能够准锁定目标客户群，提高推销的效率

所谓定位目标客户群，就是首先设计一个门槛或者标准，在门槛以内的就是符合你所销售产品的有效的目标客户，这是寻找有效潜在的目标客户的第一步。比如，推销电话销售培训课程，客户必须是以电话销售作为公司业务主要推广方式的企业，这些公司又会有一些共同的行业特征。比如，像展览行业、电信行业、软件行业等，对于电话销售培训会表现出兴趣，因为这和他们公司的业绩息息相关。又如，销售财务软件，自然要和财务部门打交道，因为大公司一般会有非常规范的财务管理和财务控制系统，已经有了一套成熟的方案，就不太可能会需要你所销售的产品。而中小企业完全不同，发展的过程中财务管理还没有那么规范，又希望能够改善这个状况，当然比较容易产生这方面的需求。当我们看清了潜在顾客群的特征，就能够有的放矢地去计划和实施推销工作，这比起对销售对象一无所知的四处碰运气显然高效许多。

二、熟悉业务背景

熟悉业务背景应该包括哪些方面的内容呢？请看表3-1。

表3-1 推销业务背景的主要内容

了 解 企 业		了 解 产 品	
① 企业概况：名称、地址、性质等	① 组织关系：部门经理、直接上司等	① 自然属性：原材料、加工方法等	① 行业概况：行业趋势、法规与政策等
② 企业组织：组织机构、隶属关系等	② 规章制度：财务、考核、奖惩制度等	② 技术属性：质量、包装、技术指标等	② 竞争对手：竞争品特性、推销策略等
③ 企业经营：经营范围、规模、行业地位等	③ 职责与权限：职能范围、责任与权力等	③ 市场属性：知名度、市场占有率、销售额等	③ 区域市场：人文、风俗、地理等
④ 企业营销：战略目标、营销策略、市场定位	④ 业务状况：业务流程、技术要求等	④ 效用属性：用途、价格、服务等	④ 遗留问题：收款、信誉、合同等
	⑤ 其他：人员关系、非正式组织等	⑤ 其他：产品的特别利益等	

（一） 熟悉自己的企业

1. 了解企业基本情况

了解自己所在企业情况,对于任何推销员来说都是必要的,这是因为企业基本情况是推销洽谈的一个基本内容,也是推销员说服顾客购买的基本依据。下面这些情况对大部分推销业务都是基本的:

（1）企业概况。如企业名称、地址、联系电话、类型与性质、历史沿革等。

（2）企业组织。如企业主要股东、主要负责人、企业主要管理部门、企业横向分工系统与纵向行政隶属关系、企业员工规模等。

（3）企业经营。企业经营范围与产品结构、经营规模、企业已有的成绩或作品、销售增长率、利润等。

（4）企业营销。企业发展目标与战略、企业营销策略、企业广告与宣传特色与使用主要媒体、社会地位与形象等。

2. 熟悉所在部门的具体情况

推销员整天要在所在的业务部门工作,要与部门的同事和主管打交道,仅仅"了解"部门的情况是不够的,从原则上来讲,必须做到"熟悉"的程度。

（1）本部门组织关系。主要了解横向分工协作关系和领导隶属关系。如本部门与广告、市场调研、生产、技术、财务、统计等关系;自己的主管领导、本部门经理、自己上司等。

（2）本部门规章制度。包括工作(岗位责任制)制度、财务制度、考勤制度、考评制度、奖惩制度、审批制度等。

（3）本部门职责与权限。包括部门主要职能、工作任务、业务分工、部门的主要职责与权力范围等。

（4）本部门业务状况。包括本部门产品的销售区域范围、业务规范与流程、操作技术要领等。

（5）本部门其他情况。如本部门的禁忌、非正式组织的状况、人际关系氛围、意见领袖（中心人物）、部门的历史等。

（二） 熟悉产品情况

1. 熟悉推销的产品或业务项目的属性和特点

产品是推销员说服顾客最基本也是最主要、最重要的工具,仅"熟悉"还是不够的,必须做到"完全掌握"才行。内行或专家的身份比任何话语更有说服力。

（1）产品自然属性。包括原材料、生产方法、工艺水平、规格、型号、包装、色彩、外形等。

（2）产品技术属性。包括产品的质量、结构、使用、安装、维修、主要技术指标、技术鉴定证明等。

（3）产品市场属性。包括产品的知名度与美誉度、顾客评价、销售增长率、市场占有率、市场覆盖率等。

（4）产品效用属性。包括产品的用途、价格或折扣率、付款方式与信用条件、售后服务或促销支持、承诺与保障等。

（5）产品其他方面情况。比如产品的重大特点、给顾客的特别利益等。

2. 掌握所在市场的基本情况

市场基本情况是推销员制定推销策略的基本依据，推销员应该侧重掌握以下这些市场状况：

（1）行业发展概况。如推销产品所属行业的基本政策法规、行业竞争格局、行业发展趋势等。

（2）直接竞争对手情况。包括行业领先者、竞争企业或品牌及其实力、直接竞争对手的特点、营销对策、竞争手法、顾客评价等。

（3）推销区域市场概况。如该地区地理交通概括、产业结构与布局、人文习俗、经济水平与购买力等。

三、潜在顾客结构分析

推销员掌握了推销业务背景情况之后，就可以对产品的潜在顾客进行定位分析。潜在顾客分析主要依据顾客的行业构成、部门定位以及相应的条件来进行的。什么样的客户需要产品，要找到这个客户中的那个部门，或者应该通过哪些条件来寻找潜在顾客，都要通过理性的分析来完成。准顾客结构分析有多种方法，基本的思路如图3-2所示。

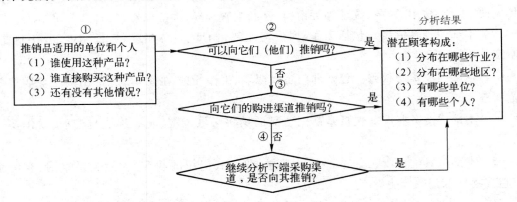

图3-2　潜在顾客分析操作步骤示意图

（一）基本分析过程

这样的分析旨在获得潜在顾客的相应信息：潜在顾客所在的行业；潜在顾客分布的地区；具体应该找的单位或者个人。一般而言，同一个产品可能适应的行业、地区、单位和个体顾客的特点都有类似的特征，甚至彼此之间还具有一定的关联性，这都能够帮助我们有效地开展工作。

（二）参考范例

下面是"承德露露"杏仁饮料销售终端业务的潜在顾客分析过程。

1. 基本业务背景

郑鸣是某市中银兴贸易有限公司的业务代表,负责露露杏仁饮料在该城市鼓楼区的铺货业务。在确定具体的推销对象之前,他需要首先分析该产品的潜在顾客的构成以及这些顾客在鼓楼区具体的行业分布和地区分布。

2. 分析过程

第一步,分析露露杏仁饮料的主要适用对象。

通过深入分析,可以得知,杏仁饮料的主要适用对象有四类:家庭饮用消费;旅游、外出活动消费;饮食店、饭店、酒家、酒吧、歌舞厅等酒水消费;单位福利(购物券)、各种会议团体消费;等等。

第二步,确定适用对象作为推销对象的可行性。

上述适用对象中,前两类是最终消费者购买,不适合作为自己的推销对象,需要进一步分析他们的购进渠道;后两类可以直接作为潜在的推销对象。

第三步,进一步分析适用对象的购进渠道。

家庭饮用消费和户外活动消费不能作为潜在的推销对象,需要进一步分析他们的购进渠道。其中,家庭饮用消费的购进渠道包括便利店、超市、大卖场以及其他各种零售终端;户外活动消费的购进渠道除了上述渠道之外,还包括车站、码头、学校、运动场、旅游景点等各种公共场所附近的商店、小卖部等。

第四步,继续分析适用对象购进场所的进货渠道。

高级推销员如区域经理、销售经理等,他们推销的客户往往是一个地区的批发商、代理商、经销商,或者更高级别的客户。这时,推销对象分析到第三步可能还不够,还需要继续往下分析。本例中,各类商店等的购进渠道包括代理商、批发商、经销商、采购代理商等。

3. 分析结果

推销员通过以上步骤的分析,可以形成一定结构、类型、地区分布和行业构成的结构图,具体参照表3-2。

表3-2　露露杏仁饮料顾客分析结果表

行业	顾客类型	企业名称	部门或个人	地区分布
零售终端	A级零售终端	沃尔玛超市、麦德隆会员店、永辉超市、好又多	采购部	五四路口、杨桥路
	B级零售终端	东街口百货商场、大洋百货店、新华都商场等	商场超市部门	八一七路、南街、道山路等
	C级以下顾客	小型超市、便利店、小综合店	商店老板	西二环路口等
饮食娱乐	大饭店、宾馆、酒店	红旗饭店、聚春园大酒家、西湖大酒店等	餐饮部	南街路口、杨桥路
	酒吧娱乐场所	绿德酒吧、好的迪吧、古都舞厅等	酒吧老板	道山路、福新路

续表

行业	顾客类型	企业名称	部门或个人	地区分布
社会团体	机关事业单位	××大学、省立医院、省国税局、省海关等	工会或管理员工福利的行政部门	中山路、古田路等
	企业、大型公司	新大陆公司、外贸公司、外运公司、电信公司等	同上	大都会广场等写字楼
公共场所	交通枢纽地点	火车站、长途汽车站的小卖部、便利店	商店老板	五四北路等
	其他场所	各学校小卖部等	同上	五四北路等

（三）产品顾客分析应注意的问题

（1）熟悉推销业务背景，特别要全面掌握推销产品和推销地区的状况。

（2）不同产品特性、不同业务类型，顾客分析的深度不同。

（3）注意推销产品顾客结构的复杂性，不要错漏重要的顾客类型。

（4）要对分析的结果进行分门归类。

第三节 寻找顾客线索

寻找顾客线索是推销准备进入直接操作的第一步，在确定自己的市场区域后，销售人员就得找到潜在客户在哪里并同其取得联系。如果不知道潜在客户在哪里，又怎么能去推销自己的产品呢？寻找顾客线索是一项艰巨的工作，特别是刚刚开始从事这个行业的时候，销售人员的资源只是自己对产品的了解而已，所以销售人员会通过很多种方法来寻找潜在客户，而且自己花在这上面的时间也非常多。

一、寻找顾客线索的原则

大量的潜在客户并不能转变为目标客户。获得潜在客户名单仅仅是销售人员销售过程"万里长征"的起始阶段，因此，需要对潜在客户进行及时、客观的评估，以便从众多的潜在客户中筛选出目标客户。作为优秀的销售人员，需要掌握潜在客户评估的一些常用原则和方法，这些原则和方法可以帮助销售人员事半功倍地完成销售任务。

（一）931法则

一位优秀的保险销售人员经过工作实践，发现了一个有意思的现象：大概每向9名客户销售保险，就会有3名客户产生投保的想法，而在这3名有投保想法的客户中，一定会有1人最后投保。这就是所谓的931法则，有的营销专家则称之为成交比率。931法则告诉我们，要想得到客户的认可，实现良好的业绩，必须掌握足够多的顾客线索，并懂得运用相应的方法，才能够成功。

（二） 80/20 法则

重点关注的原则即 80/20 法则。80/20 法则认为：对于企业来说，20% 顾客创造了公司 80% 的利润；对于推销员来说，20% 的顾客带来了推销员 80% 的业绩。从这个法则出发，推销员应该把 80% 的时间、精力投入于能够产生 80% 业绩的那些 20% 重点准顾客身上。该法则指导我们事先确定寻找客户的轻重缓急，首要的是把重点放在具有高潜力的客户身上，把潜力低的潜在客户放在后边。

二、寻找顾客线索的方法

寻找顾客线索可以为推销员提供大量的可能推销拜访对象，它是任何一个行业的推销员取得良好推销业绩重要的基础工作。推销工作发展到今天，已经形成了各种各样的寻找顾客线索的方法，包括资料查询法、地毯访问法、连锁式寻找法、顾客利用法、中心开花法、个人观察法、广告开拓法、委托助手法等。

（一） 资料查询法

资料查询法就是推销员通过查阅各种现有资料来寻找顾客线索的方法。这种方法主要依靠两种途径进行，即利用本企业的内部信息和利用外部信息。

（1）企业内部信息查阅法。① 许多企业在产品投放前就做过大量市场调查和潜在顾客的拜访工作，有许多宝贵的资料，销售人员如果能拿到这些资料，就易获得大量的顾客线索；② 查阅企业销售部门有关的统计资料，可以使销售人员了解到公司产品的主要顾客结构与类型，以及地区分布；③ 由于企业的售后服务部门和顾客直接接触较多，对顾客的需求情况比较了解，推销员应有意识地和服务人员建立良好的关系，以获取顾客线索的名单。

（2）外部资料查阅法。在一些市场经济较发达的地区，各种资料门类齐全，内容丰富、及时、准确。这些资料往往是推销员寻找顾客线索的重要来源。其具体资料包括：① 各种名录或花名册，如工商企业名录、各种社团名录、各行业会员名册、各种社会组织的花名册等；② 社会统计资料，包括国家与地方经济年鉴、政府年度工作报告、人口统计、利润统计、产值统计等资料；③ 行业性资料，包括各行业或各个地区的专业报纸、专业杂志、专业刊物、产品目录等，如《中国经营报》、《中国经济信息报》、《销售与市场》、《市场瞭望——房产专刊》、《××省建筑材料经营》等的专业报纸杂志；④ 通用资料，包括电话号码簿、广告、地图等，这些通用性资料上登出了很多单位以及这些单位的名称、地址、联系电话、负责人等；⑤ 互联网信息，随着计算机网络的发展和普及，推销人员可充分利用网上信息查找各种所需的资料，这样做方便、省时、高效。

社会上推销员可以利用的资料有很多，有时一份报纸或一本电话号码簿或一张地图都可能会给推销员带来很多顾客线索的信息。在应用这种方法时，推销员一要懂得搜索各种资料，有些实用的资料不容易得到，需要推销员通过各种关系而获取；二要学会阅读资料，搜索资料中包含的顾客信息。

（二） 地毯访问法

地毯访问法也叫挨家挨户访问法、普遍寻找法、贸然访问法。地毯访问法来源于军事上的"地毯式轰炸"。它是指推销员根据顾客分布的平均法则确定一块"地毯"，然后对"地毯"内的所有对象进行挨家挨户地、贸然地访问，以获取顾客线索的方法。

地毯访问法是锻炼新推销员的最基本方法。它一般适用于日常生活用品及服务，如小家电、化妆品、保险、家政等，也适用于企业对中间商的推销或某些行业的上门推销。

 案 例

某新民晚报发行站的业务员小柳把"天元山庄"小区作为地毯，挨家挨户地寻找全年预订业务的客户，这时，"小区"为地域性地毯；王兴推销职员制服，他把所有保险公司作为地毯进行逐一拜访，这时，"保险公司"就是行业性地毯；"天生"牌葡萄糖饮料的铺货员在上海铺货，他以普陀区作为地毯，对该片区所有 B 级零售终端进行地毯式拜访，这时，普陀区的 B 级零售终端就是地域与行业合二为一的地毯。

推销员应特别注意以下两点：① 原则上，"地毯"应该是潜在顾客分布"密集度"较高或影响力非常突出的地区和行业；② 这种地毯访问法很容易遭到种种障碍，需要推销员要有足够的勇气、良好的形象、充足的理由、巧妙应对的能力和良好的心理素质。

（三） 连锁式寻找法

连锁式寻找法又称"连锁介绍法"或"链式引荐法"。这种方法主要是利用现有客户推荐其他潜在客户或利用现有客户传播推销信息，就是推销员在访问现在顾客时，请求为其推荐可能购买同种产品或服务的准顾客，以建立一种无限扩展式的链条。这是西方国家的推销员经常使用的一种方法。

链式引荐法寻找准顾客源于链传动原理，齿链之间是一环紧扣一环的啮合状态，以此带动物体的运动。作为推销员，就必须从现有顾客这一环去联系潜在顾客的下一环，不断延伸，以至无穷，扩大推销员与准顾客之间的联系面，使推销员所掌握的准顾客源无限发展下去。因此，链式引荐法的关键在于推销员首先要取信于第一个顾客，并请求引荐其余的顾客，由其余的第二链节发展更多的顾客，最终形成可无限扩大的"顾客链"。要想使"顾客链"长久运转下去，推销员必须不断地向链传动系统添加"润滑油"，以维持各链节之间的正常运转，通过链式的传动使推销品能畅通无阻地进入到客户手中。这里所说的"润滑油"就是推销员成功地将自己的人格和自己所推销的商品推销给现有顾客，使现有顾客感到满意，赢得现有顾客的信任。采用链式引荐法寻找无形产品（旅游、教育、金融、保险等）的潜在顾客尤为适合，因为在服务领域里，信誉、感情和友谊显得尤为重要。但从使用范围看，工业用品更多地使用这种方法寻找潜在用户，因为同行业的工业品用户之间通常较为熟悉，且相互间有广泛的联系。

案　例

　　乔·吉拉德是世界上销售汽车最多的一位超级销售员,他平均每天要销售五辆汽车,他是怎么做到的呢? 链式引荐法是他使用的一个方法,只要任何人介绍客户向他买车,成交后,他会付给每个介绍人25美元。哪些人能当介绍人呢? 当然每个人都可以当介绍人,可是有些人的职位更容易介绍大量的客户。乔·吉拉德认为银行的贷款员、汽车厂的修理人员、处理汽车理赔的保险公司职员,这些人几乎天天都能接触到欲购买新车的客户,他们是合适的销售汽车的介绍人。每个人都会使用介绍法,但要怎么进行才能做得成功呢? 乔·吉拉德说:"首先,我一定要严格规定自己'一定要守信'、'一定要迅速付钱'。例如,当买车的客人忘记提到介绍人时,只要有人提及'我介绍约翰向您买了这部新车,怎么还没收到介绍费呢?'我一定告诉他:'很抱歉,约翰没有告诉我,我立刻把钱给您。'有些介绍人,并无意赚取25美元的金额,坚决不收这笔钱,因为他们认为收了钱会觉得不舒服,此时,我会送他们一份礼物,或在好的饭店安排一顿免费的大餐。"乔·吉拉德充分地利用连锁式寻找法激励着每一个客户去寻找另一个客户,形成连锁反应,带来非常好的销售效果。

　　连锁式寻找法具有很多优点,如获得的顾客线索比较可靠、拜访成功率较高等,因此常被人们看做是寻找顾客线索最富有实效的一种方法。推销员在应用这种方法时,应注意:① 个人的人际关系网的建立;② 学会做人,赢得别人的信赖;③ 不要被动等待,要主动督促推荐人请求相关人;④ 注意人际关系中的重要线索或人物;⑤ 诚实守信,对顾客怀有感恩之心。

（四）顾客利用法

　　所谓顾客利用法,就是推销员利用已有顾客来获取顾客线索的方法。顾客利用法由以下三种具体方法构成:

　　(1) 现有顾客挖潜法。它又具体包括:① 重购推销,即继续向顾客推销同种产品;② 修正购买推销,即请求顾客购买改进型产品;③ 新购推销,即请求现有顾客购买其他的产品;④ 请求现有顾客推荐其他顾客线索,这种方法被人们称之为无限连锁介绍法,如图3-3所示。比如,"百联"瓜子推销员把原有客户——黎民"联华超市"连锁分店作为顾客线索,继续向这家超市推销"百联"瓜子(重购);同时,向它推销新口味的瓜子(修正购买);后来,再向它推销"百联"果糖(新购);最后,请求这家超市采购员推荐他所认识的其他超市的采购员。

　　(2) 停购顾客启动法。推销员可以用上面同样的手法,从已经停止购买推销品的顾客那里获得顾客线索。这些方法包括:① 变换推销手段继续向停购顾客推荐;② 向他推荐其他产品;③ 通过联系,请求他介绍其他合适顾客线索。

　　(3) 未购顾客推荐法。未购顾客虽然最终没有购买推销品,但它们是推销员可利用的重要的人际

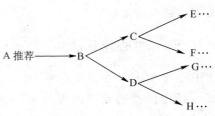

图3-3　无限连锁介绍法示意图

关系资源。只要推销员能获得他良好的评价和信任,他仍然会帮助推荐合适的顾客线索。

由于顾客利用法具有省时省力、成功率较高、可以提高推销员个人的声誉、并能形成持续而稳定的顾客网络资源等的优点,因此,这种方法受到了优秀推销员极大的重视和广泛应用。

 **案 例**

哈雷俱乐部 1983 年正式成立。如今,俱乐部会员遍布世界各地,已有 20 多万人。哈雷会员的增长是哈雷摩托车业务发展的重要动力。哈雷俱乐部的重要任务,就是极力避免购买者在买了哈雷摩托车一两个月后就想换其他品牌的摩托车;或是不知道哪里才可以尽情驰骋,在哪条道路上行驶才安全;或者怀疑朋友们没有成为会员;买哈雷摩托车的决定是否正确……诸如此类对哈雷摩托车的消极想法。

哈雷俱乐部通过活动,使哈雷会员能享受如郊游活动般的欢乐、比赛获胜而获得奖章的荣誉感,以及"展示自己"的机会。从以下部分哈雷俱乐部会员活动中,就可看出其提供给客户的无与伦比的附加价值。俱乐部对会员的服务包括:

(1)紧急支援服务。提供会员距服务站 50 千米以内的车辆拖吊服务。

(2)滑翔及骑乘之乐。会员能在美国、加拿大、澳大利亚、德国等 10 个著名的旅游中心租用哈雷摩托车。

(3)哈雷旅游中心。这是一个旅行社代办中心,向会员提供订机票、租车、订房等多项服务。

(4)保险计划。一家由哈雷完全持股的子公司,为会员的哈雷摩托车以及所属配件提供合理的保险服务。

(5)爱车族杂志。这是一份由热爱哈雷的人士所筹办的趣味性杂志,每年出 3 期,是目前发行历史最长的摩托车杂志。

……

通过哈雷俱乐部,客户与哈雷建立了亲密的关系。90% 的哈雷会员声称他们愿意再买一辆哈雷摩托车。也许他们会因此而多花些钱,但一旦骑上哈雷摩托车,他们就不想下来了,因为它是一个非常舒适、贴心的伙伴。

值得注意的是,使用这种方法最重要的一个条件就是推销员必须要获得目标顾客或老顾客的信任和满意。连续十年获得欧洲汽车销售冠军的乔·吉拉德是应用这种方法的典范。他有句名言:"真正的销售从售后开始。"他把顾客当做家族成员来看待,极其注意售后的服务和跟踪,通过售后无微不至的关心和真诚的服务赢得了顾客的信赖,他因此获得了大量的回头客和顾客的无私推荐。

(五) 中心开花法

中心开花法的关键是找到"中心",通过"中心"向外扩散。所谓"中心"是指推销员在某一特定的推销范围内发掘出一批具有影响力和号召力的核心人物,"开花"是指在这些核心人物的协助下把该范围里的个人或组织都变成推销员的准顾客。一般而言,这些中心人物可以是顾客,也可以是亲朋好友,前提是这些中心人物要愿意合作。中心开花法是利用"核心人物"的链式关系来不断地扩大核心人物,取得他们的信任和支持,可以利用他们的影响力、权威性或示范效应,带动一大批潜在顾客。例如,推销教材找到教师这样的核心人物,在得到教师的首肯后,所推销的教材就有了大量的顾客——教师的学生;推销员工医疗保险,如果能说服公司董事长同意为公司购买,就不用去游说每个员工了。推销员要想取得"核心人物"的信任和支持,先必须让对方了解自己的工作,使对方相信推销员的推销人格和商品,相信能为其解决实际问题,并使他们得到实实在在的利益。说服核心人物,取得他们的信任和合作后,就能利用中心开花法进一步寻找准顾客。中心开花法主要适用于寻找金融服务、旅游、保险等无形商品及时尚性较强的有形商品的准顾客。

 **案　例**

　　张强从美院毕业后,一时没找到对口的工作,便做了房地产推销员。

　　3个月后,张强的推销业绩仍然为零,按约定房地产公司不再续发底薪,他进退两难,心急如焚。

　　一天,张强的一个大学同学向他提供了一个信息:有位熟人是某大学的教授,他住的宿舍楼正准备拆迁,还没拿定主意买什么样子的住房。他劝张强不妨去试一试。

　　第二天,张强敲开了教授的家门,说明了来意。教授客气地把他让到前厅。当时,教授上了中学的儿子正在支起的画板架上画着"静物"。张强边向教授介绍自己的房产情况,还不时地瞄上几眼孩子的画。

　　教授半闭着眼睛听完张强的介绍后说,既然是熟人介绍来的,他可以考虑考虑。张强通过交谈,发现教授只是出于礼貌地应和,对他所说的房子并没有产生多大兴趣,心里一时没了谱,不知咋说才是,气氛挺尴尬。

　　这时张强看到孩子的画有几处毛病,而这孩子却浑然不知。便站起身来到孩子跟前,告诉他哪些画得好,哪些画得不好,并拿过画笔娴熟地在画布上勾勾点点,画的立体感顷刻就凸显出来了。孩子高兴地拍着手说:"叔叔真是太棒了!"略懂绘画的教授也吃惊地瞧着眼前的推销员,禁不住赞道:"没想到你还有这两下子,一看就是科班出身,功底不浅啊!"他还感激地说:"有时候,我也看出孩子画得不是那么回事儿,可我却一知半解,不知怎么辅导,经你这么一点拨,他就明白了,你真帮了我的大忙了!"

　　接下来,张强同教授颇有兴致地谈起了绘画艺术,并把自己学画的经历一一道来。他还告诉教授应怎样选择适合孩子的基础训练内容,并答应说以后有时间,还要来给孩子讲讲课。张强一番话,让教授产生了好感,连连点头称是。两个人的谈话越来越投机,教授更是高兴得不得了。

　　后来,还是教授主动把话题扯到房子上来。他边给张强端上一杯热茶边说:"这些日子,我和其他几个老师也见了不少推销房产的,他们介绍的情况和你的差不多;我们也打算抽空去看看,买房子不是小事,得慎重。"

　　教授又看了张强一眼,接着说:"说心里话,我们当老师的就喜欢学生,特别是具有才华的。你的画技真让我佩服,十年寒窗,没白灯下苦熬啊! 同样是买房子,买谁的不是买,为什么不买你这个穷学生的呢？这样吧,过两天,我联系几个要买房的同事去你们公司看看,如果合适就非你莫属,怎么样?"

半个月后,经过双方磋商,教授学校里的十几名教师与张强签订了购房合同。

使用这种方法,推销员一旦在关键人物上攻关成功,就可以获取突破性进展;推销对象的信任度高,容易取得成功。但是,使用这种方法的难度较大,一般来说,权威核心人物往往公务繁忙、态度傲慢,要取得他们的配合,对推销员的要求很高。要求推销员要注意不遗余力地获取他的信任,或说服其接受推销品,争取他的推荐。

（六） 个人观察法

所谓个人观察法,就是依靠个人的观察能力,在工作和生活的各种环境中捕捉顾客信息而获取顾客线索的方法。个人观察法既是一种独立的方法,也是推销员寻找顾客线索的能力基础。

 案　例

有个推销凯迪拉克汽车的推销员,他经常开车在大路上观察,只要发现那些开着旧凯迪拉克的车主,他就马上记下这辆车的号码,然后通过交通管理部门就可以得知顾客的联系方式。

推销员要养成注意观察的习惯,培养敏锐的职业"嗅觉",无时无刻、无处不在地保持警觉,留意身边稍瞬即逝的潜在顾客信息线索。

（七） 广告开拓法

广告开拓法就是推销员利用各种广告媒体的宣传推广来寻找顾客线索的方法。在广告的影响下,一些潜在顾客会主动反馈需求或购买的信息,推销员可以把这些人或单位作为顾客线索。它主要有以下这些方式:

（1）DM 法。推销员制作经过特别创意设计的、具有吸引力与感染力的宣传资料,大量寄发给潜在的客户,或者为一些特定的准顾客亲笔写促销信函,以期获得顾客的正面反馈信息,然后进行拜访。

（2）市场咨询法。就是销售人员利用社会上各种专门的市场信息咨询机构或政府有关部门所提供的信息来寻找潜在客户的方法。使用该法的前提是存在发达的信息咨询行业,目前中国市场的信息咨询业正处于发展阶段。使用该法的优点是比较节省时间,所获得的信息比较客观、准确;缺点是费用较高。

 **案　例**

美国布兰保险公司为了冲破障碍,先给客户寄上各种保险说明书,同时附上一张优惠券,优惠券上写道:"请你把调查表的几栏空白填好,同时撕下优惠券寄回给我们,我们便寄上两枚罗马、希腊、中国等国的古代硬币仿制品。这是答谢你们的协助,并不是请你加入我们的保险。"

布兰公司寄出了三万多封这样的信。信寄出后,反应非常好,竟接到了两万多封回信。对于这些回信,公司并没有直接寄出硬币,而是让业务员带着古色古香的仿制铜制古币,按地址登门拜访。

"我特地带来了古代各国稀有的硬币来拜访你。"这样一来,业务员不仅在登门拜访时显得大方自在多了,而且对方的脸上也没有了冰冷的表情。

客户们高兴地把业务员请进了门,道谢后,便欢天喜地地从各国形形色色的古币中挑选出两枚自己喜爱的硬币。这样,业务员与客户之间的感情也就融洽多了。当业务员"轻轻"地向客户推销保险业务时,就格外地顺利了。

就这样,布兰保险公司从两万多封信中成功地招揽了 6 000 多份业务。

广告开拓法往往由企业设计和推广,推销员应该注意利用广告宣传的反馈信息获取顾客线索。

(八) 委托助手法

委托助手法就是推销员委托有关人员寻找顾客线索的方法。推销人员采取聘请信息员或兼职推销员去寻找顾客,然后自己再去从事实际的推销活动的做法。可以通过委托亲朋好友或花钱雇用别人来寻找顾客,有利于开拓陌生市场。这些"受委托人员"因其分布广泛,对自己所在的地区拥有大量有价值的市场信息,可以找到大批潜在顾客。同时,委托推销助手在商品销售地区与行业内寻找顾客及收集资料,再利用现代化通信设备传递有关信息,然后由推销人员有重点地进行顾客接近与推销洽谈,这样所花费的费用与时间肯定比推销人员亲自外出收集信息、寻找顾客在经济上更加合算。同时,运用此方法,推销人员还可以集中更多的时间和精力从事推销以及接近、拜访顾客,从而有利于提升推销业绩。另外,因受委托人员对顾客通常有一定的影响力,这样可以大大减轻推销人员的工作量。

那么,哪些人可以充当推销人员的"助手"呢?

(1) 民间经纪人。民间经纪人通常交际面广而且业务熟悉,信息灵通。通过民间经纪人往往可以发掘出意想不到的潜在顾客。

(2) 其他行业的销售主管、业务员。这些人在商界摸爬滚打,经验丰富,对市场行情了如指掌,可以提供大量有价值的信息。

(3) 医生。医生与患者打交道,患者及其家庭往往容易接受他们的建议。所以,保健品、药品等商品的销售中,医生是极好的推销助手。

(4) 学校领导、教师。由于教师的特殊作用,受到人们尊敬。因此,教育工作者对学生甚至其家长有着一定的影响。如销售与学习有关产品,如学习用书、音像制品和学习机等,如果能够争取学校和老师作为自己的销售助手,会收到意想不到的效果。

此外,体育明星,特别是足球明星,还有电视节目主持人、新闻记者等也都是很好的推销助手。总之,不论哪个行业、哪个阶层,只要你肯动脑筋,与之有交情,他又乐于为你服务,都可以考虑。

推销员运用这种方法时要注意两点:① 要注意利用多种形式的助手,除了可以委托"专门"助手以外,要注意培养"内线";② 要及时给非专业受托对象一定的酬金。

第四节 准顾客审查与管理

在销售过程中,选择永远比努力更重要,一开始就找对目标虽然并不代表能够产生销售业绩,但起码你获得了一个机会,获得了一个不错的开始。既然找对目标客户这么重要,可以避免向那些非目标对象推销,以免浪费宝贵的时间与精力,那么怎样才能够找到自己潜在有效的目标客户呢?

要解决这个问题,首先要明白什么样的客户才是潜在有效的目标客户,这些客户又需要具备哪些条件,符合什么样的标准。这就需要借助于准顾客的审查工具:漏斗原理和 MAN 法则。

一、漏斗原理

所谓"销售漏斗"是一个形象的概念,是销售人员进行销售时普遍采用的一个销售工具。漏斗的顶部是有购买需求的潜在顾客;漏斗的上部是对所售产品有购买意向的潜在顾客;漏斗的中部是有购买意向的准顾客,这部分的顾客经过推销人员的介绍已经对产品产生了确定购买意向,但还在犹豫或者说在比较两个竞争品牌的优劣,未作出最终决定(两个品牌中选哪一个);漏斗的下部是基本上已经确定购买只是有些手续还没有落实的目标顾客;漏斗的底部就是已经成交的顾客,即现实的顾客。处在漏斗上部的潜在顾客的成交率为 25%,处在漏斗中部的潜在顾客的成交率为 50%,处在漏斗下部的潜在顾客的成交率为 75%。

推销漏斗原理告诉我们,并不是任何潜在顾客都可以成为真正最后的顾客,只有少数潜在顾客才能成为现实顾客,如图 3-4 所示。

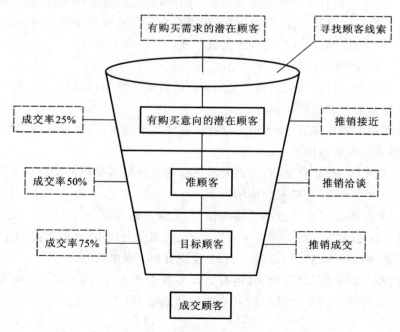

图 3-4 推销漏斗原理

漏斗原理对于推销人员来说至少有以下几个方面的现实意义：

（1）推销员要有大量的顾客线索，才能产生一定的成交率和客户流。

（2）推销员在任何一个推销环节都要对准顾客进行辨认和筛选。

（3）在推销中一定的拒绝率是客观存在的，推销员要坦然面对。

二、顾客资格审查的必要性

根据漏斗原理，我们可以发现，顾客资格审查是推销过程的必经业务环节。推销员进行顾客资格审查，淘汰不合格的顾客线索，把合格的顾客线索变成准顾客。

从社会实际来看，顾客资格审查具有很现实的意义。

（1）可以减少不必要的拜访，节省工作时间，提高拜访效率。

（2）可以控制交易风险。

（3）可以加深对顾客的了解和认识。

（4）可以提高顾客订货率和单笔交易量，从而从总体上提高推销业绩。

三、寻找目标顾客的依据——MAN 法则

MAN 法则是关于顾客资格审查内容的一种基本理论。它认为顾客资格审查主要是对顾客购买力（money）、购买权力（authority）和购买需要（need）的审查。

（一） 购买力

销售说到底，就是客户付钱选择你的产品或者服务，当然客户的付出一定要有相对比较划算的回报，但是不管怎样，都需要客户有支付产品的经济实力或者预算空间。

即使这个客户确实有需求，对推销的产品有非常浓厚的兴趣，也非常想要拥有，但是当推销员费九牛二虎之力说服他同意购买之后，才发现客户根本没有足够的经济能力，产品价格超出了客户可以承受的范围，那么，也代表着推销员之前所有的辛苦和努力全部付诸东流了。所以尽量不要向那种明显没有经济实力购买产品的客户作推销，因为这无论是对于推销员还是客户都是有益的。

然而，在具体的销售过程中，推销员会发现：

第一，顾客一般不会透露自己真实的收支状况，因此，在这种状态下确切掌握顾客真实的收支状况就需要下点工夫。

第二，即使推销员可能会获取顾客收支状况的有关信息，也需要推销员具有一定的财务分析能力。

第三，目前，我国许多行业的资金信用较差。

所以，我们在对顾客进行购买能力资格"审查"时，要注意：

1. 掌握顾客具体的收支状况

顾客购买能力一般采用收支对比的分析方法。

（1）关于个体顾客的收支状况。① 收入来源分析，包括薪水、奖金、福利、投资收入等；② 开支状况分析，包括非商业性开支、基本生活开支、近期重大开支等。

（2）关于组织型顾客的收支状况。组织型顾客收支状况的分析要远比个体顾客复杂得多。因篇幅的原因,大家可以参照有关财务类书籍。这里强调以下几点:① 要学会看懂一般的财务报表,注意重要的几个财务指标,如资产负债率、流动比率、销售利润增长率、现金流等;② 重点关注经营管理状况,注意企业与产品声誉、销售状况、利润的稳定性、重大投资决策、企业员工的流动性、管理制度的规范性等;③ 动态地跟踪顾客最新财务状况的变化,特别要注意及时把握顾客财务状况恶化的任何苗头。

2. 要注意顾客的购买预算

顾客的购买预算,就是顾客打算或愿意花多少钱来购买推销品。顾客的购买预算取决于顾客的需要程度和对产品价值的认识,它直接影响顾客实际的购买能力。当顾客极想得到某种东西时,他会增加购买预算,"省吃俭用"地加大开支;相反,当顾客极不想得到某种东西时,即使他有足够的购买能力,他也可能减少预算,可能有"买不起"的感觉。比如,很多家庭把购房以及装修看做是终身大事,他们往往会"不顾后果"地"提前消费";相反,他们往往把交纳物业管理费看做是额外的开支,这时他们总觉得付不起。推销员要特别注意顾客主观上的购买力,既不要相信顾客"买不起"的借口,也不要轻易地与极想得到产品而又有一些缺乏购买能力的顾客发生交易。

3. 捕捉细微之处的重要信息

（1）推销员要注意观察,不要错漏任何一个能透露顾客财务信息的细节。

（2）通过顾客的竞争对手获取有用的信息。

（3）通过顾客的用户获取信息。

（4）通过有关的媒体获取信息,包括顾客的主管部门、经济管理机构、报纸等。

（5）通过巧妙的询问获取信息。

总之,推销员要尽其所能地借助各种手段和方法搜索顾客有关的财务信息,保障交易的安全。

（二） 购买权力

不管情况怎么样,推销人员所找到的客户最终都需要落到某个关键联系人身上,而这个关键联系人必须具有决定权,能够最终拍板作出购买的决定,或者在整个采购决策的流程中具备相当大的影响力,否则,即使他的公司非常有钱,又确实有这个需求,但是推销员找的这个人根本不能够做主,最后整个推销活动仍然要归于失败。

因此,购买权力审查是十分必要的。它的内容包括:

第一,顾客是否具有购买决定权。如果顾客线索是没有自主作出购买决策的个人或单位,这条线索就没有用处。

第二,顾客购买决策权的分布。根据市场营销学原理,顾客购买决策是在倡议者、影响者、决策者、购买者和使用者综合作用下形成的。决策者虽然拥有最后的决定权,但也受其他四种决策参与者的影响。在许多情况下,特别是组织型顾客的大宗业务,仅仅影响决策者,往往很难达成交易。所以,在顾客购买决策权分析时,除了要确认决策者之外,还要掌握倡议者、影响者、购买者和使用者的归属及其具体情况。

案　例

有一名推销员,专门推销办公用品。一次,他去一家私营公司推销办公桌椅。进了经理室,见该公司总经理、后勤主管等几个头头都在,旁边还有一位正在打扫卫生的老伯。

于是,他娴熟地介绍了产品的样式、质量和价格,很快就使总经理有了购买意向,并告诉他如果产品情况属实,便可以签订 2 万元的购货合同。眼看推销成功了,推销员打心眼儿里高兴,他一边答应过几天送货质检,一边忙从口袋里摸出一包"555"牌香烟,给在场的头头们点上后,说了些客气话,便告辞了。

然而,当推销员再来该公司联系送货业务时,后勤主管却告诉他不打算要这批产品了。他问是什么原因导致公司改变了主意。对方直截了当地说:"总经理的岳父嫌你的价格过高,劝总经理买别人的。""总经理的岳父怎么知道我的货价高呢?""他岳父就是那个扫地的老头! 你的话他都听着了。"后勤主管看了一眼还没有醒过来的朋友,"谁让你小看人,少发一支烟呢? 他说你这人眼皮往上挑,不实在……"主管又接着劝他说:"他的话总经理也要听三分,为了这点事儿,总经理能得罪老岳父吗?"

（三）　购买需要

在现实的推销环境中,顾客的需要很大一部分是不确定的。随着科技的发展,客户的需求也在不断发展变化。更应该引起我们注意的问题是,顾客的需要很可能连他们自己都不是很清楚,美国汽车制造工业的奠基人亨利·福特有句名言:"如果我问客户需要什么,他们会告诉我,他们需要一匹跑得更快的马。"所以,推销人员在与顾客的交往中要做有心人,从各个方面去了解和发掘顾客不同层次的需要。

在判断顾客是否需要推销品时,要特别注意以下两点:

1. 区分顾客的客观需要与主观需要

客观需要是以顾客能否从推销品中受益为依据来判断的;主观需要是用顾客主观上能否感知或认识到需要推销品来判断的。在筛选顾客线索时,到底依据哪种需要作为标准呢? 从原则上讲,客观需要是顾客线索能否成为准顾客资格的基本前提,也就是说,只要推销品能够满足顾客的需要,能给他带来一定的利益和好处,他就具备准顾客的资格;当然,也要兼顾顾客的主观需要。这种情况最典型的表现就是非渴求品的推销,如保险业务,有时即使这种保险完全符合顾客的客观需要,但由于某些顾客强烈的反感,推销员往往最后还是很难改变顾客的看法,最终还是不能推销成功。

一些推销员往往根据顾客主观上的态度来判断顾客是否需要推销品。如果用这种根据来判断顾客的需要,很多产品的推销几乎找不到合适的潜在顾客,因为推销员所推销的产品往往是顾客主观上不愿意主动购买的产品。

2. 发现顾客的"问题",并据此判断顾客的需要

顾客的任何需要都是因他的"问题"而产生的,这里的"问题"就是现实与理想的偏差。正是因为顾客没有房子或者有房子但不理想,所以他才需要;正是因为某香皂厂香料供应商存在许多问题,如所提供的香料质量太差或供货不及时或存在其他问题,所以这家香皂厂才

需要更换香料供应商;正是因为计算机公司推销业绩有问题,所以该公司才需要推销培训;等等。因此,推销员要判断某个顾客线索是否需要推销品,最简单最有效的方法就是了解他们存在的问题,并且与自己的推销品结合起来。

 案 例

琳达是一名优秀的机器设备推销员,曾多次拜访在大公司里负责公司采购的陈总。她向陈总介绍了公司的机器性能及售后服务等优势后,陈总虽表示认同,但一直没有明确表态,琳达也拿不准陈总到底想要什么样的设备。

久攻不下,琳达决定改变策略。

琳达说:"陈总,我已经拜访您很多次了,可以说您已经非常了解本公司设备的性能,也满意本公司的售后服务,而且机器的价格也非常合理,我知道陈总是销售界的前辈,我在您面前销售东西实在压力很大。我今天来,不是向您销售设备的,而是恳请您指点一下,我哪些地方做得不好,让我能在日后的工作中加以改善。"

陈总说:"你做得很不错,人也很勤快,对设备的性能了解得也非常清楚,看你这么诚恳,我就给你透个底:这一次,我们要把工厂的设备全部更新,当然所换的设备一定要比同行业的机器设备更高级一些,以激励我们工厂员工的士气,但我们需要分期付款,而且可能需要延期,否则短期内我宁可不换。"

琳达说:"陈总,您不愧是一位好老板,购买机器也以激励员工士气为出发点,今天真是又学到了新的东西。陈总我给您推荐的机器是由德国装配直接进口的,成本偏高。但是如果陈总一次购买 10 台,我一定能说服公司尽可能地满足您的要求。"

陈总说:"喔!贵公司如果有这样的诚意的话,我们一定会购买的!"后来,陈总与琳达签订了购买设备的合同。

(四) 顾客资格审查的其他内容

MAN 法则是顾客资格审查的基本内容,在许多较复杂的推销业务中,仅有这三个方面是不够的,下面两个条件在相当多的推销业务中也是很重要的。

1. 潜在顾客信用度的调查

潜在顾客的信用度是指潜在顾客在履行诺言、遵守交易协议方面的诚信程度。从当前的市场环境来看,由买方引起的交易陷阱大多来自于顾客的交易付款方面,推销员屡屡被顾客欺诈也往往是顾客的"赖账"引起的。因此,潜在顾客信用程度的审查应特别警惕潜在顾客的资金信用,要注意从各种途径调查了解顾客以往交易付款的主动性、自觉性和及时性。

2. 购买要求与条件的审查

购买要求与条件的审查就是判断双方交易条件是否相互接受或适应的过程。它主要包括以下内容:

(1)购买数量。潜在顾客的购买数量是否达到企业的最低起点或超过企业的最高供应能力。

（2）交易付款方式。目前商业信用低下，买卖双方为了避免陷入交易陷阱，派生出五花八门的付款方式，如现结现清、月结、双月结、季结等。推销员要判断双方可接受的付款方式是否相对应。比如，很多企业为了防止交易风险，往往要求采取现结现清，或垫付一定比例的款项，而潜在顾客只能接受售后结款，或不垫款的双月结算等，这种情况下只好放弃这类准顾客。

（3）交货方式。包括送货到店（家）、送货到（仓）库、送货到站（码头、机场）、发货到厂方（车站、码头）、买方提货制等。

（4）进场条件。面向商场的推销，购买条件审查的基本内容是进场条件的审查。由于柜台面积的有限性，各类商场都非常注意利用这种有利条件，它们向供货商提出了许多苛刻的进场上架条件。这些条件名目繁多，最常见的有进场费、上架费、促销费、节日费、条码费、大批展示费、端头费、堆头费等。一些有实力的大商场采购负责人对推销员来访的第一句话就是毫不客气地质问推销员能否接受这些条件，摆出一副"不能答应，就一切免谈"的架势。简单说一句：在拜访这类潜在顾客之前，一定要先考察和衡量这些客户的这些条件。

四、准顾客分类管理

懂得钓鱼的人都知道，用一种诱饵根本钓不到所有的鱼，对于推销人员来说，用同样的思路和方法对待所有的客户也是不可能取得成功的。出色的推销员在进行销售的过程中，总是会找出"鱼"的差别所在，然后将他们分成不同的类型，进而使用不同的方法各个击破。所以，在进行推销准备时对准顾客进行分类是很必要的，为准顾客分类的方法有很多，在实际运用中可以按照 MAN 法则，可以把准顾客分成以下几种不同的类型（见表3-3）。

表3-3 推销对象分类

准顾客类型	实际需求	购买能力	决策能力
理想的销售对象	有	有	有
优先发展的销售对象	无	有	有
可发展的销售对象	有	无	有
可利用的销售对象	有	有	无
基本无用的销售对象	无	无	无

客户分析环节对于挖掘潜在客户具有很高的价值，也是将潜在客户转化为真正客户的关键一环，但仅仅做到这一点是不够的。通过客户分类，销售人员将会得到一个较大的潜在客户群体，通过分析筛选，挑选出其中最有可能成为现实购买者的客户进行重点销售，才能做到以最小的投入获得最大的产出。

销售人员在进行销售之前，应该将所有的顾客进行分类，然后采用不同的诱饵，只有这样才能取得事半功倍的效果。

第五节　制定目标顾客拜访计划

拜访计划是指推销员经过对准顾客的审查和分类,在具体展开销售工作前针对拜访目标顾客的活动而制定的具有实际操作意义的计划和实际的准备过程。在这里引用美国《实用销售技巧》中的一段话:只有纯粹的业余推销员才毫无准备地去谈生意,企业靠即席发挥"闯荡"一番。在漫不经心的旁观者看来,专业推销员在工作时似乎并未制定什么计划,但实际上这是一种假象,他们不过是利用多年的准备、训练、经验和自身智慧让推销活动变得轻松自然而已。

一、制定拜访计划的必要性和一般过程

（一）　制定拜访计划的必要性

拜访计划是推销人员实际拜访活动的行动指南,在推销活动中,确定拜访计划是绝对必要的。

（1）推销人员制定拜访计划可以增强行动的自觉性,有助于推销人员缓解业务洽谈的紧张感和压力感,增强对业务洽谈的自信心,尽可能多地拜访客户。同时拜访计划也是销售人员分析推销效率时的重要参考资料。

（2）可以有效地减少推销人员花在路途上的时间,少跑冤枉路,从而更加合理地分配时间,增加推销成功的机会,提高业绩。

（3）有利于推销人员减少工作失误,提高专业水平,从而赢得客户的尊敬,营造良好的洽谈氛围。

（4）计划的存在可增强交易成功的可能性。由于拜访计划往往提前编制,这样,推销人员就可以根据以往的经验,针对顾客可能提出的拒绝理由,想出合理的对策,从而避免了反复做无效的商谈,增强了推销人员对业务洽谈过程的驾驭能力。

（二）　设计拜访计划的一般过程

设计拜访计划首先应了解制定计划的一般过程。制定计划需要经过五个步骤,又称"5F"步骤,即收集信息(find),对所收集的信息进行筛选(filter),制定计划草案(figuer),制定计划(face),执行计划(follow)

二、制定推销计划的具体内容

（一）　收集信息

第一步就是收集信息,即对推销对象的背景调查。推销员在拜访前,对推销对象的背景情况到底应该掌握到什么程度呢? 首先,从一般的角度来说,推销员对推销对象具体情况掌握得越多就越有信心,越能驾驭推销活动。其次,从具体推销业务来看,不同推销业务,对推销对象情况了解程度的要求是不一样的。一般来说,产品的复杂程度、购买金额大小、购买利

益的涉及面、购买决策程序的复杂性等因素会直接影响调查准备的难易和要求程度。

收集这类信息,有很多不同的渠道,主要包括:① 推销员可以利用自己的人际关系。比如自己的亲属、同学、同事、过去的顾客、企业领导、其他推销员等来获得这些信息。② 推销对象的社会关系,包括购买决策人的亲属、朋友、秘书等,甚至客户的客户以及他们的竞争对手都有可能成为推销员信息的来源。③ 通过推销员本人的观察。嗅觉敏锐的推销员往往通过现场观察而获取各种极其重要的"机密"。对于个体推销对象,要注意拜访对象的仪表、气质、谈吐等个人情况,注意顾客的家庭成员、顾客居住社区、家庭装修、家具用具等家庭情况,注意顾客的工作单位、职业与职位等工作情况;对于组织型拜访对象,除了要注意采购业务负责人的个人情况之外,要特别注意观察顾客办公室的配置与格调、单位内部的环境和气氛等情况;拜访商场,要特别注意观察货架上商品品牌、货架摆设、商品配置、店铺设计、购物气氛等经营情况。④ 只要推销员声誉良好,方法得当,询问推销对象本人也可以获取大量有用的顾客信息。⑤ 资料查阅。⑥ 推销员可以付费委托专门的调查机构或咨询机构或获取推销对象的情况。

针对不同类型的推销对象,应该着重对哪些内容展开调查呢?这里主要介绍个体型推销对象、组织型推销对象和老顾客的调查内容,见表3-4。

表3-4　推销对象背景调查内容

个体型推销对象	组织型推销对象	老　顾　客
① 概况:姓名、联系方式、职业等	① 概况:名称、地址、性质、行业等	① 基本情况补充
② 家庭及其成员情况:家庭收入、主要影响成员、特殊偏好和忌讳等	② 组织机构情况:主要领导、组织规章制度、办事程序、人际关系等	② 情况变化:经营状况、负责人、资产负债等变化
③ 需求与购买情况:家庭的愿望、需要情况、具体购买要求等	③ 经营及财产情况:经营规模、产品结构、行业地位、资产负债状况等	③ 对现有供货商的评价:顾客的满意度等
	④ 购买组织程序:预算决策、购买决策和执行购买的组织程序等	
	⑤ 关键人物情况:购买决策人、重大影响者等人的个人基本情况等	

 ## 案　例

山东省有一个电信计费的项目,A公司志在必得,系统集成商、代理商组织了一个有十几个人的小组,住在当地的宾馆里,天天跟客户在一起,还帮客户作标书,作测试,关系处得非常好,大家都认为拿下这个订单是十拿九稳的,但在投标时却输得一塌糊涂。

中标方的代表是其貌不扬的刘女士。事后,A公司的代表问她:"你们是靠什么赢了那么大的订单呢?要知道,我们的代理商很努力呀!"刘女士反问道:"你猜我在签这个合同前见了几次客户?"A公司的代表就说:"我们的代理商在那边待了整整一个月,你少说也去了20多次吧。"刘女士说:"我只去了3次。"只去了3次就拿下2 000万元的订单?肯定有特别好的关系吧,但刘女士在做这个项目之前,一个客户都不认识。

那到底是怎么回事呢？她第一次来山东，就分别拜访局里的每一个部门，拜访到局长的时候，发现局长不在，办公室的人告诉她局长去北京出差了。她就又问局长出差住在哪个宾馆。马上就给那个宾馆打了个电话，嘱咐该宾馆订一个果篮和一个花盆，写上他的名字，送到局长房间。然后又打电话给她的老总，说这个局长非常重要，在北京出差，无论如何你要在北京把他的工作做通。

她马上订了机票，中断其他工作，下了飞机就去这个宾馆找局长。等她到宾馆的时候，发现她的老总已经在跟局长喝咖啡了。

在聊天中得知局长有两天的休息时间，老总就请局长到公司参观，局长对公司的印象非常好。参观完之后大家一起吃晚饭，吃完晚饭她请局长看话剧《茶馆》。

为什么请局长看《茶馆》呢？因为她在济南的时候问过办公室的工作人员，得知局长很喜欢看话剧。局长离开北京时，她把局长送到飞机场，对局长说：我们谈得非常愉快，一周之后我们能不能到您那儿做技术交流？局长很痛快地答应了这个要求。一周之后，她的公司老总带队到山东做技术交流。

老总后来对她说，局长很给"面子"，亲自将所有相关部门的有关人员都请来，一起参加了技术交流，在交流的过程中，大家都感到了局长的倾向性，所以这个订单很顺利地拿了下来。

A 公司的代表听后说："你可真幸运，刚好局长到北京开会。"

刘女士掏出了一个小本子，说："不是什么幸运，我所有的客户的行程都记在上面。"打开一看，密密麻麻地记了很多名字、时间和航班，还包括他的爱好是什么，他的家乡是哪里，这一周在哪里，下一周去哪儿出差。

（二）　信息的筛选

计划的第二步就是对信息的筛选过滤，也就是将收集到的资料进行整理、筛选、分类，从中找出制定拜访计划所需的资料。一套适用的推销方案必须能回答以下几个方面的许多问题：

1. 顾客是谁

（1）顾客是什么样的人（组织）。顾客的姓名和职务是什么？他有什么特点、偏见和爱好？顾客企业的背景是怎样的？谁是购买决策者——是个人还是某些组织成员或者是董事会？

（2）顾客需要什么。为什么需要购买产品？要解决什么问题？理性上的动机与情感上的愿望是什么？个人动机和组织的动机是什么？顾客（本人、其他人、部门、公司）想得到的交易条件是什么？顾客的购买政策和惯例是什么？

（3）顾客会是什么态度。顾客态度是拒绝的、冷漠的、平静的还是欢迎的？拜访会遇到什么阻力（门房、秘书）？他有哪些反对意见（不需要、已经购买、没钱、其他借口）？

2. 我能为顾客提供什么

（1）我们产品有什么基本特点？

（2）我们产品有什么优势？

（3）我们产品会解决顾客什么问题或给顾客什么利益？

（4）公司、销售部和我们所提供的证明、证据、事实？

3. 情景、步骤与策略——我该怎样进行推销

（1）见面的场合与当时的情景是怎样的？

（2）我拜访的第一句话该说些什么？怎么说？

（3）我用什么话题转入正式洽谈？

（4）我用哪些问题来探测顾客的需要和购买计划？

（5）我们产品的哪些方面与顾客的需求点是正好吻合的？

（6）我该怎样阐述和使用哪些有说服力的证据证明产品符合顾客的需要？

（7）我该怎样进行产品介绍（说辞准备）？

（8）我该怎样操作产品示范（动作要领）？

（9）洽谈中要进行哪些交易条件的谈判？

（10）顾客可能会提出哪些反对意见？我如何处理？

（11）最敏感、最有争议的问题是什么？

（12）此次业务洽谈的第一目标是什么？有没有第二目标？

（13）如何获得重访的机会？

（14）我该怎样与顾客道别？

在推销前如果能够顺利地回答这些问题，也就能够制定一个较为合理的推销计划了。

（三） 制定计划草案

计划的第三步就是制定计划草案，也就是依第二步整理出的资料，经过认真的分析和研究、组合，拟出初步计划。设计推销草案就是对整个业务洽谈进程及其策略的构思和策划。它主要包括顾客分析、产品分析、推销步骤安排、推销策略设计等，见表3-5。

表3-5 推销方案的基本结构

顾客分析		产品分析		推销步骤安排与推销策略设计	
顾客情况	家庭或单位情况	产品特点	基本情况	初步接触	第一印象（仪表）和第一句话
	决策者个人情况		重大特点		转入实质洽谈的媒介和话题
顾客需要	顾客存在的问题	产品优点	主要优点	正式洽谈	推销情况介绍、演示和证明活动
	需要、动机、愿望		顾客关注点		影响、刺激和说服顾客的要点与方法
顾客态度反应	拜访场所的情景	产品利益	解决顾客问题、实现愿望	处理异议	可能存在的异议及反对购买理由
	顾客态度及反应				化解障碍的策略和解答异议的说辞
	推辞拜访的理由	证实工具	产品本身	推销目标	本次洽谈的首要目标及第二目标
	其他部门的阻力		其他可视工具		如何获得再次拜访的机会

（四） 制定计划

然后再根据计划草案的任务要求或顾客要求等具体情况，对实施计划作出调整，使之超出纸上谈兵阶段，成为现实可行的有生命力的计划。计划的内容可以形象地用"5W1H"来表示。

1. **什么路线（where）**

推销人员应合理确定拜访路线，那么如何选择合理的拜访路线呢？有的推销人员拜访客户时喜欢从近到远进行,即早上从离自己最近的一个客户开始拜访,直到傍晚拜访离自己最远的一个客户。而有的推销人员则喜欢在早上精力充沛时先去访问离他最远的一个顾客,然后依次往回走,在返回途中访问其他顾客。一般来说,后一种推销人员所采用的方法比较得当。因为他可以使推销人员不至于在日落西山时还得赶一段路程,而且背离自己住处走,这比朝向自己住处走更容易让人感到旅途的疲劳。

这种情况只有在销售人员的住处位于所有客户的左边或右边时才会发生。如果推销人员住处位于客户所在地的中心,那么推销人员可以在销售区域图上以居住处为起点画五条线,把整个区域分成五个部分,再在每个部分确定出一条合理的路线,使得这五条路线之和为最小,并且包括所有的客户。然后,在下一周的五天内从远到近逐一拜访客户。这一拜访计划是比较实用的,它可以保证推销人员至少每周都能接近所有的客户一次,而且一旦出现预料之外的另一小区域的访问要求时,他就可以顺便拜访这个小区域内的所有顾客,从而使额外要求对计划的冲击最小,并节省了额外的旅途费用。

另外,选择路线时还得考虑商品的性质以及自身的个性、能力、兴趣以及用于各种交通工具的花费等因素。

2. 拜访谁(who)

推销人员在访问时应选择哪些客户呢?应该承认,大多数推销人员喜欢与反应热烈或者温和的人打交道,而不喜欢与没有反应或者反应冷淡的人打交道。但由于推销人员拜访是为了推销商品,是为了获取利润,因而有时也不得不同自己不喜欢的人打交道。通常将顾客分为12类:无所不知的购买者、心胸开阔的购买者、寂寞的购买者、犹豫不决的购买者、胆小的购买者、精明的购买者、难以满足的购买者、富有表现力的购买者、分析型购买者、讨价还价型购买者、令人敬畏的购买者、自我中心型购买者。下面具体地分析一下这12类顾客:其中1、2、4、5这四类顾客是重点顾客,应掌握住他们,经常地拜访他们,因为他们是企业利润的最主要来源,而7、8两类是利润的潜在来源,对促使销售额增长有很大的意义,也应经常接触他们,与他们保持联系,使他们对企业有好感,而上升为4、5类型的顾客,应竭力避免他们被竞争对手拉走,而下降为10、11类顾客。10、11类顾客也应拜访,力争消除他们对推销人员的敌意,把他们从竞争对手那里拉过来。如果办不到,则可以减少拜访比例,不必过多造访。3、6类顾客比较热情,但规模太小,因而两三周内造访一次即可,但也不能隔绝往来。而9类顾客则可以一两个月内拜访一次即可,而12类顾客则可以几乎不予理会。

当然,顾客的类型是可以变化的,推销人员要注意客户的变化趋势并及时地调整拜访方案。这样就可较好地把握住应该拜访什么样的顾客及拜访的频率如何了。客户的选择还与拜访的目的有关。如果推销人员拜访的目的是为了尽快增加本月的销售额,那么推销人员可以采用重点拜访的方式,与1、2、4、5类顾客进行洽谈,如果推销人员拜访客户是为了联络与顾客的感情,是为了将来的推销成绩,那么推销人员不妨每次都拜访除12类以外的其他各类顾客。比如,星期一拜访1、2类顾客,星期二拜访4、5、8类顾客,星期三拜访3、6、7类顾客等。

3. 什么时间(when)

选择适当的拜访时间是很重要的。如果在不适当的时间访问客户,客户也许会不在或没时间接待你。那么如何选择合适的拜访时机呢？选择合适的拜访时机要掌握两个原则：

（1）了解客户的作息时间。只有站在客户的立场上来寻找最适当的时间来进行商谈，才能获得最佳的结果。

例如，对某玻璃销售公司的各个部门而言，由于工程部门、零售店、加工部门任务最繁忙的时间不同，经理人员在公司的概率不同，一般而言，上午9—10点、下午4—5点拜访较为适宜。以上这段时间客户一般任务轻，经理人员在的可能性较大，推销人员能够有较多的时间向经理人员推销自己的商品。

（2）把约会定在不太寻常的时间里。因为即使在买主可能有时间亲自见你的情况下，你还面临着与你的竞争对手争夺这个最佳时间的问题。因而，可以把约会定在别的推销人员不太可能去的时间内，这样，你就能单独与客户面谈了。

案　例

有一位销售人员，他曾在中午12点去拜访一位饭店老板，当时老板正忙里忙外地招呼客人，因而这位推销员一说明来意，老板马上就拒绝了他，说："我不需要你的商品，你走吧。"

销售人员一开始有点纳闷，想老板还不知道我要推销什么、价格如何，就拒绝自己，不明白这是为什么。后来，他看到匆匆赶来吃饭的客人，就明白了，并转身离去。下午3点多的时候，他又来了，先买了一份饭菜，然后开始和老板聊天，由于这时吃饭的人很少，老板见他买了自己的东西，也就乐意听听他关于商品的介绍，并且最终给了销售人员一份订单。

4. 什么目标（what）

为了把握洽谈的方向，每次洽谈都应该有明确的拜访目标。推销访问必须一步一步地进行才能达成交易，在同一笔业务的不同阶段，推销拜访的目标可能是不同的。推销员在每一次出访之前自问自查，如"我为什么要去拜访他？我在努力促成什么结果？如果这个访问成功了，结果是什么？"专业推销员应该知道每次洽谈的方向和结果，并且能够控制业务洽谈的进度，使业务洽谈按照自己的设想进行，而不会被顾客牵着鼻子走，陷入难堪的境地。

对目标顾客的拜访目标主要有以下几个方面：

（1）对新顾客的拜访目标：

① 引起推销对象的兴趣。

② 建立人际关系。

③ 了解推销对象的现状。

④ 提供一些资料或向推销对象介绍产品。

⑤ 让顾客了解自己的公司和产品。

⑥ 让顾客接受产品。

⑦ 介绍新的推销要点，进一步影响顾客。

⑧ 解决洽谈焦点问题，对关键问题达成共识。

⑨ 达成交易。

（2）对老顾客的拜访目标。老顾客的拜访较多地发生在组织型顾客上，这里以中间商为例罗列拜访目标：

① 销售性目标。主要包括：要求老顾客增加购买量或增加订货品种；向老顾客推销新产品；说服老顾客减少经营同类竞争品牌或不要再经营其他品牌的产品；等等。

② 管理性目标。主要包括：回收货款；检查销售状况、反馈信息；执行促销活动；提供销售支持，如促销员培训、整理货架、改进销售陈列等；进行感情沟通，建立或巩固客情关系；等等。

5. 什么理由（why）

在拜访目标顾客之前为什么要进行拜访理由的准备呢？这是因为进行拜访理由准备有两个重要意义：第一，推销员确信拜访理由很充分，就会对自己的推销拜访有信心和动力；第二，给顾客一个有说服力的拜访理由，顾客就不容易拒绝推销员的来访，可以减少被顾客拒绝或推辞的概率，提高拜访接近的成功率。

拜访理由主要包括：

（1）为顾客带来利益。推销员首先须站在顾客的角度进行换位思考，问问自己："我要是顾客，我会买这产品吗？为什么？"其次，要了解顾客的问题和需要，即产品能解决顾客的某种问题或难题，能给他带来具体的某种好处和利益。

（2）准备一个有说服力的理由。拜访目标顾客可供选择的理由包括推荐产品、提供咨询、帮助改进工作、提供最新信息、征询意见、社会调查、礼节性访问、收取货款等。大部分情况下，向顾客推荐或推销产品是最常用的拜访理由。

推销员应该正确理解推销拜访：推销产品是满足顾客需要并使顾客受益的活动。比如，推销"儿童教育基金"保险，可以使家庭在任何情况下都可以保障儿女的顺利成长和接受教育；"商场灯光装饰"可以改善购物气氛，提升商场形象，增加商场客流量；商场经销新品牌产品，可以获得更高的利润率或折扣率，一旦打开市场，利润相当可观；企业或某单位安装自动化办公软件，可以提高管理的效率，降低管理费用，还可以提升企业或单位的形象；等等。

6. 如何说好第一句话（how）

日本的百科全书推销大王井户口健二曾断言："七八分钟内推销一定成功"，"推销如果超过两分钟仍没有定论则注定要失败。"由此可见，推销的开头语是多么重要，设计好的开场白，对每个推销员来说无疑是进入推销之门的敲门砖。

一个好的开场白应该做到：

（1）尽快使顾客意识到推销来访的重要性。要让顾客觉得："推销员来访是有一些重要的事情要告诉我"；"推销员不会强人所难，不会让我承担某种责任"。

（2）把推销来访变成谈论顾客问题或需要的来访。如家庭理财问题，延缓衰老，顾客企业的生产、经营、管理等问题，而不要只谈自己的产品或自己喜欢的话题；不要随便扯天气、新闻等无关紧要的客套话；语气要坚定；告诉顾客拜访时间简短。

 案 例

一个洗衣机厂的推销员找到一批发部经理访问，开口即说："您愿意卖 500 台洗衣机吗？"话一出口，即引起经理的注意，便高兴地同他谈下去。

其实这只是"买"和"卖"的一字之差。但如果推销员说的是"买"字，经理肯定不愿意再

继续这个谈话。本来,批发部还有很多洗衣机没人买呢,而"卖"字则正好说中了经理所盼望的事情,而又出乎他的意料,在他的心中引起了较大的反响。

（五） 执行计划

制定出计划后,要做的事就是把计划付诸实施,要做好三个方面的事情:

第一,带好业务工具。推销工具是推销员在推销过程中用于强化推销说服效果的各种器具和物品。推销拜访时具体该带些什么,主要根据推销洽谈的实际需要而定。简单的推销可能只需要个人的名片、身份证、推荐信函、电话簿、产品目录、价格表、老顾客信息表、合同或协议书以及私人用品等;复杂的推销可能还需要产品样本与模型、有关产品的音像资料与数据、产品有关证明与荣誉、示范道具、产品投放的广告宣传媒体及有关资料、曾经服务过的客户及其评价、拜访对象购买可行性分析资料以及推销员自设的有关材料或工具等。

第二,以积极的心态面对工作。顾客是不会向一个悲观失望、态度冷淡、对失败抱有恐惧心理的推销员购买产品的。因此,推销员必须在每次拜访之前,要充分调动自身的一切积极因素,使自己保持良好的精神状态。

第三,做好拜访前的预约工作。

第六节　推 销 预 约

一、推销预约的意义

所谓推销预约,就是推销员在拜访前与推销对象商定有关拜访事宜的活动。推销预约具有很现实的意义,概括起来主要表现在以下几个方面:

（一） 商务礼仪的基本要求

不做不速之客,是商务礼仪的基本要求。顾客有生活上的私人空间,有工作上的正常节奏,没有打任何招呼,就莽撞、冒昧、唐突地进入顾客家门或办公室是无礼的行为。推销员提前预约,就有关拜访事宜征求顾客的意见,在最合适的时间、地点、场合进行交谈,是尊重顾客、体现自身良好涵养的基本要求。

（二） 可以少浪费时间,提高受访率

实践证明,推销员由于事先没有预约,经常会碰到顾客不在或者没时间接待的情况。在这种情况下,推销员就有可能把大量的时间浪费在往返路途上和接待室等待上。如果推销员在拜访时提前预约,就可以避免或减少这种情况的出现。

（三） 可以增强推销工作的主动性和计划性,从整体上提高工作效率

如果事先无约,就很难保证能否见到顾客,更无法保证在什么时候进行洽谈,这样,推销

员就很难进行每天的工作安排。相反,如果事先有约,推销员就可以确定在此之外的时间安排其他的事情,从而从整体上提高了推销工作的计划性和工作时间的利用率。

(四) 可以排除拜访干扰,提高业务洽谈的效果

一般来说,经过预约的拜访活动,更容易引起顾客对拜访的重视,他在一定程度上更愿意给推销员一段单独的会面时间,即使在此时受到(他认为更重要的)其他事务干扰,他也会礼节性地征求推销员的意见或表示一些歉意。对此,出于商务"游戏规则"的考虑,顾客是不敢过于放肆地置你的来访于不顾。

(五) 加深双方的互相了解,有利于尽快进入主题

在预约的时候,双方进行了一定程度的沟通,推销员对顾客的性别、年龄、个性以及态度等方面有了初步的了解,推销员也给顾客留下了一定的印象,这样极有利于排除初次拜访时双方的陌生感,使实际拜访活动尽快进入实质性洽谈。

另外,预约时的沟通可以帮助推销员进一步审定推销对象对推销品、拜访的态度,推销员可以就此排除一些没有购买可能性的推销对象。

二、推销预约的内容

推销预约的内容包括推销对象、事项、时间和地点四个方面。

(一) 确定预约对象

预约对象就是推销员推销访问的对象,即推销员要确定与对方哪个或哪几个人接触。原则上推销员应尽量设法直接约见购买决策人或对购买决策有重大影响的重要人物,避免在无关紧要的人那里浪费时间。

(二) 确定拜访事由

无数事实证明,推销预约中最关键也是最难的环节就是怎样把推销员的拜访理由告诉推销对象。那么,拜访理由该怎样说呢?首先,要懂得拜访理由有多种选择,要选择一种顾客最容易接受的理由;其次,不要让顾客产生推销员仅仅是向他推销某种产品的看法,而应该让顾客意识到推销员将讨论他或他公司的重要问题;最后,一定要让顾客认识推销拜访给他带来的某些具体的利益或好处。

例如,某咨询公司培训业务推销员:"×××,您好,作为一名董事,您可能对有利于提高企业销售业绩的合理化建议感兴趣的,对吗?我最多占用您 10 分钟的时间,您就会知道我们的施训方案对贵公司销售组织和销售人员有多大的作用。"

(三) 确定拜访时间

1. 既服从于顾客的意愿,又要掌握主动权

拜访时间必须适宜于顾客具体情况,并服从顾客的意愿,这一点是毫无疑问的。但是,顾

客在绝大部分情况下不会主动说出哪个时刻是比较合适的。因此,推销专家就此提出了一个"金科玉律"——推销员要掌握主动权,不要被动地等待顾客答复。

怎么合理地掌握"尊重顾客愿望"和"掌握主动权"的尺度呢?专家也就此提出了具体的建议:推销员在了解顾客的时间安排(工作、生活日程表)的前提下,主动提出对顾客比较适宜的一个拜访时间,或者提出两三个拜访时间供顾客选择。如果遭到拒绝,可以再另找其他拜访时间。

2. 告诉顾客:拜访是简短的,不会占用顾客太多的时间

只有极少数的顾客会喜欢跟陌生人进行长时间的闲聊,大部分顾客是不喜欢甚至讨厌陌生推销员长时间的打搅。所以,推销员应尽量缩短每次拜访的时间,而且要非常清楚地让拜访对象知道推销员的拜访是简短的。

3. 商定的拜访时间必须是推销员可以绝对准点赴约的时间

顾客可以爽约或不守时,但推销员却不能,否则,推销员不可能再获得什么拜访机会了。

4. 确定拜访时间的参考模式

(1)"×××,……您觉得我什么时候去见您比较合适呢?(稍停),这星期三下午的3:45到4:00之间我们见个面,怎么样?我最多只占用您10分钟左右的时间。"

(2)"×××,……您觉得我什么时候去见您比较合适呢?(稍停),这个星期三上午的10:40或者星期五的下午4:30,您看哪个时间比较合适?"

(3)遭到拒绝后的时间选择:"噢,是这样的。那我们就下个星期见个面,怎么样?(稍停,紧接着),比如下星期二或者星期四的上午。您看这样行吗?这个星期五的上午,我会再给您联系一下,以便能确定下周到底哪个时间见您比较合适。您看怎么样?"

(四)拜访地点

1. 可选择的地点

(1)顾客所在地。包括工作地和生活地。工作地有接待室、会议室、办公室、车间、工作现场等;生活地主要是顾客住宅。

(2)推销员所在地。同顾客所在地类似的地点。

(3)公共交易场所。如展览厅、订货会、业务洽谈室等。

(4)公共娱乐、休息、餐饮场所。如酒家、宾馆、咖啡厅、舞厅、酒吧、棋牌室、公园、体育场等。

2. 注意的问题

要注意的问题主要包括:① 拜访地点要尊重顾客的意愿;② 了解拜访对象的工作、生活规律、习惯和活动安排计划,适应顾客的具体情况;③ 注意周边环境是否适合业务洽谈,过于嘈杂或干扰过多的环境是不适合交谈的;④ 在相当多情况下,要迎合顾客的个人工作生活情趣;⑤ 根据双方的关系和业务进展,适当改变洽谈的地点,开始时可能要选择在"公开、透明"的场所,进入成交阶段,适宜在较小的、严肃的、正式的场所。

三、推销预约的方法

常用的推销预约方法主要有函约、电约、托约、面约、广约。实际应用时,经常是两种或两

种以上方法结合在一起同时使用。

（一） 函约

所谓函约，就是推销员利用信函的方式约见推销对象。函约是早期推销预约的一种主要方法，但由于其速度缓慢，书写较麻烦，当今的推销员越来越少使用这种方法预约顾客。

实际上，函约在相当多场合下仍是不可替代的一种重要的预约方法，这是因为：对推销员而言，使用信函预约可以有充裕的时间进行构思和设计，避免了电约或面约的局促和尴尬；对预约效果而言，它给顾客的印象比较直观、深刻、严肃、正规。因此，函约经常使用于正式的陌生拜访或大型业务洽谈等场合。许多专家建议函约与电约组合使用效果更佳。例如，美国学者加里·米切尔研究认为，先发一封信，然后再打一个电话，所产生的效果是二者单独使用效果的5倍。戈德曼认为，在陌生首次拜访的情况下，最好的预约方法是先给顾客写一封情况介绍信，然后再打一个电话。

使用函约对推销员的要求是比较严格的。书写预约函要特别注意：① 注意格式的规范化；② 文字表述要字斟句酌，避免语病和错别字；③ 详略适当，留有余地；④ 尽量自己亲手写，面对印刷的推销函，顾客往往不看就会扔进纸篓；⑤ 告诉对方何时电话联系和具体的拜访时间。

下面是税务代理公司孙浩写给某公司负责人的一封预约信：

尊敬的××先生/女士：

您去年是否把大笔的钱交给了政府的税务部门？

很多人，甚至是那些和您一样精打细算的人，都这么做了。为什么呢？因为很少人知道税法规定的新的减免税政策。为何不现在就采取行动，获得您当年应得的减免税呢？

让我们的"规划纳税公司"告诉您如何根据新法规来省钱吧。

让我告诉您现在该如何安排以节省您的税务开支。我们的服务收费低，特别是当您考虑到您通过它将节省一大笔钱时！在过去的15年里，我公司为无数个家庭服务过，帮助他们根据不断变化的税法更好地调节税赋状况。现在我愿意用我的经验为您服务。

我将在下周四下午与您联系，安排个方便的时间见面。为了感谢您与我交谈，第一次会面将是免费的。我期待着我的来访给您带来省钱，以实现您的财政目标。

×××公司，孙浩

××年×月×日

（二） 电约

利用现代电子通信手段约见顾客的方法都可以称为电约。电约方式包括电话、传真、电报、邮件、手机短信等。电约是现代推销预约最常用、快捷而便利的预约方法。下面就此简单提几个注意事项：

1. 提前打好腹稿，并构思电话预约对策

重点考虑以下几个问题：如果遇到总机或秘书阻挠，如何把电话转到顾客本人？怎么称呼对方？拜访理由该怎么表述显得更有说服力？如何预防对方突然挂断电话？如果对方拒绝拜访,该怎么办?

2. 注意音质和语气

音质和语气在电话交谈中是非常重要的。有时会仅仅因为交谈时音质不好或语气掌握不当而使电话预约失败。

首先,是音质。电话交谈音质不好主要表现为声音过小或过大、声音嘶哑或浑浊不清等,音质不好会使顾客电话接听时显得很吃力,他可能就会因此而挂断电话。好的音质能使顾客接听电话感觉轻松、亲切、富有感染力,可以提高预约成功率。

其次,是语气。音质是一种声音,而语气则是声音的一种节奏。语气包括语速快慢、语调高低、节奏变化等方面,它往往与交谈者的呼吸和运气有直接的关联。在电话交谈中,推销员语气短促,或者语调过高或过低,或者谈话节奏缺乏变化,顾客就可能怀疑推销员过分紧张或缺乏自信,这种情况下要获得顾客的接见机会几乎是不可能的。反之,平稳的语调、抑扬顿挫的节奏变化给对方的感觉则是坦然、自信和热忱。当然,要做到这一点,除了平常多注意语气训练之外,在打电话时要有平静的心态,有意识地控制自己的呼吸,用相对比较低沉的声调说话,可能会有比较理想的交谈效果。

3. 注意打电话的环境、姿势和表情

不要在外界干扰过多的场所打重要的电话,比如人群集聚、噪声震耳欲聋的车站、舞厅、交易市场、某些讨论会场等。这种环境下进行电话交谈无法进行冷静思索或使推销员感觉不习惯。

打电话的时候保持自己习惯的合理姿势和表情也是很重要的。有些人喜欢坐着打电话,有些人则喜欢站着打电话,不管是什么习惯,最终的目的就是使自己在打电话时能保持轻松的姿势,从而使自己以轻松自然的心情与他人交谈。同时,也要注意自身的表情。电话交谈时的表情会传达给对方,在与推销对象交谈时要注意保持自然、亲切、自信的表情,并以此感染推销对象。

4. 参考范例

黄亚平是东南电视台广告部的业务代理,他现在负责东南电视台国庆节至元旦期间黄金时段广告的招标活动。

"喂,您好,是周童副总吗?我是大地广告公司的业务代理黄亚平。去年6月份,我们在福建省广告业界年会上见过面,您当时跟我还在同一桌吃饭,您给了我名片,您还记得我吗?您现在是宝龙公司的销售总监,祝贺您高升啊。这一年宝龙公司真是不错啊,据我了解,贵公司为了提升知名度,扩大影响力,明年准备加大宣传力度。周副总,今天我就是为此事找您的。事情是这样的:我这次在我台直接代理国庆节(10月1日)到元旦(1月1日)期间黄金时段的广告业务。周副总,我觉得这是您公司加大宣传力度的一个重要机会,而且报价非常适合贵公司的实力,所以,我想跟您约个时间见面。您觉得怎么样?(稍等)您觉得我什么时候去拜访您比较合适?(稍等)您看这周的星期四下午3点怎么样?或者下周二的晚上,我们找个安静的地方边喝边聊怎么样?"

(三) 面约

面约就是推销员利用与顾客见面的场合当场与顾客商定预约事宜的方法。面约一般比

较多地适用于重复拜访或推销员与顾客相识的情况,陌生拜访使用面约的难度比较大,这样的机会也比较少。

面约对推销员的能力要求很高。它要求推销员:① 在现场要有勇气主动向顾客提出拜访的请求;② 要有控制自己的能力,在高压的心理和情景下,镇静自若地阐述业务拜访的理由以及确定有关拜访事项;③ 要能够承受因顾客拒绝而引起的窘迫和尴尬;④ 要把握每次告别前的预约机会。有时推销拜访没有成功,推销员不要因此而空手而归,可以利用此时顾客的愧疚心理向他预约下一次更好的拜访机会。

参考范例

刘先生,今天很高兴能与您进行愉快的商谈。在许多问题上,我们已经初步取得了共识。我们希望能与像您这样的超市合作,提升我产品品牌的形象和影响力,同时,我想这也是你们超市获取可观销售利润的一个重要机会。所以,我希望能与您继续探讨关于我们的合作事宜。您看什么时间比较方便?比如,下周三下午怎么样?或者……您看这样行不行,我这周的星期五再和您联系一下,以便看您下周哪个时间见面比较合适。您看这样行吗?

(四) 托约

托约就是委托第三者代为约见顾客的方法。托约一般在以下两种情况下使用:第一种情况是推销对象门第森严,推销员无法直接约见顾客本人,推销员只好委托第三方帮助约见顾客;第二种情况是推销员所认识的关系人与推销对象有着密切的关系,推销员认为请求关系人把自己推荐和介绍给推销对象,比自己亲自约见效果要好得多,因此采用托约。

使用托约要注意四点:① 受托者要与顾客有着密切的关系,最好是顾客尊敬的有关人;② 托约要依赖于受托者的配合,比较被动,因此,推销员要注意取得受托者的合作;③ 托约最大的弊端是容易产生误约,要注意反复强调预约事项,并记录在字条上请受托者予以转交;④ 可以请求令人尊敬的受托者手写推荐函或打推荐电话。

(五) 广约

广约就是利用大众传播媒体把约见有关事宜进行广而告之的方法。在推销对象分布比较分散,无法掌握推销对象具体情况的情况下可以考虑使用广约。它一般是通过企业进行的,所以这里不作过多的介绍。

 **本章小结**

本章按照推销准备的流程,阐述了推销所要做的全部准备工作内容:

了解推销活动的基本背景。了解和掌握企业、产品等内部背景情况;了解和掌握顾客类型、结构和分布;了解所属行业基本状况及发展态势;了解和掌握竞争对手的产品优劣性、营销策略和销售方法等。

分析推销品的顾客构成与分布。着重分析推销品可能的潜在目标顾客的类型构成以及这些潜在顾客的行业和地区的分布。这项工作的重要意义在于让推销员在推销之前就明确

"我可以向哪些人或单位推销我的产品"。

寻找顾客。在明确了推销对象的范围和结构之后,推销员就可以开始寻找顾客。推销员可以应用资料查询法、地毯访问法、连锁式寻找法、顾客利用法、中心开花法、个人观察法、广告开拓法、委托助手法等方法寻找潜在顾客。

顾客资格审查。为了加强交易的安全性和提高拜访效率,推销员应该运用"MAN 法则"对获取的潜在顾客线索进行资格审查,判断潜在顾客是否具有购买力、购买欲望和购买需要,在此基础上确定具体的拜访对象。

制定目标顾客拜访计划。目标顾客的拜访计划是推销员实际拜访活动的直接行动计划,它包括收集信息(find)、信息筛选(filter)、制定计划草案(figuer)、拟订计划(face)和实施计划(follow)等六项内容。

推销预约。在拜访特定目标顾客之前,推销员为了获得顾客的配合,应提前与顾客取得预约。推销预约的内容主要包括预约对象、事项、理由、时间和地点等事项;可以使用的预约方法包括面约、函约、电约、托约、广约等。

 本章关键词

顾客线索　地毯访问法　931 法则　80/20 法则　MAN 法则　漏斗原理　预约

推销技能测试

1. 王刚利用假期参加社会实践活动,为一家公司推销化妆品,公司让他一个小区挨家挨户进行推销,这种方法是(　　)。

A. 地毯访问法　　　　B. 连锁式寻找法　　　　C. 中心开花法　　　　D. 顾客利用法

2. 下面说法正确的是(　　)。

A. 潜在顾客是目标顾客

B. 潜在顾客不是目标顾客

C. 潜在顾客还不等于目标顾客

D. 只有经过顾客资格审查后,才可能成为目标顾客

3. 当你工作很忙的时候,可以用(　　)方法约见一位潜在顾客。

A. 电话约见　　　　B. 信函约见　　　　C. 当面约见　　　　D. 委托约见

 案 例 分 析

案例 3-1　你知道寻找顾客引子的方法有多少吗?

美国梅塔格公司是一家经营梅塔格牌洗衣机和洗涤器的大公司。该公司为它的推销员

准备了一本推销手册,指导推销员寻找顾客引子。其中介绍了三十种顾客引子来源。它们分别是:① 经常光顾本公司代理店的常客。② 公司老板们的个人开拓。③ 区域性和挨门挨户的地毯式访问。④ 给现有的用户写推销信和回邮卡。⑤ 电话征求用户。⑥ 回邮卡通知单。⑦ 报纸广告。⑧ 在各种汽车展览会、商品交易会、庆祝游艺活动中展示产品。⑨ 在各类烹调学校和家庭里演示产品。⑩ 在宗教及其他社会活动中展示产品。⑪ 猜谜竞赛。⑫ 各种登记簿和记录表。⑬ 为提供准顾客名单的梅塔格公司老板们支付额外的津贴。⑭ 家庭访问调查。⑮ 在高中家政学课程里展示产品。⑯ 报纸上关于旧洗涤器和洗衣机的分类广告。⑰ 在有关商店和橱窗里陈列产品。⑱ 报纸广告附单。⑲ 请现有准顾客介绍其他准顾客。⑳ 新婚夫妇。㉑ 出生公告。㉒ 报纸上有关招聘洗衣女工的广告。㉓ 报纸上有关洗衣和熨衣女工求职的广告。㉔ 新近装上电的家庭或有关服务承包契约。㉕ 收音机、保险、汽车和真空吸尘器推销员。㉖ 赊购账单上的常客。㉗ 簿记员、修理员、线务员、店员及其职员等。㉘ 各种报纸里的新闻引子。㉙ 致有关商店的特别请帖。㉚ 煤气检查员、水表和电表抄表员等。

分析题:

(1) 请对这 30 种方法进行分门归类。

(2) 联系一种典型业务,谈谈你在这笔业务中,可以利用这 30 种方法中的哪些方法?

案例 3-2 使用人际关系开拓法有哪些技巧?

在查尔斯·M. 雷特雷尔的《销售学基础》中介绍了利用人际关系网开拓顾客线索的几个秘诀:

(1) 重点拜访具有影响力的中心人物。如推销员所在行业的重要人物往往在商业协会、贸易展览会或任何与商业有关的社会活动。

(2) 你与通过关系网找到的潜在顾客进行第一次交谈的内容的 99% 应该是与他的业务有关的。人们想谈的是他们的业务,而不是你的业务。

(3) 问一些随便的、感觉良好的问题,如"你对你所在行业最喜欢的是什么?"

(4) 一定要问这个问题:"我如何能知道我与我的某个朋友会不会是你理想的顾客?"如果你注意给这个人寻找新的业务,他也会更容易帮你寻求新的业务。

(5) 要一张关系网上潜在顾客的商务名片。这是你与新结识的人继续联系最便利的途径。

(6) 当天要寄一封你亲笔写的感谢信给被引荐人:"今天上午与你会面很高兴。如果我能引荐一些业务给你,我肯定会这么做。"

(7) 当你读报纸和杂志时,应一直把你关系网中的人牢记在心。如果发现某篇文章是你的某个熟人能用到或可能喜欢的时候,把文章寄给他。

(8) 每个月给你结识的人寄点东西,让他们记住你,印有你名字和照片的便笺最好。他们会把这些便笺放在桌上,这样会不时地想起你的产品或服务。

（9）推荐线索。获取业务和被引荐人的最好方式就是提供业务和被引荐人。

（10）每得到一个线索都要给引荐人寄去一封亲笔书写的感谢信,不管这个线索能否带来交易。

资料来源:查尔斯·M. 雷特雷尔. 销售学基础——顾客就是生命. 赵银德,译. 北京:机械工业出版社,2006.

分析题:

以上哪些建议最有应用价值? 除此之外,你觉得还有哪些有效途径来建立人际关系网?

案例3-3 推销员应该了解组织型推销对象的哪些情况

《美国推销员》杂志曾经刊登出一位精干的推销员列出他拜访顾客之前需要了解的 18 个问题,这些问题是:

① 该公司有多少副董事长? ② 这些副董事长的责任是什么? ③ 采购经理什么时候上班? ④ 采购经理秘书的姓名,她最喜欢什么花? ⑤ 谁是采购部最受欢迎的来客? ⑥ 总设计师或总工程师对采购经理的看法如何? ⑦ 采购经理最得意的一笔交易是什么? ⑧ 有哪些是顾客主要竞争对手已经拥有,而顾客也期望获得的? ⑨ 顾客中有多少经营管理人员认识你公司的主要经理? ⑩ 什么是顾客的公开秘密? ⑪ 你的主要竞争对手在每月的哪一天前去拜访? ⑫ 哪个部门受到要求减少费用的压力最大? ⑬ 该公司的董事长是从哪个部门晋升上来的? ⑭ 在顾客公司里你有多少人可以叫得上名字来? ⑮ 该公司近期的宏伟计划是什么? ⑯ 去年它的股份分红是多少? ⑰ 你记得该公司的经营口号吗? ⑱ 采购部里的什么人认为应当从你的竞争对手那里进货?

分析题:

（1）这位推销员所提的 18 个问题主要适用哪些业务类型?

（2）在拜访顾客之前了解这些问题有哪些具体意义或用处?

案例3-4 戴尔公司:掌握竞争对手的情况

在戴尔计算机公司的销售部门,常会在办公室里摆几张非常漂亮的桌子,桌子上面分别摆着 IBM、联想、惠普等品牌的计算机,销售人员随时可以将计算机打开,看看这些竞争对手是怎么做的。同时桌子上都有一个牌子,上面写的是:"它们的特性是什么? 我们的特性是什么? 我们的优势在哪里? 它们的劣势在哪里?"

这样做有什么用呢? 就是要了解自己的产品特性和竞争对手的产品特性,有针对性地引导客户需求。除了要了解竞争对手产品的情况之外,还要了解公司的情况及背景。

分析题:

（1）戴尔公司这种做法有何用意? 这对销售人员有何益处?

（2）你觉得推销准备中,推销员要掌握竞争对手及其产品哪些方面的基本情况?

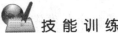 技 能 训 练

技能训练1 校 内 实 训

1. "典型产品顾客构成与分布的分析"课内实训

● 实训内容

针对特定的实际产品或者业务项目,分析其客户的类型构成以及地区与行业的分布。

● 实训目标

通过实训,使学生能从社会实际出发掌握推销品顾客分析的方法和技术。

● 实训方法

首先,收集一定数量的、较具操作性的典型产品或者业务项目(如保险、广告业务等);然后,由学生自愿选择产品、以分组的方式进行相应产品或项目的顾客构成与分布的分析;接着,组织学生调查该产品在企业中的实际运行情况,在对比中作进一步的修正;最后进行集体交流,共享课内实训成果。

2. "特定拜访任务下的推销准备策划"课内实训

● 实训内容

针对特定的拜访任务,制定一份详细的拜访计划,含拜访的路线、对象、时间、目标、理由、第一句话等。

● 实训目标

通过实训,使学生能更清晰具体地认识和体验拜访计划制定要考虑的因素和涉及的内容。

● 实训方法

先设定一个学生能参与操作的拜访任务(如毕业生返校向校长推销产品),也可以由参与学生自己设定拜访任务;组织学生分析拜访有关事项;用分组的方式由学生独立完成拜访计划的制定;最后对学生完成情况进行深入评析。

3. "电话预约"模拟实训活动

● 实训内容

① 电话预约稿设计;② 电话预约的现场模拟演练。

● 实训目标

通过实训,能掌握电话预约的操作技术要领。

● 实训方法

① 提供业务背景:确定推销类型、产品、顾客和有关推销背景等;② 布置并指导电话预约书面文稿的设计;③ 组织角色扮演法:以学生为主体,组织电话预约的演练活动。

技能训练2 校外实践

"寻找典型产品顾客线索"社会实践

（1）校外实践的策划：根据前面的"典型产品顾客构成与分布的分析"课内实训成果，结合当地区域和行业具体情况，分析顾客在当地的各类单位和街区分布的具体情况，然后，在保障安全可控的前提下，动员和组织学生深入社会相关领域全方位探寻顾客线索。

（2）校外实践的组织与考核：在学生进行社会实操过程中，专业教师应注意跟踪、指导，并设立一定的考核指标，对学生完成情况作出评估。

第四章
推 销 接 近

 本章学习目标

- ☐ 1. 了解推销接近的性质、目的和具体任务
- ☐ 2. 懂得推销接近的基本方法
- ☐ 3. 掌握推销接近应注意的基本问题
- ☐ 4. 初步掌握推销接近典型难题的处理对策

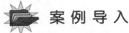

一只笔盒的力量

5月份的一个下午,安特公司的销售主管黄小品计划去拜访华灵公司的设备部经理齐先生。对于这次拜访,黄小品实在没抱太多的奢望。这是他第四次去拜访齐经理,前三次的拜访没有实质性的收获,黄小品向齐经理介绍了安特公司的产品——788型万能转换器。齐经理似乎没有太多的兴趣,他告诉黄小品,目前市面上这一类产品非常多,安特公司的产品没有什么新的特点,而且,价格也比较高,没有竞争力。对于这一点,黄小品自己也有相似的看法。据黄小品了解,目前市面上的同类品种主要有四家企业的产品,这四家企业都是大型企业,具有相当的价格优势,而且市场的推广费用也远远高于安特公司。黄小品认为自己的企业无论是产品还是市场运作方面都处于劣势,能否争取到华灵公司的订单,对于黄小品是一件没有任何把握的事情。

其后的跟进拜访,黄小品也仅仅是抱着试试看的态度。记得第二次拜访的时候,齐经理就已经有些不耐烦了,他告诉黄小品,你现在对我说的,我上次已经知道了,我们目前不会考虑你公司的产品。第三次拜访,黄小品告诉齐经理,这份订单对他很重要,目前的压力非常大,他刚刚提升到主管的位置,非常希望能做好这份工作。齐经理倒是认真听了黄小品的介绍,他的表情表现出他对黄小品的处境有些同情和理解,但最后,齐经理依旧表示,安特公司的实力与其他几家公司有一定差距,这份订单安特公司是没有希望的。谈话过程中,齐经理接了几个电话,其中一个电话是另两家竞争对手企业邀请齐经理参加一个"技术研讨会"。黄小品清楚,那多半是一个丰富的旅游活动。很多客户对此都会感兴趣,但黄小品清楚地认识到,目前公司还很难为各地的销售提供这样的支持。在告辞之际,一位竞争对手的销售代表也来拜访齐经理,从那位销售人员的神态中,黄小品深深觉察到一种必胜的神情。

也许还有机会!黄小品在出发之际鼓励自己,但机会在哪里,黄小品并不知道。当黄小品来到齐经理的办公室时,齐经理有些诧异地说:"你怎么又来了?不是说你们没戏了吗?"但齐经理没有立即对黄小品下逐客令。黄小品和齐经理随意聊了几句。忽然,黄小品发现在齐经理的办公桌上放着一个小书包。黄小品问齐经理,这个书包是不是他孩子的。齐经理告诉他这个书包是他儿子的。

"您孩子多大了?"黄小品看似随意地询问。

"小学三年级,我没有时间接他,放学后他就来我这。老总知道我情况特殊也就允许了。"

"老总对器重的齐总是网开一面呀!"黄小品带着恭维与羡慕的神情。

"呵呵!老总总是很关心员工的。"

谈话在愉快中结束了,但黄小品依旧没有销售上的收获。齐经理表示爱莫能助。

5月30日,一个下着大雨的天气,城市中的花草树木对这场雨表示了它们前所未有的欢迎,姹紫嫣红写在了这个江南季节的每个角落。黄小品此时已经无心观赏这一切,他正骑着那辆二手市场淘来的旧单车,在雨中艰难地行进。终于到了,黄小品深深松了口气。黄小品向办公楼里走去,但很快他又退了出来,他从包里取出一样东西,用雨衣包了起来。然后抱着雨衣,站在了滂沱大雨中。不出一分钟,黄小品就成了落汤鸡。这时。黄小品迈开大步,向楼里飞跑而去。

"谁呀?请进!"齐经理正在看着今天的日程安排,这是齐经理的单独办公室,或许是由于下雨而显得格外的安静,一阵敲门声显得非常清晰。

门开了,齐经理的嘴巴也随之张开,惊讶和疑惑写在了他的脸上。黄小品像刚刚从水缸里捞出来一样,浑身上下到处都湿透了。气喘吁吁的模样让人觉得发生了什么重要的事情。

"是你呀。"

"齐——经——理,您好!"黄小品还没有喘平气。

"你怎么了,出什么事了?"齐经理惊讶地问道。

"没什么大事。"黄小品说着走到了齐经理的桌前,将怀里的雨衣一层层打开,"太好了,没淋湿。"一个精致的文具盒出现在两个人的眼前。

"齐经理,明天是六一儿童节,我这个做大哥哥的给您孩子准备了一个小礼物……"

"不行,不行,怎么能让你破费?"

"齐经理,这个礼物实在太小,不好意思,我刚刚出来工作,太贵的也买不起,这是心意,您一定得收下……"

三天后的一个上午,随着天气的晴朗,黄小品的心情也开始晴朗了。因为齐经理打电话告诉黄小品,他决定给安特公司一个机会,在这次的采购中先购买少部分的安特产品。如果质量确实好,那么以后会考虑大量选购并建立长期的合作关系。

两年以后一天下午。黄小品和齐经理为庆祝一个大型项目合作成功,在一家饭店里一同吃饭。或许是有些微醉,齐经理告诉黄小品,两年前,他之所以给黄小品一个机会是因为在5月31日那天,有客户请他吃饭,有客户请他娱乐,但没有一个人在那天为他的儿子准备一件儿童节的礼物。到今天,他还能记得那天黄小品送给他孩子的文具盒是什么样的,那天的雨有多大。还有一些他没有说,可能他还能清晰地回忆起那天,那个从水缸里捞出来的黄小品有多么狼狈,但非常可爱。

思考:

黄小品成功的原因在哪里?

第一节　推销接近的性质、目标与任务

一、推销接近的性质

推销接近是推销员正式拜访顾客的第一步,是推销员为创造正式业务洽谈机会和条件的一种推销活动。推销接近是一个具有特殊性质的正式推销环节,主要表现在以下几方面:

（一） 推销接近是一种获取正式洽谈机会和条件的推销活动

在实际中,推销接近与后面的正式洽谈活动没有明显的时间界限,但它的活动性质却与正式业务洽谈活动有着明显的区别。推销接近活动是为获取正式业务洽谈机会和条件的推销活动,它并没有进行实质性的洽谈活动。

（二） 在不同的背景下，推销接近有着不同的重要性

在不同的拜访活动中,推销接近的难易程度和时间长短是不尽相同的,因而其重要程度也不尽相同。在对熟悉顾客尤其是老顾客的拜访中,接近比较容易,双方也较容易进入正式业务洽谈主题,因此,它对整个推销成败的影响似乎不那么明显。但是,在陌生拜访中,对于大部分推销员来说,要让顾客接受一个陌生推销员的来访是比较困难的。在这种情况下,推销接近的好坏则可能是整个业务洽谈成败的关键因素。在此背景下,推销员在见面初期若不能迅速获取顾客的注意和兴趣,顾客则可能连给推销员继续说话的机会都没有,更不用说推销洽谈的机会了。

（三） 推销接近是从被拒绝开始的

在大部分情况下,推销员初次拜访会遭遇种种形式的拒绝。如顾客无动于衷、冷漠、找借口推脱甚至严厉拒绝等。本书把这种"在陌生拜访的背景下,推销员与顾客初步接触时遭遇各种冷遇或拒绝"的特征称之为推销拜访的冰期。

因此,在初次业务拜访中,推销员需要掌握各种"破冰术",尽快地获取顾客的好感和初步信任,以取得实质性洽谈的机会和条件。

二、推销接近的基本目标

（一） 吸引顾客注意

在推销员与顾客刚见面的那一刻,顾客时常被另外的事情所缠绕,不可能迅速地对推销员的来访产生兴趣。此时,推销员要迅速地采取各种有效的办法把顾客的注意力转移到推销员以及来访的事宜上来。

（二） 引起顾客的初步兴趣

当把顾客的注意力吸引过来之后,如果紧接着没有进一步的推销活动,顾客的注意力就会很快地转移到别的事情上。要注意的是,吸引顾客的注意力是不难的,比如大声打招呼等都可以引起顾客的注意。但是,要维持这种注意力,而且能进一步激发顾客对推销洽谈有关事宜感兴趣,则不是容易的事情。推销员必须尽快地让顾客意识到今天的推销拜访与顾客的某种利益或问题密切相关。

（三） 在适当的时机转入实质性业务洽谈

当推销员实现了以上两个目标以后,要不失时机地转换话题,巧妙地切入此次来访的主

题——进入实质性业务洽谈。值得注意的是,这种转换应当做得非常隐蔽,让顾客基本上意识不到。有些顾客对于推销员勉强地或生硬地转入正式业务洽谈的做法会感到反感,顾客有时会因此而刻意阻挠正式业务洽谈。

三、推销接近的具体任务

为了实现推销接近的目标,推销员在接近阶段必须完成以下几项具体的任务:

(一) 见到真正的顾客

在实际拜访中,推销员经常会碰到这样的一些具体情况,如不知道顾客办公室的位置,顾客找各种理由逃避你的来访,或者因为不愿意见面而安排其他无关紧要人物敷衍等。所以,推销员一定要想方设法见到真正的顾客。

(二) 让顾客放下手中的工作

见到顾客而他仍忙着自己手中的工作,照样不是适宜的推销机会。有时,顾客确实很忙,他认为自己现在的事情更重要,因此不愿放下手中的工作;有时,有些顾客并不是很忙,而是出于掩饰或出于其他目的,他总喜欢摆出一副做事情的样子与你进行洽谈。不管什么情况,你都必须改变这种情况。

(三) 让顾客面对面坐下来

为了尽快地把推销员赶出门或出于其他什么目的,顾客往往会故意站着跟推销员说话。这种情况照样需要推销员加以改变。

(四) 排除干扰,把顾客的注意力集中于推销拜访

初次拜访中,经常会出现这些情景:顾客时不时地接听电话;签署下级传来的文件;同时接待多个来访者;或者不时地看表;等等。推销员必须在正式业务洽谈之前尽量排除这些干扰,使顾客自始至终地静下心来参与业务洽谈。

(五) 让顾客认识到推销拜访的重要性

推销员要让顾客相信,自己有重要的事情要谈,与他的利益或解决某问题有着密切的关系。

对于大部分顾客来说,在潜意识里总有这样的观念:推销员来访是为了推销自己的产品。很少有顾客在没有外界的影响下能认识到:推销员是为了顾客的利益或者为了解决顾客的难题而来拜访顾客的。所以,推销员需要想办法尽快使顾客意识到推销来访与他自己的利益密切相关。

(六) 找一个合适的话题进入实质性洽谈

在推销员不了解顾客的问题与需要的时候,经常找不到产品效用与顾客需要的结合点,

因而也就找不到进入正式业务洽谈的合适话题,最后导致多次的业务拜访无功而返。

第二节 推销接近的基本方法

推销接近方法是推销员在推销实践活动中总结出来的、用于实现推销接近任务与目标的各种技巧和手段的总称。推销接近方法有很多,主要包括介绍接近法、引荐接近法、赞美接近法、馈赠接近法、产品接近法、表演接近法、利益接近法、好奇接近法、震惊接近法、征求意见接近法和多项询问接近法,见图4-1。

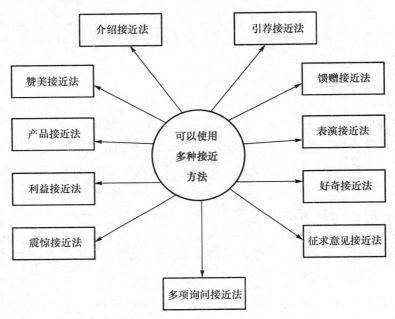

图4-1 多种接近方法的选择

一、介绍接近法

(一) 概念

介绍接近法就是推销人员通过自我介绍而接近目标顾客的方法。这种方法是最普遍、也是缺乏力度的方法,因为它很少能引起目标顾客的注意和兴趣。介绍接近法通常的结构是:称呼和问好;介绍推销人员姓名和所在企业;展示身份;阐明来访的目的和理由,并提出拜访请求;等等。

(二) 参考范例

(1)"您好,刘经理,我是联想公司的销售代表李铭,这是我的名片。我今天来主要是想跟您交流一下关于贵公司办公自动化的构建问题。我能占用您10分钟左右的时间吗?"

(2)"您好!刘总。我是上海兴宇物流咨询公司的业务代表,我叫张力。据我了解,贵公司正着手解决物资供应链的问题。我公司曾代理过多家著名企业的物流解决方案设计。所以,今天来就是想跟您商讨关于贵公司供应链的解决方案,我只要您几分钟的时间,您看行吗?"

（三）　注意事项

（1）事先设计好说辞,并提前演练,做到完美无缺,不容顾客置疑。
（2）声音明朗,吐字有力,语句连贯,保持一定的速度,切忌太慢。
（3）告诉顾客你的来访与顾客的问题或需要有什么具体联系。
（4）表述"请求接洽"时神情要坚定、乐观。

二、引荐接近法

（一）　概念

引荐接近法是指推销员利用引荐人的介绍而接近目标顾客的方法。引荐接近过程包括三个基本步骤:请求引荐人引荐目标顾客;引荐人阐述推荐词;推销员介绍拜访事宜。使用引荐接近有三种基本方式:请引荐人写推荐函;使用电话推荐;请引荐人当面把你引荐给目标顾客。

（二）　参考范例

（1）利用推荐函:"黄主任,您好,我是侨兴工业设计公司的客户代表林森。恒基集团公司李容声副总您认识吧。是他推荐我来认识您的。这是他的名片,上面有他的留言,给您。他一直对您赞不绝口,觉得您意识超前,非常注重产品形象和企业形象设计。我认为我们公司的设计理念非常适合您及贵公司的产品。我能占用您10分钟的时间吗?"

（2）电话推荐:① 第一步,请求引荐:"马副行长,您好,我是国广装饰公司的许阳。（可以谈一些联络感情的话题。）我今天有件事想请您帮个忙。事情是这样的,恒大农超最近一直在扩张新店,是我公司即将开发的关键客户,我今天正准备去拜访它的总务副总戴宁。我不认识他。您是令人尊敬的大人物,又跟他很熟,我相信只要您电话里的一句话就会让我方便很多。您能帮我引荐一下吗?"② 第二步,顾客电话推荐:"喂,小戴吗? 我是鼓楼分行的老马啊! 听说你最近生意很红火嘛,一天开三个新店。国广装饰公司的业务代表小许想跟你谈新店开张的设计问题,你现在有空吗……好,给你,小许。"③ 第三步,推销员介绍拜访事宜:"戴总,您好,事情是这样的……"

（三）　注意事项

（1）通常引荐人应该是目标顾客喜欢或尊敬的人。
（2）推销员事后应该对引荐人表示感谢或其他回报。
（3）掌握主动权。

推销小贴士

登门槛效应

登门槛效应源于美国心理学家弗里德曼和他的助手做过的一项经典实验。结论是：一下子向某人提出一个较大的要求，对方一般很难接受，如果是逐步提出要求，并不断缩小差距，对方就比较容易接受。

三、赞美接近法

（一）概念

赞美接近法就是推销员利用目标顾客喜欢被赞扬的心理来引起顾客的注意而顺利转入正式业务洽谈的方法。人人都喜欢被人赞美，这种方法对大部分顾客来说都是有效的。

（二）参考范例

数年前，柯达公司创始人伊斯曼曾捐款在罗切斯特建造一座音乐堂、一座纪念馆和一座戏院。许多公司业务负责人都极力想方设法地得到这批建筑物内的坐椅业务，但他们都在拜访接近时就遭到了拒绝。而著名"优美座位公司"的客户经理亚当森却获得了成功。他的成功可以说与他使用了巧妙的赞美不无密切的关系。

这个过程是这样的：首先，他掌握了伊斯曼的嗜好：喜欢在业余时间自己动手做家具，而且津津乐道于他的白手起家的经历。于是，他这样开始推销接近："伊斯曼先生，在我等您的时候，我仔细观察了您的这间办公室。我本人长期做室内木工装修，但是我从来没见过装修得这么精致的办公室。"伊斯曼说："您提醒了我差不多忘记了的事情。这间办公室是我亲自设计的……"亚当森走到墙边，用手在木板上一擦，说："我想这是英国橡木，是不是？意大利橡木的质地不是这样的。""是的，那是从英国进口的橡木，是我的一位专门研究室内细木的朋友专程从英国为我订的货。"这时候伊斯曼心情极好，便带着亚当森仔细地参观起他的办公室……看到这，亚当森便好奇地问起他的经历来……这样亚当森与他成了朋友，当然也因此获得了全部8万美元的坐椅生意。

（三）注意事项

（1）投其所好——赞美顾客津津乐道的事情。

（2）要称赞顾客的长处，切忌触及顾客的隐痛、禁忌。

（3）赞美话题尽量要与推销拜访有关。

（4）注意赞美的方法，间接、含蓄和具体的赞美效果好。

（5）态度真诚，切忌虚情假意，要让顾客感觉赞美是自然、由衷的。

（6）要与众不同。

四、馈赠接近法

（一） 概念

馈赠接近法就是推销员利用赠送物品来接近顾客的方法。因为大多数人喜欢接受免费的东西,用此法有利于创造融洽的气氛,因此它是一种很有效的接近方法。

（二） 参考范例

（1）王先生,送你一本漂亮的台历,上边印有你的名字。台历上每个月都体现我们不同产品的特点。比如说这个月的日历体现的是我们润滑油的特点。

（2）TOTO洁具推销员送给目标顾客的礼品是一些卫浴小用品,如卫生纸小挂架、牙刷和牙膏的小插架等。

（3）服装销售代表拜访顾客初始阶段,经常会送一些服饰的小用品,如领带夹、精美的钥匙扣等。

（三） 注意事项

（1）馈赠品与产品推销直接相关最好,通常推销员的馈赠品是免费样品或新奇的礼品。

（2）礼品应精巧、实用而不一定要贵重,顾客往往很喜欢市场上不容易买到的精美小用品。

（3）礼品只是促使双方初步认识和增进感情的手段,而不是目的,千万不要让顾客感觉到你送礼有某种具体的动机,否则,顾客一般不敢轻易接受。

五、产品接近法

（一） 概念

产品接近法就是推销人员直接利用产品来接近顾客的方法。产品接近法的媒介是产品本身,推销员可以不说话,主要依靠产品外显性的特点来吸引顾客的注意力。

（二） 参考范例

（1）广东某家丝袜公司生产一种性能特别的丝袜,这种袜子碰到尖锐的东西不会抽丝。它的厂家直销员们在上门推销时是采取这样的方法:在简单的自我介绍之后,他们迅速地在顾客面前开始猛力地拉扯丝袜,紧接着拿出一个大头针对着丝袜不断地刺挑,结果丝袜丝毫无损。大部分目标顾客看了之后,迅速地对丝袜产生了兴趣。

（2）一位推销员进入某建筑工地采购主任的办公室,一言不发地掏出一包沙子朝空一扬,当即办公室内沙尘弥漫,正当这位主任欲责问之时,他又掏出另外一包朝空中一扬,结果这次没有一点粉尘。接着他对着主任说:"这就是你们现在工地上使用的沙子和我要向你推荐的沙子。"他就这样取得了这位顾客的大批订单。

（3）一位女推销员递给商场采购负责人一个新型瓷盘时，故意把它掉在地上。盘子没碎。拾起后她说："我们在生产优质瓷器上的突破会使这个行业进行一场革命。你的顾客，特别是新婚夫妇会喜欢这个特点的。难道不是这样的吗？"

（三） 注意事项

（1）这种方法特别适合于那些可以用外观来评价产品性能的产品或外观特别有吸引力的产品，如儿童玩具、装饰品、服装等。

（2）推销员要善于演示产品，注意选择合适的距离、角度和高度，采用合理的示范方法，让顾客清晰地看到产品的特点。

六、表演接近法

（一） 概念

表演接近法就是推销员利用各种表演活动引起顾客注意而顺利转入面谈的方法。实际上，其他接近方法，只要具有表演的成分，都可以归于表演接近法，如产品接近法、震惊接近法等。

（二） 参考范例

美国《销售经营》的负责人帕特森试图说服《体育画报》广告部主任卡拉韦在《销售经营》上作广告，同时争取《销售经营》杂志在《体育画报》上作广告。帕特森使用了下面的表演接近法：

某一天的上午，帕特森一手拎着一只公文箱，一手提着一捆做道具用的美元。这捆美元贴了个字条，注明其钱数为 10 835 美元——这是《体育画报》订户的平均收入值。《销售经营》杂志对这一数字极感兴趣。会面中，当提到《销售经营》杂志读者的情况时，帕特森走到门口向外面打个手势，三名专为银行财团运送钱款的警卫打开提包，把满当当的钱慢慢倒在写字台上——这是货真价实的 10 美元一张的现钞，总数为 32 万美元。帕特森解释说，这是他的杂志读者的订阅款，共 3.2 万份。

卡拉韦看到这件事情有利可图，随即签订合同。

（三） 注意事项

（1）用想像力和创造力设计各种足以引起顾客注意和兴趣的戏剧性表演方法。

（2）要具有一定的表演能力。

（3）戏剧性效果要适可而止。

（4）必须与推销有关，容易切入业务主题。

七、利益接近法

（一） 概念

利益接近法就是推销员通过某种方式向顾客提示推销品给顾客带来的利益和好处，以此引起顾客注意和兴趣的接近方法。利益接近法是推销接近方法中最重要的一种方法,是其他接近方法的重要基础。因为吸引目标顾客注意力与兴趣的根本条件就是能让顾客认识到推销拜访给顾客带来的利益和好处。其他任何方法的有效性最终还是要取决于能否有效地引起顾客对拜访利益的认识。

(二) 参考范例

(1)一个寿险推销员接近顾客时,把一张经过放大后的寿险现金支票放在顾客的面前,然后对顾客说:"您希望退休后每月收到这样一张支票吗?"

(2)"您知道一年只花几块钱就可以防止火灾、水灾和失窃吗?"保险公司推销员开口便问顾客。对方一时无以回答,表现出很想知道的样子。推销员又赶紧补上一句:"你有兴趣参加我们公司的保险吗?我这儿有 20 多个险种可供选择。"

(3)物流咨询公司推销员:"裴总,几千家像你这样的公司因为接受了我们公司重新设计和配置的自动化物流系统,从而节省了 10 % ~ 20 % 的运输成本!我能占用您一些时间向您介绍一下具体做法吗?"

(三) 注意事项

(1)用最简单的一句话概括推销拜访对顾客的利益和好处。
(2)顾客的利益和好处越具体越好,切忌笼统、泛泛而谈的利益。
(3)要切中顾客感兴趣的主要利益。
(4)实事求是,不可故意夸大。

八、好奇接近法

(一) 概念

好奇接近法就是推销员提出一个问题询问顾客或做某事令顾客感到好奇,以引起顾客注意和兴趣的接近方法。

(二) 参考范例

(1)一家公司向推销员传授接近技巧,要推销员手持一个信封对顾客这样说:"我这里有一份小小的备忘录,它可以告诉您,上个月贵公司失去了 250 位顾客。"

(2)"你知道为什么近期的《新闻周刊》上的一篇文章把我们的计算机装配系统描述成是一场革命吗?"推销员迅速亮了一下那本《新闻周刊》,然后没等顾客要求看一看文章就把杂志放起来。

(三) 注意事项

(1)使用好奇接近法,同样需要推销员的想像力。
(2)好奇的问题应与产品、推销有关。

九、震惊接近法

（一）概念

震惊接近法就是利用一个旨在促使目标顾客认真考虑和震惊的问题来接近顾客的方法。通常推销员所用的某个令人震惊和思考的问题是一种容易被顾客忽略的事实，经过推销员的启发，可以找到使顾客购买产品的必要性。

（二）参考范例

（1）一个推销高级家用净水器的推销员在入户拜访时是这样开始的："阿姨，您好。您看过这两篇报道吗？（拿出两张报纸）这张报纸报道了我市是胃癌发病率最高的城市；而这一张报道了我市饮用自来水处理技术存在的问题……"

（2）一个商场安全监控系统推销员这样对目标顾客说："柳先生，你知道目前国内卖场失窃率是多大吗？×％！这×％是什么概念呢？就是像您这么大的商场每天要损失1万元以上……"

（三）注意事项

（1）不要引起顾客巨大的恐惧，适当的恐慌可以引起顾客对解决问题必要性的认知，过分的恐慌反而会吓到顾客。

（2）要注意揭示现实问题，启迪顾客思考，导入推销品的推销。

十、征求意见接近法

（一）概念

征求意见接近法就是利用求教或调查等方式，征求顾客意见来接近顾客的方法。

（二）参考范例

美国一位推销员总是从容不迫、平心静气地提出三个问题："如果我送给您一小套有关个人效率的书籍，您打开书发现非常有趣，您会读一读吗？""如果您读了之后非常喜欢这些书，您会买下吗？""如果您没有发现其中的乐趣，请您把书重新塞进这个包里给我寄回，行吗？"这位推销员用这种办法接近她的目标，使顾客几乎找不到拒绝的理由。后来这种方法被该公司全体推销员所采用，成为标准的接近方法。

（三）注意事项

（1）事先分析顾客的问题，设计好"问题"。

（2）问题与顾客的需要有关。

（3）注意询问的语气，不要生搬硬套或过于直接的提问。

十一、多项询问接近法（SPIN 询问接近法）

（一）概念

多项询问接近法就是推销员利用一系列有明确顺序的问题来接近顾客的方法。这种明确顺序的问题是：① S——相关情况；② P——疑难问题；③ I——实质含义；④ N——需要或受益。因此，这种方法也称为 SPIN 询问接近法。

（二）参考范例

向大卖场销售"计算机顾客结账系统"：

卖方：倪总，顾客在收银机前堵塞很厉害，是吗？

买方：是的，这确实是个难题。

卖方：在收款高峰期时收银员会不会出错？

买方：他们确实会出错！

卖方：你有没有考虑过缩短付款时间同时使收银员少出差错？

买方：但那些方法太贵了！

卖方：你们超市每月销售额有300多万吧？

买方：嗯，是的，那怎么样？

卖方：如果我给你介绍一种方法，使你的企业节约的费用能大大抵消解决问题的成本，那么你是否有兴趣讨论这个方法？

（三）注意事项

（1）要了解顾客的问题与需要，并找出产品特性与顾客需要的结合点。

（2）遵循提问三原则，即只使用那些能够回答的或者不会导致你陷入困境不能脱身的问题；留给顾客一定的时间回答；注意倾听。

（3）要用启发的方式，逐步进入下一个问题，不要把提问变成逼问。

（4）S、P、I、N 四个问题的顺序有时可以互相交叉。

第三节　推销接近应注意的问题

一、做好出访前最后时刻的准备

推销接近是整个推销过程难度最大、最为关键的业务环节，推销员出访前重新检查拜访准备工作是否妥当是很有必要的。

（一）重新审视推销拜访的方案

推销员应自问以下几个问题：

（1）我怎样用简单的一句话向顾客介绍产品的实用价值？

（2）为了促使顾客说出对推销品的具体要求,在业务洽谈一开始,我应向顾客提出哪些问题？这些问题是否应当考虑顾客的实际情况,是否应与顾客的切身利益紧密相关？

（3）有哪些一定会引起顾客兴趣的既能说明产品的优点,又能令人信服的实例？

（4）我怎样帮助顾客解决他的问题？怎样用简单的几句话就能帮助顾客解决他的问题？

（5）我能向顾客提供哪些有价值的资料,使他更乐意接受我的产品呢？

（6）为了与顾客进行销售谈话,在业务洽谈一开始时,我应该说些什么？

（二） 重新调整心态

在自己出访前,推销员要再次从内心去感受以下这些重要问题：

（1）我为什么要去拜访这个顾客？ 他为什么要接受拜访？

（2）我的拜访到底对他有什么好处？

（3）我已经做好了克服各种困难,并获取拜访成功的各种准备了吗？

推销员就这些问题进行深入而冷静的思索,极其有利于调整自身的精神状态,使自己以最佳的精神风貌出现在顾客的面前。

 推销小贴士

首 因 效 应

首因效应是指最初接触到的信息所形成的印象对我们以后的行为活动和评价产生的影响,实际上指的就是"第一印象"的影响。心理学家认为,第一印象主要是性别、年龄、衣着、姿势、面部表情等"外部特征"。一般情况下,一个人的"外部特征"在一定程度上反映出这个人的内在素养和其他个性特征。首因效应在人际交往中对人的影响很大,因此我们常说"要给人留下一个好印象"。对于销售人员而言,在拜访客户或社交活动中,要利用此效应展示给对方一个美好的形象,为以后的交流打下良好的基础,这就需要销售人员提高在谈吐、举止等各方面的素质。

（三） 即将见到顾客那一瞬间的最后准备

当你敲顾客办公室门的那一时刻,该做些什么？可以参照戈德曼的《推销技巧——怎样赢得顾客》一书中所提到的建议。

见到顾客前的五点快速检查：① 迅速回忆一下每一条推销要点。你最好把要点写在顾客目录卡上。如果有记录,可以从头到尾看一遍。② 设想一下你将面临的问题：顾客是自己一个人还是跟他的同事在一起？ 他是紧张的还是轻松的？ 他的注意力是集中的还是分散的？ ③ 顾客会提出哪些反对意见？你应该怎样回答？ ④ 你准备为顾客解决哪些问题或帮助他满足哪些需要？ ⑤ 你准备怎样开始和结束你的谈话？

二、排除心理障碍，勤于出访

推销专家戈德曼说过："严格说来，一个成功的、优秀的推销员只有通过两种方法才能增加他的销售量：拜访更多的顾客或者多次拜访顾客。"这里所说的"拜访更多的顾客或者多次拜访顾客"，就是高拜访率。高拜访率历来是任何行业推销员取得突出推销业绩的基础。

那么，如何保持高的拜访率呢？我们认为，推销员至少要做到以下两点：

（一）排除"接近恐惧症"的心理障碍

"接近恐惧症"就是害怕接近顾客，以种种借口逃避推销接近的心理现象。由于推销接近大部分情况下都是陌生拜访，经常要遭到顾客的冷遇或拒绝，而且接近大都是没有结果的，甚至是失败的，因此，绝大部分推销员在接近前和接近中都会表现出一定程度的心理压力和紧张。推销员如果不能正确化解这种压力感和紧张感，就很容易患上接近恐惧症。

接近恐惧症在推销员队伍中是比较普遍的，而且这种恐惧症对推销员的危害是极大的。推销员一旦陷入这种恶性的心理障碍，就很容易出现推销拜访行为上的"萎缩症"，就像一个患上"社交恐惧症"的人一样不敢出门见人（顾客），它是绝大部分推销员拜访率过低的重要原因。因此，要提高推销员的拜访率，首先要克服和排除这种心理障碍。

以下方法有助于克服接近恐惧症：

（1）要正确认识推销工作的价值和意义。

（2）推销员个人要有积极的人生态度。

（3）要有平静的心态，正确认识推销成败。

（4）在实践中积累成功的经验，增强自信心。

（5）精心设计拜访计划，做到有备无患。

（二）勤于出访

要保持较高的拜访率，需要推销员比其他人更加勤奋，更加主动地把大量的时间和精力投入于拜访顾客的实际行动之中。案例4-1是一个很能说明问题的例证，相信大家会从中领悟出这位推销员工作成功靠的是什么。

推销员成功的模式有多种多样，但有一点是相同的，即他要比一般人更勤奋，把大量的时间和精力用于拜访更多的顾客或多次拜访顾客。只有进行实际拜访行动，才可能获得推销成功机会。

三、预约与守约

在上一章中，已经讲过了拜访前的预约有很多好处。在接近时如果事先预约，可以减少甚至避免顾客的拒绝。同时，要特别注意的问题是：如果与顾客商定了有关拜访的时间和地点，那么，推销员就一定要守约，即使是顾客不守约，推销员也不能不守约。

四、注意自己的形象和礼节

在陌生拜访中，目标顾客对推销员的第一印象决定了他对推销员的整体评价。推销员要赢得顾客良好的第一印象,非常重要的一点就是在会面初期特别注意自己的仪表服饰、言行举止等。

五、说好开头的第一句话

（一） 初次见面的第一句话很重要

在面对面的推销工作中,说好第一句话是很重要的。顾客在听推销员的第一句话的时候比听第二句话和下面的话时要认真得多。说完第一句话以后,许多顾客,不管是有意还是无意,就会马上决定是尽快地把推销员打发出去还是准备继续谈下去。特别是一些上门推销业务、电话推销等,往往开头的一两句话就能决定洽谈的成败。

（二） 选择时机

一般情况下,推销员应先说话。当你已经与顾客坐在一起,马上要开始业务洽谈时,不要谦让,要充分利用时间,别让顾客抢先发言。如果顾客先开口说:"我能帮你什么忙?"那么,整个业务洽谈就会走调。不要让顾客掌握主动。

当然,有时也有例外。如果顾客把你请来,那情况就大不相同了。他可能在等待你出价,或者等待你把看法和观点说出来,或者也可能他已经与竞争对手的推销员洽谈过。这时应先让顾客开口,自己不要解释,也不要争论,可以征求顾客的意见,问是否可以向他提几个问题。

（三） 选择话题

比较合适的话题选择应是开门见山。推销员与顾客会面的第一句话可以有很多话题,如谈气候、谈新闻、谈顾客的兴趣爱好,或者其他一些客套话,当然也可谈推销事宜。许多推销员认为推销接近的第一句话不应该直接道明来访的真正目的,即推销,而应该首先说上几句客套话,以便造成一种融洽友好的气氛。这种看法有正确的一面也有错误的一面。所谓正确,是因为融洽的气氛肯定会有利于交易的达成。所谓错误,是因为除了说几句客套话以外,还可以通过其他方式来造成融洽友好的气氛。

在业务一开始,采用开门见山的方法讨论顾客的问题、需要和愿望,是进行业务洽谈和造成友好气氛的最好方法。这种坦率的表示,能给顾客留下如下印象:第一,此人诚实可靠,足以信赖;第二,此人对自己的公司、产品或服务抱有充分的信心和把握,因而他一定是个内行;第三,此人有胆识、有风度,足以与之交谈,即使是多花一些时间也是值得的;第四,他这么有信心,可能是因为他的产品的确性质优良、价格合理;第五,这是一个办事利落而不啰嗦的人,跟这样的人打交道是高效率的。

当然,也有一些例外情况。对一些比较熟悉的顾客和爱交谈的顾客,可以慢慢聊。但是,这仅仅是特殊情况。

（四） 从顾客的问题说起

第一句话应说顾客的问题和需要。接近的第一句话用开门见山的方式比较适宜,但并不意味着推销员与顾客见面的第一句话就直接谈自己的产品。这样做往往效果不好,因为会面初期顾客对产品一般是没有兴趣的甚至是漠不关心的。开口第一句话可以、也应该选择推销话题,但应该从顾客的问题谈起,而不是说自己的产品。推销员从顾客的问题和需要的角度谈起,更容易激起顾客谈话的兴趣和赢得顾客的好感。

在实际推销拜访中,为了切实地做到这一点,推销员在说第一句话之前,应该找出产品特点与顾客问题或利益的结合点,并设身处地地为顾客想一想,然后问一问自己:"如果推销员向我推销产品,我希望推销员一开始提及什么话题?该怎么说,才会促使我认真听他的第一句话?"

(五) 注意说话的技巧

除了说话的话题和内容之外,推销员口头表达效果也很重要。推销员要做到:

(1)改进不良的说话习惯,避免过多的口头语以及其他毫无实际意义的语言,这有利于提高语言表达的力度。

(2)声音清晰,音量足够大,语气铿锵有力。

(3)说话时表现出坦然、沉着、镇定的表情。

(4)说第一句话时目视顾客,可以吸引顾客的注意力,同时可以观察顾客的表情和态度,还能传达推销员希望得到顾客重视的信念。

(5)职业化的语调。用相对低沉而坚定的语调说话,给人一种沉稳而自信的感觉。

(6)使用专业词汇。许多专家反对推销员业务洽谈使用过多的专业词汇。这个观点在今天要具体问题具体分析。因为在今天,除少数严重缺乏产品知识的一般消费者外,大部分顾客特别是专业采购人员,大都是产品的专家,他们更习惯使用专业词汇来交流。实际上,许多行业的推销业务只有使用业内人士通用的专业词汇,才能做到语言表达的规范性、准确性和简洁性。推销员在初次会面中适当使用专业词汇来表述来访事宜或简介产品,往往能提高自身的专业形象。

六、防止冷场,避免顾客过早把你打发走

许多推销员抱怨说,他们手中既有优良的产品,又有介绍产品的丰富材料,但顾客往往会在他们刚刚开始推销接近的时候,就把他们打发走,并不给推销员阐述推销建议的机会。为什么呢?答案非常简单:顾客不是在拒绝购买,因为顾客这时尚未搞清楚推销员的建议,还无法决定自己是否需要推销品,他们真正拒绝的是把眼下时间和精力用到不感兴趣的事情上。

所以,推销员要改变这种情况,就必须要尽早地让顾客知道以下几点:① 你要告诉顾客一些重要的事情;② 你现在是与他本人,而不是与他公司的其他人洽谈业务;③ 你的拜访是简短的;④ 你和他的洽谈不会使他承担任何义务;⑤ 你不会对他使用倾力推销手段。这里的倾力推销就是高压、强力的推销。

七、注意同化策略

同化策略就是推销员在初步接触顾客时,为了迅速取得顾客的喜欢和信任,要改变自己

行为,去迎合顾客的品位和习惯。根据心理学的原理,相同或相似身份、个性和行为特征的陌生人之间更容易接近和取得对方的信任;反之,个人各方面差异过大的陌生人之间则更容易产生距离感,更难取得信任和理解。在接近时,顾客是多种多样的,推销员要以不同的方式、身份去接近不同类型的顾客,应从自己的外表特征到谈吐风格、举手投足等方面尽量靠近顾客的特征和品位。

八、化解顾客的压力感和紧张感

别以为只有推销员在推销接近时会紧张,其实许多顾客在拜访初期心理上也有很大的压力,也会感到紧张和拘谨。这种压力感和紧张感来自于顾客对购买义务的感受和对陌生推销员道德的顾虑。这种压力感和紧张感实际上是推销的阻力,推销员必须要及时化解。

化解的办法有许多,专家建议有以下几条:

(1)以假设的情况进行交谈,而不是直接针对目标顾客本人,这样可以让他觉得自己并不是推销员追求的目标。

(2)刚一见面就讲明,今天无意做买卖,此次来访的原因是想把自己的建议解释清楚,以便使他在今后决定购买时心中有数。

(3)告诉他,你来此的目的是想请他坦率地发表个人意见,你的唯一希望是获取顾客对产品的评价。

(4)有些老练的推销员一般都要在见面时告诉目标顾客:你没有必要担心我会采用高压战术,也不要把我想象得很难对付,只要愿意,随时可以把我撵走。推销员在说这话时必须表现出绝对的真诚,这样才会有效。

(5)只要推销员能够让顾客认识到:接受我的拜访是值得的,可以引起他的兴趣,或给他带来利益,双方关系就会变得融洽,紧张气氛就会消失。

九、不要为占用拜访对象的时间而道歉

缺乏经验的推销员遇到看上去十分繁忙的拜访对象,就会不由自主地感到应当为占用他的宝贵时间而道歉。这样做是不明智的,因为这样做就是向他承认自己前来拜访是一种罪过,从而显示出连自己也在怀疑推销工作的可信性。推销员应该坚信自己是在为顾客帮忙。有了这一点认识,自然也就没有必要向顾客道歉了。当然,不必道歉,并不是说推销员可以强行进入别人不欢迎他去的地方。

十、获得重访的机会

不管推销接近是成功的还是失败的,推销员在离开顾客之前,都应该利用这次会面机会预约下一次的见面。如果是成功的接近,自然获取下次见面的机会并不是很难的事情;如果是失败的接近,并不意味着完全丧失了推销机会,当然在这种情况下再预约而被接受的难度可能会较大,但是,如果放弃当面再约,等过后再约,难度可能会更大。

推销小贴士

拜访要注意哪些问题？

1. 初次拜访应该注意的问题

（1）初次拜访要有百分之百被拒绝的打算。

（2）拜访前要确认已调查得知的内容及未知事项。

（3）存着了解对方及让对方认识自己的心情拜访。

（4）目的在于介绍公司。

（5）具有给予对方利益的自信信念。

（6）制造下次拜访的机会。

（7）要给对方留下兴趣和关心。

（8）初次拜访时间不可太久。

（9）将要说的话说完，却不可给予太多的资料。

（10）不可太早下结论。

2. 再次拜访应该注意的问题

（1）态度从容不迫，却不可显得无关紧要。

（2）必须和上次做不同的寒暄。

（3）千万别焦急地马上问"上次所谈的内容，您的意见如何"，否则，对方一表示不赞成，就难接续下去。

（4）要说明"上次的说明内容，我忘了很重要的一点……"

（5）谈话中，尽量称呼对方姓名（职称）。

（6）引用对方所说的话。

（7）上次答应的事项一定要解决。

（8）准备对方感兴趣或嗜好方面的话题。

（9）努力和其他人保持融洽的关系。

（10）一定要携带有助于对方的资料。

分析题：

（1）根据有关知识，解释上述建议的具体意思。

（2）除了这些注意点之外，你认为推销接近还应该注意哪些其他问题？

第四节　推销接近中典型难题的处理

在许多情况下，推销员在拜访初期经常会遇到难以处理的难题。下面就这些难题的具体对策作简单的分析。

一、"见不着真正拜访对象"的处理对策

在许多拜访活动中,推销员想见到真正的决策人也许并不难。特别当推销员所在企业是个很有名气或令顾客尊敬的公司的时候,即使顾客对产品可能并不感兴趣,他也可能欣然接受拜访并洗耳恭听。但是,在更多的情况下,推销员往往会碰到"见不着真正的关键人物"的难题。这些情况包括:一是只有通过秘书或接待员才能见到真正的拜访对象;二是推销员需要先与秘书或接待员相处(顾客暂时不在或正忙着);三是真正拜访对象把推销员推给下属;四是推销员到了一定阶段才发现找错了对象,需要重新预约真正的拜访对象。下面就这四种情况,分别探讨它们的应对方法。

(一) 通过秘书或接待员获得接见的方法

这种情况下,推销员如果能获得他们(她们)的合作和配合,相信能有助于获取接见的机会。

1. 表示友好的同时,向他(她)表示"不达目的誓不罢休"的决心

你对他(她)友好,可以使他(她)成为你的朋友,并愿意为你服务;你决心如此之大,他(她)就会感到不好意思拒绝你的要求。

2. 使用正确的称呼

应该说:"我找采购部××经理。"不应该说:"我想找你们采购部的经理。"

3. 用确定的语气说话

应该说:"请帮忙转告林总,说宇宏公司的小方想见他。"而不应该说:"你帮我问问林总,这时候他是否有空见我。"

4. 简单地告诉她来访事宜

当秘书或接待员问你有什么事时,一般情况下,推销员不必要对来访事宜做过多的解释,只需要简单地告诉她"干什么来了"就可以了。推销员可以这样告诉她:"我要与林总探讨关于自动化办公软件系统的升级问题。"

当她再次要你先跟她谈时,你不应该说:"我只想与林总亲自谈这件事情。"这样会伤害她的自尊,而应该接着解释问题的重要性,请求她务必帮忙转告。推销员可以这样说:"据我了解,市场运作效率问题目前已经成为困扰贵公司对外业务拓展的瓶颈,这个问题关系到贵公司下一步发展的全局问题。请您务必帮我转告一下。"

(二) 在等待时,与顾客的秘书或接待员打交道的技巧

在初次拜访中经常会碰到这样的情景:你的拜访对象不在或要你在接待室等候一段时间,在这一段时间内你必须与他的秘书或接待员在一起。这时你必须学会与秘书或接待员打交道的技巧。

1. 注意自己的神态

毫无疑问,要获得秘书或接待员的接受,神态是最为重要的。要做到这一点,没有什么东西比推销员充满自信的举止言谈更重要了。你内心可能很紧张、羞怯,甚至顾虑重重,但这决

不能让对方觉察到,必须让她感到你充满自信。推销员要让秘书或接待员看上去觉得不容忽视、稳重端庄、威风凛凛、目光炯炯,而不是鬼鬼祟祟、蹑手蹑脚。

2. 注意等待期间的表现

(1)当秘书告诉你需要等待时,你起先应礼貌地表示接受,但是,你在等待的时候不能表现得过分耐心。你要让秘书或接待员意识到"你在等待",时间太长时应适当提醒秘书或接待员,询问被访对象是否可以接见。

(2)你等待会见期间必须做些事情。有的推销员仅仅是来回闲逛或随手翻阅一本通俗杂志,这不是好的做法。而有的推销员则从手提箱里取出一本著名的商业期刊阅读或者研究一份看上去很重要的报告;或者向秘书索取该公司的介绍材料来读;或者与秘书进行交谈;等等。这些做法给秘书留下的印象肯定迥然不同。如果推销员在此期间显示出自己的时间很宝贵,秘书就有可能看重他。

3. 尊重秘书或接待员,并努力促使她们成为你的内线

有些人很不尊重秘书或接待员,这是个严重的战术性错误。聪明的推销员把他们看做是举足轻重的人物并努力争取他们的合作。这样,当接待员向老板报告有人来访,老板问她对来访人员印象如何时,接待员美言几句,推销员就能冲破第一道防线。关键是要让接待员或秘书感到自己的重要性,有权安排推销员与老板见面。所以被接见过的推销员在离去的时候应当对合作的秘书表示感谢。

4. 适时向她们兜售你的产品

有时,推销员在与顾客秘书接触期间还可能获取大量有用的信息,甚至获得推销的机会。下面就有这样一个典型范例:

乔治是芝加哥的一个打字机推销员。一天,他去拜访一家公司的总裁,目的是向该公司的办公室推销一套新打字机。总裁去了外地。乔治便主动请求总裁秘书花几分钟时间来讨论一下打字机的情况。在讨论中他引导总裁秘书谈论自己对工作中使用打字机的看法,喜欢它什么和不喜欢它什么。乔治抓住她提到的一个缺点赶紧邀请她到下面的汽车里去看一看和试一试自己推销的新型打字机。他成功地向秘书从头到尾地展示了一番。他离去的时候,还特意为占用秘书的时间向她表示了感谢。

几个星期之后,乔治赴约再次造访,女秘书安排他与老板见了面。乔治开始介绍自己的产品。没等他说到一半老板便表示,生产打字机的公司应当把眼睛盯住各种打字机相互竞争的打字机商店,到那里去一显身手,因为打字机商店才是他们真正的顾客——这是典型的应酬话。乔治听后立刻拿出手中的王牌:"先生,您秘书告诉我,她现在使用的打字机机械装置很完备,但就是操作起来太费劲。她打两个小时的字就会感到非常疲劳。她说她下班前的三个小时内出现的错误超过了前五个小时的总和。是她的打字机影响了她的效率。我肯定,这对您来说是个巨大损失,我们的打字机操作起来绝对省力得多……"

老板按下蜂鸣器,女秘书进来。"萨拉",老板指着推销员的样品问:"这台打字机确实不错吗?它是不是比你现在的那一台更容易操作?""噢,是的,绝对没错!"乔治于是得到了订单,他很精明,他充分估计到了秘书的力量。

（三） "中途发现找错了对象"的补救办法

出于面子的缘由,无权作出决定的人是不会主动承认有职无权或无职无权的。有时,推销员与当前的洽谈对象进行了长时间的、友好的洽谈,却始终没有实质性的进展。这往往意味着推销员一直与一个无关紧要的人物打交道,需要更换洽谈对象,但是,要注意顾及原先洽谈对象的面子。推销员可以这样说:"我想这件事情还可能与贵公司的××副总有关(或××部门经理),我想与他们再交流一下意见,您看怎么样(您能不能帮我引荐一下)?"

（四） 拜访对象把推销员推给下属的处理方法

首先,推销员对此不能马上表现出失望,因为其他相关的人会影响真正决策人对你的看法。

其次,要与这些相关人搞好关系,不要把这种人际关系搞僵,一旦他们感觉你不把他们放在眼里,他们就可能给你制造种种麻烦。

最后,争取把他们变成内线,通过他们,可以获取各种有用的信息。

二、"遭到顾客冷遇"的处理对策

在陌生拜访中,经常会发生这样的情景:推销员使用了最好的开场方式,却发现拜访对象没有在听,他们不是在继续忙着自己的事情,就是表现出一副漠然而又心不在焉的模样。例如,当着推销员的面打电话,或者忙着拆信,或者低头看报,或者抱着胳膊看墙壁,甚至打起了瞌睡,等等。这种情况通称为"遭到冷遇"或"冷场"现象。

面对上述现象,推销员不能听之任之,不能在这种情况下继续进行业务洽谈。推销员应迅速检讨自己,如果发现问题不是出于自己的原因,应果断采取措施。具体方法有:

（一） 请求以礼相待

当推销员明显地发现顾客这么做完全是出于故意的或无礼行为时,推销员可以提醒顾客,自己是有约而来的,希望能有单独时间与他进行专门会谈。不过说这话的时候,表情应是平静的,语气应是温和的,态度应是恳切的。推销员可以这么说:"张主任,我知道您很忙,不过,您放心,我只要您给我 10 分钟左右的时间。10 分钟之后,您就可以专心安排其他的事情了。现在方便吗?"

（二） 询问具体原因

在不了解究竟出于何种缘故导致顾客心神不定时,推销员可以询问他在忙什么,或在考虑什么问题,并请求他解释出现这种现象的具体原因。说这话的时候,推销员要表现出关切的神情。推销员可以这么说:"吴先生,看得出您现在好像没有心思跟我专门会谈。我记得您昨天已经答应我可以在这个时间来拜访您的。是不是事情发生了什么变故?"

（三） 告诉他：你可以等他忙完再进行正式洽谈

顾客确实因为一时受其他人员打搅或临时事务而不能集中与你谈话时,你可以客气地告诉他,你确实不想打乱他的工作节奏,你可以等他忙完那些事情后,再跟他谈业务。推销员可以这么说:"高经理,现在很忙吗? 是不是我来的不是时候? 要是您现在很忙,我可以等您把手头的事情处理好了,再来拜访您。"

（四） 用你的形态引起顾客的注意

当顾客对你的态度表现出傲慢、漠然的时候,他往往会装出在忙着什么事情,其实,他根本就没有什么事。这时候,推销员可以强化"行为演示"的作用。在推销拜访中,有时简单的一个动作就可以扭转顾客的注意力。比如,你靠近顾客一点,甚至坐在他的面前;把产品和有关资料直接拿到他的眼前或桌前;使用可视辅助推销工具;加大音量;等等。

（五） 提问

提出下列这些问题往往能很快地扭转顾客的注意力:顾客关心的产品利益问题;顾客长期存在的、而又与推销产品有关的难题;众所周知的敏感问题;其他问题。推销员可以这么问:

（1）产品利益问题:"余主管,您知道我们的广告代理客户'大昌生物科技公司'今年的销售增长率是多少吗?"

（2）与产品有关的顾客难题:"陈处,您知道提高交易回款率、杜绝交易风险的方法有哪些吗? 我这里有一份我们公司的'业务员培训方案'。相信对贵公司业务员会有很大帮助!"

（3）众所周知的敏感问题:"黄先生,您对目前流行的经济过热和房地产泡沫的说法有什么看法?"

（六） 以毒攻毒

有时,面对顾客相对温和的漠然态度,推销员可以突然不说话,埋头做另外的事情,直到顾客发现,并等他询问"怎么了"的时候再回应。不过,推销员此时表情要异常平静,绝对不能带有情绪。否则,这种做法就不能奏效甚至会遭到顾客的蔑视。

（七） 釜底抽薪

当推销员对自己以及产品有绝对自信的时候,可以使用这种方法。比如推销员可以这样说:"戴先生,根据我的经验,当我碰到这种待遇时,我发现我的顾客一般有两种情况:一种是他根本就对我们的产品没有兴趣,另外一种是他确实现在有更重要的事情要考虑和着手解决。戴先生,您觉得我说的有没有道理? 您觉得自己属于哪种情况?"

（八） 放弃

当顾客碰到重要的事情让他不能再静下心来的时候,推销员不应该勉强,应该懂得放弃,否则也不会有什么结果。

三、"遭顾客拒绝"的处理对策

在推销接近中,推销员会遭到各种形式的拒绝。从性质上看,这些拒绝包括直接的拒绝和间接的借口推脱;从表现形态上看,这些拒绝包括行为上的拒绝和言谈上的拒绝。上述的"拜访对象把推销员推给下属"和"推销员遭到了冷遇"实际上也是顾客拒绝的信号。除此之外,还有下列拒绝方式,推销员必须学会巧妙应对。

(一) 应对顾客直接拒绝的方法

这些直接拒绝包括"你给我出去!""我们对这种东西根本没有兴趣,你就别白费口舌了!""你就别浪费时间了,我不需要这东西",等等。由于篇幅的关系,这里以"我不感兴趣"为例,简单介绍基本的处理对策。

1. 检讨自己

推销员要问一问自己:这个顾客是不是真正的顾客? 自己的形象是不是有问题? 我有没有预约? 我来的是不是不是时候? 我的接近方法有没有问题?

2. 进行最后一次的努力

推销员可以用以下这些说法检测自己还有没有推销机会:

(1)"是的,很多人开始的时候都是对我这么说的。不过,5 分钟以后,他们中的许多人很快对我们的产品改变了原先的看法。您别急着赶我走,我最多只占用您 5 分钟的时间。5 分钟之后,如果您觉得没有兴趣,您随时可以赶我走。您能给我 5 分钟的时间吗?"

(2)"这是为什么? 根据我的考察,像您这样的公司(家庭)是极需要改变的……这种产品(服务)就是根据你们这样的公司(家庭)存在的这种问题而研制出来的……我相信只要您给我几分钟的时间,我就有办法证明我们的产品(服务)完全符合你们的需要。"

像此类的说法还有很多,这里不一一列举。

3. 找个台阶走人

如果经过上述的努力,顾客还是拒绝的话,推销员就应该找个台阶与顾客礼貌地道别。值得注意的是,推销员在遇到顾客毫无理由拒绝的时候,极容易作出有损自己身份和人格的事情,这是千万要克制的。

(二) 应对顾客各种借口的方法

有时,顾客出于礼貌,会给你一个好听的客套话而拒绝你的拜访。最典型的表现形式是:"你把资料留下,需要的话,我们会联系你的。"下面简单介绍这种情况的处理对策。

1. 检查和改进接近方法

顾客这种表现有时与推销员采用的接近方法有直接的关系。推销员不能在短时间内迅速引起顾客对推销品的注意和兴趣,顾客往往就会找借口推脱了。

2. 告诉他:你拜访的时间很短

推销员可以这样说:"是的,资料我肯定会给您留下。不过,在资料给您留下之前,我想至多占用您几分钟的时间,就资料所不能涉及的一些具体细节给您作个介绍。您放心,我决不会占用太多的时间。"

3．当面会谈比阅读材料更省时，更清楚

推销员可以这样说："我也希望我们的销售资料能够把事情完全讲清楚。但如果您能给我几分钟的时间，以便当面给您解释我们的项目，相信要比您事后去阅读资料更节省时间。"

4．询问原因

（1）"我相信，您这样说肯定有您的道理，您能不能让我知道这到底是为什么？"

（2）"我相信，您这样说，可能是对我们的产品不感兴趣，能告诉我这是为什么吗？"

5．我需要知道真实情况

推销员可以这样说："刘经理，根据我的经验，一旦我的顾客对我这样说的时候，一般有两种情况。一种是他已经有了兴趣，向我索取资料是为了进一步了解我们的产品；另一种是他根本就没有兴趣，只是给我一个不想跟我谈话的借口。正因为如此，我不想浪费您的时间，我希望您能告诉我，您到底属于哪一种情况？您不介意吧？"

上述几种方法只是在特定情况下的对策。面对不同的借口，推销员要随机应变，应该用不同的方法来处理。

四、"顾客站着说话"的处理对策

在推销接近中，你可能会在走廊里或者办公室之外的其他地方见到顾客，这时顾客可能会站着跟你说话。这时候推销员不应该跟他进行正式谈话，你要向顾客表示重要的谈话不想采用这种随便的方式进行。具体对策有：

（一）　向顾客提出到正式场所洽谈的请求

为了避免遭到顾客的拒绝，推销员需要找出一个有说服力的理由，然后直接提出这样的要求。正式场所包括顾客的办公室、接待室或会议室等。推销员可以这样说："刘先生，我觉得在这里有许多不便，我们能不能去您的办公室？我只要占用您几分钟的时间（我手头有一些样品和材料需要您过目一下）。"

（二）　在现场就近寻找合适的场所

有时顾客可能也会找借口拒绝到自己办公室洽谈的请求。这时，推销员可以在附近寻找可以坐下来又能避免外界干扰的场所，必要的话，还可以请顾客到附近的营业场所喝一杯。

（三）　放弃推销拜访，并重新预约洽谈机会

如果顾客坚持一定要站着，很有可能是顾客不太情愿与你交谈。这种情况下，如果实在不便于正式洽谈，推销员可以放弃这次拜访，并重新预约更好的洽谈机会。

五、面对"意外情况"的处理对策

有时候，推销员好不容易见到顾客了，却碰到了许多意外情况，例如，顾客恰好这时很忙，或者拜访对象要接见他认为更重要的客人，或者公司遇到意外事件等。

　　在这种情况下,推销员首先要准确判断这些情况是否属实。果真如此的话,在这种情况下再强求顾客与你洽谈,会被顾客认为你不通情理,会给他留下不好的印象。再说,这种情景下顾客即使勉强地与你进行业务洽谈,也不会有什么好的结果。

　　不过,值得推销员注意的是,此时不能无所事事地离开,而应该利用这种机会向顾客预约一个更为适宜的会谈机会。一般来说,这时顾客会因这种情况而对你产生一种歉疚的心理,他一般会比较容易接受你的另一次预约请求。

本 章 小 结

　　推销接近是推销员正式拜访顾客的第一步,本章分别阐述了推销接近的性质、目标与任务、接近的基本方法、接近应注意的问题和接近常见问题的处理等四个问题。

　　推销接近的基本目标在于引起顾客对推销员的注意和初步兴趣,从而为正式洽谈创造适宜的条件和环境;为了实现初步拜访的这一目的,推销员必须争取见到顾客本人或决策人,并使对方将注意力集中于来访事宜。为此,推销员可以使用自我介绍、他人引荐、产品演示、利益提示、提问、搭讪聊天、戏剧性表演、引起震惊等方法接近顾客,以引起顾客的注意和兴趣。

　　在这里,可以把接近理解为对顾客的首次拜访。那么,在首次拜访中,推销员要特别注意以下问题:要做好充分的情报、心理、拜访方法策略设计等方面的准备;要克服内心的恐惧和不安,强化实际拜访的行动力,提高拜访率;要想好该怎么开头,特别是第一句话该怎么说;要注意自己的仪表服饰和言行举止,给顾客留下良好的第一印象;要考虑好如何切入主题,并想好重访的理由;等等。

　　在实际的初步接洽中,经常会碰到一些让推销新手难以处理的问题。比如,拜访中遭遇接待人员的阻隔,顾客对你的来访不理不睬,拜访对象显得局促不安,现场气氛显得僵硬、冷待,对方以各种理由加以推脱或拒绝。面对这种情景,推销员应树立“我的拜访有益于顾客”的信念和信心,并在实际拜访中不断磨炼自己随机应变的能力,积极构思好对策,灵活应对,化险为夷,直至排除接近障碍,实现接近的拜访目标。

本章关键词

　　接近恐惧症　　破冰术

推销技能测试

　　1. 当你拜访经常吃闭门羹的客户,你将(　　)。

　　A. 不必经常去拜访　　　　　　　B. 根本不去拜访

　　C. 经常去拜访并试图改善双方关系　　D. 请示经理换个人去试试

2. 当你进入客户办公室,正好他正在阅读,他告诉你一边阅读一边听你的讲话,那么,你应该(   )。

A. 开始你的推销洽谈　　　　　　　　　B. 向他说明你可以等他阅读完了才开始

C. 请求合适的时间再访　　　　　　　　D. 请求对方全神贯注聆听

3. 你正用电话去约一位客户,总机接线员把你的电话转给他的秘书,秘书问你有什么事,你应该(   )。

A. 告诉秘书你希望和客户面谈　　　　　B. 告诉秘书这是私事

C. 向秘书解释你的拜访会给老板带来莫大好处　　D. 告诉她你希望同他讨论你的产品

4. 在开始洽谈时,你应该(   )。

A. 试图去发觉对方的嗜好　　　　　　　B. 谈谈天气

C. 简要解释你拜访的理由,并说明他可获得的好处　D. 谈今天的新闻

5. 当客户被第三方打岔时,你应该(   )。

A. 继续推销,不予理会　　　　　　　　B. 停止推销并等候有利时机

C. 建议在其他时间再来拜访　　　　　　D. 请顾客喝一杯咖啡

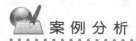 **案例分析**

案例 4-1　什么是模范的推销员?

曾经有人让一个特别优秀的推销员解释他获得成功的原因,可他解释不了。他认为他的推销方法与其他人的推销方法并没有多大区别。他不是天才,很多在推销上不是那么很成功的推销员表面看起来要比他强得多。但熟悉他并且和他一起工作的有关人士却能一语道出他成功的秘诀——他总爱拜访顾客。只要他发现有达成交易的任何一点可能性,他就马上乘火车或自己开车去拜访顾客。在他的竞争对手还没来得及给顾客写信询问或打电话的时候,他已经到了那里,并且与顾客开始了洽谈。他常常是获得推销机会的第一个推销员。事实上也常常是唯一的推销员。如果他的推销努力在一定时间内没有产生效果,他就再次登门拜访,他不满足于写信或者打电话。他的生活可能是不舒适的,但推销工作本身就不是一种舒适的工作。在顾客面前,他从不灰心气馁,他是个乐天派。

这个推销员拜访了许多顾客,每次都是成功的。这是因为他不断学习、不断总结,从不满足现状的缘故。他的同事和其他同行的竞争对手只是把工作做好,而他总是力求把工作做得精益求精。他对顾客越来越了解,其程度甚至超过了顾客自己。由于他了解自己的工作,并且与顾客建立起一种亲密无间的关系,所以他能够提出一些有把握、有说服力的建议。他的建议比他的竞争对手更好——这就是他成功的原因。

分析题:

(1) 通过上例,你觉得这个推销员虽看起来一般却取得巨大成功的原因是什么?

(2) 你是如何理解推销员的"勤奋"和"行动力"的?

案例 4-2　面对这种局面该怎么办?

原野食品杂货公司业务员林志在与同事聊天时提到所拜访的一些地区代理商有时在走廊里会见他,问他有什么事,而不让他到办公室进行谈话。考虑到推销工作是一件大事,应当郑重其事,他自然想在顾客办公室进行面对面的洽谈。但每当他提出这个要求时,对方总是以没有时间作为借口,并且让林志事先打电话预约下次的洽谈时间。每逢碰到这种情况,林志总感到不知所措,他不明白是应当坚持在顾客办公室洽谈业务,还是在走廊就进行推销洽谈? 或者暂且离开,下次再来?

分析题:

(1) 出现以上这种情况的主要原因是什么?

(2) 如果你是林志,你认为可以用哪些有效的办法对付这种局面?

案例 4-3　如何应用"产品特性"引起顾客的注意

小穆目前销售克林霉素,这个产品在很多销售人员的口中不是一个好的品种,因为没有什么特别点。在销售中,小穆成功地抓住克林霉素不需要做皮试的特点。这个特点所蕴涵的价值就是方便和安全。但他没有直接向医护人员销售价值,他首先销售的是问题。经过调研,他发现在医院的急诊药房,大多数抗生素都需要做皮试。于是在拜访医护人员的时候,他首先询问在夜间急诊时,由于光线的问题有时候是否不容易精确判断皮试的结果。当他和医护人员探讨该问题的时候,医护人员觉得确实如此。接着,小穆又和医护人员探讨医疗质量和医疗事故的问题,当有关医疗事故的一些案例从他口中说出来后,医生显然被吓坏了。对于医疗事故,他们肯定很关心,但未必对后果了解得非常清楚。在成功的销售完成之后,小穆告诉医护人员他的公司有一种抗生素——克林霉素,不用做皮试,方便、安全。第二天,急诊科要求进克林霉素的报告就提交到了药剂科,一周之后,小穆的销售业绩开始扶摇直上。

分析题:

小穆为什么能够成功接近客户?

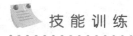 技 能 训 练

技能训练1　校内实训

1. "拜访第一句话"模拟训练

● 实训内容

收集并模拟演练"推销拜访第一句话"。

● 实训目标

　　通过实训,使学生能掌握推销拜访第一句话的设计,并通过现场模拟演练,提高学生的表达与沟通能力。

● **实训方法**

　　收集或设计推销拜访"第一句话";一对一训练学生的第一句话的口头表达;在模拟的场景内进行现场表演。

　　2. "推销接近难题处理"模拟实训

● **实训内容**

　　① 对"顾客注意力不集中"的处理;② 对"对不起,我们不需要这产品"的处理;③ 对"你把资料留下,以后需要的话,我们再联系"的处理。

● **实训目标**

　　通过实训,使学生能正确分析接近种种难题的根源和对策,并提高现场应对能力。

● **实训方法**

　　首先,分析和设计各种难题的存在根源和处理策略;其次,分组讨论具体的处理方案以及对话内容;再次,分组现场训练;最后,逐一集中现场表演。

技能训练2　校 外 实 践

　　自选某一行业,参考黄页、工商年鉴和电话号码簿,找出潜在客户,进行陌生拜访。

第五章
推 销 洽 谈

 本章学习目标

- ☐ 1. 掌握推销洽谈的原则与策略
- ☐ 2. 懂得推销洽谈的方式与方法
- ☐ 3. 掌握探寻顾客需求信息的方法
- ☐ 4. 掌握产品介绍与演示的方法和技术要领
- ☐ 5. 懂得刺激顾客购买欲望和建立购买信心的原理
- ☐ 6. 掌握沟通的原则与技巧

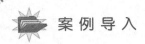 **案例导入**

说服"吝啬鬼"

美国励志大师金克拉曾经做过厨具销售员。一次,他向以吝啬著称的菲特先生推销厨具。

"菲特先生,"金克拉说,"我向您推荐的厨具将是您看到过的、用过的厨具当中最好的,您太有必要拥有一套了。"

菲特说:"金克拉,很高兴见到你,但我只是想和你聊聊天。你知道我是不可能花上400块钱买你的锅碗瓢盆的。"

刚开始就吃了"闭门羹",金克拉十分郁闷,但他还是笑着对菲特说:"虽然您觉得自己不需要我的东西,但我觉得您还是听我介绍一下比较好。"

菲特:"我再说一次,咱们可以聊天,但我决不会买你的东西。"

金克拉:"那就不说我的产品了,您知道咱们俩比较相像的地方是什么吗?"

菲特:"哦,是什么?"

金克拉:"是这样的,我听别人说您是出了名的保守。我和您一样,做事也比较谨慎。但是,我觉得您根本不保守,只是别人对您不够了解。"

菲特:"你说得对,别人都不太了解我,他们根本不知道我之所以'保守'的原因。"

金克拉:"嗯,假如我没记错的话,您已经结婚23年了。"

菲特:"是啊!事实上到8月份就满24年了。"

金克拉:"好,我问您一个问题。您是否还记得上个月您说过如果用我的厨具煮东西,每天可以节省一元钱?"

菲特:"是的,至少一元。"

金克拉:"那也就是说,您有了我的厨具后每天可省下一元,而没有它的话您每天将浪费一元,对不对?"

菲特:"嗯,你说得没错。"

金克拉:"好!假如我的厨具每天帮您省一元,也就是说,每天您太太不使用这套省钱的厨具,就等于她每天把手伸进您的口袋,取出一张全新的一元钞票,把它撕成碎片,再把它丢掉,是吗?"

金克拉拿出一张崭新的一元钞票,慢慢地把它撕毁,并把碎片丢到地上。

金克拉:"菲特先生,也许您可以忍受一元钱的损失。但根据您的邻居对您的评价,您不喜欢任何浪费行为。虽然您现在可能认为一元钱的浪费也许微不足道,但您再想想看,如果您的太太每50天都从您的口袋里掏出一张崭新的50元钞票,然后再把它撕毁扔掉,您会有什么样的感觉呢?"

金克拉又慢慢地撕掉一张50美元的钞票,并故意撕得"嘶嘶"作响。

菲特:"我想你疯了。"

金克拉:"您想一想我撕的是谁的钱呢?"

菲特:"当然是你的。"

金克拉:"但当我在撕钱的时候您感到痛苦了,不是吗?"

菲特:"的确是。"

金克拉:"那么您再想想,您难道没有觉得我撕的是您的钱吗?"

菲特:"为什么这么说?"

金克拉:"很简单。您已结婚 23 年了,我们就按 20 年算吧! 您使用我这套厨具每天可以省下一元——最少一元,也就是说如果您没买这套厨具的话,您一年会损失 360 元。换句话说,20 年来您已经因为没有这套厨具而损失了 7 200 元。您之所以会损失这 7 200 元,就是因为您没有花 395 元买我的这套厨具。别人都说您很小气,但我觉得他们都错了,您其实很大方,舍得一年白白损失 360 元。"

菲特:"啊,我没想到没有买你的厨具会有这么大的损失。谢谢你提醒我,金克拉。我不能在接下来的 20 年里再损失 7 200 元。我决定买一套你的厨具了。"

此后,菲特先生成了金克拉的客户。当人们得知被人们认为最节省的菲特先生买了金克拉的厨具后,大家也都纷纷掏钱购买。

思考:

案例中,金克拉用什么方法说服了菲特先生购买自己的厨具,这样的方法有什么好处?

第一节 推销洽谈的原则与策略

一、推销洽谈概述

(一) 推销洽谈的性质

推销洽谈也叫业务洽谈或推销面谈,就是推销员运用一定的洽谈方式与策略,取得与目标顾客的双向沟通,传递和反馈推销信息,以达到说服顾客作出购买决定的活动过程。**推销洽谈具有以下三个基本性质:① 推销洽谈实质上就是推销员与顾客之间的双向信息沟通过程;② 推销员是推销洽谈的策划者和组织者,推销员是掌握推销洽谈主动权的一方,他主导推销洽谈的方向和进程;③ 推销洽谈是最具实质性的、最复杂的推销环节,它本身有一个渐进的、相对完整的过程。**

(二) 推销洽谈的基本任务

推销洽谈的直接目的是在维持顾客对推销产品注意力的基础上,进一步诱导顾客购买兴趣,刺激顾客购买欲望,建立和强化顾客购买信心。为了实现这一目标,推销员需要完成以下任务:① 探测顾客的问题、需要、动机和购买要求;② 介绍和证实产品及有关情况,诱导顾客购买兴趣;③ 描述产品给顾客带来利益和好处的意境,刺激顾客购买欲望;④ 解释和论证购买方案(或商务计划),建立和强化顾客购买信心。

(三) 推销洽谈的总体过程

通过推销洽谈性质与任务的分析,我们对推销洽谈的过程有以下三个方面的认识:① 从顾客购买心理活动规律来看,推销洽谈过程由维持顾客注意力、诱导顾客购买兴趣、刺激顾客购买欲望、强化顾客购买信心等环节构成;② 从推销洽谈任务来看,推销洽谈过程由探测顾客需要、介绍和证实产品及有关情况、描述产品给顾客带来利益和好处的意境、解释和论证购买行动方案的合理性和可行性等环节构成;③ 从说服过程看,推销洽谈过程由了解情况、陈述情况、陈述注意、解释和建议行动构成。它们之间的联系如图 5-1 所示。

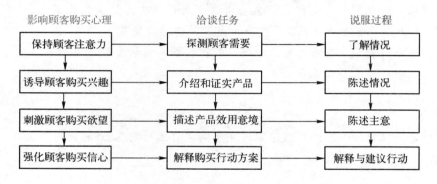

图 5-1　推销洽谈总体过程示意图

二、推销洽谈的原则与策略

(一) 坚持计划性与灵活性相结合的准则

推销洽谈的计划性是指在充分准备的基础上,按照预定的目标和计划组织洽谈活动;推销洽谈的灵活性就是指推销员根据具体情况灵活地、随机应变地处理好洽谈中的各种具体问题。任何推销洽谈活动都同时需要计划性和灵活性,计划性是灵活性的基础,而灵活性又是实现洽谈计划性的保证。不过不同业务的计划性与灵活性的偏重程度会有所不同而已。其具体要求如下:

从计划性准则的要求看,在任何一次业务洽谈前,推销员都应该在以下几个方面做到心中有数:本次洽谈的目标;本次洽谈的主要任务;洽谈对象的基本情况(特别是顾客的需要);本次业务洽谈的推销要点(即说服要点);标准说辞和产品演示工具与演示方法;顾客可能提出的问题以及标准"答客问";导入成交的方法;道别的方法;失败的对策等。

从灵活性准则的要求看,推销员要根据当时情况随机应变。洽谈中,经常会有一些意料之外的因素影响推销员事先制定的洽谈计划,比如拜访时机不对、顾客情绪不佳、顾客态度的转变比原来预料的更难或更容易、业务洽谈受到外部的干扰、顾客刻意干扰等。这些情况下,推销员就要根据当时的情况及时调整原有的计划和目标,不能僵硬地一味生搬硬套。不过,要强调的是,随机应变的基础是充分的准备、沉着冷静的态度和机智的头脑。

(二) 提高洽谈的可信度,赢得顾客的信赖

推销专家海因兹·姆·戈德曼指出:"任何情况下都应当记住,不论摆在你面前的情况如何,决定你是否得到订单的因素是顾客对你的信任。"因此,不管从哪个方面来看,提高推销员自身的可信度都是说服性推销洽谈的基础,是决定推销谈话效果的关键。许多业务洽谈之所以能够迅速达成交易,仅仅是因为顾客相信推销员。当然,这种信任来之不易,有时仅仅因为推销员小小的一句掺假的话,就有可能毁掉顾客对推销员的信赖。从总的来看,要赢得顾客的信赖,推销员个人的仪态和品格是基础,而赢得信赖还需要各种具体的技巧。

1. 推销员个人的仪态和品格

推销员的仪态和品格既可能增进自身的可信度,又可能削弱自身的可信度。关于仪态已经在"推销礼仪"做过介绍。至于个人的品格如何赢得顾客的信赖,这里引入美国《实用销售技巧》中的一句精辟结论:推销员所能做的最能赢得顾客信赖的事情就是他应表现出"纯粹的无私精神"。换一句话说,能够真正把顾客利益放在心上并以行动加以证实的人最能赢得顾客的信赖。什么是对顾客表现出"纯粹的无私精神"? 我们认为,这个品格的基本境界就是把顾客利益放在首位,尊重顾客的利益,为顾客的利益着想,推销员决不能为了自身的利益而损害顾客的利益。

2. 说话要掌握分寸

洽谈之初不应把话说满,否则,顾客就很容易对推销员的话大打折扣。大部分购买经验丰富的顾客,特别是那些专业采购人员,在开始的时候,对推销员总是存有严重的戒备之心,甚至他们会在处心积虑地等待推销员"言过其实"的机会,以便给推销员以毫不留情的攻击,让推销员下不了台。从长远的利益来看,在业务洽谈的任何一个阶段,推销员说大话都是划不来的。有些推销员为了获得成交机会或抵御不住某种利益的诱惑,往往夸下海口,随便许诺,结果最后总是在顾客面前失信。这些推销员是很难获得顾客的信赖的。推销员要牢牢记住这样一个准则:满意的顾客就是最好的广告,而不满意的顾客则是最具破坏性的广告。

3. 不要说自己企业的坏话

有些推销员很喜欢站在顾客一边反对自己的企业或自己的上司,他们认为这样做能够获得顾客的好感。其实,他们这样做不仅毁坏了自己企业或自己上司的声誉,而且最终还会失去顾客的信任,道理很简单:对自己公司或老板不忠的人也是不值得信赖的人。

4. 用事实说话

所谓用事实说话,就是推销员阐述任何一个观点都必须有事实依据,并用证据加以证实。要做到这一点,就是要求推销员要善于应用推销工具,用演示或证实的方法证实自己的观点和推销要点。

5. 不轻易许诺,说到做到

一些推销员在洽谈开始阶段,为了说服顾客,习惯随意答应顾客的许多要求,认为这样能

尽早促使顾客作出决定。这种做法实际上就是随便许诺。许多经验证明,在洽谈中随便许下诺言是极其危险的。这是因为,一旦不能做到,推销员在顾客面前就完全失去可信度,即使做到了,顾客也只是认为你是在履行业务而不会感激你。

6. 不要过分热情

推销员对顾客过分热情,往往是因其自身对推销缺乏信心而引起的,这种行为在洽谈中通常会表现以下一些特征:表情献媚,一直勉强微笑;阿谀奉承,虚情假意地献殷勤;一味地点头称是;随便答应顾客不合理的要求,随便许诺;等等。这种心态和外在表现会让顾客怀疑推销品的可靠性,怀疑推销员的动机,也会给顾客带来过大的心理压力,由此必然会导致顾客逃避推销。所以,在推销中流行这样的说法:"过分热情会吓跑顾客"。

7. 不要刻意掩饰自身的不足

许多推销员害怕顾客提到推销方自身的不足,他们错误地认为谈及这些问题会失去交易,因此,顾客一提到这些不足,就千方百计地掩饰或转移话题。实际上,推销员的这种做法,顾客是很容易觉察到的,而且顾客会因此而对推销员失去信任。要改变这种错误的观念和做法,推销员必须做到三点:一要正确认识推销自身的不足,任何公司以及自身的产品与提供的服务等都不可能十全十美;二要有勇气承认自身的不足,这是提高谈话可信度,获取顾客信任的最好办法;三要巧妙对待缺点和不足,并不是任何缺陷或不足对顾客都是重要的,要强调自身企业或产品的重大优势,以抵补自身的不足。

8. 公正地对待竞争

用"抬高自己,贬低对手"的推销手腕是很难取得顾客的信赖的。在竞争者面前,推销员表现出高尚的职业风格是获得顾客信赖的简单方法。

9. 成为产品的专家

当推销员在顾客面前展现出非常专业而广博的产品知识和市场意识的时候,顾客会不得不为之而折服,这无形中会提高推销洽谈的可信度和影响力。

提高洽谈的可信度,赢得顾客信任的技巧还有很多。总之,提高推销洽谈的可信度,并赢得顾客的信赖贯穿推销活动的全过程。

(三) 让顾客参与推销洽谈

让顾客参与推销洽谈,就是推销员在洽谈中要鼓励和引导顾客参与推销洽谈和亲身体验产品的演示。让顾客参与推销洽谈有四个方面的好处:① 可以提高顾客参与推销洽谈的积极性;② 可以保持顾客在推销洽谈中的注意力;③ 可以帮助推销员获得顾客真正的意见和态度;④ 可以增加推销洽谈的可信性。

要让顾客参与推销洽谈,有三种基本方法:① 尊重顾客,用诚恳的态度说话,并鼓励顾客发表意见;② 善于提问;③ 使用推销工具,用演示的方法洽谈。

记住:不要把推销洽谈变成一言堂。在一言堂的气氛下,顾客沉默无语,并不是无话可说或者对推销没有任何意见,而是他对推销员的做法有意见,他因此而不想说话,不想发表任何意见。出现这种局面,顾客在内心里已经筑起了抵御推销员说服的防护墙,这种情况下,顾客是不可能被说服的。

（四）　注意说服顾客的两个不同角度：情感与理智

这里以购买汽车为例来看看购买的理性需要和感性需要。

家庭购买汽车，从理性的角度，他们可能出于上下班、接送孩子、个人工作上的需要、去外地看望自己的亲属等种种现实需要；从感性的角度，他们可能出于周末有更多的机会外出郊游、显示自己或家庭应有的身份、与他们同一社会地位的人都有了汽车等种种情感上的满足。

单位购车，从理性的角度，它可能出于公司领导或有关负责人或企业员工的工作需要；从感性的角度，它可能出于显示公司的形象和实力、领导个人特权与地位的象征等。

不管是个体顾客还是组织型顾客，其购买产品的动机很少单纯出自于理性的需要还是感性的需要。因此，我们认为，不管是什么推销类型，都要坚持"感情鼓动和理智推理"双管齐下，即针对顾客理性动机，推销员要从理智角度，为顾客的利益着想，用逻辑推理的方式，摆事实，讲道理，阐述购买的必要性和合理性，增强顾客的购买信心；针对顾客感性动机，推销员要从感情角度，理解顾客的各种愿望、购买心理和各种想法，用鼓动、煽情的手段描述购买产品给顾客带来的利益和好处，刺激顾客的购买欲望。

（五）　正确对待竞争

在洽谈中完全没有遇到竞争的情况是很少见的。推销员必须做好正确对待竞争的各种准备。关于如何对付竞争，目前有许多不同的观点。对待竞争的基本目标是：赢得顾客的信赖，并引导顾客正确认识推销品。

1. 掌握竞争对手的情况

全面了解和掌握竞争对手情况，是有效对付竞争的基础和前提。推销员应侧重掌握这些基本情况：直接竞争对手有哪些；这些产品或服务的特点、优点和利益如何；相对于推销品，竞争品的优劣势有哪些；竞争企业现在以及即将推出的营销策略与政策有哪些；竞争推销员的推销策略和手段有哪些；他们可能使用的攻击手段；等等。

2. 不主动提及竞争对手

在业务洽谈过程中，推销员一般不主动提及竞争对手。因为主动提及竞争对手，有可能出现以下三种不利：一是给自己增加不必要的麻烦。当顾客不知道竞争对手的具体情况的前提下，推销员主动谈论竞争对手的长短，很容易转移顾客的注意力或扩大顾客的选择范围。二是有可能丧失顾客对你的信任。推销员主动提出比较，难免会使顾客怀疑你的动机，即使你是客观公正的，由于顾客不了解情况，顾客也很难相信你对竞争品及其公司的评价完全是出于无私的。三是在不了解顾客对竞争对手的评价和态度时就贸然提出自己的观点，如果你与顾客的观点相冲突，就有可能促使顾客对你产生反感。

3. 不要故意回避竞争，谈论时保持应有的职业风范

在很多情况下，即使推销员不主动提及竞争，顾客也会主动把推销品与竞争品进行比较。这时，推销员再回避竞争就不是明智的做法了。这样做往往会给顾客留下一种"推销员害怕对手"的感觉。推销员在这个时候要适当地与顾客谈论双方的具体情况。

不过，当你跟顾客谈论竞争对手的情况时，一定要注意顾客的评价和态度。你如果谈到

了竞争者,应只谈那些确切知道的信息,一定要坦率诚实——不要刻意贬低对手而抬高自己。因为顾客既可能喜欢你的产品也可能喜欢竞争品,过分诋毁竞争品可能会羞辱和疏远目标顾客。即使不是这样,如果被顾客发觉你不能实事求是,顾客会因此而看低推销员的人格。

4. 与竞争对手一比高低

在不能避免的情况下,推销员不能缩手缩脚,要果断地证实推销品绝不亚于竞争品。可以用产品本身进行现场对比或试验,也可以用其他可视性推销工具予以证实。特别是面对竞争对手使用恶劣手段进行攻击的时候,必须现场进行纠正。

5. 利用表扬信

推销员应该在平时就要注意搜集一些顾客对推销品的积极性评价资料,有时甚至可以现场请顾客看看或听听过去顾客的评价。

6. 警惕不道德的竞争战术

市场竞争中难免会存在一些不讲道德的经营者,他们可能会使用卑劣的手段恶意攻击对手。推销员应随时注意发现和预防这种竞争行为,所谓"害人之心不可有,防人之心不可无"。

(六) 控制洽谈的方向

控制洽谈方向,就是指推销员的每一次业务洽谈都要有明确的洽谈目标,应主导业务洽谈的话题和方向,使得每一次业务洽谈都能有实质性的进展。推销说服是一个渐进的过程,即顾客的认知和态度逐步转向购买目标的进程,这个进程需要推销员一步一步地往前引领。

那么,推销员怎样才能控制业务洽谈的方向呢?

1. 用提问的方法是控制业务洽谈方向最有效的方法

提问是推销员一种重要的推销方法,在推销的各个阶段,都可以运用提问的方法:在推销接近阶段,"提问"可以用来吸引顾客的注意力;在洽谈初期,"提问"可以用来发现顾客的需要,而在推销洽谈的整个过程中,"提问"可以用来控制推销洽谈的方向;在处理顾客异议阶段,"洽谈"可以用来检测处理顾客异议的效果;在推销成交阶段,"提问"可以用来导入成交;等等。

2. 对一些容易跑题和刻意干扰洽谈方向的顾客要严格控制

有些思想分散的顾客一说起话来就不着边际;还有一些精明或别有用心的顾客习惯刻意地阻挠业务洽谈的进展。对于这些顾客要及时、巧妙地转移话题。

3. 一定要合理安排推销有关可视工具的使用

使用推销工具时容易犯的错误是:一股脑地把产品目录、样品、资料、图片等一起交给顾客。这时候推销员就很难让顾客集中地听推销员的介绍或演示,使洽谈失去了控制。

4. 要分清具体情况,适可而止

这两种情况下,允许洽谈适当的跑题:当顾客在发泄不满或怨气的时候,推销员不能立即改变话题,应耐心地让顾客发泄;顾客突然想起某个让他感兴趣的话题,开始谈论这个无关话题时,应该让他说完。有些推销员只要稍微一提到与推销无关的事情,就马上毫不客气地把话题扭转回来,这种做法未免太过分了。

（七） 坚持洽谈的针对性准则

推销洽谈的针对性准则就是面对不同的推销对象、购买动机、推销环境及情景实施不同的洽谈内容、策略、方式与方法。为此,它要求推销员在推销洽谈中要做到以下几点:

1. 针对不同类别的顾客,实施不同的洽谈方法和策略

同一产品,不同类别的顾客,其购买需要与动机、购买决策程序有明显的不同。比如,同样是购买吸尘器,消费者重点关注的是吸尘器的产品属性、服务和价格;中间商重点关注的是销售量大小、产品差价或价格折扣率等;社会团体重点关注的是性能的稳定性、后续服务甚至给采购员的回扣等。这就决定了推销洽谈的内容、方法和策略肯定有着明显的不同。

2. 针对顾客的不同购买需要和动机,洽谈内容的侧重点应有所区别

相同类别下的不同顾客,由于其个人或家庭或单位背景不同,购买同一产品的需要和动机也会有所不同,这种情况在消费者市场中表现得尤为明显。因此,推销员在洽谈中的产品介绍和演示的侧重点也应该有所区别。

3. 针对不同的顾客个性特征,实施相应的洽谈技巧和策略

洽谈对象因不同个性特征而可以划分为若干个不同类型的人,如多疑型顾客、豪爽型顾客、慎重型顾客等。不同个性特征的洽谈对象在洽谈中的心理和行为特征有着明显的差异。推销员在洽谈中要认清顾客的个性特征实施有针对性的洽谈技巧和策略。

4. 根据不同的业务类型,采用不同的洽谈方式

美国推销权威查尔斯·M. 雷特雷尔对推销洽谈方式进行了总结,认为在相应业务类型下可以采用不同的洽谈方式。他认为:① 推销洽谈的方式主要有熟记式陈述、公式化陈述、满足需要式陈述和解决问题式陈述;② 前两种洽谈模式适合简单的推销业务,后两种较适合复杂产品或组织型客户的推销业务;③ 很难说哪一种推销洽谈的方式是最好的,各有优缺点。

第二节 推销洽谈的方式与方法

一、推销洽谈的方式

推销洽谈的方式,实际上就是推销员组织业务洽谈的陈述模式。推销洽谈的方式通常有四种模式,即熟记式陈述、公式化陈述、满足需要式陈述和解决问题式陈述。它们的基本区别在于控制谈话的程度不同,前两种模式,推销员通常垄断谈话,两种模式,推销员与顾客之间的交流比较多一些,双方可以平等地参与谈话。

（一） 熟记式陈述

1. 特点

在熟记式洽谈中,推销员讲话主宰整个谈话过程,占整个洽谈交流的 80% ~ 90% ,目标顾客在洽谈中只是偶尔插一下话;把所有谈话内容形成统一的标准说辞;对所有目标顾客采用

同样一套说辞。

2. 优缺点

主要优点:确保推销员业务洽谈的计划性;可以把同样的推销经验传授给所有推销员;不仅对没有经验的推销员有所帮助,而且增强了他们的信心。

主要缺点:洽谈的内容也许对购买者并不重要;目标顾客参与的机会较少;不适合需要目标顾客讨论的推销业务;容易给顾客感觉到高压推销。

3. 参考范例

迪奴(Dyno)电动车的熟记式陈述

背景介绍:推销员正在访问一个大工厂的采购经理,这个工厂的厂区面积很大,工厂员工从门口到车间或办公室要步行很长的距离,要用去十几分钟的时间。他想得到一份订购工厂使用的围绕建筑物和场地四周跑运输的电动车(像高尔夫车)的订单。他在陈述中强调的主要优点是这种车省时。

推销员:您好,××先生,我想与您谈一下如何节省贵公司经理人员的时间。顺便感谢您能抽出时间与交谈。

顾客:你有什么想法?

推销员:身为公务繁忙的经理,您深知时间是宝贵的商品。几乎每个人都想每天拥有几分钟额外的时间,那就是我经营的业务——推销时间。但我不可能真正卖给你时间。不过我倒有一种产品仅次于时间……迪奴电动车——你们经理人员真正的时间节省器。

顾客:是啊,每个人都想有富足的时间。可我们不需要什么高尔夫车。(第一个异议)

推销员:迪奴电动车比高尔夫车功能多得多。它是为工厂使用而设计的电动车。它舒适快捷,能在仓库、工厂和空旷地带跑运输。

顾客:可能对我们来说太贵了。(肯定的购买信号表述成顾客异议)

推销员:首先,每台仅仅2 200元。正常使用寿命为5年,也就是说每年仅仅花400元,加上几分钱的电费和几元钱的维修费。在正常条件下,它可以给你们节省大量时间。

顾客:节省时间是好事。不过我认为经理们不会赞成。(第三个异议,但仍表示有兴趣。)

推销员:这就是我来这里的原因。您的经理们会感谢您为他们做的事情。如果您给他们一个机会看一看这一省时省力的产品,您会在他们眼中树立很好的形象。省时只是我要讲的一部分。迪奴车还可以省力,能让您一天都保持充沛的精力。您想今天演示一下还是星期二?

顾客:演示需要多长时间?(肯定的购买信号。)

推销员:大概一小时。我把车带来给您的经理做一下试验,您看什么时候方便?这时候可以吗?

顾客:确实没有合适的时间。(异议)

推销员:的确是这样的。我们越早给您看一看迪奴车,您的经理们就越早认识到它的好处。下周二怎么样?我8:00到这里,这样正好在您的经理们开每周例会前再仔细讨论这个问题。我知道你们通常在周二9:00开会,因为您的秘书告诉我你在开经理周会。

顾客:嗯,到时候我们再谈吧。

推销员:好。我会来的。您的经理们一定会高兴的。(肯定的强调)

(二) 公式化陈述

1. 特点

公式化陈述方式与熟记式陈述相近:处在相似情况下的相似目标顾客。但是,使用公式化陈述方式,推销员必须首先了解顾客的情况;推销员可以做推销开场白,详细介绍产品的特点、优点和利益,然后逐步引导顾客参与谈话,如图5-2所示。

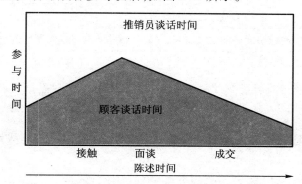

图5-2　公式化陈述的时间分配结构

该种陈述模式适合:消费品的直接重购和修正重购,访问最近购买的顾客,对推销员比较了解的目标顾客。

2. 优缺点

主要优点:确保对全部信息的介绍具有逻辑性,使买卖双方有合理的时间进行相互交流,使顾客的问题和异议得到顺利的解决。

主要缺点:与熟记式陈述类似。

3. 参考范例

背景介绍:比彻姆产品公司是一家消费品生产商,这个公司推销业务员的推销对象是各种零售终端(商场),该公司为这些业务员设计了一套推销拜访的程序,并在程序中的各个环节提供了具体的操作内容。公司经过调查和试验认为,推销员如果能按照里面提供的程序和内容进行业务拜访,可以取得比较理想的推销效果,所以,把它称为"十步有效的零售访问",具体过程与内容如表5-1所示。

表5-1　比彻姆公司"十步有效的零售访问"

步骤	行　　动
制定访问计划	回顾情况;分析问题和预约;策划面谈;检查推销资料
重温计划	在下车走进商店之前,温习一下计划、推销访问目标、建议订货单等
问候店员	向店员致以友好的问候;提醒商店经理注意推销行动
检查商店情况	注意货架的存货表面情况;检查经销和定价情况;记下没有存货的商品;清理货架存货实行快速定位;报告竞争活动;检查后屋或存货室(找到产品,纠正没有存货;利用存货进行特殊陈列);如有必要,更新推销计划

续表

步骤	行　动
接触(接近)	尽量缩短时间
面谈	使之富有逻辑性、清楚、有趣;使之适应经销商的类型;从经销商的角度来进行洽谈;运用推销工具
成交	递上建议的订单(要求订货);提供选择条件;回答顾客问题,解决异议;获得真正订单
上货	设立陈列;装饰货架
记录和报告	访问后马上做好记录和报告
分析与访问	回顾访问时间的强弱点,对此次推销访问可以做哪些改进,如何改进下一次访问

（三）满足需要式陈述

1. 特点

满足需要式陈述是一种灵活的相互交流式的陈述。它是最具挑战性也最富有创意的推销方法。

推销员典型的做法是以提出一个探究性的问题开始陈述,比如"你在投资资产中寻求什么?"或者"贵公司需要哪种计算机?"这种开场白一开始就讨论目标顾客的需要,同时也给推销员一个机会,来确定提供的哪种产品可能是对顾客有益的。满足需要式陈述方式尤其适用于规格严格、价位高的工业技术品的推销活动。

如图 5-3 所示,这种洽谈方式,双方谈话的前 50% ~ 60% 时间(指的是探测需要阶段)都用在讨论顾客的需要上。一旦意识到了目标顾客的需要,推销员复述对方的需要以弄清楚情况,从而开始控制谈话。在洽谈的最后阶段,也就是满足顾客需要阶段,推销员介绍示范产品,以阐述产品怎样满足双方的共同需要。

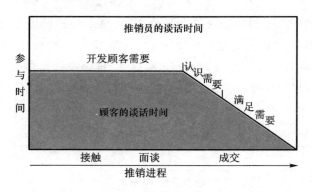

图 5-3　满足需要式陈述的时间分配结构

2. 使用注意点

使用满足顾客需要式陈述方式,在探测目标顾客需要时一定要谨慎,问太多的问题会使顾客厌烦,导致双方关系反而变得疏远。记住,很多目标顾客刚开始时并不想对推销员讲话。

事实上,一些推销员运用满足需要式推销方式接近顾客时自己也感到不舒服,因为他们感到对推销形势的控制没有使用统一的公式化陈述那么多。但是,无论如何必须记住:推销员不是舞台上的演员,推销员的工作是满足目标顾客的需要——而不是自己的需要。最终推销员能慢慢学会坦然迎接顾客给他提出的各种挑战。

3. 参考范例

迪奴电动车推销员使用"满足需要式"陈述

推销员:布莱德先生,你们的生产厂房可真够大的,有多大呢?

顾客:占地大约 50 英亩,生产主楼占地是 25 英亩。我们使用六幢楼作为生产厂房。

推销员:经理办公室离你们厂区有多远?看起来好像肯定有 2 英里。

顾客:看起来像有那么远,不过实际上只有 1 英里。

推销员:经理们是怎么到达厂区的?

顾客:他们通过我们的地下道走过来。如果天气好,有些人就从公路上步行过来。

推销员:他们达到厂区后,怎么在厂区内视察?

顾客:步行或者搭乘工人在工厂里使用的小型拖拉机。

推销员:经理们有没有抱怨总是做这些步行?

顾客:一直在抱怨。

推销员:他们对长距离步行有什么不喜欢的?

顾客:我听到的有从"我的皮鞋都被磨破了"到"我的心脏起搏器吃不消",主要的抱怨就是花费太多的时间,还有一些上了年纪的经理们回到办公室已经是筋疲力尽了。很多人需要来工厂却不来。

推销员:听起来你的经理们有兴趣减少他们来工厂花费的时间和精力。如果这样的话,是不是他们需要来工厂时就愿意来,省时省力又节省公司的开销。

顾客:我想是这样的。

推销员:布莱德先生,你的经理们平均每小时挣多少钱?

顾客:可能 30 元吧。

推销员:如果我告诉他们你如何节省经理们往返工厂的时间,你会有兴趣吗?

顾客:会的(现在推销员步入了面谈阶段)。

(四) 解决问题式陈述

1. 特点

解决问题式陈述是指推销员争取与顾客一起分析问题,并提出解决方案的一种陈述模式。这种陈述模式与满足需要式陈述非常类似,不过解决问题式陈述的准备更充分,对潜在顾客的了解更细致、更全面。

解决问题式陈述相当于根据顾客的需要制定一个解决方案,特别适合推销高度复杂或技术性强的产品,诸如企业财产保险、工业设备、网络系统、办公设备和 IT 产品、各配套项目等。

2. 操作方式与步骤

（1）推销员要加深对目标顾客需要的研究,并要做一个精心计划的陈述。

（2）利用这种方法,推销员通常需要进行几次推销拜访,对目标顾客需要情况进行详细分析,然后制定解决方案。这个方案既可以是书面的,也可以是口头陈述的,通常复杂、技术性强的方案都是采用书面方案加口头陈述相结合的模式。

（3）解决问题式陈述常常包括六步:① 说服目标顾客允许推销员进行分析;② 进行真正的分析;③ 就存在什么样的问题达成一致意见,确定顾客想解决的问题;④ 准备解决目标顾客需要的建议方案;⑤ 根据分析和建议准备陈述;⑥ 进行陈述。

由于这种模式比较复杂,操作范例就不做介绍。

二、推销洽谈的方法

（一） 提示法

所谓提示法,就是推销员运用语言表述的方法进行业务洽谈。它主要包括以下几种具体方法:

1. 直接提示法

直接提示法是指推销人员开门见山,直接劝说顾客购买其所推销的产品。这是一种被广泛运用的推销洽谈提示方法。这种方法的特点是推销人员接近顾客后立即向顾客介绍产品,陈述产品的优点与功能,然后建议顾客购买。因而这种方法能节省时间,加快洽谈速度,符合现代人的生活节奏,所以具有较大的优越性。

2. 间接提示法

间接提示法是指推销人员运用间接的方法,如虚构一个顾客、一般化的泛指,劝说顾客购买产品,而不是直接向顾客进行提示。使用间接提示法的好处在于可以避免一些不太好直接提出的动机与原因,使顾客感到轻松、合理,从而容易接受推销人员的购买建议。

3. 积极提示法

积极提示法是推销人员用积极的语言或其他积极方式劝说顾客购买推销品的方法。所谓积极的语言与积极的方式是指肯定的、正面的提示,热情的、赞美的、会产生正面效应的语言。例如,"你看,这是摩托车手参加比赛的照片,小伙子们多神气! 他们戴的是我们公司生产的头盔。"

4. 消极提示法

消极提示法是指推销人员不是用正面的、积极的提示说服顾客,而是用不愉快的、消极的甚至是反面的语言和方法说服顾客购买产品的方法。例如,"听说了没有,过了 60 岁,保险公司就不受理健康长寿医疗保险,到那时要看病可怎么办?"

5. 动意提示法

动意提示法是推销人员建议顾客立即采取购买行动的洽谈方法。当一种想法与动机在顾客头脑中产生并存在时,顾客往往会产生一种行为冲动。推销人员如果能够及时地提示顾客实施购买行动,往往效果较好。例如,当一个顾客觉得某个产品不错时,推销人员觉察到并及时提示顾客:"这种款式很好卖,这是剩下的最后一件了。"

6. 明星提示法

明星提示法是推销人员借助一些有名望的人来动员和说服顾客购买产品的方法。明星提示法充分利用了一些名人、名家、名厂等的声望,可以消除顾客的疑虑,使推销人员和推销产品在顾客的心目中产生明星效应,有力地影响了顾客的态度,因此,推销效果比较理想。

7. 逻辑提示法

逻辑提示法是指推销人员利用逻辑推理说服顾客购买的方法。它通过逻辑推理促使顾客进行理智思考,从而认识到购买的利益与好处,并最终作出理智的购买行动。

8. 联想提示法

联想提示法是指推销人员通过向顾客描述与推销有关的情景,使顾客产生某种联想,进而刺激顾客购买欲望的洽谈方法。

（二）　演示法

演示法亦称视觉辅助工具洽谈,是指推销员利用产品、产品样本、模型、文字资料、音像图片等推销可视辅助工具进行业务洽谈的方法。它主要有以下具体方法:

1. 产品演示法

产品演示法就是推销人员通过对产品的现场展示、操作表演等方式,把产品的性能、特色和优点表现出来,使顾客对产品有直观的了解,进而说服顾客购买推销品的洽谈方法。比如,汽车、房地产推销经常使用汽车或现房、样品车或样板房、汽车模型或楼盘的沙盘来介绍和演示推销品的特性。

2. 文字与图片演示法

文字与图片演示法是指推销人员通过展示用以赞美和介绍产品的文字与图片资料来进行推销洽谈的方法。这一类工具包括产品目录、广告、宣传资料、使用说明书、产品照片等。

3. 电子演示法

电子演示法就是推销员利用光、电子设备工具进行推销洽谈的方法。早期应用的主要是录音、录像带,进入 21 世纪以来,随着科技的发展,许多现代化高科技的光、电子设备已经越来越多地被应用于房地产、工业设备、综合型服务等行业的推销洽谈之中。这些工具包括 VCD、CD – ROM、多媒体计算机等。

4. 证明演示法

证明演示法就是推销员通过演示产品或服务的有关证明材料或进行破坏性的表演,劝说顾客购买推销品的推销洽谈方法。证明资料包括产品生产(技术)许可证、质量鉴定证书、各种荣誉证书、顾客表扬信、产品使用评价或数据分析、产品市场影响力指标(如销售量、占有率、覆盖率等)、公司曾经服务过的单位或已有的作品等。

第三节　探测顾客需求信息

一、推销洽谈流程的组合技术

从本章第一节的阐述中了解了推销洽谈的基本步骤和工作内容。从本节开始,将逐一介绍推销洽谈各业务环节的具体操作技术。在掌握其具体操作技术之前,先来了解一下各环节的总体操作方法与技术。

（一）　推销洽谈业务流程各环节的操作方法

首先,根据第一节对推销过程的认识,推销洽谈业务流程由以下几个具体操作步骤(见图5-4)构成:探测目标顾客需求信息——→介绍产品——→证明与演示推销工具——→描述产品效用的意境——→解释和证明购买行动方案。

其次,推销员在每个洽谈步骤要运用具体的操作方法,每个阶段的对应方法分别是:LOCATE 法——→FABE 法——→推销工具演示——→语言画运用——→理性的逻辑推理和论证。

再次,说服性沟通贯穿推销洽谈的全过程,有效的说服性沟通包括遵循沟通基本准则、听的技巧和说的技巧。

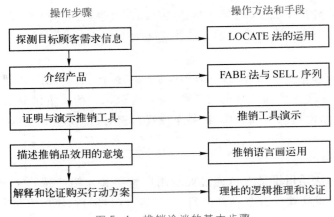

图 5-4　推销洽谈的基本步骤

（二）　洽谈流程与说服组合技术

美国推销权威雷特雷尔对推销洽谈流程中的各种洽谈技术和方法进行整合,并把它称为"推销洽谈组合技术",见图5-5。

通过图5-5可以看出,在整个洽谈流程的各个业务环节中,推销员分别使用了六个对应性的说服技术,即探测顾客需求(LOCATE 法)、产品介绍(FABE 法)、推销工具演示(六种推销工具)、描述产品效用的意境(语言画)、解释和论证购买行动方案(推理和论证)、运用沟通艺术(倾听和谈话),这六个专业说服技术构成了推销洽谈的组合技术。本节将分别就这六个专业说服技术做专门介绍。

二、探测目标顾客的需求信息

（一）　目标顾客需求信息是推销洽谈的基本依据,探测顾客需求贯穿推销活动的全过程

目标顾客需求信息,是目标顾客对推销产品的各种具体愿望与要求。推销员在业务洽谈

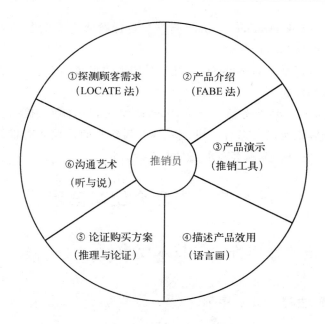

图 5-5 推销洽谈流程与说服组合技术示意图

之前需要明确目标顾客的购买需要和要求,进而确定产品的哪些特性对顾客是最重要的,哪些特性对顾客是无关紧要的。

对于所有推销员来说,他们希望对顾客的需求信息了解得越多越好,因为顾客需求信息是推销员开展推销洽谈的基本依据。但是,要做到这一点,不仅需要推销员对目标顾客的调查了解,还需要推销员在业务洽谈开始阶段运用一定的方法对顾客需求有关信息进行追索和探测;甚至,许多面向组织型客户的推销业务,为了提高满意率,实现连续购买,维系客情关系,在完成产品销售之后,还要建立顾客档案,动态地保持对顾客需求信息的了解和掌握。

(二)探测目标顾客需求信息的有效方法——LOCATE 法

探测顾客需求的方法有很多,这里向大家介绍一种在业务洽谈过程中的探测方法——LOCATE 法。

查尔斯·M. 雷特雷尔教授把探测顾客需要的许多方法按英文的首字母缩略词归纳为LOCATE,即:

(1)倾听(listen)。目标顾客的许多言论有可能无意间会让推销员捕捉到重要的需要信息,推销员可以通过认真倾听顾客的言论和意见了解他对产品的具体要求。

(2)观察(observe)。推销员可以通过仔细观察目标顾客的工作、生活环境等,从中判断顾客的需要。

(3)组合(combine)。一名精明能干的推销员会使用浑身解数来发现顾客的需要,如同顾客交谈、倾听顾客谈话、提问、仔细观察、设身处地体察顾客的处境等。

(4)提问(ask question)。提出问题的方法,常常可以把目标顾客没有透露或不知道的需要展现出来。

（5）和他人交谈(talk to other)。访问调查与目标顾客有关的各种人员,比如顾客的亲属、朋友、竞争对手、顾客的客户等。

（6）设身处地(或同情)(empathize)。推销员用换位思考的方法,即站在顾客的角度去理解顾客,去认识顾客的问题。

LOCATE 法告诉推销员:业务洽谈过程中,推销员可以用倾听、提问、观察、询问、访问调查、设身处地理解顾客以及以上综合手段,来了解、判断和确认顾客对推销产品的需要、愿望和购买的具体要求。它是探测顾客需求信息的组合方法。

第四节　产品介绍与演示

一、产品介绍的操作方法与技术要求

（一）　FABE 法与 SELL 序列

目前,FABE 法是被公认为最为有效的产品介绍方法。FABE 法是指通过介绍和比较产品的特点、优点,陈述产品给顾客带来的利益,提供令顾客信服的证据,使顾客全面认识推销品的一种方法。其中,F 是指 feature(特点),A 是指 advantage(优点),B 是指 benefit(利益),E 是指 evidence(证据)。

雷特雷尔认为,推销员运用 FABE 法可以按照"SELL 序列"进行。这里,SELL 是销售的意思,而 SELL 序列同样是四个英文短语首字母的缩略词组合,即 S 是指说明特点(show the feature),E 是指解释优点(explain the advantage)、L 是指引入利益(lead into a benefit),L 是指让顾客发言(let the customer talk by asking a question about the benefit)。

通过图 5-6 可以看出 FABE 法与 SELL 序列的关系。

S	E	L	L
说明特点(F)	解释优点(A)	引入利益(B)	让顾客发言(E)

图 5-6　FABE 法的 SELL 序列

（二）　FABE 产品介绍法的操作步骤

1. 详细说明"产品的特点"

目标:要准确全面地告诉顾客,推销品"是什么"。

方法:讲究逻辑结构。任何产品的特点都有一定的逻辑结构,比如一件服装,从布料、配件、做工、款式、色彩等到质地、式样时兴性、档次,再到价格、形象、品牌,最后到市场上销售情况、顾客评价等。对产品特点的介绍,一定要有清晰的逻辑程序,由内到外,从实质层到形式层再到附加层进行逐一分析和介绍。

内容:具体请参阅表 5-2。

表 5-2　产品特点的逻辑结构(消费品)

设计生产属性	质量属性	使用属性	市场属性	
			面对个体型消费者	面对组织型顾客
原料结构	性能	用途	价格	公司可靠性
设计方法	品质	功能	品牌	价格与折扣率
生产加工方法	质量等级	使用效率	荣誉与顾客评价	产品推广力度
工艺水平	基本技术指标	使用便利性	占有率与覆盖率	销售奖励
技术水平	包装	报废处理	承诺	售后服务
	产品外观		服务	销售支持
	体积与重量			经营的垄断权

2. 解释"产品的优点"

目标:明确地向顾客指出本产品"好在什么地方"。

方法:推销产品的优点就是相对于其他产品而言,推销品所具有的差异化优势。介绍时,一要联系产品的特点;二要了解该产品的同类竞争者以及替代竞争者的具体情况;三要联系顾客的问题、愿望和要求。

内容:应特别注意从产品特征中寻找出其特殊的作用,或者是某项特征在该产品中扮演特殊的角色,具有特殊的功能等。如果是新产品,务必说明该产品开发的背景、目的、设计的思想、开发的必要性以及相对于老产品的差别优势等。

3. 阐述产品对顾客的受益情况

运用 FABE 法介绍推销产品,关键一步就是阐述产品给顾客带来的利益。

目标:阐述清楚产品对顾客到底有何好处。

方法与内容:在产品介绍中,推销员必须把产品的特征、优点转化为给顾客带来的利益和好处。值得注意:产品的利益往往是具体的,是顾客可以切身体验的;产品的利益既有物质上的利益和好处,也有情感上的享受和满足;产品的利益是因人而异的。所以,要求推销员在描绘产品利益的时候,一定要联系顾客的使用情况。为了说明这一点,下面列举几个实例供大家参考:

(1)售楼人员对顾客说:我们这个楼盘的绿化率达到 42%(特点),所以小区内绿化覆盖面积很大,常年遍地绿树成荫(优势)。你可以看到我们的小区环境非常优美,空气清新,幽静安详(利益),这有益于业主们的身体健康,增添生活的乐趣(利益)。

(2)本吸尘器的高速发动机(特点),以轻微的劳动(优势)就能产生双倍的功效(优势),不仅节省你 15~30 分钟的清洁时间(利益),而且还省去你推动这样笨重机器的劳苦(利益)。

(3)推销员向店主说:在像您这样的商店里,我们这种品牌的洗衣粉是所有洗衣粉中最畅销的一个(优势)。而且,我们在下周三将加大广告投放,您可以通过广告和降价促销(特点),增加 10%~20% 的客流量(利益)和至少增加 5% 的销售量(利益)。

4. 让顾客发言,了解顾客的反应

在运用 FABE 法介绍产品的过程中,推销员要随时密切观察顾客的变化,了解顾客对各个介绍要点的感受和评价,以便及时采取下一步的推销对策。推销专家雷特雷尔建议使用"试探性成交法"。他认为,试探性成交方法可以用来核实目标顾客对推销介绍的倾向和态度。推销员在介绍产品中,当介绍了一个重要的要点时,可以及时通过试探性成交方法,来确定顾客的态度反应,帮助推销员及时判断顾客的需要和了解产品介绍的效果。见下面的实例:

(1) 工业用品销售人员对工业用品采购员说:"这种设备由不锈钢制成(特点),不会生锈(优点)。其真正的好处是减少了你的替换成本,从而节省了资金(利益)！ 这是你所感兴趣的地方——对吧(试探性成交法)?

(2) 比彻姆产品公司的销售人员对消费品经销者说:"在接下来的两个月里,比彻姆产品公司将再耗资 100 万美元,为 Cling Free 牌织物柔软剂(特点)打广告。而且,你可以利用这个月每打 1.20 美元的价格折扣(特点)。这意味着在接下来的两个月里,你可以多销售 15% ~ 20% 的 Cling Free 牌织物柔软剂(优点)从而获得更多的利润、吸引更多的顾客(利益)。你认为怎样(试探性成交法)?

(三) 运用 FABE 产品法应注意的几个问题

1. 全面掌握产品及相关情况

熟悉产品的特点、优点和利益;了解顾客的问题、需要和购买的具体要求;熟悉竞争品及其优劣势;掌握该行业相关的市场信息。

2. 对推销品拥有强烈的信心与信念

只有自己相信,才能让他人相信。推销员在全面了解和掌握推销产品相关信息的基础上,应确信产品的价值和效用,树立"产品有益于顾客"的信心与信念。只有这样,才能提高产品介绍的说服力。

3. 要注意说辞的逻辑性和规范性

产品特征、优点和利益各自都有特定的逻辑结构,介绍时要做到条理清楚,层面分明;表述的语言(普通话)、声音、语气等能达到职业化水平的基本要求。

4. 注意个人的专业形象

现在的顾客对产品越来越专业了,他们对推销员的专业形象的要求也越来越高,他们都希望推销员是产品方面的专家,能够成为他们购买的顾问。推销员为了提高产品介绍的可信度和影响力,最基本的功夫就是成为产品的专家。另外,面对专业采购员或技术员时,适当使用专业词汇,也是提高自身权威性的一种具体方法。

5. 特点、优点和利益的介绍要点要详略适度,重点突出

并不是产品的任何要点都要介绍,只有那些与顾客密切相关的要素才有必要做详细介绍。有时,只要抓住一两个重要销售要点就可能会直接导致成交。

6. 与证据演示结合起来

如果要使产品介绍不像是自吹自擂或说教,最好的办法就是在演示中介绍产品。

7. 遵循推销洽谈的准则

推销品介绍是推销洽谈的一种活动,同样要遵循推销洽谈的各个准则,如坚持计划性与灵活性相结合、提高谈话的可信度、注意在双向沟通中传播产品的信息和价值等准则。

（四）FABE产品介绍法的参照范例

 范 例 1

表5-3的背景：此产品是出售给旅馆和食品连锁店的薄饼粉。

表5-3　某荞麦薄饼粉的FABE介绍法应用实例

序号	特　点	优　点	利　益
1	新鲜的成分；含有丰富的维他命A、B、C、D；不含防腐剂；传统"农家式"烹饪法	味美、酥松、薄脆；营养丰富	提供诱人的食品；扩大早餐食谱，增加早餐业务
2	只需加水、搅拌、做熟	准备工作迅速方便	节省烹饪时间和劳动
3	及时送货：每周一次或按需而定	不必大量存货	需要最小的存货空间；节省存货成本
4	当地经销中心	迅速满足额外订货	不会发生断货的情况
5	销售代理商有经验	有餐饮服务行业的知识和背景	为满足变化的需要和解决经营问题提供帮助
6	数量折扣	降低成本	增加利润
7	延期付款方式	节约周转金，减少利息成本	主动性；利润增加

 范 例 2

福建省龙岩客家米酒为例，用FABE法可以这样介绍：

"先生，您好(打招呼)！这是口感好又营养的龙岩农家米酒！它是以本地糯米为原料，采用土法酿造的纯正农家酒。(用一句话概括产品——引荐产品)

首先，这种酒是采用这里土生土长的糯米酿造而成的(特点)。这种米生长在这里寒冷潮湿的山区，生长时间长，光照充足，而且生长过程主要使用农家肥(特点)。所以，这里大米比一般大米好吃、营养好，而且更健康(优点)。先生，如果您吃过我们这里的大米，就会知道，它是真正的绿色产品(了解顾客感受)！用这种粮食酿造的酒当然比一般的酒更好喝，营养更丰富(利益)！

其次，这种酒是采用农家酒的传统工艺酿造而成的，整个过程不加任何添加剂或催化剂(特点)，不含有害的添加剂成分(优点)，它是酿制酒而不是配制酒，更不是勾兑的，口感更醇厚。因此，这种酒具有保健功能，喝多了，也不头痛(利益)。先生，您闻闻！香不香？您喝喝看，是不是很好喝？您再看看身体的感觉，是不是有种暖呼呼的感觉(证据)！

> ……不错吧！您放心,这绝对是很难买到的好酒！您可以先买一坛回去试试(试探性成交),每天喝一些,对您和您的家人来说是不错的补品(利益)。"

二、产品演示

（一）推销工具演示的重要性

推销工具就是可以用来证实推销产品、企业以及推销员的任何工具、器材、材料等的总称。它主要包括产品本身、样品、产品模型、文字资料、图片与画册、电子仪器、自设道具等。推销工具演示实际上就是推销洽谈过程中的证明活动。它在洽谈中具有非常特殊的重要意义,因为推销员素有夸大其词的名声,顾客总对推销员的话持有怀疑态度,若把证明活动融入洽谈中,能提高洽谈的可信度,增强顾客对产品的信心。所以,推销专家们认为,任何产品推销活动都应该、也都可以做推销演示。

（二）关于推销工具演示的几点建议

1. 充分的准备和系统的演练

为了保证在顾客面前的演示活动万无一失,且有的放矢,推销员在推销前一定要认真准备和演练。

（1）充分的准备。① 了解顾客,掌握顾客所重点关注的产品有关特点、优点和利益;② 确定演示的重点和设计演示的方法和手段;③ 准备好各种推销演示工具,并按规定的位置放置。

（2）系统的演练。事先训练的主要内容是演示操作程序和技术要领。事前系统演练的重要意义在于:① 保证在实际演示时能做到动作熟练规范,不出任何差错或纰漏;② 使推销员对实际演示可能产生的任何结果做到心中有数。

2. 在真实的使用情景下做演示

在真实情景下做演示可以提高演示的可信度。比如,把服装放在衣服架上不如穿在模特儿身上的效果好,而穿在顾客身上的效果比穿在模特儿身上更好;一个推销员推销油污清洁剂,他起先是用一块脏布做演示,后来改换在自己故意弄脏的袖口上,他发现效果明显好了很多。

3. 增加演示的戏剧性效果

增加演示的戏剧性效果,可以提高演示的吸引力,加深顾客对产品的印象。例如:

（1）一个推销防震玻璃的推销员在洽谈中采取的演示方法是:拿着圆头锤子对着玻璃狠力地敲打。有时,玻璃裂了,但没有像一般玻璃那样碎成碎片。他凭着这种方法,卖出了比别人多得多的玻璃。在大家争相学习这种演示方法的时候,他又改变了演示方法,这时候他把锤子交给了顾客,让顾客自己亲自用力击打防震玻璃。

（2）一个寿险业务员,他经常在推销演示中使用三种不同体积和重量的球。起先,他把最小的球放在顾客的衣服口袋里,让顾客走动,并询问顾客的感觉。然后把稍大的球放在顾客口袋里……依此类推。一般来说,顾客第一次会说"没有感觉",第二次会说"走起来有点麻烦",第三次会说"根本无法行走"。他用这种方法形象地说明了购买寿险不会给顾客带来负担,就像平时口袋里放着一个小球没有感觉一样……

关于这方面的例子还有很多,这里不一一列举。戏剧性的演示能够形象地展现了推销产品的特性、优点和利益,加深顾客的印象,可以起到很好的证明效果和说服效果。

4. 使用现代技术手段展示产品

高科技的发展,使推销演示有了越来越先进的演示技术和手段。今天,多媒体计算机能够播放录像片断,演奏富有激情的音乐,展示精美的图表,并且能够把重要的展示与投影设备连接起来;计算机软件能迅速查找资料,当场解答顾客的疑问。这种趋势要求推销员应不断学习和掌握最新、最先进、最高效的演示技术和手段。比如:越来越多的房地产售楼部、装修公司开始使用精心制作的计算机光盘和多媒体计算机进行产品或样品洽谈。

5. 让顾客参与

让顾客参与,不仅能够提高对产品演示的注意力和兴趣,更关键的是能够提高演示的可信度。因为顾客最相信自己的感觉。在推销水果的时候,任推销员怎么说这种水果多甜,顾客也很难相信,这时请他亲自品尝一下,他自然就相信了。例如:

(1)国内有家著名的香料厂一直无法说服一家著名的香皂生产商采用他们的香料,因为这家香皂生产商一直不相信国内香料的质量,尽管国内香料价格和货源便利性有明显的优势,但出于自身产品品质和声誉的考虑,一直使用进口香料。这家香料厂使用了很多证明的方法,就是无法改变香皂生产商的看法,后来,他们改变了证明的方法,他们请该香皂生产商的技术人员驻扎在香料厂,亲自观察了解香料生产的过程。后来,就是这种方法改变了顾客的看法。

(2)齐格勒在街区示范一种自动切菜机,示范即将结束时,观看者对切菜机的切菜速度赞不绝口。在此时他预感到观看者即将提出"这种切菜机会不会把手一起切进去?""要是我来操作,也会那么快吗?"的看法,为此,他对观看者说:"我想现在大家可能有这样的想法……。为了证实事实并非如此,我现在要请现场的两位观众协助我一下。"他请了两位现场观看者亲自操弄那种切菜机,证实它是安全的、便利的。

6. 注意演示动作的规范性

演示中,推销员的举止言谈、音容笑貌会给顾客留下深刻的印象,笨拙、错误百出的演示动作会给顾客留下产品不好的感觉,推销员的演示动作必须熟练、规范、干净利落,而且必须体现推销产品特性,与产品优点相吻合。

汽车推销员小心翼翼地关上车门,顾客就会感觉这种车门很容易损坏;当操作一个复杂机器时,推销员笨手笨脚,半天弄不清楚,顾客就会感觉这种产品很难操作。

7. 正确使用各种印刷宣传资料

在推销演示中,许多推销员经常会把一大堆公司有关宣传材料一股脑地塞给顾客,或者不分对象和时机地随便递给拜访对象而不加任何说明。这样做法是起不到任何演示效果的。

正确使用宣传资料的方法是:① 要分对象,只有目标顾客才需要给宣传资料;② 要按业务洽谈话题的进度传递相应的宣传资料;③ 递给有关资料之后,要马上向顾客讲明宣传资料的主要内容并强调关键的要点。戴富瑞博士在台湾培训推销员时提出了这样的一个测试题：

在展示印刷的视觉辅助工具时，您应该：

A. 在他阅读时，解释销售重点

B. 先推销视觉辅助工具，然后再按重点念给对方听

C. 把辅助工具留下来，以待调查后让他自己阅读

D. 希望他把这些印刷品粘贴起来

比较理想的做法应该是 B。推销员应先推销视觉辅助工具，以引起顾客即商场负责人对促销工具的重视，然后对宣传资料的主要内容进行强调，以帮助顾客正确理解和认识促销宣传的有关内容。

8. 注意顾客的反应，并帮助顾客作出正确的结论

推销员在与顾客进行产品演示的过程中，一定要注意观察顾客的反应。如果发现顾客不以为然，说明推销演示并不成功；如果顾客表现出极大的兴趣，而且对产品的态度有较明显的变化，说明推销演示切中要害，演示效果好。

出于各种方面的考虑，有些顾客往往不愿意表露自己真实的心态。这种情况下，推销员可以通过询问，比如做完演示后，可以问他"你觉得我们这种证明能够说服问题吗？"或"现在你相信我说的是事实了吗？"

9. 推销演示不必面面俱到，时间不宜过长

在很多情况下，特别是简单产品，顾客对演示很难保持长时间的兴趣。推销员应针对顾客最为关注的产品在最短的时间内完成演示。

10. 不要对演示结果抱有过高的期望

演示只是证实推销员自己销售谈话要点的活动，它并不代表一切。顾客的购买欲望和购买信心受制于多种因素。演示期望过高，往往会导致顾客怀疑你演示的动机，从而内心上产生压迫感。因此，推销员演示结束时，不要过于急切地要求顾客作出某种决定，特别不能不合时宜地要求顾客作出购买决定，这样做经常会出现适得其反的效果。

第五节　影响顾客的购买欲望与购买信心

一、刺激顾客的购买欲望

（一）描述推销品好处的意境，刺激顾客购买欲望

一般来说，如果顾客对推销品没有产生购买欲望或者欲望不大的话，即使推销员把推销品吹得天花乱坠，也不能说服他购买推销品。顾客之所以会购买推销品，其主要原因是推销产品确实能满足顾客的某种需要，并且推销员确实刺激了顾客的购买欲望。

顾客的购买欲望与购买兴趣不是一回事，购买兴趣只是顾客对推销产品认识上的关注，而购买欲望是顾客想得到推销产品的欲念和要求。因此，刺激顾客购买欲望的方法当然有别于诱导顾客购买兴趣的方法。

推销员即使能够非常令人信服地做了产品介绍和推销演示,那仅仅是诱发了顾客对推销品的兴趣。而顾客购买欲望的刺激,只靠产品介绍和演示是不够的。戈德曼认为,推销员要想刺激顾客的购买欲望,就必须巧妙地向顾客说明:他在购买推销产品以后将感到称心如意,并从中分享乐趣,得到好处。同时,他指出,顾客的购买欲望是因人而异的,千万不要对一切顾客都使用千篇一律的同一种方法。

刺激顾客购买欲望的一般技术原理是:在产品介绍和演示的基础上,把顾客需求与产品所具备的特性结合起来,阐述顾客购买产品后将得到的利益(好处)和乐趣。

 推销小贴士

销售的98%是对人的理解

美国一位著名的销售专家曾指出:"销售的98%是对人的理解,2%是对产品知识的掌握。"这里并不是说掌握产品的知识不重要,而是说只有理解了客户,才知道如何销售产品。人们常说"功夫在诗外",销售的功夫在销售的产品之外,销售人员必须要注意销售以外的事物。销售人员不能仅仅从公司或自己的角度去考虑问题。对客户而言,要买值得买的而不是想要购买的,销售应该是帮别人满足某种愿望;客户只有清楚产品能给自己带来何种好处才会去购买。

（二）　用语言画的方法刺激顾客的购买欲望

刺激顾客购买欲望的方法有很多,这里推荐美国推销专家齐格·齐格勒的语言画的方法。所谓语言画,实际上就是通过语言描述而形成的,由一定语言要素所构成的具有一定意境或氛围的画面。语言画经常被用于企业的广告宣传活动,它是形象而真实地展示产品效用属性的一种有效方法。齐格勒认为,"推销就是传达推销品的使用心情",推销员可以用语言画的手段来描述产品的使用心情。具体来讲,要求推销员要站在顾客的角度,用语言画的手段和方法,把产品在满足顾客某种需要和实现顾客某种愿望的那种具体情景和氛围用语言画的方法和手段描述出来,顾客在这种意境或氛围中深受感染,从而萌发和涌现强烈的购买欲望。使用这种方法需要推销员了解顾客的需要和愿望,并通过产品在特性描述产品在满足需要与实现愿望方面的效用。具体请参照下面范例及课后案例。

（三）　参考范例

美国新泽西洲一位家庭主妇曾经委托5位房地产经纪人出售她的房子,但是花了3个月时间也未能卖出去。于是她凭着自己一颗主妇的心和感情,在1天之内就把房子卖掉了。大家可以通过前后两个不同的广告来看看语言画起了怎样的效果。

经纪人广告:"有6间舒适的房子,带有牧场的风格,暖炉、汽车库、贴着瓷砖的浴室、热水器取暖设备等一应俱全。通往拉托维加斯大学、体育比赛场、高尔夫球场和小学校的交通都很方便。"

房子主人的广告:"我们告别了我们的房子——我们住在这所房子期间是特别幸福的。仅仅因为两个卧室不够用,所以才搬家。如果你在秋天喜欢一边愉快地在炉旁舒适地烤火,一边通过宽敞的窗户欣赏遮住道路的树木风光;如果你在夏天爱好庭院里的树木成荫,在冬天爱好透明的日落景色,以及爱好除了青蛙叫声之外连一点物声也没有的寂静春天的傍晚;如果爱好电气、煤气、自来水和交通方便等条件的话,就应该想要购买我们的房子。我们也想把房子卖给这样的人。如果到圣诞节时,这所房子还没有住进人的话,我们会感到非常遗憾的。"

二、增强顾客的购买信心

(一) 顾客的购买信心

一般来说,顾客的购买欲望一旦受到刺激,他就想购买。但是,顾客是否作出购买决定是很难预测的,顾客经常在作出购买决定的一霎间会突然变得犹豫起来,静心想一想又对自己一闪而出的念头表示怀疑。一般情况下,顾客购买某一贵重产品,或者购买某种足以改变顾客某种习惯的产品,或者组织型顾客的重大购买活动,仅仅靠刺激顾客的购买欲望是远远不够的。这时候,顾客需要从理性角度考虑自己的购买决定是否合理、明智,顾客的这种心理认识活动,暂且就把它称为购买信心。总之,顾客的购买信心主要来自于理智上的购买评估。

(二) 增强顾客购买信心的方法

根据顾客的认识特点,增强顾客的购买信心应使用理性的分析方法,用讲道理、摆事实的方式,论证购买推销产品的合理性、必要性和急迫性,让顾客感觉购买推销产品不仅在情感上是符合情理的,而且在理智上也是正确的。具体来讲,对个体型顾客的说服工作侧重于提高顾客对自己购买评价的信心和经济合算方面;对于组织型顾客的说服工作除此之外,还要论证购买后使用或转售的可行性、经济价值;对于转卖型的顾客,要向顾客阐述有关商务(销售)计划,使顾客对销售前景充满信心。

(三) 参考范例

推销员说服某生产商在车间安装新的传送带。这是一个重大的问题,顾客的反应:

"如果安装这种新的传送带,我们几乎就得改变整个生产程序。当然我们也希望设备现代化,但是,我们的情况有点特殊,压力很大。我们只完成了顾客订货的一半,而交货日期又日益逼近。我对您的建议倒是相当感兴趣。不过,我真不知道怎么办才好。"

顾客这种反应说明他的购买欲望已经受到刺激,不过还没有完全被说服,购买信心不足。"整个问题确实值得您好好考虑一下,"推销员冷静地回答,"不过,您决定把引进合理的操作系统推迟到哪日哪时呢? 我们可以算算这笔账,如果你们不购买这种传送带,那就要浪费很多时间。就按你们目前的工作水平来算吧,加起来是……"他们在一起计算。计算的结果使顾客清楚地认识到没有新的传送带的确是不行的。这样一来,顾客不仅想购买传送带,而且把它视为当务之急。

上述实例说明了推销员增强顾客购买信心应侧重于理智上的分析,它与刺激顾客购买相辅相成,构成了推销洽谈说服"逻辑性与鼓动性相结合"的原则。

第六节　推销沟通技巧

提高推销员沟通能力的基本途径有三:一是掌握推销沟通的基本准则,二是掌握倾听的技巧,三是掌握推销谈话的技巧。

一、推销沟通的基本准则

(一) 沟通是双向的过程,在沟通中需要反馈

在推销中,沟通是指推销员与顾客之间传递语言的和非语言的信息以及相互理解的行为。从沟通的定义中可以看到,沟通是一个发送信息和接收信息的双向过程。既然沟通是双向的,就必然要求推销员在洽谈中,在向顾客发出正确的信息的同时,应注意掌握顾客的反应,包括顾客语言、非语言等媒介所传递的反馈信息。千万不要把业务洽谈变成了推销员的一言堂。要做到这一点,要求推销员要鼓励顾客发表意见,同时应注意观察顾客;当不能确切地了解顾客反馈的信息时,需要通过各种询问的方式获取顾客真实的态度和意见。

(二) 密切注意非语言沟通

非语言沟通就是人们通过语言之外的媒介进行沟通。它主要指的是身体(或肢体)语言。研究发现,面对面的沟通是由语言、声音和面部表情沟通信息共同组成的。有个等式是"所传递信息总的影响力 $=7\%$ 的语言表达 $+38\%$ 的语音 $+55\%$ 的非语言表达"。另外,专家们认为,如果说演讲或辩论能产生效果,那么,$50\% \sim 70\%$ 的效果来自于演讲者或辩论者的"非语言肢体动作"。因此,可以确信非语言沟通在推销洽谈中是很重要的。在业务洽谈中,要特别注意以下几种非语言沟通渠道,即领域距离、外表和身体语言。

(1) 双方的领域距离。领域距离是一个人自己周围未经允许不准另一个人进入的区域。试验表明,人们在社会活动中因不同关系而保持着相应的可接受的距离。双方越亲密,这种领域距离就越近;反之亦然。如果这种距离被破坏,双方或其中的一方就会感到不安、被侵犯。

(2) 外表。推销员外表的总体形象向顾客传递着年龄、性别、身高等生理特征,同时还向顾客展示了自身的气质、个性特征。因此要非常注意。

(3) 身体语言。人们在应用身体语言进行沟通时,一般通过五种模式来表达意图:身体的角度、面部表情、手和臂膊的动作或姿势以及腿的姿势。推销员在这方面要注意两个问题:① 学会使用和控制自己的身体语言,使之能适当地表达自身的意图;② 要学会识别顾客身体语言所发出的沟通信号。

(三) 排除沟通障碍

沟通障碍会导致沟通中断,推销员要善于及时排除。一般来说,沟通障碍主要有:① 由

双方的认识、态度、信念、文化等引起双方的误解；② 顾客不承认需要产品；③ 推销员过分紧张、过分热情、使用高压推销手段所产生的沟通掌碍；④ 信息超载，即推销员可能向顾客传输了太多的信息；⑤ 组织混乱的洽谈；⑥ 外界干扰所引起的注意力转移；⑦ 缺乏倾听，推销员不让顾客参与到谈话中来，使顾客可能并没有在听推销员的话；⑧ 不适合顾客的风格。

（四） 其他准则

（1）用说服控制沟通的过程。这里讲的是推销员发出信息的质量，实际上就是要提高推销员影响顾客看法的能力。

（2）赢得信任与建立友谊。同顾客建立起相互信任的关系，将会使推销沟通变得顺畅。

（3）简单明了。简单明了的沟通，给顾客一种轻松易懂的感觉。要做到这一点，首先，推销员在洽谈前要做精心的准备，保证业务洽谈中说话言简意赅，语意分明；其次，在没有必要的情况下，尽量使用能让顾客容易明白的词汇和材料。

（4）理解顾客。推销员要与顾客保持顺畅的沟通，非常重要的基础就是：必须站在顾客的位置上，想顾客之所想，并具有识别和理解顾客的感受、想法和情形的能力。

二、倾听的技巧

（一） 改变倾听的不良习惯

（1）一个人独揽谈话。

（2）轻易打断别人的说话。

（3）从来不看说话的人或是表示出自己在倾听。

（4）不给对方把话说完的机会，你就开始辩论。

（5）顾客所谈的每件事都让你想起你所经过的事情，你禁不住要离开话题讲你的故事。

（6）如果别人的停顿太长，你替他们结束一句话。

（7）你不耐烦地等别人结束讲话，好插上点什么。

（8）你在保持目光接触时，过于努力，让人们感到不舒服。

（9）你看上去像是在评价对方，把他（她）当做塑像一般上下打量。

（10）在给予反馈时，你做得过了头——点头和"嗯、啊"过多。

（二） 倾听的基本准则

（1）不要自己滔滔不绝。

（2）向目标顾客表示自己想听他讲话。

（3）注意非语言信息，并发出积极的信号。

（4）识别感情和情绪。

（5）提出问题以澄清意思。

（6）如果合适，复述目标顾客的立场，弄清他们的想法。

（7）把话听全。

（三）　常见的倾听技巧

（1）让说话的人把话说完。

（2）在确定自己了解对方的观点之后再作回答。

（3）聆听重要的论点。

（4）试着去了解对方的感受。

（5）先想到解决方法才发言。

（6）先预想自己的回答再发言。

（7）聆听时能控制自己,很放松、很冷静。

（8）发出聆听的附和声。

（9）别人说话时,做笔记。

（10）以坦荡的心聆听。

（11）即使对方是个无趣的人,也会听他说话。

（12）注视着说话的人。

（13）耐心地聆听。

（14）问问题以确定自己了解情况。

（15）聆听时不分心。

三、推销谈话的技巧

关于推销谈话的技巧,这里以戈德曼《推销技巧——怎样赢得顾客》为主线,介绍推销谈话应注意的一些重要问题。

（一）　检测和剖析自身推销谈话的技术和效果

曾经有位销售经理为了检测下属推销员推销谈话的状况,连珠炮似地向他的推销员提出了以下这些问题:① 你是否系统地检查过你的推销要点? ② 你知道应该向顾客介绍哪些推销要点和采用什么方式向顾客介绍这些推销要点? ③ 我们的产品有十个优点,你是用几句话把这些优点概括起来介绍,还是逐一向顾客介绍? ④ 你是否把你的产品同竞争对手的产品加以比较呢? ⑤ 你的顾客是否相信你说的话?怎样才能知道顾客相信了你的话? ⑥ 你最近什么时候听了自己的说话录音? ⑦ 你与顾客洽谈业务,每次谈话的时间是否超过了两分钟?

这些问题涉及了推销员推销谈话的内容、方式、方法以及沟通技巧等。销售经理根据推销员对以上这些问题的回答情况,可以直接判断推销员在洽谈中推销谈话技巧和效果的状况。

（二）　注意自己的声音是否悦耳动听

声音在推销谈话中的作用有时甚至会超过语言本身。推销谈话的声音包括音量、音色、音调等。对于女推销员来说,清晰、圆润、甜美、柔的声音可以给顾客愉悦感,有益于融洽推销谈话的气氛,吸引顾客的注意;对于男性推销员来说,清晰、明朗、富有磁性的声音给人一种自信、沉稳、成熟的感觉,有利于提高推销员说话的影响力。不管推销员是男的,还是女的,都要求说话音量要足够、音色纯正、音调适中。过于小声或大声、音色浑浊不清或嘶哑、音调尖刻或过于低沉,都会影响推销谈话的效果。

为了让自己的声音更加悦耳动听,每个推销员都应该养成听自己谈话录音的习惯。一听录音,就会发现自己说话声音的毛病所在,特别是那些自认为声音不错的推销员,听完录音就会发现自己说话的声音并没有自己想象得那么悦耳动听。在这样的基础上,应该制定一个改变声音的计划。有一种"呼气练声法"可以在一定程度上改进一个人声音的音量、音色和音调。因篇幅关系,这里不做介绍。

(三) 谈话时注意使用停顿和语调的变化

调查表明:推销中谈话的停顿、语调和说话速度等一些细节问题,对于提高推销谈话的效果具有重要的作用。停顿可以起到观察顾客反应、吸引顾客注意、强调重点和保持谈话节奏等作用;推销员可以通过语调和语速的变化来创造推销谈话的节奏和旋律,使推销谈话显得抑扬顿挫;推销员可以通过加重语调、放慢谈话的速度来强调推销谈话的重点。滔滔不绝、缺乏变化会使得推销谈话显得枯燥无味、说教性十足,顾客往往会因此而失去倾听的耐性。

(四) 改变不良的语言习惯

推销员谈话常见的不良习惯有:① 过多的口头禅或口头语习惯是众多不良语言习惯中最常见的。② 满嘴的地方腔,频繁使用地方俗语、俚语等。③ 喜欢用"大概"、"可能"、"或许"、"如果"等模糊语言。④ 习惯使用以"我"为中心的词句。例如,"我认为……"、"我的看法是……"、"依我看……"、"我要对你说的是……"、"我的意见是……"、"考虑一下我所说的话……"等。⑤ 过多使用言之无物的词句。例如,"我还想说……"、"我想顺便指出……"、"或者,换句话说……"、"事实上……"、"所以说……"、"在不同程度上……"、"你可以相信它……"等。

这些不良的说话习惯会极大地削弱推销谈话力度和影响推销洽谈的效果。这些不良的说话习惯往往是日积月累形成的,要完全克服这种习惯,需要推销员长期坚持不懈的努力,在任何场合、任何时刻,都要讲究说话的简洁性、逻辑性。

(五) 理解推销谈话的基本原理

(1) 说活过多和推销要点过多也会影响达成交易。

(2) 在业务洽谈中只要强调产品的一两条主要优点就够了,不宜过多,这样比泛泛罗列十多条优点效果好得多。

(3) 向顾客逐一介绍产品的优点,效果就好些;而在一句话里同时介绍产品的几种优点,效果就差些。

(4) 对顾客表现出过分热情,就会适得其反。

(5) 在推销工作中不要主动把推销产品与竞争对手相比较。

（6）只有推销要点被顾客所接受，才有助于推销工作的顺利进行。

（7）看上去顾客在认真倾听，其实则不然。

（8）顾客经常口头上相信这些，相信那些，其实，他们相信的东西远比他们承认的少。

（9）说话的时候，正确地使用停顿的效果要比滔滔不绝地长篇大论好得多。

（10）推销谈话不应该是经过充分准备的演讲或个人独白。

（六） 设计推销谈话要点

推销员事先设计推销洽谈的谈话要点，可以提高推销谈话的计划性和方向性，减少失误。许多公司销售部门会帮助推销员设计好推销洽谈的标准说辞，并组织模拟演练；如果没有提供推销谈话的标准模式，推销员最好要根据推销企业、产品、顾客以及市场状况等情况设计推销谈话要点。

 本章小结

本章在阐述了推销洽谈的原则与策略、方式与方法的基础上，围绕推销洽谈过程，重点阐述了顾客需求信息探寻、产品介绍与演示、刺激顾客购买欲望、增强顾客购买信心和洽谈沟通技巧。

推销业务洽谈的基本目的是诱导和刺激顾客的购买兴趣和欲望，在此基础上建立顾客的购买信心。在业务洽谈中，为了提高洽谈沟通说服的有效性，推销员要遵循计划性与灵活性相结合原则，让顾客参与洽谈的双向性沟通原则，坦诚交流、不欺骗顾客的真实性原则，理性分析与感情煽动双管齐下的逻辑性与鼓动性相结合原则等。

探寻顾客需求、产品介绍与演示、刺激顾客购买欲望与增强顾客购买信心构成了推销洽谈的基本流程和内容。（1）探寻顾客需求。它是业务洽谈的起点，推销员在开展正式洽谈之前必须要准确掌握顾客对推销品的具体购买要求。推销员可以运用 LOCATE 法即倾听、观察、询问调查、交谈、换位思考以及以上方法的组合来探寻顾客的需求和具体购买要求。（2）产品介绍与演示。产品介绍和演示是推销员使顾客全面了解和掌握推销品及相关情况的基本途径，是推销员诱导顾客购买兴趣、刺激顾客购买欲望和建立顾客购买信心的基本条件。推销员可以运用 FABE 法向顾客介绍产品的特点、优缺点、给顾客带来的利益和证据；可以运用产品本身、产品样品或模型、可视销售工具、各类数据与报告等信息资料向顾客证实产品的特征、优缺点和给顾客带来的利益与好处。（3）刺激顾客的购买欲望，加强顾客的购买信心。顾客购买欲望来自于顾客对推销品利益和好处的联想，推销员可以运用语言画的方法形象而生动地描述顾客使用推销品后可能产生的种种利益与好处；顾客的购买信心来自于顾客对购买利弊的综合评价，推销员要善于运用理性分析的方法列举购买产品的理由和必要性。

推销活动从本质上就是一种极富技巧性的沟通过程，因此，推销洽谈沟通技术与艺术贯穿推销的全过程。提高沟通能力，必须了解沟通的基本准则，懂得影响沟通效果的种种障碍，掌握必需的沟通技术和艺术。

本章关键词

LOCATE 法　FABE 法　SELL 序列　产品演示　推销语言画　沟通障碍

推销技能测试

1. 假如你的客户询问你有关产品的问题,你不知怎样回答,你将(　　)。

A. 以自己认为对的答案,用好像了解的样子来回答

B. 聆听然后改变话题

C. 承认你缺乏这方面的知识,然后去找正确的答案

D. 给他一个听起来很好的答案

2. 当客户正在谈论,而且很明显他所说的是错误的,你将(　　)。

A. 打断他的话,并予以纠正　　　　　　　B. 聆听然后改变话题

C. 聆听并指出其错误之处　　　　　　　　D. 利用质问以使他自己发觉自己的错误

3. 客户告诉你,他正在考虑竞争者的产品,他征求你对竞争者产品的意见,你应该(　　)。

A. 指出竞争者产品的缺点

B. 称赞对方产品的特点

C. 表示知道那个产品,然后继续推销自己的产品

D. 开个玩笑以引开他的注意力

4. 在展示印刷的视觉辅助工具时,你应该(　　)。

A. 在顾客阅读时,解释推销重点

B. 先推销视觉辅助工具,然后按重点念给顾客听

C. 把辅助工具留下来,以待调查后让顾客自己阅读

D. 希望顾客把这些印刷品张贴起来

案例分析

案例 5-1　为顾客利益负责:这位商店老板有必要这样做吗?

有位老太太为了给她疼爱的孙子买辆自行车,她进入当地一家著名的自行车店,店老板接待了她。老太太不懂自行车,所以带来了她想要的那种自行车的规格说明书。看完那个说明书后,店老板指着她身边的孙子说:"是的,确实有这样型号的自行车。规格有两种,是这位小男孩骑的吗?"老太太说:"嗯,是他骑的,就是大街对面小男孩骑的那种自行车。所以我也想给我孙子买一辆同样的自行车。"店老板说:"夫人,你的孙子骑这样大的自行车的年龄还太小,不安全。您应当买更小一点的车。这里有跟这辆车的牌子、质量和价格一样,只是规格小

一点的车。"但是,老太太坚持说:"不行呀!我想买的是街对面那孩子一模一样的车。无论如何我也要给我的孙子买一辆最好的自行车。"商店老板再一次重复强调这辆小一点的车跟那辆是一模一样的,就是最好的,只是型号小一点而已。他说:"如果你的孙子骑那么大的自行车,为了蹬自行车的脚蹬子,必须使身体向左右摆动,结果就很难控制自己的平衡,那样很不安全。如果骑到街上容易发生危险。"但是,老太太是顽固的,"如果我想买的那辆车买不成的话,任何别的车我都不能买啦。"这位商店老板目不转睛地凝视着他,然后说:"夫人,恐怕你认为我是疯了吧,可是我却不能把你想买的那辆自行车卖给你。因为我不能把你孙子控制不了的自行车卖给你。如果发生安全不利的事情,我的良心也不允许我这样做。"

分析题:

(1)你觉得商店老板这样做值得吗?为什么?

(2)通过本案例及相关案例理解"对顾客表现出纯粹的无私精神"的真正含义。

案例 5-2 如何控制业务洽谈的方向?

某钟表制造公司欲对它的代理商、专卖店以及他们的推销员进行销售培训。马奇和刘迪是该公司的业务代表,他们现在的任务就是说服这些代理商和专卖店接受这个培训。下面是他们俩的推销说服过程。

1. 马奇的推销过程

马奇:张经理,你好,告诉你一个重要的消息。

张经理:什么?

马奇:是这么回事,我们厂管理部门准备为你们办一件大事,这是其他任何一家钟表制造厂从来没有做过的。

张经理:是给我们商店更多的折扣吗?那对我们的帮助可就太大了。

马奇:不是折扣。但是,这比折扣对你们来说更有利。

张经理:你快告诉我吧!

马奇:嗯,我们要办一所推销培训学校。

张经理:那是什么意思?你们销售给我们商店的手表还少吗?

马奇:不是那个意思。这所学校不是为我们这些推销员举办的,而是为你们举办的。

张经理:为我?我出售的手表还不够吗?

马奇:唉,不是为你本人办的,是为你的职员。

张经理:好,请等一下。在这个问题上,你认为我有决定权吗?

马奇:当然,这件事是你说了算,刘经理。不过,我们可能会对你的商店有所帮助的,你说对不对?

张经理:好吧!如果我需要你的帮助,我会告诉你的。现在你能告诉我,你们工厂准备为我们办的而其他钟表厂从未办过的那件大事吗?

马奇:哦,我刚才已经告诉你了,就是为你们办一所推销培训学校。是否需要我详细地向你介绍一下情况吗?

张经理:不用啦！谢谢。等你下次来的时候再说吧！你知道我现在很忙,外部有不少顾客还在等着我呢！我还是去办点正事吧。

2. 刘迪的拜访过程

刘迪:张经理,我这次来的主要目的是想向你了解一下商店的销售情况。我能向你提几个简短的问题吗?

张经理:可以,你想了解哪些方面的情况?

刘迪:你本人是一位出色的销售经理啊……

张经理:谢谢你的夸奖。

刘迪:我说的是实话。只要看看商店的销售经营状况,就知道你是一位出色的经营者,不过你的职员怎么样? 他们的销售成绩与你的一样好吗?

张经理:我看还差一点,他们的销售业绩不太理想。

刘迪:完全可以进一步提高一下他们的销售量,你说呢?

张经理:对! 不过也需要具体分析,他们的经验还不足,而且他们当中的一些人还很年轻。

刘迪:我相信,你一定会尽一切可能帮助他们提高销售效率,掌握销售技术吧,对吧?

张经理:是啊,尽力而为吧。但我们这个商店事情特别多,我整天忙得不可开交,这些你是知道的。

刘迪:当然,这是难免的。假如我们能帮助你解决这个问题,为你们培训商店职员,你有什么想法? 你愿意不愿意让你的职员学习和掌握下列一些东西呢? ……

张经理:我一百个赞成。谁不愿意有个好的销售班子。你们的想法太好了。不过,怎样实现你的计划? 学校办在什么地方? 什么时候开课? 另外,需要我出多少钱?

刘迪:张经理,我们为你们开办学校的目的是……

张经理:听起来蛮不错的。但我怎样才知道他们所学的东西正是我们希望他们学的,而不是你们希望他们学的呢?

刘迪:增加你的销售量符合我们的利益,也符合你的利益,这是其一。其二,在制定训练计划的时候,我们非常希望你能对我们的教学安排提出宝贵的意见和建议。

张经理:我明白了。

刘迪:给,张经理,这是一份课程安排表,还有其他一些细节的有关材料。我们已经把主要的一些设想都写在这份资料上了。你是否需要把材料留下?

张经理:好吧,把材料交给我吧。

刘迪:(他介绍了资料内容)这就是我们的计划。我已经把你刚才提的两条建议都记录下来了。现在你还有什么不明白的问题?

分析题:

(1) 马奇和刘迪说服结果为什么会截然不同呢? 从中总结出推销洽谈的几个重要准则。

(2) 刘迪采用了哪种推销模式? 他是怎样用所提的问题引导洽谈方向的?

案例 5-3 用提问控制洽谈的方向

1. 不善于"提问"的洽谈过程

销售员:早上好,王先生,很高兴见到您。

顾客:你好,有什么事情?

销售员:王先生,我今天来拜访您的主要目的是给您带来我们最新研究出来的高智能A100型号的设备。

顾客:是啊,但你们公司的产品管用吗?

推销员:那当然,王先生,这项设备是引进德国SA技术,它的制造效率是普通设备的2倍,而且比一般设备的单位能耗要低20%。另外,这款产品的操作平台非常人性化,操控性能稳定,安全性能非常好。还有就是安装了自检系统,您觉得怎么样?

顾客:不错,那这款产品已经应用在哪些行业呢?

销售员:主要是挖掘机、油田开发等领域。

顾客:一套系统大概需要多少钱?

推销员:仅仅20万元人民币。

顾客:是吗?我知道了。这样吧,你把资料放下,我先了解一下,回头给你电话。

推销员:王先生,我们的设备荣获了国家设备制造金奖,每年销售额达到5千万元呢。

顾客:我知道了。我们领导班子需要研究一下才能给回话。再见。

2. 使用"有意识提问"的洽谈过程

销售员:早上好,王先生,很高兴见到您。

顾客:你好,有什么事情?

推销员:(巧妙地切入话题)王先生,我是奔腾公司的李强,我今天特意来拜访您的主要原因是我看到了《机械工业杂志》上有一篇关于您公司所在行业的报道。

顾客:(好奇)是吗?说什么呢?

推销员:(谈对行业的了解,提出问题)这篇文章谈到了您公司的挖掘机行业将会有巨大的市场增长,预计全年增长幅度为30%,总市场规模将达到50个亿,这对像你们这样的领头羊企业是一个好消息吧?

顾客:是啊,前几年市场一直不好,这两年由于西部大开发,国家加强基础设施建设,加大固定资产投资,应该好不错。

推销员:(逐渐转入正题,提出问题收集背景资料)王先生,在这样的市场增长下,公司内部研发生产的压力应该不小吧?

顾客:是啊,我们研发部、生产部都快忙死了。

推销员:(进一步提出问题)是吗?那真是不容易啊。王先生,我注意到贵公司打出了招聘生产人员的广告,是不是为了解决生产紧张的问题呢?

顾客:是啊。不招人忙不过来啊。

推销员:(进一步提出问题)确实是这样,王先生,相对于行业平均水平的制造效率——5台/人而言,您公司目前的人均制造效率高一些还是……

顾客:差不多,大概也就这些吧。

推销员:(进一步提出问题)那目前使用的制造设备的生产潜力有没有提升的空间呢?

顾客:比较难,而且耗油率还很高呢!

推销员:(进一步提出问题)那您使用的是什么品牌的设备呢?国产的还是进口的?

……

分析题:

(1) 二者的推销方式有什么不同?

(2) 第二位推销员一共提了哪些问题?这些问题引导的方向是什么?

案例5-4 巧妙的探询方式

经过一个多月的奔波,鲁克终于找到了一所能令她的客户林先生100%满意的房子。后来的事实也证明了她的这一判断并没有错。在他们看房子的那一天,她的客户表现出了难以掩饰的惊喜。不论是房子的建筑风格还是结构格局,甚至车库和泳池都受到了林先生的热烈赞扬。他兴奋地说:"所有的这一切都完美无缺,它简直太漂亮了。我真想立刻就拥有它。"

鲁克很高兴,她知道事情已经成功了一半。于是她看着她的客户说:"只要你愿意在这张纸上签上你的名字,你就可以拥有它了。不过在你签单之前,我觉得必须告诉你一件事情,这栋房子价格比你想出的房款要高出五万元。"

听了这番话后,林先生脸上笑容渐渐消失了,他的表情变得平静,并陷入了思考。鲁克觉察到了这一变化,于是她问了一个问题:"林先生,你说过你打算在这座城市定居,我想你肯定会在这里住上30年吧?"

"事实上,我打算在这儿住更长的时间。"

"那你觉得这儿的周边设施以及交通状况怎样?它们会使这座房子的价值以每年1%的速度增长吗?"

"这当然太有可能了。这里发达的公路网和即将启动的市建工程很有可能使它在短期内价值翻番。"

"那么请再回答我一个问题。你现在每年要拿出多少钱来支付公寓租金?"

"大约7万左右。"

"那你愿意以年租金5万元的价格租下这座漂亮的房子吗?而且更为诱人的是,当到了年底你就可以拥有这座房子,享受它为你带来的年1%的价值增长,并在它的相伴下幸福快乐地生活30年,你觉得这个计划怎么样?"

林先生听后,二话没说就在鲁克拿出的订单上签上了自己的名字。

分析题:

从案例中总结鲁克分别用了哪些问题来探寻顾客的购买动机和具体要求。

案例5-5 "红毛"是怎样向齐格·齐格勒推销房子的?

1968年,美国推销权威齐格·齐格勒为了工作、生活的需要,决定在达拉斯购买房子。经与他妻子"金"(爱称"红毛",下同)商定,买房子的预算定在2万美元。夫妻俩自此分头外出寻找。有一天下午,红毛终于找到了他们理想的房子。下面是红毛向齐格勒推销的过程:

那天晚上,当我回到汽车旅馆房间时,她坐在特大号的床边上。她虽然只是坐在那里,可是床已经在摇动！我还从来没有看见她有过这样的兴奋（推销就是传达推销品使用心情）。她居然跳起来说："喂！我们梦想的房子终于找到了。因为那的确是一所漂亮的房子！房间很宽敞，有4个非常漂亮的卧室，后院有足够的空间，可以建造你曾经说过的矢形游泳池，每个房间都有称心如意的化妆室，还有4个浴室！"无论如何我也想问一下，因而打断她的谈话说："知道了，不要再说下去了，那所房子究竟要多少钱？"她说："你要知道，百闻不如一见。我想你一定会高兴，就连书房也是很大的，房梁露在外面，很像大教堂的天棚。车库的大小可容纳两辆汽车及其全部附属工具。更好的是，还有一个每边3米多长的正方形场所，可以建造像你所说的能进行写作的小房间。此外，我们的卧室之大，达到了必须买电除尘车的程度！我要说这真是非常漂亮的房子！"

我再一次打断她的话"好啦！可是你说那房子到底需要多少钱？"她对我说，那所房子的价钱超过预算的1.8万美元。我说："你不应该买那么漂亮的房子。"她说："这我明白，你不用担心，我们还不了解达拉斯房地产的情况。所以，在你明天晚上讲座结束后，让建筑公司的人把你领到该房屋的现场去看一看。这样，我们将会看到那所房屋的情景，同时也可以了解一下该地区的房地产概况。"

在第二天晚上，我们驱车前往。当我们从正门进入房间时，我发现那的确是一所漂亮的房子，马上意识到我被她带进她所希望实现的意境。当我们走进书房时，她兴奋地说："你看看这个房间多么宽敞，再加上露出的房梁，不是很豪华吗？"不等我回答她又说："不仅如此，还有能摆上你所有书的书架在房间四周。还有请你稍微看一下壁炉。（突然，好像所有的东西都变成我的了）星期天下午，你一边观看电视上足球队队员的抢球，一边看着壁炉中火焰燃烧的情景浮现在你的眼前。"当她一直回到夫妇的卧室后，马上接着说："你看看这儿。你看一下这房间的大小，便可以知道能充分放进特大号的床，还可以放进写字台和两把椅子。这对我们正合适。想想早晨起来后，夫妻二人能够一同喝咖啡是多么舒服。对啦，请你再看一下你的化妆室。瞧！无论怎样摆设也足够供你使用。"她不停地说着，并把后门打开，指着后院说："从这里往外看，足够修建你的矢形游泳池，池的方向朝着汽车库，在其反面一侧修个跳台，即使这样距离邻居的场地还有3米。"她往汽车库的方向进行步测，并且打开汽车库的门说："你看，这里可以足够放进两辆汽车，而且可以建造你盼望已久的每边3米多长的正方形房间。"当我们回到卧室时，她又说："看看这个卧室，我们的孩子再一两年就会搬走。如果这样的话，我们就可以拥有一直想要得到的客人用的卧室。"

在我们大致看完的时候，她热情地紧紧握住我的手，一面盯着我的眼睛，一面说："怎么样，你喜欢吧？"我说："看中啦，挑不出什么毛病，是一所漂亮的房子。可是，你大概很清楚我们没有买这样房子的钱啊！"她目不转睛地盯着我，并且用一双非常可爱的美丽眼睛看着我说："你听着，那样的事情我明白。但只不过是让你看一下真正漂亮的房子而已。（沉默了一会儿）这回去找便宜的吧。"

那天晚上，关于那所房子的问题，再也没有谈。第二天早晨，我睡醒后在洗浴室刷牙的时候，她走进来问我："我们在达拉斯还要住多久？"由于我在刷牙，她没有听清楚，因而又一次问我："要住多久？"这回，我拿出牙刷回答说："要住100年，现在42岁，我想活到142岁！"她说："别开玩笑，说真格的！"我说："是真的。"她问我："我们能在这里住30年吗？"我回答说："……"

她说:"我们在这里至少住上30年,那么将1.8万美元换算成1年分摊的金额,我想就不是一个很大的数目了。"(她故意忽略了预算的2万美元以及利息、保险费和税金等)……我说:"不要再问了,我完全明白,你和我同样都是计算能手。实际上就是每天大概多花1美元70美分。可是,你为什么要问这样的事情?"她说:"还有一个问题,可以问问吗?"不知怎么地,这个身高只有157cm的她目光闪闪地说:"你呀!"她只是笑眯眯地站在那里,使我感到已经受人摆弄而无力抗拒。我说:"怎么办呢? 当然要去想办法。"她说:"你呀,为了使你的妻子幸福,每天就不能再多拿出1美元70美分吗?"

分析题:

(1) 这个实例包含推销洽谈的哪些阶段? 请你对红毛的洽谈进行划分。

(2) 从本例中总结"推销就是传达推销品使用心情"的内涵。

(3) 总结案例中所包含的产品介绍、演示、刺激欲望和增强购买信心的基本原理。

案例5-6　丰田汽车推销员应该带哪些推销工具?

"优秀的推销员不单靠说话,还要利用推销工具"。这句话成为丰田系统推销员的一个不可动摇的原则。他们要求推销员要充分利用两类推销工具:公司为他们提供的和按自己意图设计的推销工具。

第一类,公司专门为推销员设计制造的推销工具。

(1) 一般宣传品:汽车样品目录、彩色样本、新车展览会招待券、《汽车时代》、《汽车》、《汽车世界》、《反光镜》、《我的汽车》、印有商标标语的各种赠送品(如打火机、汽车玩具等)。

(2) 推销员专用印刷品:为丰富新车知识的《各种型号汽车推销手册》、《新型牌号汽车说明书》、《修理说明书》、《推销工作快报》、《推销工作报告》、《推销员笔记本》等。

第二类,推销员准备和编写绘制的推销工具。

(1) 名片:正式用、接触顾客时用、对方不在家时用;(2) 汽车价目表:本公司全部汽车的价目表、其他汽车公司的价目表;(3) 推销信:访问后的谢函等;(4) 试驾的样品车;(5) 各种汽车比较表:本公司及外厂的最新资料;(6) 买主名单一览表;(7) 统计资料和表:生产数量、销售数量、出口数量、市场占有率以及地区进货数量等;(8) 照片:交货时拍的汽车和买主家属的照片等;(9) 介绍信;(10) 报纸剪贴:刊登在一流报纸、杂志上的有关汽车的消息;(11) 定购单;(12) 幻灯片:汽车说明用的;此外,还有合同单、各种登记表格、笔记用具、备忘工具、地图、卷尺、照相机等。

分析题:

为什么推销洽谈要带多种推销工具?

案例5-7　汽车销售中怎样把产品的特性与顾客的需要结合起来?

一位顾客在选购汽车时,经过产品展示和说明,销售人员发现其他的条件已经满足了顾客的要求。他希望顾客购买某品牌天窗款的经济型轿车。此时,他必须向顾客说明一部车带有"天窗"的好处。因而,这位销售人员按下列的方式陈述了顾客如果购买这款带有天窗的汽车后的利益：

（1）这种品牌的天窗是全套德国进口的智能一触式电动天窗，深绿色隔热防紫外线水晶玻璃，能有效阻挡99.9%紫外线和96%以上的热能。具有三项特别功能：轻触式或连续性按键，具有自动或点动开闭功能。

（2）家人一起出游时，开着天窗驾驶车辆，将会让您有一种与大自然融为一体的感觉，更能增加驾驶乐趣。

（3）如果在行车的过程中，车上某乘员要吸烟，只要在行驶中将天窗打开，对净化车内空气效果极佳，避免引起同车人的反感和不适。

（4）遇到天气较热需要开空调时，没有天窗的车只能将车窗打开透气，造成车内温度很快上升。但是，有天窗的车却不同，能使空气流动减缓，冷空气不会很快散发。对于有小孩和老人的家庭而言，透气保温，天窗是最好的选择。

（5）对于重大交通意外，有无天窗的车所起的作用是不同的。那时，车门无法打开，天窗将给驾乘人员提供另一条逃生之路，将可能挽救一车人的生命。

分析题：

（1）根据本案例，你认为描绘推销品给顾客带来的利益和好处要注意哪些问题？

（2）以某一款汽车为例，分析并总结出该款刺激顾客购买欲望的具体要点。

 技 能 训 练

技能训练1 校内实训

1. "典型产品介绍或演示"录像观摩

● **实训内容**

组织学生集体观看有关"产品介绍或演示"的视频或录像，并结合播放过程讲评产品介绍与演示的基本操作规程与技术要求。

● **实训目标**

通过视频或录像观摩体验，增强产品介绍与演示的直观体验，强化操作技术知识和技能。

● **实训方法**

① 通过采购、网络下载、企业索取、现场收录等途径，收集有关产品介绍与演示的视频或录像第一手资料；② 教师组织学生集体观摩；③ 播放过程的讲评；④ 组织观摩后的讨论与总结。

2. "特定产品推销谈话设计"实训

● **实训内容**

针对特定行业的典型产品，设计一份完整的产品实际推销洽谈讲稿。

● **实训目标**

通过实训,使学生能初步懂得实际业务洽谈谈话稿的构思与设计;可以为"产品介绍与演示模拟实训"提供前奏性素材。

- **实训方法**

① 根据国内或当地行业或产业结构,向学生提供具有代表性的备选产品群;② 协助学生进行产品信息资料查询与分析,包括产品背景情况、顾客情况、竞争品情况、市场情况等;③ 设计业务洽谈的说话要点,建议采取两人一组的协作方式进行准备;④ 对学生作品进行改进与评析;⑤ 组织集体交流和总结。

3. "典型产品介绍与演示"模拟演练

- **实训内容**

针对特定行业典型产品,组织学生进行产品介绍与演示的模拟训练。

- **实训目标**

通过实际或模拟演练,使学生直接锻炼和体验产品介绍和演示的操作技术要领,强化学生的动手能力。

- **实训方法**

① 收集资料,包括企业的销售资料、专业杂志实例和案例、网络下载资料;② 整理与印发资料;③ 安排阅读或设计介绍说辞;④ 组织分组现场演练;⑤ 总结和评价。

技能训练2 校 外 实 践

促销员顶岗实习

利用校外实训基地,组织学生参与各类企业基层销售岗位的相关产品的销售社会实践活动,也可以组织学生参与各类零售门店或者品牌专卖店的促销员或导购员的社会实践活动。

第六章
处理顾客异议

 本章学习目标

- ☐ 1. 了解顾客异议的性质、类型和根源
- ☐ 2. 掌握处理顾客异议的策略和应注意的问题
- ☐ 3. 掌握处理顾客异议的基本方法
- ☐ 4. 初步掌握几种常见顾客异议的具体处理对策

案例导入

顾客的犹豫

　　保险推销员方林有一位姓周的潜在客户,他是一位社会工作者。每次方林谈到保险和理赔,他一点兴趣也没有,他一心投入社会工作,对赚钱和储蓄的欲望不高。

　　"最近向国外申请的一笔基金一直下不来,这对我们残疾人教育推广的计划影响极大!"在一次偶然的交谈中,客户谈到了最近的苦恼。

　　听到这话,方林突然灵机一动,说:"周先生,社会工作面临的最大困难是财务问题,对吗?其实,保险就是一项社会工作,只是把社会工作企业化经营而已。如果每个残疾人都有一大笔钱能解决他们的生活问题,那么他们自然能够接受再学习、再教育了,对吗?"

　　这番话引起了客户的兴趣,方林第一次成功地向他展示了保险建议书,周先生同意考虑这个计划。

　　第二天,方林再次前来拜访。周先生说这个计划很不错,但因为再过三个星期他就要出国考察,所以想等回国后再投保。原本满怀希望的方林顿时像被浇了一盆冷水,可是他没有放弃,他希望周先生能早一点投保。

　　"周先生,是这样,您早一天办,早一天得到保障,对您的家庭不是更好吗?"

　　"可是,我现在需要准备一些钱出国,可这保险费一下就要十几万呀!"周先生面有难色,也说出了问题所在。

　　"周先生,我知道您的困难,但是您有没有想过,出国考察的这段时间是您一生中危险性比较大的时候,如果您现在投保,可以提前得到保障,这样您也能安心出国了。不如这样吧,您先缴一个季度的保费,等回国后再把余额缴完,如何?"

　　"喔,可以先缴一部分?"周先生非常高兴。方林为周先生算了一下保费,填好了保单。周先生让他第二天上午十点来收钱。

　　第二天,方林正准备去周先生那里收取保费,他突然接到周先生的电话:"昨天我回家同妻子商量,她还是希望我回国后再办,为了这件事,我们吵了架。实在很抱歉,等我回国后再说吧!"

　　方林顿时一愣,但还是抑制住心中的慌乱,说:"这样吧,我现在就过去,我们当面谈谈。"没等周先生回答,方林就挂了电话。

　　一进入办公室,周先生就给了方林一个苦笑:"不好意思了,答应你的事又……"

　　"不要这么说,我也觉得不好意思,害得你们夫妻吵架,我知道您是很尊重妻子的,不过,您知不知道,这份保险除了为您妻子买以外,更是为您的孩子买的?"

　　"我知道,可是我没办法呀!"

　　"周先生,其实有件事您忽略了,您只考虑到您妻子的看法,却没有考虑到您孩子的看法,也忽略了您自己的愿望,您不是说过要全力培养您的小孩吗?这一笔钱也不会影响您出国呀!"

　　周先生犹豫了一下,然后露出了坚定、充满自信的微笑:"好吧,现在就办!"

这时,方林反而担心了:"那您妻子那边……"

周先生摆出一家之主的架势:"没关系,先斩后奏。"于是,他从抽屉里抽出一沓钞票,缴了第一季度的保费。

思考:

周先生先前没有立刻做出购买决定的原因是什么？方林用了什么方法解决了周先生的购买异议？

第一节　顾客异议概述

一、顾客异议的概念与性质

（一）顾客异议的概念

一般而言,顾客异议就是顾客针对推销员及其推销活动所提出的一系列不同意见。在推销的任何阶段,或对于商品的任何方面,顾客都可能提出异议。他们会对推销人员说:"这双皮鞋的光泽不够,款式也有些过时。""不知道我先生喜不喜欢,我得先问问他。""我想等价格降下来再买。""我已经有了。"等等。推销员面对的是拒绝的顾客。据统计,美国百科全书推销员每达成一笔生意要受到179次拒绝。

（二）顾客异议的性质

1. 顾客异议是顾客面对推销的必然反应

推销活动是从处理顾客异议开始的,且处理异议贯穿于整个推销过程的始终。一般来说,顾客在接受推销的过程中,不提任何反对意见就着手购买的情况是不多见的,不提丝毫反对意见的顾客往往是没有购买欲望的顾客。我国有一句经商格言——"褒贬是买主,喝彩是闲人"说的就是这个道理。顾客在购买某一推销品,首先要考虑的是推销品的使用价值,即推销品能否满足他某方面的需要;否则,顾客不会对推销品发生兴趣。此外,顾客在权衡推销品时,还会受到经济条件、心理因素、环境条件等多方面因素的影响,因而对价格、质量、售后服务等提出一系列反对意见。总之,任何一笔交易都不是一帆风顺的,顾客提出各种反对意见是必然的,也是非常正常的现象。

2. 顾客异议既是推销的障碍,又是推销员了解顾客的指示器

首先,顾客异议在大部分情况下表现为顾客对推销员推销活动的一种反对意见或疑虑,人们一般把它称为推销障碍或顾客的反对意见,推销员的推销活动就像是障碍赛跑,必须有效地排除各种异议,才能到达成交的终点。

其次,顾客异议在绝大多数情况下反映了顾客的心理活动状况,推销员可以通过顾客异议,及时地了解和判断顾客的真实态度和心理活动,从而明确下一步推销活动的目标和方向。对推销而言,可怕的不是异议而是没有异议。不提任何意见的顾客常常是最令人担心的顾

客,因为这样推销员很难了解顾客的内心世界。美国的一项调查表明:和气的、好说话的、几乎完全不拒绝的顾客只占上门推销成功率的 15 %。日本一位推销专家说:"从事推销活动的人可以说是与拒绝打交道的人打交道,战胜拒绝的人,才是推销成功的人。"

二、顾客异议的内容

由于种种主客观原因,在推销中会遇到各种各样的顾客异议。从总的来看,在推销中顾客一般会提出以下这些顾客异议:

(一) 需求方面的异议

需求方面的异议是指顾客认为产品不符合自己的需要或不需要推销品而提出的反对意见。例如:"我的面部皮肤很好,不需要用护肤品。""我们根本不需要它。""这种产品我们用不上。""我已经有了。""这东西,我们没有兴趣!"等等。

顾客需求异议,存在两种可能:一是顾客确实不需要或已经有了同类产品,在这种情况下推销人员应立刻停止推销,转换推销对象;二是顾客没有认识到或不能认识到自己的需求甚至只是想摆脱推销员的一种托词。面对第二种情况,推销员应运用有效的异议化解技巧来排除障碍,从而深入开展推销活动。

(二) 推销产品质量方面的异议

推销产品质量方面的异议是指顾客针对推销品的质量、性能、规格、品种、花色、包装等方面提出的反对意见,认为推销品不能满足自己的需要,也称为产品异议。例如:"我不喜欢这个颜色。""这个产品造型太古板。""新产品质量都不太稳定。"等等。

产品质量异议是比较常见的顾客异议,其产生的原因非常复杂,有可能由于产品自身客观存在的不足,也有可能源于顾客自身的主观因素,如顾客的文化素质、知识水平、消费习惯等。此种异议是推销员面临的一个重大障碍,且一旦形成就不易说服。

(三) 价格方面的异议

价格方面的异议是指顾客认为价格过高或价格与价值不符而提出的反对意见。例如:"这东西怎么这么贵呀!""太贵了! 便宜一点吧。""同样的东西,你们怎么卖得比别人贵!"等等。

在推销过程中,推销员最常碰到的就是价格异议了。因为价格与顾客的切身利益密切相关,顾客对产品的价格最为敏感,一般首先会提出价格异议。即使推销员的报价比较合理,顾客仍会抱怨:"你这价格太高了。""你们的竞争对手的价格比你们低很多,而质量却不差。"在他们看来,讨价还价是天经地义的事。

在很多情况下,价格异议往往是顾客其他方面异议的借口,推销员要注意认真辨析,巧妙应对。本章第四节对此有专门的介绍。

(四) 决策权力方面的异议

决策权力方面的异议是指顾客以缺乏购买决策权为理由而提出的反对意见。例如:"领导不在。""这件事我做不了主,需要跟厂长商量再决定。""订货的事我无权决定。""要我先生看了再说。"等等。

这种异议有真有假,一般而言,推销员在寻找目标顾客时,就已经对顾客的各方面情况作了较为充分的了解,也应该找准了决策人。面对没有购买权力的顾客极力推销商品是推销工作的严重失误,是无效推销;面对此类异议而放弃推销在大多数情况下更是推销工作的严重失误,属于无力推销。

（五）　购买时间方面的异议

购买时间方面的异议是指顾客认为现在不是最佳的购买时间或对推销员提出的交货时间表示的反对意见,有时甚至是顾客有意拖延购买时间。例如:"让我再想一想,过几天再答复你。""我们需要研究研究,有消息再通知你。""把材料留下,以后答复你。"等等。

顾客总是不愿意马上作出决定。事实上,许多顾客用拖延来代替说"不"。这种异议很明显意味着顾客还没有完全下决心,其真正理由往往不是购买时间,而是价格、质量、付款能力等方面存在问题。在这种情况下,推销员应抓住机会,认真分析时间异议背后真正的原因,并进行说服或主动确定下次见面的具体时间。

（六）　进货渠道方面的异议

进货渠道方面的异议是指顾客对推销品的来源提出的反对意见,认为不应该向有关公司的推销员购买推销品,也称为货源异议。在推销过程中,顾客经常会这样说:"你们的产品质量不行,我宁愿去买另一家企业的产品。""我用的是某某公司的产品。""对不起,我们已经有了供应商了。"等等。

顾客提出这类异议,表明顾客愿意购买推销品,只是不愿向眼下这位推销员及其所代表的公司购买。当然,有些顾客是利用货源异议与推销员讨价还价,甚至利用货源异议来拒绝推销员的接近。因此,推销员应认真分析货源异议的真正原因。

（七）　推销员方面的异议

推销员方面的异议是指顾客对推销员的行为提出的反对意见。这种异议往往是由推销员自身造成的。推销员态度不好,或自吹自擂、过分夸大推销品的好处,或礼貌用语欠佳等都会引起顾客的反感,从而使顾客拒绝购买推销品。因此,推销员一定要注意保持良好的仪容仪表,举止得体,并注意自身素质的培训,以诚相待,给顾客留下良好的印象,从而顺利地开展推销工作。

（八）　支付能力方面的异议

支付能力方面的异议是指顾客出于多种原因而提出自己无力支付的各种反对意见。例如:"对不起,这东西太贵了,我买不起!""近来,我们各方面的开支比较多,没钱买这东西。""我们收入不高,买不起这东西。"

这种异议的表现形式比较复杂。一般来说,真正敢承认自己缺乏购买能力是需要勇气的。所以,如果顾客真正无力支付,往往并不直接地表现出来,而是间接地表现为质量方面的异议或进货渠道方面的异议等;而真正具有购买力的顾客则喜欢用这种异议来掩盖其他真实的异议,推销员应善于识别。一旦觉察顾客确实存在缺乏支付能力的情况,通常的做法是停止推销,但态度要和蔼,以免失去其成为未来顾客的机会。推销员也可根据具体情况,或协助对方解决支付能力问题,如答应赊销、延期付款等,或通过说服使顾客觉得购买机会难得而负债购买。

（九） 服务方面的异议

服务方面的异议是指顾客针对购买前后一系列服务的具体方式、内容等方面提出的反对意见。例如:"你们这里的环境太差了!""你们服务柜台太少了,这么拥挤!""你们往往现在说得好听,需要你们的时候,那些维修人员老是慢条斯理的。""人家都保修三年,终身维修,你们怎么没有啊?"等等。

在竞争日益激烈的市场中,顾客对企业销售服务质量和水平的要求越来越高,从某种角度来讲,顾客对服务的要求总是没有满足的时候。因此,要消除或减缓此类顾客异议的基本前提是提高企业的服务水平和质量,除此之外,推销员要认真倾听,向企业反映顾客的要求,并联系有关部门加以改进;同时,非常重要的就是要善于解释不能完全满足顾客对服务要求的具体原因。

（十） 其他方面的异议

在推销中,顾客还可能会提出其他异议,如借口、恶意反对、出于自我表现的各种异议、出于了解情况的顾客异议、顾客的"最后反对"等。这些异议形式多样,动机和原因复杂,推销员要善于深入分析,巧妙应对。

三、顾客异议的类型

正确认识顾客异议的类型,有利于提高推销员处理顾客异议的能力和效果。顾客异议可以从以下几个角度进行划分:

（一） 按异议的影响性质划分，可划分为有关异议与无关异议

所谓有关异议,就是与推销活动直接相关,并对推销活动进展可能产生各种影响的顾客异议,比如,顾客对产品的售后服务有意见等。对于有关异议,推销员必须加以认真对待,并有效化解,否则就有可能会影响推销活动的进展和结果。

所谓无关异议,就是与推销活动没有关联的各种异议,比如,顾客对推销企业总经理的长相评头论足等。对于这种异议,不处理一般不会影响推销活动,推销员可以采用忽略或沉默或一笑而过的方法加以处理。

（二） 按异议的真实性划分，可划分为真实异议与虚假异议

所谓真实异议,就是顾客出于真实意图而提出的顾客异议。比如,顾客认为所要购买的

床垫弹簧太软等。真实异议表现了顾客对推销有关方面的真实意见、态度和看法,它是推销员了解和认识顾客的直接依据,推销员必须加以认真对待,并及时加以有效化解。

所谓虚假异议,就是顾客所提的并不代表他(她)真实意见和看法的各种顾客异议。比如,顾客实际上是不喜欢产品而口头上却说"回去考虑考虑再说"等。形象地说,虚假异议就是顾客某种真实意图和意见的幌子,这种意见最典型的表现形式就是借口。没有经验的推销员经常被顾客的虚假异议所蒙蔽,导致他对顾客作出错误的判断。因此,面对顾客的虚假异议,推销员最重要的一件事情就是辨别其真假,进而判断顾客虚假异议背后的动机、根源和真实看法。

(三) 按异议的显露程度划分,可以划分为公开异议和隐藏异议

所谓公开异议,就是推销员通过顾客外在的语言或行为可以直接作出判断的各种顾客异议。换个角度说,公开异议就是顾客口头上直接说出来或行为上直接表现出来的而推销员能听得出或看得到的各种意见。

所谓隐藏异议,就是隐藏在顾客内心,没有直接表露出来的各种顾客异议。最典型的隐藏异议就是没说出来或不愿说出来的异议。在推销中,对于有些意见或看法,顾客出于多种原因和目的,往往不愿意直接表现出来,甚至不愿意被推销员所觉察。根据专业人士的看法,认为这种异议一般是比较关键且难以处理的顾客异议。对于推销员来说,推销洽谈的一个重要任务就是发现顾客的隐藏异议。

(四) 按异议产生的根源性质划分,可以划分为客观异议与主观异议

所谓客观异议,就是出于客观事实或原因而引起的异议。比如,产品质量确实太差等。对于客观异议,推销员可以以客观事实为依据加以处理。

所谓主观异议,就是顾客出于个人的主观认识而提出的各种异议。比如,顾客认为某汽车的外形不好看。主观异议往往是由于顾客的认识障碍、情绪障碍等引起的,所以,处理时要特别小心谨慎,一般情况下不能加以直接的反驳。

顾客异议还可以用其他的标准加以划分,这里不一一介绍了。值得注意的是,顾客异议分类的重大现实意义是:不同类型的异议,处理的方法和策略是不同的。推销员应该仔细辨认顾客异议的类型,以便能富有针对性地、高效地化解顾客的不同意见。

第二节 处理顾客异议的基本策略

一、正确认识顾客异议,树立正确的态度

顾客提出异议并不可怕,重要的是能否对顾客的异议给予满意的答复,使顾客感到推销员重视其意见,对解决异议有诚意。推销员决不应该将顾客异议看做是顾客对自己的攻击或对自身企业和产品的诋毁,而应该欢迎顾客提出异议,并认真倾听顾客的异议,实事求是地处理。

事实上,只要推销员认识到顾客的异议正是推销成功的开始,他们就不会害怕或拒绝顾客的异议了。福特汽车公司这样认为:"顾客的拒绝正是指引推销员认清顾客实际需求的路标,要想利用这些机会,推销员必须对任何反对意见持欢迎态度,并且使顾客认识到他们的意见是值得尊重的。"推销员可以用以下的语言表示他的态度:"我明白您的意思,我也曾这样想过。""我很高兴您提到这一点。""这真是个聪明的想法,我明白您的顾虑了。""如果换我来购买这个产品,我也会有同样的疑问。""请告诉我您对此有何意见。"等等。

二、以防为主,坚持准备与训练

(一) 准备和训练可以从整体上减少顾客异议,并削弱顾客异议对推销的影响

有句话说得好:推销员处理顾客异议的功夫在于顾客异议提出之前。对推销拜访漫不经心的推销员与态度认真、训练有素的推销员面对同一产品、同一顾客所提出的异议的反应往往迥然不同。经验丰富的推销员可以发现,有些顾客会在某些推销员身上没完没了地提出各种反对意见,而当他面对另一个推销员时似乎像换了个人一样,变得乖顺了很多。为什么?

原因有很多,其中最关键的因素就是他们在推销谈话的态度、方式、销售要点的严密性以及解答顾客问题的准确性和专业水平等方面有明显的区别。这些因素主要来自于推销员的经验、事前周密的准备和系统的训练。周密的准备和系统的训练,可以从战略意义上减少顾客异议,削弱各种推销障碍对推销活动的影响。

(二) 周密的准备

如果推销员能事先对顾客异议做如下准备,可以明显减少本不应该出现的顾客异议,并提高推销员对处理顾客异议的信心和能力。

(1) 了解顾客对产品的期望和要求,并确认产品特性与其期望的距离。

(2) 严格审查自己的谈话要点,注意谈话的严谨性和说服力。

(3) 预测顾客可能的各种反应,并分析具体对策,形成"答客问"的文字材料。

(三) 系统的训练

解答或化解顾客异议是一项综合性艺术,它融合了推销员的态度、仪态、思维、表达等多方面的素质和技能。没有系统的训练,是不可能沉着应对的。依据推销业务不同的复杂程度,处理异议训练的程度和要求是不同的。一般来说,推销员要先后经历过这些基本训练项目:

(1) 理解和阅读"答客问"的说辞。

(2) 学习和分析成功的顾客异议处理案例。

(3) 现场观摩和体会公司优秀推销员的处理技术要领。

(4) 参加模拟现实情景的角色扮演训练活动,掌握"答客问"的表述方法。

(5) 以师带徒式地跟随师傅或业务主管参与顾客异议处理。

这里可以参照一下加拿大一些企业的做法:他们比较推崇编制标准应答语法,他们专门组织行业专家收集顾客异议并制定出标准应答语,要求推销员记住并熟练运用。具体程序

是:① 把大家每天遇到的顾客异议写下来;② 进行分类统计,依照每一异议出现的次数多少排列出顺序,出现频率最高的异议排在前面;③ 以集体讨论方式编制适当的应答语,并编写整理成文章;④ 大家都要记熟;⑤ 由老推销员扮演顾客,大家轮流练习标准应答语;⑥ 对练习过程中发现的不足,通过讨论进行修改和提高;⑦ 对修改过的应答语进行再练习,并最后定稿备用。最好是印成小册子发给大家,以供随时翻阅,达到运用自如、脱口而出的程度。

国内越来越多的企业也开始采用这种模式来训练和提高推销员处理顾客异议的能力,它是一种重要的训练方法。

三、答复之前认真辨析

这里就顾客异议辨析讲四个问题。

1. 什么是顾客异议辨析

所谓顾客异议辨析,就是推销员在处理任何顾客异议之前都要认真听清顾客所提的各种意见,并对其意见进行辨别分析。

2. 为什么要辨析

因为顾客异议是错综复杂的。顾客异议有真与假、有关与无关、客观与主观、正确与错误之分,顾客异议的根源与动机是有区别的,顾客异议对推销的影响是不同的,只有认真辨析,才能保证推销员有针对性地加以处理。

3. 要辨析什么

(1) 听清:"顾客刚才说了什么?"

(2) 问一问自己:"他(她)为什么要提出这个意见?"

(3) 分析判断:"顾客的这种意见属于什么性质的? 重要吗? 要不要处理?"

(4) 决定:"我该怎么处理或答复他(她)的这个意见?"

具体见图6-1。

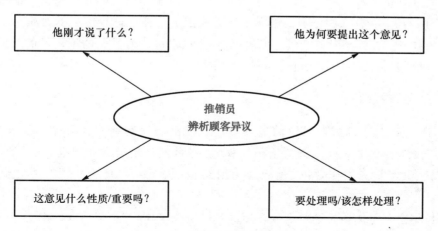

图6-1 顾客异议辨析示意图

4. 怎么辨析

辨析的具体方法有:

(1) 观察法。这是辨析顾客异议的基本方法。当你为顾客的每一个异议提供肯定的答案的时候,留心观察对方的反应。一般说来,他们要是对你的答复无动于衷的话,那就表明他们没告诉你真正的异议。

(2)反问法。这是探知顾客异议最简单的方法。有经验的推销员经常针对顾客的异议,抓住关键字眼,提一些问题,做一些督促和引导,来试探出顾客的真正想法。例如:"您觉得这个产品哪一点像假的?""您认为合理的定价应该是多少呢?""您不喜欢它哪一方面呢? 是颜色,还是式样?""既然你承认这产品很好,为什么不想现在购买呢?""像您这样的领导都不能拍板,那我应该找谁呢?"等等。

(3)水落石出法。先听清楚了,再用自己的话去重复他的异议,这样一方面表示你对此的重视,另一方面看看自己的理解是否正确。例如:"这么说,您担心这种型号六个月后就会过时……""这么说,价格和可靠性对贵公司是非常重要的……"等等。如果顾客回答说:"是的,说得对",这说明你理解对了,下面按你的计划进行。如果他们回答说:"不全是这样",则说明你在某一点上对他们的立场还不完全理解。那就请对方再次说明,以证实你的理解是否正确。

(4)直接发问法。如果你没有办法知道顾客的真正异议,就别转弯抹角了,可以坦率发问。例如:"先生,我真的想请您帮一个忙。"大多数人都会说:"当然,您说吧!""我想我的回答已经令您比较满意了,但是我觉得您好像还有什么想法瞒着我,所以我很想知道您迟疑不决的真正原因是什么。""真的不为什么,我只是需要时间来想想。""不,您今天一定要告诉我究竟是什么原因让您感觉还有点不好?""……嗯,好吧,我说实话,是……"——终于说出了真正的异议。当你获得这条信息后,你要立刻作出答复:"我也想着会不会是这样,我很欣赏您对我的坦率态度……"

四、选择恰当的时机

美国通过对几千名推销员的研究,发现好的推销员所遇到的顾客严重反对的机会只是差的推销员的1/10。为什么呢? 原因就在于优秀推销员往往能选择恰当的时机对顾客的异议提供满意的答复。在恰当时机巧妙地回答顾客异议,已成为有经验的推销员的习惯。一般而言,推销员对顾客异议答复的时机选择有四种情况。

(一) 提前处理

防患于未然,是消除顾客异议的最好方法。推销员觉察到顾客会提出某种异议,最好在顾客提出之前,就主动提出来并给予解释,这样可使推销员争取主动,先发制人,既可赢得顾客信任,又可提高工作效率,还能避免因纠正顾客看法,或反驳顾客的意见而引起的不快。

推销员完全有可能预先揣摩到顾客异议并抢先处理,因为顾客异议的发生有一定的规律性,如推销员谈论产品的优点时,顾客很可能从差的方面去琢磨问题。有时顾客没有提出异议,但他们的表情、动作及谈话的用词和声调却可能有所流露,推销员觉察到这种变化,就可以抢先解答。

但是,这一策略也有其局限性:一是推销员先发制人,抢先提出异议并加以处理,会使顾客觉得推销员咄咄逼人,加大顾客心理压力;二是推销员抢先提出异议,其中有些是顾客没有意识到的无关异议,这样会使顾客失去购买信心,造成异议的传染与扩散,反而使顾客有了拒绝成交的理由。

（二）　立即处理

立即处理是指异议提出后立即回答。一般来说,顾客都希望推销员能尊重和听取自己的意见,并立即作出满意的答复。在推销活动中,对直接影响顾客购买决定的重要异议,通常要立即回答。如果推迟回答或不回答,就会使顾客认为推销员害怕异议,或认为自己的意见是确有此事或严重的。立即处理会使推销员显得胸有成竹,表现出对自己及所推销产品或服务的自信,既可以促使顾客购买,又是对顾客的尊重,还可以节省时间。

（三）　推迟处理

推迟处理是指对顾客异议并不马上答复,而是过一段时间再回答。以下异议需要推销员暂时保持沉默:异议显得模棱两可、含糊其辞、让人费解;异议显然站不住脚、不攻自破;异议不是三言两语可以辩解得了的;异议超过了推销员的能力水平;异议涉及较深的专业知识,解释不易被顾客马上理解;推销员下面即将谈到的问题;回答这些问题可能会影响推销洽谈的方向;等等。有些推销员当碰到自己暂时不知怎样答复的顾客反对意见时,经常会干出这样一件蠢事:为了不给顾客留下自己不熟悉业务的印象,而匆忙地去解答自己并没有把握的问题。这种做法往往是很危险的。记住:急于回答顾客此类异议是不明智的,因为草率处理付出的代价要比推迟处理付出的代价大得多。

在某些情况下,推迟处理有利于推销员进行周密的思考,有针对性地灵活处理顾客异议,同时,也可能会使顾客觉得你比较诚实或比较慎重,可以获得顾客的信任。当不能立即给顾客满意的答复时,你可以告诉他:"关于这个问题,我暂时无法给你一个准确的答复,你看能不能让我进一步征求有关部门(人员)以后再给您答复?"

任何再优秀的推销员也不可能百分之百地解答顾客任何问题。所以,当推销员不能给顾客一个满意的答复时,选择"诚实"是比较明智的。

（四）　永不处理

推销员没有必要也不可能对顾客所提出的所有异议一一加以答复。商界有种说法,80%的顾客异议不必回答。这个数字的来源真实性虽很难考证,但事实上许多异议确实不需要回答。例如,无法回答的奇谈怪论,容易造成争论的话题,可一笑置之的戏言,异议具有不可辩驳的正确性,明知故问的发难,等等。推销人员不回答时可采取以下技巧:沉默;装作没听见,按自己的思路说下去;答非所问,悄悄扭转对方的话题;幽默一番,最后不了了之。

应用此策略时,推销员应认真分析顾客提出的每一项异议,明确顾客异议的性质,只能对确实无关的、无效的、虚假的异议才可以不予处理;应从大处和远处着眼,保持清醒的头脑和宽宏大量的气度,不去强辩是非曲直,控制自己的情绪,从而达到成功推销的目的。

五、遵循排除顾客异议的步骤

推销员要想比较容易和有效地解除顾客异议,就应遵循一定的程序。一般而言,处理顾客一般要遵循如下步骤(见图6-2):

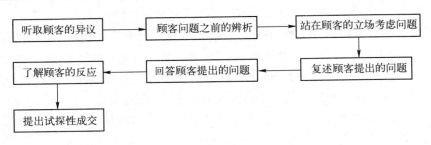

图 6-2 处理顾客异议的基本步骤

(一) 认真听取顾客的异议

回答顾客异议的前提是要弄清顾客究竟提出了什么异议。推销员要做到:① 认真听顾客讲;② 让顾客把话讲完,不要打断顾客谈话;③ 要带有浓厚兴趣去听。推销员应避免的现象是:打断顾客的话,匆匆为自己辩解,竭力证明顾客的看法是错误的。这很容易激怒顾客,并会演变成一场争论。

(二) 回答顾客问题之前的辨析

这就是辨别分析顾客异议,并给顾客感觉"你的话是经过思考后说的,你是负责任的,而不是随意乱侃的"。具体参照前文中的"答复之前认真辨析"。

(三) 站在顾客的立场考虑问题

这是指你理解顾客的心情,明白顾客的观点,但并不意味着你完全赞同顾客的观点,而只是了解顾客考虑问题的方法和对产品的感觉。例如,对顾客说:"我明白你的意思。""很多人这么看。""很高兴你能提出这个问题。""我明白了你为什么这么说。"等等。

(四) 复述顾客提出的问题

为了向顾客表明你明白了他的话,可以用你的话把顾客提出的问题再复述一遍。

(五) 回答顾客提出的问题

对顾客提出的确需回答的异议,推销人员应该给予答复,这才能促使推销进入下一步。

(六) 了解顾客的反应

解答顾客意见之后,要注意了解解答的效果。例如,你可以对顾客说:"您觉得我这样的解释把问题说清楚了吗?""我不知道我的答复是否让您满意了?"等等。如果顾客表示肯定,说明解答是成功的;如果顾客不置可否,说明解答不成功或顾客还有其他的异议。

（七） 提出试探性成交

试探性成交既可以用于产品推销洽谈,也可以用于处理顾客异议。当推销员确认已经圆满地解答了顾客异议之后,应该紧接着向顾客提出一个试探性成交的问题,以探测顾客是否有购买意图。例如,可以对顾客说:"您觉得这个产品还是值得买的,是吧?"如果顾客作出肯定的答复,推销离成交就不远了,如果拒绝了,顾客必然还会提出其他的意见。例如:"我看不见得,我认为价格还是偏贵了!"推销员可以据此判断推销离成交还有多大距离。

六、解答顾客异议应有的态度和仪态

（一） 尊重顾客的看法

顾客异议是一种客观存在,推销员不要试图去压制顾客的意见,更不能贬低顾客的看法,而应该换位思考,理解顾客的想法和看法。在解答问题时,"态度胜过真理"。尤其是对待主观上的问题,处理更需谨慎。

不要与顾客争辩,更不能发生争吵。不管顾客如何批评,推销员永远不要与顾客争辩。有句推销行话这样说:"占争论的便宜越多,吃销售的亏越大。"与顾客争辩,失败的永远是推销员。这可以看看著名企业家戴尔·卡内基对"辩论"的理解:每一场辩论的结果十有八九都是双方比以前更加坚信自己有百分之百的理由。任何一场辩论你都不可能赢,因为如果你辩不过人家,那你就输了;如果你辩赢了,你还是输家。因为……就算你现在辩赢了某个人,把他驳得体无完肤,证明了他根本不是你的对手,那又怎么样呢?你会感到很愉快,可他又会怎么样呢?你让他感到自己矮了一截,相形见绌;但你也在这同时伤害了他的自尊心,他会对你的胜利抱一种怨恨不满的心情。

一定得给顾客留"面子"。顾客的意见无论是对是错、是深刻还是幼稚,推销员都不能给对方留下轻视的感觉,如讥笑、不耐烦、轻蔑、走神、东张西望、绷着脸、耷拉着头等。推销员要尊重顾客的意见,讲话时面带微笑、正视顾客,听对方讲话时要全神贯注,回答顾客问话时语气不能生硬。"你错了"、"连这你也不懂","你没明白我说的意思,我是说……"这样的表达方式抬高了自己,贬低了顾客,挫伤了顾客的自尊心。

（二） 保持镇定自若的状态

处理任何顾客异议,保持镇定自若都是最重要的要求。镇定自若不仅表现在外表上,更重要的是推销员内心对自己充满自信。具体来讲,主要有以下要求:

(1) 头脑冷静,思路清晰。

(2) 外表镇定,举止有节度。

(3) 态度温和,表情平静。

(4) 言语沉着,语气平稳,语意分明。

(5) 立场坚定,不可模棱两可。

（6）解释具体明确,并有事实依据。

（7）说辞言简意赅,不可啰嗦。

七、其他应注意的问题

处理顾客异议还有很多其他要注意的问题:

（1）注意顾客没发表或不愿发表的意见。

（2）不要过分集中讨论双方分歧的焦点。

（3）任何时候都不要指责顾客的主观看法。

（4）处理顾客的偏见和成见时要特别小心。

（5）不要把处理顾客异议当做推销目的,记住"顾客并不总是正确的,但让顾客正确是必要的,也是值得的"。

由于篇幅的关系,这里不一一分析。

第三节　处理顾客异议的基本方法

处理顾客异议的方法有很多,见图6-3。

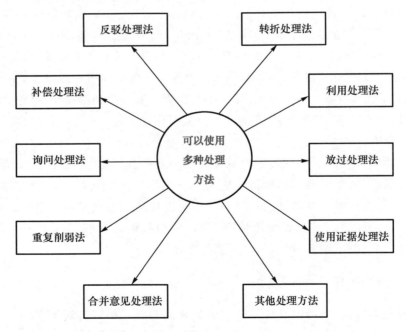

图6-3　处理顾客异议多种方法的选择

一、反驳处理法

（一）基本特点与适用范围

反驳处理法也叫直接否定法,是指推销员针对顾客所提的意见予以直接否定的处理方法。

从理论上讲,这种方法应该尽量避免使用,因为直接反驳对方容易使气氛僵化而不友好,使顾客产生敌对心理,不利于顾客接纳推销员的意见。但在以下这些条件同时具备的情况下可以使用这种方法:① 顾客异议与推销直接相关;② 顾客意见属于客观异议;③ 顾客有原则性或实质性的错误看法,如果不处理,会引起顾客对推销品及有关情况的误解;④ 推销员手头有足够的事实依据,可以纠正顾客的看法。这种情况下推销员不妨直言不讳,但要注意态度一定要友好而温和,最好是引经据典,这样才最有说服力,同时又可以让顾客感到你的信心。

（二）　参考范例

（1）顾客:"你们商品房的公摊面积怎么这么高呀,达到 18 %！其他公司哪有这么高啊?"

推销人员:"您大概有所误解。这次推出的华厦,公摊面积是 18 %,一般大厦公摊面积平均达 19 %,我们要比平均数还少 1%。"

（2）顾客:"这种沙发看上去很漂亮,坐上去也很软和,但这种纤维织物很容易脏。"

推销人员:"我知道您为什么这么想,其实这是几年前的情况了。现在的纤维织物都经过了防污处理,而且还具有防潮性能。如果沙发弄脏了,污垢是很容易除去的。"

（三）　应用建议

这种方法一旦使用不当,容易触犯顾客的自尊心,使他们产生心理压力和抵触情绪,造成紧张气氛,不利于顺利达成交易。因此,应该注意:

（1）推销员要始终保持友好的态度、温和的语气和婉转的表述。

（2）应依靠事实和逻辑的力量说服顾客,不能强词夺理,与顾客争辩。

（3）注重信息沟通,以正确答案否定偏见异议、以新的信息去反驳过时的信息、以真实的信息去反驳虚假的信息,向顾客传递最新的、正确的推销信息。

二、转折处理法

（一）　基本特点与适用范围

转折处理法也叫"对,但是"处理法或迂回处理法。对顾客的不同意见,如果推销员直接反驳,会引起顾客不快。这种方法就是:推销员先肯定顾客的意见,然后换一个角度再作解释。

这种方法是推销工作的常用方法,它适合于大部分真实的顾客异议,特别适合于真实的主观顾客异议。这些意见不便直接加以反驳,推销员可以换一个角度讲明道理。

（二）　参考范例

（1）顾客提出你推销的服装颜色过时了,你可以这样回答:"小姐,您的记忆力的确很好,这种颜色几年前已经流行过了。我想您是知道的,服装的潮流是轮回的,如今又有了这种颜色回潮的迹象。"这样你就轻松地反驳了顾客的意见。当然,你再类比几个例子,效果会更好。

（2）一位家具推销员向顾客推销木制家具时,顾客提出:"我对木制家具没兴趣,它们很容易变形。"这位推销员马上解释道:"您说得完全正确,如果与钢铁制品相比,木制家具的确容易发生扭曲变形现象。但是,我们制作家具的木板经过特殊处理,扭曲变形系数只有用精密仪器才能测得出。"这样一来,不仅给顾客留住了"面子",而且也以幽默的方式消除了顾客的疑虑。

（三） 应用建议

（1）推销员首先要承认顾客的看法有一定道理,即向顾客作出一定让步,然后才讲出自己的看法。处理不当,可能会使顾客提出更多的意见。

（2）尽量淡化转折的意思。在使用过程中要尽量少地使用"但是"一词,而实际谈话中却包含着"但是"的意思,这样效果会更好。只要你灵活掌握了这种方法就会保持良好的洽谈气氛,为自己的谈话留有余地。

（3）不能滥用,否则容易引起顾客的反感。

三、补偿处理法

（一） 基本特点与适用范围

补偿处理法也叫同意补偿法,是指推销员先同意和接受顾客所提的意见,并用有关优点来抵补的一种顾客异议处理方法。

毫无疑问,该方法适用于这样的顾客异议:顾客所提的反对意见属于推销企业、推销产品等方面某些客观存在的缺陷。顾客是精明的,推销员所推销的产品也绝对不是十全十美的。因此,如果顾客提出的异议有道理,推销员采取否认或转移话题等策略是不明智的。这时,应先承认顾客的意见有道理,肯定产品的有关缺点,然后利用产品的优点来补偿和抵消这些缺点。

（二） 参考范例

（1）顾客:"我可以从你的竞争对手那里得到同样的机器,还包括一项售后服务合同,而且要少花 50 万元。"

推销人员:"您说得对,我们的售价比较高,但是,我们的合作已有 5 年,您知道我们是信得过的。还有,您从我们这里得到的售后服务是一周 7 天,一天 24 小时,而不是从星期一到星期五的每天上午 9 点到下午 5 点。再说,我们的零部件库存齐全,而且就在本地。所以,您全面权衡一下,我的建议对你们是大有好处的。"

（2）顾客:"你们产品的包装太差了。"

推销员:"虽然外观包装差一点,但货是上乘的,如果不是作为礼品送人,放在家里自己用,还是买它最实惠。"

（三） 应用建议

（1）使用这一方法的关键在于：推销员应尽快承认顾客的异议有道理，然后提出自己产品的好处作为补救，抵消顾客那些不买的理由。记住：你越是纠缠对方那些站得住脚的理由，你做成这笔买卖的可能性就越小。

（2）注意所用推销方面的优点能足够抵消甚至超过顾客所提的不足，如果一个优点不够，可以同时用数个优点来抵消缺点。

四、利用处理法

（一） 基本特点与适用范围

利用处理法有多种叫法，如转化处理法、"以子之矛，攻子之盾"法、太极法等，具体是指推销员直接利用顾客异议进行转化而处理顾客异议的办法。

这种方法适用于顾客异议本身可能隐藏着可以利用的信息或矛盾。任何看法或意见都可以从不同的角度进行认识，如果顾客的意见正好可以转化为有利的推销理由，推销员可以巧妙地加以利用。

（二） 参考范例

（1）顾客说："价格又涨了。"推销人员就可以说："是的，价格是涨了，而且以后还得涨，现在不进货机会就丢掉了。"

（2）你推销的产品是办公自动化用品，当你敲开顾客办公室的门时，他对你说："对不起，我很忙，没有时间和你谈话。"这时你不妨说："正因为你忙，你一定想过要设法节省时间吧，我们的产品一定会帮助你节省时间，为你提供闲暇。"

（3）向顾客推销儿童多功能学习工具书，顾客说："什么？给我孩子买书，开什么玩笑？我那孩子从来都是不爱看书的！给他买书有什么用？"推销员说："阿姨，正是因为您孩子不爱读书，您才应该给他买这种工具书。因为这种工具书可以培养儿童读书的兴趣（乐趣）。我想您肯定为他不爱读书着急吧，这种工具书正好是您解决这个问题的好办法。"

（三） 应用建议

要特别注意语气，不要太尖刻，不要让顾客听起来你在利用他的话柄反驳。

五、询问处理法

（一） 基本特点与适用范围

询问处理法又称反问处理法、质问处理法，是推销员对顾客提出的异议进行反问（或质问）来了解顾客提出异议的原因，然后再加以处理的一种方法。

这种方法主要适用于推销员不能确定背景、动机的各种异议，它可以使推销员处在主动的位置。在实际推销过程中,顾客异议的类型、根源往往很难辨别,有的顾客异议只是顾客用来拒绝购买的一个借口,有的异议与顾客的真实想法完全不一致。这时,采用询问处理法是最安全、最有效的方法。

（二） 参考范例

（1）顾客:"你的商品质量不错,价钱也比较公道,可是它不适合我。"推销人员:"它为什么不适合您呢?"以便从顾客的解释中找出异议的根源,进行下一步的处理。

（2）顾客说:"太贵了!"推销员:"为什么你会觉得贵呢?"

（3）有一个顾客径直走进某西装专业商店,开口就问有没有××品牌的西装。营业员把他领到比较适合的几个品牌西装柜台,可他都不满意,说了一句:"我就喜欢××西装。"营业员不明白他其中的缘由,问道:"这么多品牌的西装您都看不上,您说的××西装到底好在哪里呢?"很快地,营业员就发现了他的真正需求。

（三） 应用建议

（1）注意询问的语气要温和,体现关切的心情。

（2）不要过多地追问,否则会引起顾客反感。

（3）应具体情况具体分析,注意在恰当的时间有针对性地适度追问顾客,千万不可自以为是,无端冒犯顾客。

六、放过处理法

（一） 基本特点与适用范围

放过处理法有多种叫法,如忽略处理法、沉默处理法、冷处理法。它是指推销员对于顾客所提意见装没听见不予理睬或忽略放过的处理方法。

这种方法主要适用于这样的顾客异议:与推销毫无关系的、极其无聊的、恶意干扰的、容易引起激烈争执的、会破坏洽谈布局的、不处理也不会影响推销等的顾客异议。推销高手卡尔森的至理名言是:只要出现"不"字,耳朵就会自动堵上。

（二） 参考范例

（1）顾客说:"啊,你原来是××公司的推销员,你们公司周围的环境可真差,交通也不方便呀!"即便事实并非如此,你也不要争辩,你可以说:"先生,请您看看产品……"

（2）顾客:"喂,小伙子,你今年多大年纪了? 找对象了没有?"推销员:"谢谢您的关心。对了,刘先生,您认为这种产品的外形……"

（三） 应用建议

对于顾客的一些不影响成交的反对意见,推销员最好不要反驳,采用不理睬的方法是最佳的。推销员千万不要把推销变成战斗或是顾客的批斗会:顾客一有反对意见,你就反驳或以其他方法处理,那样就会给顾客造成你总在挑他毛病的印象。

七、重复削弱法

（一）　基本特点与适用范围

重复削弱法是指推销员先用相对温和的语气复述顾客异议,然后再加以处理的方法。这种方法主要适用于带有强烈的情绪或明显的夸张成分的顾客异议。这种异议一般难以直接加以解答,或者解答反而会惹怒顾客,推销员可以先用婉转的语气和合适的说法复述顾客的意见,从而把它转化成正常的顾客异议,这样推销员就可以按正常的方式处理。

（二）　参考范例

（1）顾客:"啊,就这破玩意,要这么贵呀!"推销员:"先生,您是不是说我们的产品不太便宜,是吧?（稍停,微笑地看着顾客）您想想看,这种产品是用新一代材料制造的,它的成本……"

（2）顾客:"你们的承诺能相信? 哪一个公司不是都说自己的好?"推销员:"王先生,您是不是担心我们公司的承诺不能做到?（稍停,微笑地看着顾客）其实,您可能有所不知,您看我这里有很多老客户的评价,您可以看一看……"

（三）　应用建议

你只能减弱而不能改变顾客的说法,否则顾客会认为你歪曲他的意思而对你产生不满。你可以复述之后问一下:"您认为这种说法确切吗?"然后再说下文,以求得顾客的认可。

八、使用证据处理法

（一）　基本特点与适用范围

使用证据处理法是推销员使用各种证据来解答顾客各种反对意见的方法。

这种方法主要适用于顾客真实而又有关的异议,特别是在新产品推销宣传推广中,经常会遇到出自不信任推销员推销谈话的各种异议,这时推销员可以使用各种证据。例如,在进场谈判中,推销员可以使用该产品在其他地区的销售状况来化解顾客的许多怀疑。

（二）　参考范例

（1）图书公司推销员对顾客说:"李主任,您认识县商业局的教育科长老刘吗? 他刚刚从我这里买了200本书。我想你们物资局跟他们那儿情况差不多,也迫切需要有关市场经营与企业管理方面的书,您说是吗?"

（2）顾客:"这个车库的门我怎么也安不好。"

推销员:"我理解您的心情,几个星期前××也买了一个类似的门,开始也担心安不好,可是前几天我收到她的一封信,她说只要按说明书的要求做,安装非常容易。请您先看看说明书,我去拿××的信来。"

（三）　应用建议

（1）注意积累来自于第三方的有力证据。如来自于权威机构的证明、著名专家的认可证书、顾客的感谢信等。特别是目标顾客所认识的人或企业的证明或评价对新产品的宣传非常有效。

（2）使用的证据和理由必须实事求是,切记凭空臆造,任意杜撰早晚有被识破的时候,推销员及其公司都要为此付出惨重的代价。

九、合并意见处理法

合并意见处理法是将顾客的几种意见汇总成一个意见,或者把顾客的反对意见集中在一个时间讨论,总之是要起到削弱反对意见对顾客所产生的影响。注意不要在一个反对意见上纠缠不清,因为人们的思维有连带性,往往会由一个意见派生出许多反对意见。要在回答了顾客的反对意见后马上把话题转移开。

在推销实践中,一定要正确地分析顾客反对意见的性质与来源,科学运用各种方法,积极调动各种有利因素,灵活巧妙地将顾客的反对意见化解,使摇头的顾客点头,使迟疑的顾客变得果断,不断地促成交易。

第四节　几种常见顾客异议的处理对策

在共同的购买心理活动规律作用下,不同推销洽谈客观上会存在一些相同或相似的顾客异议,如价格太高的异议、顾客迟疑的异议等,本书把这些顾客异议称为常见的顾客异议。掌握这些顾客异议的基本处理对策,是很有实际意义的。

一、价格异议的处理

（一）　价格异议的分析

顾客最爱在价格上提出挑剔,对于任何类型的顾客来说,总是希望买到最便宜的东西。因此,价格异议可以说是每笔交易都有可能会碰得的顾客异议。为了有效处理顾客的价格异议,推销员必须正确认识价格异议产生的根源和顾客讨价还价的动机。引起顾客价格异议的根源与动机是错综复杂的,但从总体来看它是由两个方面因素引起的。

1. 产生价格异议的客观根源

（1）来自于顾客之外的客观因素。主要包括:企业的价格政策有问题,产品与竞争品的价格比较,政策、市场环境等引起的高价和涨价,质量或品质严重偏离价格（性价比太低）等。

（2）来自于顾客自身的客观因素。主要包括:顾客的购买力不足,顾客对购买推销品的预算太紧等。

2. 产生价格异议的主观根源

戈德曼说："价格对于顾客来说带有强烈的主观色彩。"这句话指出了顾客觉得产品价格贵和讨价还价主要是由主观根源引起的。它包括：

（1）顾客觉得产品太贵的主观根源。包括：顾客不了解产品的价值，顾客不了解市场行情或其他方面的无知，顾客没有购买欲望，顾客想向第三方施加压力，顾客想知道产品真正的价格，顾客不想购买等。

（2）顾客讨价还价的心理动机。包括：顾客认为讨价还价肯定有好处或没有讨价还价会吃亏，顾客想知道推销员的底价，顾客不想让推销员轻易达到目的，顾客不知道产品的价值；顾客把推销员对价格的让步看做是提高自己身份的象征，顾客想向第三方炫耀他的谈判能力，顾客的最后反对（购买决定之前的无理要求）等。

这里要强调一点：如果推销员能确切知道顾客价格异议的上述某种具体原因，处理价格异议最有效的对策就是：从这个根源入手，直接加以解决。

例如，如果是因为顾客购买力不足而觉得产品太贵，那就要提供一个适合顾客购买力的购买方案（分期付款或银行按揭）。目前房地产、汽车行业的销售就是用这种办法来解决价格的问题。又如，如果顾客因为认为必有讨价余地而讨价还价，推销员最简单的解决方法就是告诉他，本公司产品价格为一口价，顾客自然就放弃了讨价还价。

如果顾客是出于不了解产品的价值而提出价格太贵，推销员解决的办法就是向他解释产品的价值，解释贵的原因。

最后反对就是顾客决定购买之前所提出来的价格要求，他会说："再便宜一点吧，这么贵！"如果推销员知道这是顾客的最后反对，一般只需告诉他："这产品已经够便宜了，再降价的话，我们就要赔本了！"不需要答应顾客的请求，照样可以达成交易。

（二）　处理价格异议的基本准则和总体策略

1. 正确认识公司产品价格，不害怕价格异议

公司产品价格的制定一般是非常慎重的，同时是经过多方面检测和讨论而最终确定下来的。如果推销员认为价格有问题，那就是推销员自己的认识问题。如果没办法改变，推销员自己都觉得推销品太贵的话，那么，推销员肯定会遭遇到种种难以处理的价格问题，推销也往往以失败告终。

2. 先价值后价格，不要过早向顾客提及价格问题

这一条准则被称为"黄金准则"。在任何时候，价格都是一个负面因素，在没有购买欲望的情况下，任何产品的价格对顾客来讲都是贵的。因此，推销员一般先要让顾客全面认识推销产品的价值，之后才可以报价，不要过早提及价格问题。如果顾客一开始就坚持要推销员先报价，推销员也要联系产品的价值而报价。例如，"它属于国际性品牌的产品，所以它的价格比同类贵一些……"

3. 坚持价格，不轻易让步，即使让价，也是有条件的

推销员要相信：在绝大部分情况下，价格不是决定交易达成的关键要素，更不是唯一条件。那些坚持不让价的企业和推销员可能会牺牲一部分的交易，但最终的胜利者还是他们。

不过，当价格成了竞争性交易的唯一区别时，这时价格的让步可能会促成一笔买卖的时候，

价格让步是必要的,也是值得的。即使是在这种情况下,让价也是讲究策略的,轻易让价可能反而会失去交易的机会,推销员只有让顾客觉得让价是对他的一种照顾或恩惠,价格让步才可能成功。

4. 掌握灵活的政策和措施,降低价格异议的阻力

在确实是因为价格高而影响顾客的购买信心,而企业又不能就价格作出让步的情况下,企业和推销员可以采取一些灵活的政策和措施,来解决或缓解价格对成交的影响。这包括灵活的付款方式、以物代币、免费的零部件、强调服务或产品的优势、强化关系的重要性等。

（三）价格异议的具体处理方法

在介绍具体方法前,强调两点:① 不同顾客类型,价格异议的处理方法不同。比如,消费者关心价格,主要出于对经济利益的追求、显示自己的谈判能力;社会团体关心价格,除了单位的利益之外,主要出于个人的责任、个人的好处;而中间商关注价格,主要出于该产品价格对购买者的适应能力、自身企业的产品销售、产品差价等的关心。② 价格异议的具体处理方法非常多,由于篇幅的关系,这里只介绍一些有代表性的做法。

1. 请顾客提示比较标准

顾客所提价格异议有可能是假异议时,可以使用这种办法。记住一定要让对方确认比较产品是否与本产品完全相同。比如推销员可以说:

（1）"您是拿什么产品的价格跟我们相比的?"

（2）"你认为我们产品价格太高,是与哪个厂家、哪个品牌的哪种规格的产品相比呢?"

（3）"你能不能告诉我,××厂家××规格的××品种的价格是多少?"

（4）"您认为我们这种产品的价格比同类高出多少呢?"

2. 探究对方意图

当推销员不明了顾客提出价格贵的具体动机及有关背景时可以使用这种比较安全的方法。比如推销员可以说:

（1）"您对我们产品价格的看法基于什么理由?"或"您为什么会觉得我们的产品价格偏贵呢?"

（2）"你说价格太高了,它究竟高在哪里呢?"或"你说太贵,它究竟贵多少呢?"

（3）"您这么说,是指单纯的价格问题,还是你们的预算问题呢?"

3. 对比产品的价值,让顾客觉得物有所值

顾客确实觉得产品价格太贵,不处理可能会影响他对这种产品的看法时,应该向顾客解释贵的原因或理由,让他觉得物有所值。这种方法其实就是"性价比法"。

（1）两辆马车停在自由市场上,每辆马车里都装满了一袋袋的土豆。一位女士走到头一辆马车前。

"今天土豆什么价?"她问正在卖土豆的农妇。"1.25 元一袋。"农妇回答道。

"我的天,"女顾客表示不满,"这个价格不是太高了吗? 我上回买时才 1 元一袋。""已经涨价啦!"农妇傲慢地回答。

女顾客走到第二辆马车前,问同样的问题。这车土豆的女卖主"了解自己的土豆"。她不是漫不经心地对待顾客,而是热情地回答:"夫人,这是品种优良的白土豆,是我们种的土豆当中最好的一种。您瞧,首先,我们种的这种土豆芽眼都很小,削皮时不会造成什么浪费。第二,我们经过挑选已经把差一点的土豆剔出去,这袋里装的全是又圆又大的好土豆。第三,我们在装袋之前已将土豆洗得干干净净,这您看得出来。您把土豆放在客厅里也不会弄脏您的地毯——我知道您决不想花钱买一堆土。我的土豆 1.5 元一袋。我是给您搬到汽车里,还是您自己提走?"

(2)"这个价格确实比您讲的那家企业高了 5 000 元,但是我们用的是美国康明斯发动机,您去看看他们用的什么机型?"

(3)"像您讲的这个空调价格,在市场上再便宜 10 % 都能买到,可是您如果能比较一下大家所提供的管子、架子,您很容易就知道许多顾客为什么总选择我们。"

 推销小贴士

对 比 法 则

对比法则在人们的工作生活中也很常见。比如,一个卖苹果的人,他把苹果定为每斤 2 元,然而他的苹果到最后卖得并不怎么好。他仔细一琢磨,超市的苹果和自己的苹果并没有多大的区别,为什么更多的顾客还是宁愿去超市购买高价苹果呢? 第二天,他按质量把苹果分为两堆,一堆苹果仍然卖每斤 2 元,而另一堆质量稍微好些的则标价为每斤 4 元。结果,到晚上收工时,他卖出的苹果超过了前几天的总和。这个小故事的道理很简单,这个小贩只不过运用了对比法则,准确抓住了不同顾客的购买心理,给了顾客更多的选择而已。

---

4. 提示顾客考虑价格以外的因素

推销员首先肯定顾客对价格的考虑是应该的,但是,应该提示他关注推销品价格以外的优势,诸如品质、功能、特色、服务以及相关价值。

(1)"我相信价格是您采购要考虑的重要因素,但您不觉得可靠的品质保证和令人满意的后续服务更重要吗? 另外,我们还专门为您配套设计了工艺和产品标准,我给您介绍一下……"

(2)"这种奶粉来自于××国,由国际知名的××公司生产,含有大量的蛋白质、维生素和矿物质,尤其是添加了丰富的 DHA 和 AR。每包奶粉含量相当于 4 公斤全脂鲜奶。因其质地优良、包装精美,是国内任何厂家不能比拟的。您放心,我们已经做过市场测试了,这种价格顾客完全是可以承受的,您完全不必担心。"

5. 用顾客的欲望来解释价格

当产品单位价格很高、比一般产品要贵得多的时候,比较有效的办法,就是把产品的价格与顾客的欲望结合起来,就会淡化价格对顾客购买欲的影响。

(1)在案例 5-5 中,金说:"为了使你的妻子幸福,每天就不能多拿出 1 美元 70 美分吗?"

她把多出的 2 万美元分解成 1.70 美元。

(2)一张床,定价 10 000 元,顾客觉得太贵,推销员可以从顾客的生活愿望角度解释多花一点钱是值得的。"人一生有 1/3 以上的时间是在床上度过的,为了自己舒适的生活,多花这点钱算什么? 再说,一张好的床比一般的床要多用好几年,认真算起来,实际上比买便宜的床更合算。"

6. "便宜货不适合你"的方法

把顾客抬高,让他感到自己就应该买贵的(合适的东西),而不应该买便宜的(不合适的东西)。

(1)"您要便宜的,我们也有,但我认为那些并不适合您。根据我的观察,我想您不是那种只计较价格而不考虑品质的人,刘总,我说得对不对? 您不觉得品质可靠,让您省心更重要吗?"

(2)"我想您是精明的人,您肯定很清楚:用这样的价钱一步到位地解决问题与为省一点钱而给自己今后留下诸多遗留问题,哪一个决定会更明智?"

(3)"您是买不起这产品的人吗?"

7. 请求顾客考虑推销的利益

如果产品确有优势,推销员也有把握确认顾客的购买欲望,这个时候往往可以给顾客计算产品成本,用数据说话,同时也坦白推销方的利润,以表达一种诚意。真正希望购买的顾客能够接受这种坦诚的公开价格方法。

(1)"现在的生意真不好做,这台计算机的显示器××钱,主机××钱,打印机××钱,扫描仪××钱……我就赚几十元,还要支付其他的费用。"

(2)"这种原材料成本占你们产品总成本的比重不到 10 %(提示顾客可以从其他更有效益的角度考虑降低成本的问题)。我们原材料价格或许不比其他厂家的原材料便宜,但不会明显增加你们的生产成本,为了保证贵公司产品的品质,这也是应该的。"

(3)"作为生产商,我们面临两种选择:一是把产品做的越简单、越廉价越好,这样我们就可以以一般人想不到的廉价在市场上销售;二是站在顾客的角度设计和制造产品,尽可能满足他们的需求,这样的价格恐怕并不便宜,大家会怎样选择呢?"

8. 顾客的使用效益提示

提示产品给顾客带来的效益,也是打动顾客的有效方式。

(1)"投资 5 万元,购买我们的设备和原材料,产品的市场销售没有问题,按照每月产量××,单价××计算,您实际上 3 个月就可以完全回收投资。"

(2)"使用我们的产品,可以保证您降低人工费用、降低设备损耗、减轻工人劳动强度……直接或者间接的效益您早就看出来了。"

9. 让顾客觉得占了便宜

如果顾客执意不让步,而你又觉得可以适当地让一步的时候,可采取灵活的价格调整策略,但要让顾客觉得占了便宜,有一种满足感。比如,你对他讲:"我干了这么多年的推销,我从来没有出过这么低的价格,您真是难为我。"你还可以装出很为难的样子说:"先生,您可真厉害,实在没有办法,为了咱们长远的合作考虑,就……吧。"可以比原价稍微降一点,或者你也可以回敬一句："如果你们订货量大,我们肯定会优惠的。"

二、顾客迟疑不决的处理

除了价格异议之外,恐怕"我考虑考虑再说"也是顾客最喜欢提的一种异议了。推销员(包括经验丰富的推销员)面对此类顾客异议(顾客迟疑不决的异议)经常不知所措。由于这种异议的动机和性质相当复杂,这里只对几种典型情况作分析。

（一）　顾客"真的要考虑"的处理方法

顾客经常在购买决策阶段会变得犹豫,特别是重大或复杂的购买决策,顾客需要全盘考虑自己的决定是否正确。此时,推销员应该给顾客一些考虑的时间和空间,过于急躁,反而会加剧顾客的担忧。不过,要注意的是,推销员此时必须要给顾客一些信息提示,以督促其尽快决定。推销员可以这么说:

（1）"没关系,您考虑吧。您考虑清楚了,请尽快告诉我,以便我能及时把您看中的货给您保留着。您看这样行吗? 我明天下午跟您联系,看看您考虑的结果,怎么样,吴总?"

（2）"马先生,买房子是一件大事,您确实需要慎重考虑。您回去可以认真考虑一下我们楼盘的地理位置、物业服务、文化生活氛围等,我认为这些对您的选择是很重要的。您看这件事最早什么时候能作出决定? （稍停片刻）您看,我明天下午再打电话跟您联系一下,怎么样?"

（3）"是啊,当然需要你认真考虑了。你应该全面衡量一下我们之间这笔交易的各种条件。我这里有一份我公司的'客户购买建议',里面有关于我们合作项目的具体建议。相信这些建议对你作出正确选择会有实质性的帮助。给你。我想问一下,你什么时候能给我一个答复呢?"

（二）　顾客"太优柔寡断了"的处理方法

这种情况最典型的情景是:在各种因素的影响下,顾客表现出强烈的购买欲望,但是,到真正要作出决定的时候,他(她)突然又变得犹豫不决。大部分推销员往往放过了这类顾客——"好吧,您回去好好考虑考虑",而结果呢? 十有八九这类顾客都没有回音,因为当顾客平静下来,很难说他还会重新涌现出这种强烈的购买欲望。

其实,碰到这种情况,推销员只要强化一下顾客的"购买信心",就可能让顾客在现场作出决定。这时强调顾客最重要的利益是增强顾客信心的最好办法,另外,暗示"机不可失"对促进顾客尽快作出决定也有很好的作用。

推销员可以这么说:

（1）"张先生,我看您有点多虑了。其实,您完全不必担心,您可以看一下我今天早上的订单就知道了。您看这几个客户的情况跟您是完全一样的!"

（2）"这么好的机会,还犹豫什么呢? 过了今天,我们就结束本次的促销活动,那时我们就没有这些优惠政策了!"

（三）　顾客"还有其他顾虑而迟疑"的处理

这种情况的背景是：顾客还有重要的其他异议或顾虑使他不能马上作出决定。这种情况是很复杂的,推销员应该进一步导引出顾客内心的想法,了解导致顾客犹豫的真正原因,然后对症下药。这里罗列一些典型的说法：

（1）"周经理,看来您还不太相信,是吧？您主要担心什么呢？"

（2）"郑先生,您还需要考虑哪些问题呢？您可以直接说出来,我想知道您所期待的理想产品和服务是怎样的。并希望尽我们最大的努力来满足您的需要。"

（四）　顾客"到其他地方看看后再过来"的对策

在大件商品的购物中,有许多顾客持着"货比三家不吃亏"的观念,即使他们对所逛的前几家商品比较满意,但也很难马上就作出决定,推销员要留住他们是不太可能的。但是,推销员如果不做任何工作,可能会错失很多机会。这里提供两种典型的处理方法供参考。

（1）对顾客即将的"选择"施加影响的方法。例如,"哦,我知道您会这么说的,很多人跟您一样（千万不要说：您跟很多人一样！）,大家都懂得'货比三家不吃亏'的道理,但是,关键的问题是怎么比？如果盲目地去逛一逛,好像每家都说自己的好,看起来都差不多。就说您现在看计算机。我觉得根据您刚才所说的那些要求,我认为有这么三个品牌比较适合您,×××牌、××牌和我们的这个牌子。如果撇开个人因素,这三家各有特色；如果从您的具体情况看,我认为我这个牌子有这么几个方面特别适合您的情况……您可能会觉得我是在为我自己说好话,您可以不相信我,不过,您可以去这另外两家看看,回头您就会明白了。给您,这是我的名片,希望您能买到你最满意的东西。需要的话,欢迎您再次光临我们的专卖店。"

推销员这样的说法不一定会成功,但至少可以使顾客在其他地方选择时会回想推销员给他的"诚恳"建议。

（2）了解顾客现场不能作出决定的原因。可以直接或间接地向顾客询问具体原因。例如,"请问是什么原因让您不考虑在我们这里买车的？"或"您还有哪些方面需要再去比较呢？"

（五）　顾客"不想购买的借口"的处理

顾客不想购买的情况下,最常用的借口就是"我考虑考虑再说"。因为在顾客看来,这种说法比较温和,又留有余地,既可以避免推销员的难堪或因不买而遭推销员的白眼,又可以给自己预留一个机会。这种情况下,推销员最重要的任务就是要判断顾客这种说法是"真"是"假"。推销员只要问一问,自然就可以根据顾客的答复情况作出"真假"的判断了。推销员可以这么说：

（1）"您需要时间考虑,这我理解。我能知道您要考虑哪些问题吗？"

（2）"听到您说要考虑,我很高兴。因为我觉得,您如果对我们的产品没有兴趣,是不会考虑,您说是不是？能告诉我您要考虑哪些因素吗？"

三、货源异议的对策

所谓货源异议,就是在推销中顾客已有供货商或者希望从别的渠道购买产品,而不希望从推销员手中购买。典型的说法就是:"对不起,我们已经有了供货商了。你到别的地方去看看吧。""我们这类产品已经没有架位资源了,不需要进新品。""我不想从推销员手中买东西,那不可靠。我有熟悉的渠道。"等等。

（一）　典型的处理办法

（1）"您能告诉我:是什么原因让你对原来的供货商那么忠诚吗? 您能告诉我怎样才能成为让你们满意的供货商么?"或"能成为你们这样大公司的供货商,是我们的骄傲,也是我们长期努力的目标,请您毫不客气地告诉我,要成为你们的供货商,我们需要具备哪些条件? 我怎么做才会有这个机会?"

（2）"您这么说,我一点也不感到意外,但是,我还是来了。您不想知道我为什么这么自信吗?"

（3）面对商场:"周经理,根据我的理解,像你们这样有吸引力的商场,肯定对供货商实行了'末位淘汰制'吧? 它可以给那些更优秀的后来者提供公平竞争的机会。希望您能给我们的产品一个尝试的机会,我有足够的信心向您保证我们的产品不会成为被淘汰的对象。我说这话,是因为我手头有一套关于这种产品的完整的销售计划,它能帮助我们的产品在贵商场有可观的销售量。能给我几分钟的时间吗?"

（4）"我很清楚你们的难处,现在你们需要履行对现有供货商的义务。不过,我并不是要完全抢走他们的生意,我只是希望你们考虑我们给你们的更优越的交易条件。如果您给我时间证明这一点,而我又能让您相信我们更能帮助贵公司获得可靠的货源供应之外,还能节省更多的费用和获得更可观的利润,您能给我一部分生意的机会吗?（面带微笑）您认为我这个要求过分吗?"

（5）"我很佩服和欣赏您的忠诚。不过,您不觉得更应该忠诚于自己公司的利益吗? 如果我们能给您提供更好的设备,帮助你们公司减少生产流水线的故障率,您会考虑一下我们的方案吗?"

（6）"其实,我们可以给您多一个选择的机会。给我们产品展示的机会,如果最后不能让你们满意,我们自然不会强求。"

（二）　应注意的问题

值得注意的是,要改变顾客原有的购买习惯,让它重新选择供货商,难度是很大的,特别是双方有着长期稳定的关系或互惠关系时。但是,这并不意味着没有任何机会。要获得成功,基本条件是:首先,推销产品必须要比原有产品更具优越性或吸引力;其次,推销员必须向对方提供一个完整翔实的购买执行方案,要有足够的说服力让对方相信,改变供货商不会引起购买程序的混乱,不会增加顾客企业（组织）有关部门的工作量,甚至比原来更省心、更可靠;再次,要有打"持久战"的心理准备。

四、其他常见异议的处理

由于篇幅的限制,下面仅提供几种典型的顾客异议处理办法。

(一) "现在生意不好做,过一段时间再说吧"的对策

(1)"您的意思是等生意好做的时候可以经销我们的产品,对吧? 既然您有诚意,为什么不现在就考虑经销我们的产品呢? 不好做的时候是经销我们产品最好的时机。这是因为……"

(2)"您是生意专家,您应该明白:凡是生意做得好的人,他一定是个很果断的人。他们不会只顾眼前,更主要的是他们知道未来,知道未来什么时候好做。我敢肯定您说这话一定有充分的理由,能给我说说这是为什么吗?"

(3)"我的许多顾客开始的时候也是这样对我说的。不过后来他们都成了我的顾客。因为我们的产品符合他们的需要,能够帮助他们解决问题。先生,希望您给我几分钟的时间,如果几分钟之后,您发现我们的产品不能对你们有所帮助,您随时可以把我撵走。"

(4)"没关系,今天您不做,也许明天您会做我的产品。我们生意做不成,可以做朋友嘛。这是我的名片,您需要我时,随时可以打电话。我也会经常拜访您。"

(二) "你们的产品不好,××产品比你们好"的对策

(1)"不会吧?"(表示惊讶。)
(2)"您说的那种产品好在哪里? 您觉得我们的产品跟您的预期有哪些方面的距离?"
(3)"我想听听您对我们产品客观的评价。"
(4)"您理想中的产品应该是怎样?"
(5)"您所指的是质量,还是外观、服务,或者是价格?"

(三) "我们对现在的供货商很满意"的对策

(1)"那您对现有供货商的哪些方面感到特别满意呢?"
(2)"您对现有的产品最喜欢的是什么呢?"(之后,进行产品比较。)
(3)"我知道您的感受。人们通常满足于某种事情,所以有可能没有机会与更好的东西相比较。我对您使用过的产品进行过研究。我想如果您给我机会的话,把我这里的产品与那种产品比一比,相信您就会很清楚了。"
(4)"我的许多顾客以前在见到我们产品之前也是对他们已有的产品都很满意。他们最后转变看法主要是因为……"

本章小结

本章介绍了认识与分析顾客异议、异议处理方法与应注意问题和常见异议的具体对策等。

正确认识顾客异议的性质、类型与根源,是正确对待并有效处理顾客异议的重要思想基

础。顾客异议是推销过程中顾客的必然反应,它既是推销进展的障碍,也是推销员认知顾客的指示器,因此,推销员要坦然面对,不能刻意压制顾客发表不同看法和意见。顾客异议类型包括有关异议与无关异议、真实异议与虚假异议、公开异议与隐藏异议等;其根源包括客观原因和主观原因;面对不同类型以及同一异议不同根源,推销员应采用不同的方法加以有针对性的处理。

处理顾客异议的基本方法包括直接处理法、转折处理法、补偿处理法、询问处理法、重复削弱法、不睬处理法等;推销员应掌握这些方法的基本特点、经典范例、优缺点和适用条件。处理顾客异议应注意的问题包括:正确对待顾客的异议;认真辨析;掌握合适的时机;注意答复的情绪、态度、语言;遵照处理顾客异议的基本步骤;了解和掌握顾客对解答的反应;及时转入新的话题;注意顾客内心潜伏的反对意见;等等。

常见的异议包括"太贵了"的价格异议、"我考虑考虑再说"、货源异议等。要有效处理这些常见异议,推销员必须认真分析这些异议的类型、内在根源,并在此基础上掌握具体的化解或解答方法。

 本章关键词

顾客异议　公开异议　隐藏异议　真实异议　虚假异议　有关异议　无关异议　辨析
补偿处理法　询问处理法　重复削弱法

 推销技能测试

1. 当客户正在谈论,而且很明显的,他所说的是错误的,您应该(　　)。

A. 打断他的话,并予以纠正　　　　　B. 聆听然后改变话题

C. 聆听并指出其错误之处　　　　　　D. 利用质问以使他自己发觉错误

2. 您碰到对方说:"您的价格太贵了",您应该(　　)。

A. 同意他的说法,然后改变话题　　　B. 先感谢他的看法,然后指出一分钱一分货

C. 不管客户的说法　　　　　　　　　D. 运用您强有力的辩解

3. 当您回答了顾客的反对意见之后,您应该(　　)。

A. 保持缄默并等待顾客开口　　　　　B. 变换主题,并继续推销

C. 继续举证,以支持您的论点　　　　C. 试行订约

4. 假如客户要求打折,您应该(　　)。

A. 答应回去后向业务经理要求

B. 告诉他没有任何折扣

C. 解释公司的折扣情形,然后热心地推销产品的特点

D. 不予理会

5. 当零售商向您说"这种产品销路不好时",您应该(　　)。

A. 告诉他其他零售商成功的实例

B. 告诉他产品没有按照应该的陈列方法陈列

C. 很有技巧地建议商品销售的计划方法

D. 向他询问产品销路不好的原因,必要时将货物取回

案例分析

案例6-1　为什么会遭到顾客没完没了的质疑?

曹明和郭林是某茶饮料的业务员,他们的任务是向超市推销茶饮料。他们正在谈论最近的业务经历。曹明说:"黎明超市的那个经理真难对付。我拜访他的时候,他总是对我说过的每一句话没完没了地挑剔,不断地质疑。"郭林问:"你有没有对他的异议都一一加以反驳了呢?"曹明答道:"没有全部反驳。有些问题我当时不知道该怎么回答。问你一下,我现在知道该怎么回答他,但现在还来得及吗?""为什么不可以呢? 你当然可以想好了再告诉他,我就是这样做的。"

分析题:

(1)曹明为什么在拜访中会遭到顾客没完没了的挑剔?

(2)推销中有没有必要对顾客的意见一一加以反驳? 为什么?

(3)答复顾客异议可以等一等吗? 这样做会不会给顾客留下"不熟悉业务"的印象? 如果可以等,该采用哪些具体方法?

案例6-2　他可以这样做吗?

李冉是某房产中介公司的业务代表。他现在与客户刘某一起坐车准备去看一套二手房。这是一套品质不错、价格不菲的复式套房,而且他也看得出刘先生对这套房子非常感兴趣。在车上,他对顾客说:"刘先生,现在我要告诉你,你今天要看的这套房子有以下几个问题:第一,原有房东当时要急于出国,因此,装修做了一半,所以里面很乱;第二,因为墙壁没有粉刷、地板还没有铺设,当你走进去后会发现里面看起来有点暗;第三,原有房东原来是做速冻海鲜生意的,房间的分割跟一般住户的不太一样。所以,到时你会感觉到面积好像没有200多平方米。"他们在车上还对房子交易的其他细节进行了讨论。刘某很感激他的提醒。

分析题:

(1)你觉得李冉这样的做法好不好? 为什么?

(2)你觉得推销员主动提前向顾客提及产品缺点时要注意哪些问题?

案例6-3　怎样面对你所不知解答的顾客异议

两个汽车推销员同样面对一个自己所不知解答的顾客异议,但由于处理方法不一样,结果就截然不同:

一、A推销员的处理

一位老板走进一间专门销售进口品牌汽车的车行,并问销售人员:宝马730i是不是全铝车身?

销售人员:(第一次听到全铝车身的概念)应该不是。

顾客:刚才我到了某车行看了奥迪A8,他们的销售人员告诉我奥迪A8采用的是全铝车身。我以前开的是宝马530,对宝马比较了解。现在想换一部车,准备在奥迪和宝马之间作出选择。如果宝马也是全铝车身,我就买宝马。

销售人员:(经过确认后再次告诉顾客)实在对不起,宝马730i不是全铝车身。

结果,顾客离开了展厅再也没有回来。

二、B推销员的处理

同样面对这位老板和同样面对上述的那个问题。

销售人员:您能告诉我选购一部全铝车身的汽车会给您带来什么好处呢?

顾客:我也不太清楚。只是他们告诉我全铝车身比钢结构好,而且更高档,是最新技术。

销售人员:既然您对宝马情有独钟,为什么会因为一个全铝车身的问题而去选一个您从来没有开过的汽车呢?这是一项新技术。新技术意味着要多花一些不该花的钱。如果把这些钱放在您的生意中还会增值。再者,这项技术很多人都不知道,而且是在汽车内,他们可能根本不知道您花了那么多的钱,也难以体现您的价值。

分析题:

(1)为什么A推销员不能成功处理而B推销员却能成功处理?解答自己所不知的顾客异议要注意哪些问题?

(2)收集汽车销售相关的顾客异议类型与内容。

案例6-4 巧妙回答有关竞争对手的问题

有一次王磊拜访一位准客户时遇到了一件十分棘手的事,他刚刚自我介绍完,准客户就下了逐客令:"我们与科罗拉公司有着固定的供货关系,他们比你们公司的货源充足。"

听到这样的回答,王磊并没有慌张,而是说:"这个我知道。可是,您选择供货商的时候一定会考虑,这家企业在您公司的周围是否有服务站吧?"

王磊的回答无疑出乎准客户的预料,他问王磊说:"您是想说科拉罗公司?"看到客户的注意力转移到自己身上,王磊觉得是进入自己推销的时候了,于是他接过话说:"不好意思,我不得不打断你,有关我们这个同行企业的情况,我想我不必多讲,因为我还有很多关于布里斯公司(王磊所在的公司)的优点要说!您知道就在几个月前,布里斯公司在这个地区成立了一家分公司吗?"

"这个我听说了。"

王磊成功地把客户的注意力转移到自己的公司上来了,并赢得了订单。

分析题:

你觉得王磊这样做对吗?为什么?

技 能 训 练

技能训练1　校 内 实 训

典型顾客异议的模拟训练

- **实训内容**

（1）"价格太贵了！"

（2）"我考虑考虑再说。"

（3）"我们已经有供货商了，现在不需要重新调整进货渠道。"

- **实训目标**

体验处理顾客异议的要求；掌握一些重要顾客异议的基本处理技术。

- **实训方法**

（1）资料准备：最好的资料就是某个具体企业的"答客问"，也可以以某种产品推销为例，分析可能产生的顾客异议。

（2）组织顾客异议处理方案的设计：如果有现成的"答客问"资料，只需要进行必要的资料整理即可；如果没有现成的"答客问"，需要收集相关产品的资料，组织学生进行顾客异议分析，然后编写各种顾客异议的处理方案。

（3）背台词：像背台词那样，要求学生朗读和背诵那些处理方案。

（4）现场演练：可以考虑采用角色扮演法。

技能训练2　校 外 实 践

（1）组织学生直接参加简单的推销活动。

（2）在推销活动之前，组织学生分析顾客异议，并进行一定的模拟训练。

（3）实践过程中教师进行指导，并在结束后进行总结和评价。

第七章
推销成交

 **本章学习目标**

- ☐ 1. 了解成交的性质、障碍与条件
- ☐ 2. 掌握成交应注意的问题
- ☐ 3. 初步掌握成交的基本方法

案例导入

奇怪的总经理

有一家销售公司经常在报纸杂志上宣传他们的"真空改良法"。有一天,原一平的业务顾问把原一平介绍给该公司的总经理。原一平带着顾问给他的介绍函,欣然前往。

可是,不论原一平什么时候去总经理的住处拜访,总经理不是没回来,就是刚出去。每次开门的都是一个像颐养天年的老人家。

老人家总是说:"总经理不在家,请你改天再来吧!"

就这样,在3年零8个月的时间里,原一平前前后后一共拜访了该总经理70次,但每次都扑空。

原一平很不甘心,只要能见到那位总经理一面,纵使向他当面大叫"我不需要保险",也比像这样连一次面都没见到要好受些。

后来有一天,一位业务顾问把原一平介绍给附近的酒批发商Y先生。

原一平在访问Y先生时,顺便请教他:"请问住在您对面那幢房子的总经理,究竟长得什么模样呢?我在3年零8个月里,一共拜访他70次,却从未和他碰过一次面。"

"哈哈!你实在太粗心大意了,喏!那边正在掏水沟的老人家,就是你要找的总经理。"

原一平大吃一惊,因为Y先生所指的人,正是那个每次对他说"总经理不在家,请你改天再来"的老人家。

"请问有人在吗?"

"什么事啊?"

原一平第71次敲开了总经理的大门,应声开门的仍是那位老人家。脸上一副不屑的样子,意思就像说:"你这小鬼又来干什么!"

原一平倒很平静地说:"您好!承蒙您一再地关照,我是明治保险的原一平,请问总经理在家吗?"

"唔!总经理吗?很不巧,他今天一大早就去国民小学演讲了。"老人家神色自若地又说了一次谎。

"哼!你自己就是总经理,为什么要欺骗我呢?我已经来了71次了,难道你不知道我来访问的目的吗?"

"谁不知道你是来推销保险的!"

"真是活见鬼了!要是向你这种一只脚已踩进棺材的人推销保险,会有今天的原一平吗?再说,我们明治保险公司若是有你这么瘦弱的客户,岂能有今天的规模。"

"好小子!你说我没资格投保,如果我能投保,你要怎么办?"

"你一定没资格投保。"

"你立刻带我去体检,小鬼头啊!要是我有资格投保,我看你的保险饭也就别再吃啦!"

"哼!单为你一人我不干。如果你全公司与全家人都投保,我就打赌。"

"行!全家就全家,你快去带医生来。"

"既然说定了,我立刻去安排。"争论到此告一段落。

数日后,他安排了所有人员的体验。结果,除了总经理因肺病不能投保外,其他人都变成了他的投保户。

武缴敏.优秀推销员要读的 15 本书.北京:中国物资出版社,2010.

思考:

原一平成功的原因是什么? 对我们有什么启示?

第一节　推销成交概述

一、推销成交是一个过程

推销成交是顾客接受推销员的提示和演示,并立即购买或签订正式买卖协议的行动过程。推销成交有广义和狭义之分,广义的推销成交包括顾客产生成交意识和发出成交信号,也包括成交的行动;而狭义的推销成交是指达成交易的那一刻行动。本书中的推销成交是指广义上的推销成交。

在对推销成交的理解上,非常重要的一点就是千万不要把推销成交看做是一个结果,而应该把它看做是一个过程。具体表现在:

（一） 促使顾客作出购买行动，是一个说服的过程

在推销成交阶段,推销员还需要进一步做说服工作,这些说服工作构成了一个相对完整的过程。其具体包括三个基本步骤:

（1）通过推销洽谈和解答顾客异议,使顾客接受推销品和推销员的购买建议,使顾客建立起这样的一种信念:立即作出购买决定是正确的、应该的。

（2）促使顾客作出购买决定的承诺。

（3）把顾客的承诺转化为实际的行动,即请求顾客在协议上签字或其他的行动表示。

（二） 推销成交之后，还需要一个售后跟踪的过程

推销成交不是推销活动的终点,而应该是推销活动新的起点。完成成交后,推销员还要对顾客进行长期的售后跟踪。冠军推销员乔治·吉拉德说的"销售真正从售后开始"就是这个意思。成交后推销员至少要做以下这些事:

（1）联系有关部门签订买卖协议、办理货物交接手续、催收货款等。

（2）关心使用情况或销售状况。

（3）指导顾客使用与养护产品或协助顾客销售产品及提供商务建议。

（4）建立顾客档案,跟踪顾客的最新情况,收集市场信息。

（5）处理退货及顾客投诉,与顾客沟通感情,疏通客情关系。

（6）请求顾客推荐或继续推销及扩大销售。

二、推销成交的主要障碍

在推销成交阶段,有多方面的障碍要素导致成交失败。了解并克服成交障碍,对推销员提高成交率具有非常重要的意义。总的来看,推销成交障碍主要来自于顾客和推销员两个方面。

（一）　来自于顾客的推销成交障碍

在成交阶段,顾客常常受风险意识的影响而轻易改变或推迟甚至取消原来作出的购买决定。面对这种状况,推销员如果不能有效处理,就会使自己前面的推销努力付诸东流。要解决这方面的推销成交障碍要求推销员降低顾客的风险意识。而要做到这一点,推销员在成交阶段心态要平静,在顾客面前要表现出沉着的神态,掌握顾客的心理,用极大的耐心去说服顾客。

（二）　来自于推销员的推销成交障碍

1. 害怕失败

有时推销员越想成交,就越害怕提出成交请求,害怕顾客说"不"。要改变这种心理状态,关键的一点就是要认识到:推销产品是有益于顾客的,只要顾客能认识到这点,他就自然想购买。这样可以转移或化解推销员的紧张心理。

2. 理亏心怯

有些推销员成交失败,是因为他们感到理亏心怯,认为干推销这一行丢人。美国人寿保险学会经过深入调查后认定,造成新保险代理员失败的最大原因是他们认为自己的工作不光彩。他们觉得自己好像是闯入民宅乞讨为生的叫花子,而不是助人为乐、解危救难的英雄。

3. 单向沟通

推销员像做广告一样一个人滔滔不绝,说个没完。这种推销是很难排除推销障碍的,当然不能达成交易了。

4. 有思想禁忌

受人们传统观念的影响,推销员很容易把推销看做是从别人那里赚钱,总觉得这样是令人羞耻的。受这种观念的影响,使得一些推销员向顾客提出成交请求时有心理顾忌。

5. 缺少训练

成交阶段是非常复杂的,双方都承受着较大的心理压力,特别是顾客,其心理起伏很大。没有经验的推销员在成交阶段往往经受不住压力,导致过分紧张,或缺乏专业成交技巧,影响了成交率。

6. 计划不周

促成交易的力量大小,将取决于推销员所拟定的推销活动计划的周密程度。若推销计划欠周到,就难以成交。

7. 高压推销或在成交阶段玩弄花招

许多推销员毫不在意顾客的感受,总是采用高压手段催促顾客下订单,从而引起顾客的怀疑,导致成交失败;或者是要小聪明,玩弄一些花招,给顾客下各种圈套,当顾客清醒过来发现被欺骗后,顾客会在最后阶段放弃购买。

三、达成交易的条件

了解达成交易的条件,有利于推销员明确推销成交阶段的目标和任务。一般来说,要促使顾客最后作出决定并采取购买行动,必须具备以下六个条件:

(一)　顾客必须完全了解推销品的价值

推销员应该向顾客提出一些测验性问题,检查一下他是否了解推销产品。如果顾客没有充分了解推销产品的优点,他就会拒绝购买。

(二)　顾客必须信赖推销员和他所代表的公司

没有顾客对推销员的信赖,不管推销产品多么吸引人,顾客也会对购买产生犹豫。

(三)　顾客必须有购买欲望

推销员可以促使顾客作出购买决定,但不能代替顾客作出决定。因此,推销员必须刺激起顾客的购买欲望,以使其作出购买决定。

(四)　把握成交时机

顾客在成交阶段的心理起伏很大,当顾客涌现出购买意图时,推销员应趁热打铁,及时提出成交请求。否则,一旦让顾客的购买激情消失了,推销说服工作就得从头开始。

(五)　拜访对象必须是拥有购买决策权的人物

推销中经常会存在拜访对象不是真正的推销对象,没有决策权的人是不可能作出决定的。

(六)　掌握必要的成交技巧

成交需要专门的成交技巧和策略。这一成交条件,按戈德曼的说法就是:推销员在成交阶段要使用"圆满结束洽谈法"。经常可以听到或看到这样的推销员,他们工作非常卖力,也善于与顾客进行交流沟通,能够圆满地解答顾客的各种问题,但就是成交率不高。什么原因呢?很重要的原因就是他们没有掌握好"圆满结束洽谈法"。

第二节　推销成交应注意的问题

一、捕捉成交信号,及时促成交易

所谓成交信号,就是顾客通过语言、行为或其他方式显示出来的,表明顾客可能采取购买行动的信息。成交信号是顾客具有购买意图的外在表现形式。尽管成交信号并不必然会转化为购买行动,但它是推销员提出成交的有利时机。成交信号是多种多样的,一般有以下几种类型:

（一） 语言信号

当顾客提出并开始讨论以下这些问题的时候,往往表明顾客有一定的购买意图:

（1）询问交易方式、交货时间及付款方式。例如,"你们最早能在什么时候向我们交货?"

（2）询问售后服务事项。例如,"使用你们的系统,如果出了故障,你们能保障及时排除吗?"

（3）对产品质量质疑或给予一定的肯定、称赞。例如,"这产品真像你说的那么好?""我不喜欢这种车的颜色。"

（4）开始认真地讨价还价。例如,"能再降一个百分点吗?"

（5）提出转换洽谈环境与地点。例如,"能到我们公司去谈谈吗?"

（6）请求试用产品。例如,"我们不敢肯定你们的产品一定能适用我们的情况,能给我们试用一段时间吗?"

（7）介绍与购买决策有关的人员。例如,"你能与我们的经理讨论一下吗?"

（8）最后的反对意见。例如,"不会吧,这产品真的有你说的那么好吗?""真的很多人购买这东西吗?""能不能再便宜一点? 你看我一下子买了这么多!"

（二） 行为信号

由于人的行为习惯,经常会有意无意地从动作行为上透漏一些对成交比较有价值的信息,当有以下信号发生的时候,推销人员要立即抓住良机,勇敢、果断地去试探、引导客户签单。

（1）反复阅读产品宣传资料和说明书;

（2）认真观看有关的视听资料,并点头称是;

（3）查看、询问合同条款;

（4）要求推销人员展示样品,并亲手触摸、试用产品;

（5）主动请出有决定权的负责人,或主动给你介绍其他部门的负责人;

（6）突然给销售人员倒水、倒茶,变得热情起来等。

（三） 表情信号

这是从顾客的面部表情和体态中所表现出来的一种成交信号,如在洽谈中面带微笑、下意识地点头表示同意你的意见、对产品不足表现出包容和理解的神情、对推销的商品表示兴趣和关注、突然沉默或沉思、眼神和表情变得严肃等。

在推销过程中,顾客的成交信号可能是有意表示的,也可能是无意流露出来的。因此,推销员不应该沉迷于自己的介绍而对顾客的成交信号视而不见,而应当学会去捕捉这些信号。

二、创造良好的成交环境

（一） 避免第三方的干扰

由于第三方的突然介入,会打乱推销洽谈的程序,或者分散顾客的注意力,所以会增加顾客作出决定的难度,甚至有可能会改变顾客的整个看法。推销员应该设法杜绝这种情况的出现。

(二) 安静的环境

安静的环境有利于双方注意力集中,有利于提高洽谈效果,也有利于个人作出决定。在一个许多人参与、人声嘈杂、电话铃声不断、不时轰轰作响的环境下,顾客是没有心情静下心来理解推销要点的,要让他作出决定就更难了。

(三) 正式而又舒适的环境

正式场合会给人一种凝重感,人们在这种场合下更加注重效率和结果;优美舒适的环境可以减少顾客的心理压力。

(1)在推销员所在单位,可以设立单独会见顾客的接待室。

(2)在顾客方洽谈时,可以请求顾客到相对安静的、尽量远离电话和其他人员可以随便出入的场所洽谈。若谈话场地的确难以开展推销洽谈工作,可以主动请求更换场地。

(3)采用个人拜访。为了促进推销成功,选择顾客最熟悉的环境,即到顾客家中拜访洽谈。

三、相信顾客购买是必然的,保持镇定自若的状态

在洽谈一步步接近成交结尾阶段,推销员可能越来越紧张,顾客也会变得越来越敏感。有些看起来似乎微不足道的细节,都可能引起顾客的怀疑或疑虑。经常会有一些推销员因此而丧失交易的机会。因此,推销员的信心和自我控制能力就显得非常重要。

(一) 培养对成交充满信心的信念

如果你想要顾客购买你的产品,那么你就必须有这样一种信念:相信推销的产品正是顾客所需要的。如果推销员能有意识地努力培养自信心,便可以加快成交的进程,方法是不断提醒自己:"我知道这位顾客需要我推销的商品,因为我的前期准备和洽谈都很清楚地说明了这一点。我知道我推销的商品能够满足他的需要并使之更幸福。我的商品介绍做得既完备又明了,还充分注意到了竞争者。我认为他不但对我的商品,而且还对我本人都很信任。促成顾客购买信心的8个因素他已经占有了7条,只剩下最后1条。从逻辑和规律来看,这最后一条也已经成熟。"

(二) 保持镇定自若的状态

如果推销员对即将取得的成果流露出忧虑和忙乱慌张的神情,或者表现出过分急切或过分自信的神态,都会引起顾客的怀疑,有可能会直接影响顾客的购买信心或导致顾客推迟购买决定。

成交结尾阶段,在听完推销员的介绍和有关说服工作后,顾客会作出"购买"或"不购买"的决定或反应。不管面对哪种决定或反应,推销员都应该保持镇定自若的状态。

第一,如果确信顾客马上就会作出购买决定,推销员一定要稳住阵脚,不要表现出过分急切的心情或过分自信的神态。应该放慢自己的动作和说话,多停顿一些,让顾客有喘息机会,能认

真思考,要采用"无负重无压力"的推销手法。如果你使用订货簿,最好一开始就把它放在桌面上。在把订单交到顾客手里的时候,你应当说:"如果您表示同意,就请把名字写到这儿吧。"注意:不要说"在虚线上签名吧!"不要使用"签名"这个词汇,要说"写"或其他不太刺耳的字。

第二,如果顾客作出不购买的决定,推销员也不必一筹莫展。要通过讨论的方式、说话语气的变化、姿势和外表的动作向顾客显示你对最后的结果是冷静而充满信心的。在这个关键时刻,你要控制说话的声音,吐字要清楚;说话要有说服力,要信心坚定;要若无其事,表现得轻松自如。

经验丰富的推销员在成交时毫不紧张,他们始终保持着有条不紊的状态,给人的印象是,签订合同是他们的家常便饭和必须履行的例行公务。顾客可能就会想:这个推销员是个可以信赖的人,我没什么好担心的。

(三) 应避免的行为

1. 不要向顾客提出一些有损于个人身份和人格的请求

这包括:"帮帮我的忙吧!""想一想我们做了多年的交易啊!""我们花了多少时间来讨论这个问题啊!""我们上次帮了你的大忙。""你们的订货对我们来说至关重要。""因为我们曾经给过你们很多的生意机会……"这些语言等于乞讨,等于哄骗。这种乞求只会降低推销员的身份,通过这种方式得到的订单,推销员迟早要付出双倍的代价。顾客到时候就会说:"上次我帮了你的忙,现在我想有理由希望……"

2. 在结尾阶段,不要流露出任何忙乱慌张的迹象

这包括:拔出钢笔在空中挥舞晃动;抹去额头的汗渍;用舌头舔嘴唇;像要跳水似的做一次深呼吸;冷不丁地把空白订单或合同甩出去;干咳一声;神经质地点燃一支香烟;等等。这些行为是推销员过于紧张的典型表现,会严重影响顾客的心态。

3. 过分急切和过分自信

这包括:推销员随意答应顾客的要求;脸上堆满虚情假意的笑容;语气急促;根本无视顾客的具体意见;抢话头,用自己的意思代替顾客的想法;等等。过分急切的言语和行为表现会让顾客怀疑推销品是不是有问题,怀疑推销员的能力,从而会怀疑自己的决定是否过于草率;过于自信的表现会让顾客觉得反感,会给顾客压迫感。

总之,推销成交如同演说家、演员、音乐家或运动员的表演,其最高艺术表现是让人看不到雕琢的痕迹。这就是说,观众见到的只是结果,而觉察不出达成这种结果的手段。

四、分析顾客迟迟不作决定的原因

当顾客有了明显的兴趣却还犹豫不决、迟迟不作决定的时候,可能有这样几种原因:他还有一些反对意见;他感觉自己还缺少全盘考虑;他本人无权作出决定;不与妻子或上司商量不能作出决定;他觉得产品的缺点与优点相当。向顾客提出问题才是发现这些原因的最好办法。这样,你就能诱导顾客暴露出埋藏在内心的反对意见。这里介绍戈德曼在《推销技巧——怎样赢得顾客》一书中的建议:

"不,我还要想一想。"一个经销商说。很显然他还在犹豫。推销员回答说:"随你的便,你还有不明白的问题吗?"或者"你还是不太相信,对吗?"最后一句话是后半阶段洽谈的关

键。到了这个时候,顾客不得不道出原因。他的回答可能有下面几种:

(1)"嗯,我真不知道说什么好。像这种重要订货,我确实需要时间进行考虑。"这说明顾客犹豫不决,可能是因为他的购买欲望还没有受到强力的刺激。遇到这种情况,推销员有必要重复一下最重要的推销要点。

(2)"可以肯定,你的产品还是不错的。不过我们还可以等一等,用不着那么着急。"从这句话可以看出顾客已经产生兴趣,但他的购买欲望还没有受到刺激。推销员不但要刺激顾客的购买欲望,而且还要讲出购买的原因,要使顾客认识到马上购买是明智的。

(3)"嗯,我还是认为价格偏高了点;这同我想象的不太一样;我不太喜欢这种装配方法;这种东西看上去挺美观的,但恐怕不自用吧;很好,不过还有一些毛病……"这一切充分说明推销员还没有成功地消除一些有事实依据的反对意见。在这种情况下,由于工作没有做到位,推销员只好从头做起。

(4)"我想跟董事会讨论一下再说;还需要让我们的出口经理审批一下这份合同;我自己不能决定。"如果出现这种情况,那可能是推销员还没有同真正的目标顾客打交道;或者是顾客对产品还有疑虑;或者是顾客对自己的看法拿不准,不能下决心。一旦发现问题的关键所在,推销员必须当机立断,马上决定是应该进一步刺激顾客的购买欲望,还是用直接或请求的方式同幕后决策人打交道。

(5)"没有,我想不出还有什么具体问题。"如果顾客这样回答,或者用同样的腔调,或者用不肯定的口气回答,只要推销员再进一步加以引导,顾客可能很快就会作出购买决定。

总之,在成交阶段,推销员要特别注意:尽量了解顾客究竟有哪些真正的反对意见,尤其应该了解在公开的反对意见背后可能掩盖着的真正动机。只要找到顾客疑虑的真正动机,才可能找到解决顾客疑虑的办法,也只有这样,才能使顾客一步一步地迈向成交的大门。

五、对"是坚持不懈还是放弃"作出正确抉择

推销中有句格言:"今天"的"不"比明天的"不"好,"明天"的"是"比今天的"不"好。这句话的基本意思有两层:① 前半句话的意思是:如果顾客最终不会购买的话,推销员越早知道越好;② 后半句话的意思是:如果顾客最终会作出购买行动的话,推销员一次次的被拒绝是值得的。这个推销格言反映了推销员在成交阶段面对顾客的拒绝"是坚持不懈还是放弃"的抉择问题。这里对此简单阐述:

(一)　坚持不懈,不应过早放弃推销努力

很多推销员害怕顾客最后的拒绝,他们往往过早地放弃推销努力。

美国一个推销业绩斐然的推销员说:"头一次提出成交要求就获得成功的买卖,在他做成的所有买卖当中只占1/10。"他在签订合同前做着被拒绝一次、两次、五次、七次,甚至八次的准备。他根本不怕遭到对方的拒绝,那样反而能增加争取成功的动力。他并没有停下来去反驳顾客的任何一次次拒绝,而是设法找出促成顾客作出决定的因素还有哪些。

毫无疑问,面对成交拒绝而毫不退缩的精神,应当是所有推销员获取成交成功的必备素质。这是因为,从长远的观点来看,事情都是千变万化的,新情况随时都有可能出现,在

这种情况下,顾客会重新考虑他的购买决定。推销员在遭到拒绝以后,要不断地自问"这是为什么?"寻找成交失败的原因,从中发现重新获得成交的机会,并注意了解顾客的新情况,重新改变推销策略。

(二) 要尽早发现"无推销意义的准顾客"

当然,在实际推销中确实存在这样的准顾客,即不管推销员怎么努力,也不可能使其作出购买决定,本书把这样的顾客称为"无推销意义的准顾客"。对这样的顾客应该尽早发现并尽早放弃,越早发现和放弃,就越节省时间和精力。要做到这一点,要求推销员:要注意拜访前的资格审查工作;注意拜访过程中不断地进行辨认和判断;一旦确认立即放弃。

六、抓住最佳的成交时机

顾客作出购买决定或采取购买行动,存在着一个"心理上的适当空间"。意思就是指顾客作出购买决定有一个最佳的时机。推销员如果在那个时机提出成交要求,就特别容易促使顾客作出反应。那么,这个时机是在什么时候呢?许多人认为是在"准顾客与推销员思想上完全达成一致"的时候;也有许多人认为是在"顾客购买欲望和信心达到顶点"的时候;也许还有人认为是在"顾客表现出各种购买意图(迹象)"的时候。不管是在什么时候,有一点是肯定的,那就是推销洽谈中确实存在着最佳的成交时机。因此,从这个角度来讲,推销员必须紧紧抓住最佳的这一"瞬间",以提高成交成功率。

值得提醒的是,推销成交的最佳时机可能会出现在推销拜访的任何一个阶段,而且在一次业务洽谈中可能会出现多次。它可能会出现在产品介绍之后,也可能会出现在化解顾客异议之后,还可能会出现在推销员阐述某个重要销售要点的时候,等等,见图 7-1。

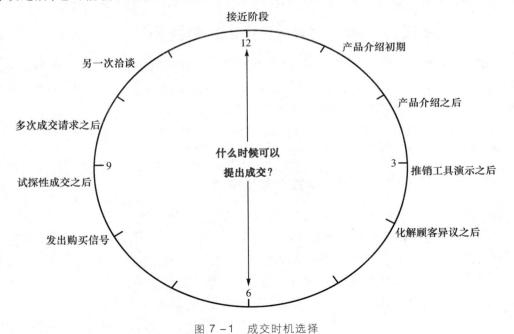

图 7-1　成交时机选择

如果推销员忽略了所有可能导致成交的时机,那就很有可能会导致推销洽谈从头开始。

七、留意最后的机会

在推销洽谈显然要以失败告终时,推销员仍然不要放弃努力。此刻,目标顾客的紧张情绪已经完全放松;他对"可怜"的推销员开始有点同情,如果推销员这时能抓住顾客的这种心理,就有可能获得绝处逢生的机会。比如,推销员可以放慢归整样品的动作,若发现哪件样品还没有介绍过,可以一边整理东西,一边将它随便地交给对方看。以这种方式开始一次新的努力,说不定能得到订单。有时,首次造访的推销员在就要离去时故意对顾客说上一两句稍微带刺的话,目的是要引起对方进一步讨论推销的产品。这种话通常能震动目标顾客,促使他们重新考虑自己的原有抵触情绪是否正确。

八、成交后在适当的时间离开顾客

推销员与顾客达成交易之后,不要马上离开顾客,也不要待着不走。

（一） 不要过早离开顾客

推销员如果匆忙离开,就会给人留下一种夺路而逃的印象,顾客就会感到忐忑不安。尤其是在顾客犹豫不决勉强作出购买决定的情况下,他更会惶恐不安。他会不由自主地问自己:"我做得对吗？我会不会太轻率了?"如果推销员同顾客过早分手,留下顾客一人独自进行激烈的思想斗争,顾客可能为作出购买决定而感到懊丧,其结果往往会出现这样一种情况:推销员刚一接到订单,顾客就马上要求撤销订单。

（二） 也不要待得过久

一般来说,起身道别的人应该是推销员,如果等到顾客问推销员还有其他什么事情时,说明推销员在顾客那里待得太久了。

（三） 合适的道别时间

推销员在做完以下这些事情之后,就可以与顾客道别了:用巧妙的方法祝贺顾客做了一笔好买卖;指导顾客怎样正确保管和使用产品;重复交货条件的细节和其他一些事项,如请求顾客推荐其他可能顾客、留下推销员的联系方式和请求顾客留下他的联系方式等。

推销成交除了要注意以上这些问题之外,推销员还要非常注意帮助顾客落实售后服务的工作、加强联络、关心顾客的使用情况或销售情况等售后跟进工作,这些内容将在下一章作专门介绍。

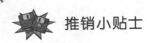 推销小贴士

刺猬定律

刺猬定律的意思是:两只刺猬距离太近,彼此身上的刺就会刺伤对方;距离太远,它们又会感到寒冷。只有保持适当的距离,才能既保持理想的温度,又不伤害对方。刺猬定律也被称为心理距离效应。

有一个普遍的现象,当销售人员认准一位客户之后,就想方设法达到成交的目的。于是,销售人员与客户之间的共同话题就是关于产品与价格,好像一切话题都是为了最后的成交而设计。刺猬定律则告诉销售人员:有时候给客户留下一定的考虑空间,反而会有利于彼此之间的长远合作。

第三节 推销成交的基本方法

推销成交方法有很多,推销员可以根据不同的情况采用不同的成交方法。下面简要介绍几种常用的成交方法,见图 7-2。

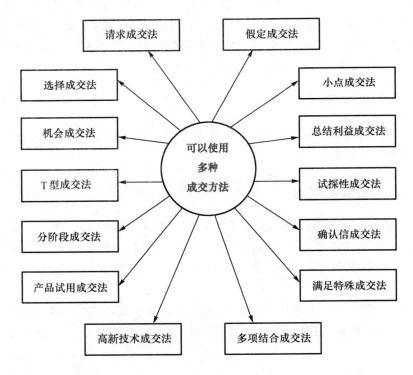

图 7-2 多种成交方法的选择

一、请求成交法

请求成交法也叫直接请求成交法,就是推销员用简单明了的语言,直接要求目标顾客采取购买行动的方法。这种成交方法体现了推销成交的一个黄金准则——把握主动性,所以它是最基本的成交方法。

参考范例

(1)"王经理,既然您对我们产品的销售前景和利润回报充满信心,您看现在是不是可以签订我们的合作协议?"

(2)"刘先生,不管怎么说,你的房屋需要保险,你最好马上就投保。只要你现在一投保,你的房子马上就会得到保护。房屋以及房内的东西总共值多少钱呢?"

这种方法适用于顾客已有明显的购买意向但仍在拖延时间的情况,也适用于顾客提出许多问题,推销员加以一一解答,顾客比较满意的情况。

二、假定成交法

假定成交法是推销员在假定顾客已经同意购买的基础上,通过讨论一些具体问题而促成交易的办法。

参考范例

推销员认准一个顾客有购买意图,就不失时机地问:"你打算一次进多少货?"或"我明天下午就让人把你订的货送过来。"

假定成交法最重要的一个特点就是不问顾客"要不要买"的问题,而是问顾客"怎么买"或"买多少"的问题,这样避开了令顾客感到压力的问题。

假定成交法适用于老顾客、中间商、决策能力层次低的顾客和主动表示要购买的顾客。对于不太熟悉的顾客要慎用。

三、选择成交法

选择成交法是推销员为顾客设计出一个有效成交的选择范围,使顾客只能在有效成交范围内进行选择的成交方法。它是假定成交法的具体应用。

参考范例

(1)"××先生,你喜欢哪一种型号的汽车呢?是大型的,还是小型的?"

(2)"你觉得贵公司第一次要安装多少部电话比较合适呢?20部?或者25部?"

选择成交法是一种极好的成交方法。它向顾客提供两种不同的选择,使其在两者之中选择其一,而不让顾客有可能作出第三种选择——什么也不买。它可以减轻顾客作出购买决定的心理压力,也可缓解推销员在向顾客提出成交请求时的心理压力和紧张感。

四、小点成交法

小点成交法又称避重就轻成交法、次要问题成交法。人们在次要问题上作出决定要比作重大决定容易。所以,可以利用顾客的这种心理,避免让他立即作出重大决定,而代之以让他作出较小的、次要的决定。这种方法与选择成交法极为相似。

参考范例

(1) 工业设备推销员可以这样问:"您是对我们的租用计划感兴趣,还是想完全拥有这种设备?"

(2) 摩托车推销员可以这样问:"您是喜欢这种经济型的车型,还是那种豪华型的车型?豪华型的要贵 8 000 多元。"

这种方法与假定成交法、选择成交法很接近。在购买过程中,客户通常都有许多次要的问题需要解决,如发货日期、付款方式、颜色、所需要的数量等。只要使用得当,所有因素都可以成为成交的选择。

五、机会成交法

机会成交法也称无选择成交法、唯一成交法、最后机会法等,是推销员直接向顾客提示最后成交机会,促使顾客立即作出购买行动的一种方法。

参考范例

(1) "这是我们特价销售的最后一天,明天我们将调回原来的正常价格。"

(2) "这款车卖得很快,我不敢保证你明天来还有没有存货。"

(3) "这套房子已经有三位客户来看过了,如果你不尽快决定的话,我们没有办法给你预留。"

使用这种方法主要是利用顾客的"机不可失,时不再来"的心理,制造顾客恐慌的心理,以便及时促使顾客作出购买决定。使用这种方法时,一定要实事求是,不能骗人。

六、总结利益成交法

所谓总结利益成交法,就是推销员以一种积极的心态总结引起顾客兴趣与欲望的产品主要利益,使顾客接受,然后紧接着向顾客提出成交请求的成交方法。

参考范例

背景:某化妆品业务代表与某省会城市一家商场的化妆品采购负责人刘鸣进行产品进场的洽谈。在洽谈中,刘鸣对该化妆品的销售前景、价格折扣率、付款条件等表现出明显的兴趣。

推销员:刘经理,想想看,这种化妆品已经有了足够的广告投放;您也相信可以给您带来客观的销售量;而且经销产品的经销差价是您上架化妆品中最具吸引力的;最重要的是我们给予你们最大的信任度,季度结算的付款条件恐怕找不出第二家。您说,这样的交易还有什么需要犹豫的呢? 根据你们商场的客流量,我建议您第一次先进 200 套试销。你觉得够不够?

总结利益成交法适用面很广,特别适合于相对复杂的购买决策,如复杂产品的购买或向中间商推销。

国际知名企业"施乐公司"推销员培训机构总结出使用这种方法的三个步骤:① 在洽谈

中确定顾客感兴趣的主要利益;② 总结这些利益;③ 提出建议。

七、T形成交法

T形成交法也称富兰克林成交法,源于美国本杰明·富兰克林在遇到困难时作决定的方法,即当富兰克林遇到困难的决定时,就取出一张纸,在纸正中画一条线,并在线的左侧写上"赞同的理由",在线的右侧写上"反对的理由"。如果反对的理由多于赞同的理由,他就放弃做这件事情;如果赞同的理由多于反对的理由,他就会感到这是一件好事,可以立即作出这个决定。

这种成交法用非常直观的方法帮助顾客对购买决定权衡利弊,如图 7-3 所示。

赞成购买的理由	反对购买的理由
自己看中的东西	担心自己太草率
及时享用自己喜欢的东西	要付出金钱
省钱	……
不满意还可以退货	
……	

图 7-3 T形成交法示意图

通过这种方式,顾客会经常发现自己不购买或推迟购买决定的理由很少,而且也往往很勉强。使用这种方法帮助顾客作决定往往会给顾客留下直观、公平和信任的感觉。它对于推销员改变顾客毫无理由的延迟决定十分有效。

参考范例

推销员:××先生,这有一张纸和一支铅笔。给我一分钟时间让我们回顾一下我们刚才谈论的内容。请您在这张纸上画一个大的 T,并在左上角写上"行动",在右上角写上"不行动",好吗?嗯,您说您喜欢我们的快速交货,对吗?

顾客:对。

推销员:好,请在"行动"的那一栏中,写下"快速交货"。好极了!我们的毛利率和付款条件给您留下深刻的印象,对吧?

顾客:对。

推销员:把这两项写在左边的栏中怎么样?现在有没有什么东西可以改善?

顾客:有,您不记得了吗?我觉得你们的花色品种少,只有一种扫帚、一种拖布。(顾客异议)

推销员:好的,把这个写到右边一栏中。就这些吗?

顾客:是的。

推销员:××先生,您倾向于哪一种选择——行动还是不行动呢?(试探性成交)

顾客:嗯,"行动"的那一栏。不过我好像需要更多的花样品种。(再次提出同一异议)

推销员:我们发现花色对大多数人来说并不重要。扫帚拖布充其量还是扫帚拖布。人们要的是质量好的产品,看起来漂亮而且耐用。顾客喜欢我们产品的外观和质量。这些产品不

漂亮吗?(试探性成交,给顾客看扫帚和拖布)

顾客:看起来不错。(肯定的回答——他不再提花色品种的事,因此可以认为你已经消除了顾客异议)

推销员:××先生,我可以给你提供优质产品、快速交货、可观的利润和良好的付款条件。我想建议:为你们的 210 家商店每家购买一打扫帚和一打拖布。不过我们先看看这个:×× 连锁店作广告时发现我们的拖布具有相当棒的吸水能力。他们的水桶和地板蜡的销售量增加了一倍。每个商店平均卖出 12 个拖布。(他停下来,听着,注意他的反应)您也可以这么做。

顾客:我必须得与地板蜡推销员联系,可我真的没有时间。(积极的购买信号)

推销员:××先生,让我来帮你。我给地板蜡推销员打电话,让他与您联系。而且,我会去见你们广告经理,把广告的时间安排定一下。可以吗?(假定成交法)

顾客:好,你干吧,但这东西最好能卖得出去。

推销员:(微笑着)那当然,好的销售状况是我们交易的基本前提。相信顾客会蜂拥而至你的商店购买拖布、上光剂和提桶。哦,这提醒了我,您需要为每个商店购置一打提桶。(接着说)我会填好订单(假定成交)。

 推销小贴士

6+1 缔结法则

6+1 缔结法则源于销售过程中的一个常见现象:销售人员在销售一种产品前,先问客户 6 个问题,如果能得到 6 个肯定的答案,那么接下来整个销售过程都会变得比较顺畅。也就是说,销售人员在和客户谈论产品时,若客户能不断地点头或说"是",成交的概率就比较大。

销售人员提一个问题而客户回答"是",这意味着客户的认可度在增强;反之,就意味着客户对销售人员或产品的认可度在降低。

八、试探性成交法

这种方法在推销洽谈中已经提到。它不仅可以用于产品介绍和处理顾客异议,而且也可以直接用于成交阶段。在成交阶段使用试探性成交法,可以试探顾客是否具有购买意图,同时也可以让推销员明确顾客作出购买决定前的主要障碍。

参考范例

(1)一个厂家推销员向某经销商推荐一种新型的洗衣机。听了推销员对洗衣机价格的介绍之后,经销商说:"是啊! 只要想到这种洗衣机能给人们带来很多好处,那它是不贵的,是值得购买的。您说对吗?"这时,推销员提出了一个试探性成交的问题:"那最好马上展出这台机器,让它与广大顾客见面,并尽快销售出去。您说呢?"

（2）为了检查顾客的态度，一个推销员面对顾客说："使用我们这种方法，一年起码可以节省几千元。您知道吗？"顾客回答说："当然，要计算出精确的数字是不可能的，大约两三千吧。"这时，推销员为了进一步检查顾客的购买意图，紧接着提了一个问题："所以，我们可以这样假定：您越是尽快地使用这种方法，您挣的钱就越多。对吧？"

对于这类试探性成交法的问题，顾客的反应可能有三种：否定的回答、不置可否的回答和肯定的回答。面对三种回答的具体对策如下：

（1）否定的回答。只要推销员所提的问题是正确的，而且以正确的方式提出来，顾客即使对此作出了否定的回答，也并不意味着顾客拒绝了推销员的洽谈论点，而是仅仅否定推销员某一推销论点的结论。

（2）不置可否的回答。这说明顾客还没有接受推销员的推销要点：要么是由于某种未被发现的因素在发挥作用，使顾客犹豫不决；要么顾客并无别的意思，只是简单推迟作出购买决定。这种情况下，推销员还需要抓住这些主要问题进一步做说服工作。

（3）肯定的回答。如果是这样的话，意味着顾客很快就会作出购买决定或者他已经作出决定了。

九、分阶段成交法

一般来说，就大型而复杂的购买业务来说，要顾客对整个买卖作出决定是很困难的。这种情况下，比较有效的方法是：把最终购买决定分解成若干个具体问题，然后进行分阶段地、逐一有序地讨论，并让顾客作出决定，这就是分阶段成交法，这种成交方法也可以叫做谈判成交法。

分阶段成交法最典型的模式是："昨天我们已经谈妥……今天我们讨论……下一次我们将讨论……"

参考范例

（1）"碧亮"洗涤系列用品的业务负责人黄岩正与某终端的采购负责人蓝树洽谈产品进场的事宜。黄岩说："到昨天为止，我们就'碧亮'的上市推广方案取得了共识，今天我们来谈谈'碧亮'上市推广方案……"

（2）制造商与代理商就产品独家代理的业务进行谈判，对于双方来说，一下子要作出是否接受委托或受托的决定是很困难的。这时，代理商负责人可以说："到昨天为止，我们已经就这种产品的推广方案取得了共识，今天我们能否就这种产品的价格折扣率进行商议……"

十、确认信成交法

当推销洽谈进入关键阶段，为了加速顾客作出购买决定，值得经常使用的一种做法是给顾客写确认信。在信中以高度概括的形式重复双方在推销洽谈中所达成的共识，并把顾客购买产品的好处重申一遍。这样做有以下几点好处：

（1）书面形式要比口头表述更为准确。经过冷静的思考以后，推销员对推销要点比较容易地找到一些恰当的提法，避免一些不恰当的提法，还可以对曾说过的某些话加以修正。此外,推销员还可以对顾客的态度,以及他的一些特殊问题和特殊要求等进行全面的考虑。

(2)送给顾客一份书面材料,有助于他进一步考虑,推销员并不能与顾客朝夕相处,这种方式可以继续影响他。

(3)书面材料往往可以给推销员的报价增加较强的可靠感。

(4)书面材料能给顾客一种强烈的直观感觉,它比口头洽谈的效果好得多。

(5)它可以使推销员有机会用间接的方式影响一些推销员不可能亲自接洽的人。

值得强调的是,最后洽谈阶段,推销员应当掌握主动权。当顾客没有找推销员联系时,推销员不能坐等顾客,应该及时与顾客保持联系,这时推销员的确认信就可以起到非常重要的媒介作用。

十一、产品试用成交法

把推销产品留给顾客,让他试用一段时间,这是一种促使顾客作出购买决定的好方法。

参考范例

推销员把新的真空吸尘器留给顾客试用一个星期以后,当推销员再从顾客手中拿走时,顾客就会恋恋不舍,甚至会产生缺少它就无法生存的感觉。

如果顾客在另一个城市有某种业务联系,可以建议他驾驶新车到那个城市进行业务活动。推销员可以作为一名当然乘客同他一起驱车前往。这样一来,两个人就有很多时间在一起讨论新车的优点,顾客也会慢慢地适应这辆新车的运转情况。

一家办公室设备生产商让推销员尽量把机器留给顾客试用 6～10 天。销售经理估计这样做,每 5 台机器就可以售出 3 台。他说:"这完全是一个组织方式的问题。在试用期间,我们还可以帮助顾客维修他的原有机器和设备。这样,顾客就不得不在试用期以内使用我们的机器。"

十二、满足特殊要求成交法

有些时候,顾客可能用提出希望或者反对意见的方式来表达他们的特殊要求。在这种情况下,如果可以改变某些销售条件,使之更能满足顾客的特殊要求,那么,推销员就有可能让顾客感到满意,从而使其作出购买决定。这时候,要用拦路式问题,请求顾客作出决定。

参考范例

一、工业用品推销

顾客:我不喜欢产品表层的处理方法,乍看上去不结实。

推销员:如果我们改进产品的表层,使之更加结实,你会感到满意吗?

顾客:就这一点而言,那当然好啦! 不过,5 个月才能交货,是否时间太长了一点?

推销员:如果我们把交货时间缩减为 3 个月,您能马上决定吗? 如果可以,我们马上开始生产。现在,销售旺季还没有真正开始呢?

二、家具推销

顾客:我觉得这双层床最底层的大抽屉多余了。

推销员:你真的想买的话,我可以找经理商量一下,看能不能根据您的要求,订一张没有底层抽屉的双层床。您可以确定要买吗?

假如推销员有机会提出某些改动以迎合顾客的某些要求,那么,推销员就应该高兴地利用这种机会。但是,是否值得这样做,要根据当时的具体情况,并考虑这样做可能会带来的组织工作和费用问题。

十三、技术式成交法

所谓技术式成交法,就是推销员运用现代各种技术手段进行洽谈与产品展示,从而达到更加直观、高效的说服效果,促使顾客及时作出购买决定的方法。

参考范例

想象一下,你刚讨论完自己的产品、推销计划和业务建议,向顾客总结了购买的主要好处。现在你拿出笔记本电脑,把它放在顾客的桌上以便让他能看到屏幕,或者准备把电脑屏幕投影到墙上。你用图表和条状图把过去的销售情况和将来的销售趋势展示给顾客。然后你提出你所推荐的购买建议。如果合适,你可以给他看看因不同的数量折扣而定的付款时间表。通过这种展示,给顾客的印象是相当深刻的。

在达成交易时,对现代高科技手段和技术的运用,要根据推销产品种类以及顾客类型而定。毫无疑问,在推销洽谈中运用现代高科技手段和技术更能有效地影响顾客的购买决定。

十四、多项结合成交法

在任何情况下多准备几种不同的成交方法,推销员会提高成交能力和成交效率。同时,把多项成交方法和处理顾客异议的方法结合使用,会增加推销员成交的可能性。

参考范例

推销员:约翰,我们发现欧普灯泡将减少你更换存货需要的储存空间。它能给你们的设计者提供高度的颜色输出信号,这种信号能降低视力疲劳。我是这周安排送货还是下周?(成交方法一——总结利益成交法)

顾客:你说得不错,不过我仍然不准备购买。太贵了。

推销员:您是说,您想知道我们产品到底有什么样的特殊利益,以至于它的价格略高一些。是吗?(把异议转化为问题)

顾客:我想是这样的。

推销员:前一段时间,我们发现就延长灯泡的使用寿命以节省能源费用而言,您如果使用我们欧普灯泡来替换现在的灯泡,那么您每年可以节省300多元。约翰,这表明我们的产品能让您省钱。对吧?(试探性成交)

顾客:是的,我想你是对的。

推销员:太好了。您是想在这个周末安装还是下周下班之后呢?(成交方法二——选择

成交法)

顾客:都不想。我需要再考虑考虑。

推销员:你现在犹豫不决一定有充分的理由。如果我问是什么原因,你不会介意吧?(序列问题一)

顾客:我想我们一次支付不起所有新的照明设备的费用。

推销员:除此之外,还有别的原因吗?(序列问题二)

顾客:没有。

推销员:假设成批更换要比少量更换更便宜……你想这么做吗?(序列问题三)

顾客:我想会的。

推销员:成批更换并不是必须的;不过,它却能让您马上看到在所有装置上实现的能源节约费用。成批更换灯泡能节省很多现场更换的劳动成本,因为成批安装灯泡有生产线的效率。您明白我的意思吗?(试探性成交法)

顾客:是的,我明白。

推销员:您觉得是在晚上安装好还是周末好?(成交方法三——次要点成交法)

顾客:我还是想考虑一下。

推销员:一定还有别的原因造成您现在犹豫不决。我想问一问可以吗?(序列问题四)

顾客:我们现在没有做这种投资的款项。

推销员:除此之外,还有别的原因吗?

顾客:没有。我的上司不让我买任何东西。

推销员:您也同样认为买这批货会给你们公司省钱,对吗?

顾客:是的。

推销员:好了,约翰,现在去拜访你的上司怎么样?告诉他更换欧普灯泡除了能节省储存空间和减少你们员工的视力疲劳之外,还能给公司节省花销。也许该让我们两人一起去拜访您的上司。(成交方法四——总结利益成交法)

 推销小贴士

小狗缔结法

小狗缔结的原理是通过鼓励客户进行试用,然后将这种试用转化为实际的购买。小狗缔结法来自一个有趣的故事。

一个宠物店老板看见一家人正在端详他店里笼子里可爱的小狗,见此情景他就把小狗从笼子里拿出来,放在其中一位家庭成员的手上。小狗高兴地摇着尾巴,舔着那人。老板说:"它喜欢你!为什么不把它带回家养几天呢?"一旦小狗到了家,很少会再回到宠物店。

 **本章小结**

成交障碍源于交易双方即推销员与顾客的紧张心理,深入分析和掌握各种成交障碍的类型、性质和根源,有利于推销员提高成交成功率;成交条件包括产品与顾客需求的对接、顾客心理基础和推销行为共同决定,明确成交条件,有利于推销员明确达成交易的工作目标;成交迹象来自于顾客语言、行为等方面所表现出的种种迹象,正确判断和及时捕捉成交信号,有利于推销员把握准确的成交时机。

成交阶段应注意的问题包括:及时捕捉成交信号;创造良好的成交环境;保持淡定的心态;掌握顾客犹豫不决的根源;对"坚持或者放弃"作出正确的抉择;留意最后的成交机会;等等。

成交方法包括直接请求成交法、假定成交法、选择成交法、机会成交法、总结利益成交法、T形成交法、试探性成交法等。

 本章关键词

推销成交　　成交信号　　选择成交法　　小点成交法　　机会成交法　　T形成交法　　推销确认信

 推销技能测试

1. 当客户有购买的征兆,如"什么时候可以送货?"您应该(　　　)。

A. 说明送货时间,然后继续推销您的产品特点

B. 告诉他送货时间,并请求他签订订单

C. 告诉他送货时间,并试做销售促成

D. 告诉他送货时间,并等候顾客的下一步反应

2. 在获得订单之后,您应该(　　　)。

A. 高兴地感谢他之后才离开

B. 和他交谈他的嗜好

C. 谢谢他,并恭喜他的决定,扼要地再强调产品的特征

D. 请他到最近的地方喝一杯

案例分析

案例 7-1　该怎么向顾客提出成交?

两个花生油业务员坐在一起交流经验。其中一个说:"最令我感到为难的是:当我意识到

我应该向顾客问一下是否需要订货时,心里总是犹豫不决,不好意思开口。假如顾客回答说他不需要订货,那整个业务活动不就宣布彻底失败了吗? 正因为如此,我总是尽量等顾客自己决定。"另外一个业务员回答说:"你那种做法是不正确的。顾客迟早会作出购买决定的,如果等,那需要等很长时间啊。另外,顾客推迟作出决定是很平常的事。"经过一段时间的讨论,他们在某些方面取得了一致的看法。

分析题:
（1）当推销员向顾客提出成交请求遭到拒绝,意味着完全失败了吗? 为什么?
（2）如果是你,在提出成交请求时遭到顾客拒绝,该怎么办?
（3）你如何理解成交的黄金准则——把握主动权?

案例 7-2　这位销售代表该怎么办?

黄先生家的旧洗衣机坏了,正准备购买一台新的高品质全自动洗衣机。他对洗衣机的品牌有所了解,打算在海尔、小天鹅、松下和 LG 四个品牌里选一个。他来到了市中心的电器城。到了第一家商店——海尔家电特约经销店,在销售代表介绍之后,他感觉还比较满意,不过他觉得这么快地就买了,会不会太草率了,所以,当销售代表问他:"怎么样,黄先生,海尔是国内家电第一品牌,购买海尔电器你可以享受一流的售后服务,您完全可以放心,它的质量绝对不会有问题。可以决定下来了吗?"黄先生说:"我想还是再看看再说。听说,松下、小天鹅等许多品牌也相当不错。我到其他店看看再过来。"

分析题:
（1）请你分析这位黄先生不能马上作出购买决定的原因和动机。
（2）请帮助这位海尔家电销售代表出出主意,他接下来该怎么办?

案例 7-3　他这样做有什么好处?

有一个保险业务代表拜访目标顾客时,手里总是拿着一张自己设计好的保单,并在该保单上写上日期和客户的姓名等。当她拿出单子时,顾客看到后都会很紧张地对这位业务代表说:"等等,我可没说要投你的保呀!"业务员轻松地耸耸肩膀:"哦,您不要紧张,这张单子并不是要让您买保险的,我只是想清楚地记录咱们一会儿谈论的内容或您对保险的了解,等我们说完后,如果您不想买,我们就把它扔到垃圾筒了。"然后加重语气重复说:"抱歉! 让您紧张了。"

顾客对此的一贯反应是:"谁紧张了? 不就是保险吗!"这时,业务代表觉得现在已经激发起了顾客的投保意识。所以她接着说:"您觉得把钱存入银行好吗?"就这样,这位业务代表看着单子上的问题,在每个问题上打"√",直到问题全部问完后,她说:"您今天想付多少保金呢?"接着顺水推舟把单子交给顾客,然后让他签字。

其实,这个程序就是假设的订单"游戏",当业务代表问的问题多了或者问得很投入,就会引导顾客觉得现在就好像与业务代表成交了。根据该业务代表的经验统计,有 65% 的顾客都会毫不犹豫地签下自己的名字。

分析题：

你如何评价这种成交方法？

案例 7-4　用隐喻故事成交方法的好处

台湾保险精英叶明全很喜欢使用讲故事的方法来缔结保险合约，他经常准备许多故事，每当他碰到顾客对购买保险有所抗拒的时候，就会讲一个相关的故事给顾客听。

例如，当顾客说："我有很多财产，我为什么还需要买保险呢？"这时他就会说一个真实的故事：

"我非常理解您的看法，同时，我觉得当一个人已经有很多财产的时候，就更需要买保险了。我以前有一位朋友，他也非常有钱，拥有许多财产，他的资产超过了 1 000 万元。但是去年外出谈生意时不幸出了意外，留下了只有 32 岁的妻子。可是因为生前没有买保险，当他死亡后，所付的各种花费、遗产税及其他各种税金等费用总共超过了 200 万元。想想看，您觉得是每个月花 500 元买保险比较划算，还是损失 200 万元划算？"

分析题：

用隐喻故事成交的原理是什么？使用这种方法有什么好处？

案例 7-5　成功成交——为客户提供专业的购买建议

一次，一对老夫妇选购彩电，他们看了几种品牌，始终拿不定主意。营业员通过交谈得知，两位老人是为将要出嫁的女儿买嫁妆。出于对女儿的怜爱，他们希望给女儿买一台功能全、价格贵一些的彩电。

营业员又从两位老人那里了解到，女儿、女婿因为科研工作忙，连挑选彩电的时间都挤不出来。营业员十分诚恳地说："买电视机，按需求去买才划算。买功能多的，如果平时不用，等于白花钱。您要是信得过，我建议买这种品牌的，不但实用，剩下的钱还可以添置一组书柜，也许女儿、女婿更需要。"

这番话让两位老人十分感动，他们说："难得你说出了这么中肯的话，我们完全相信你，你就帮助选一台电视机吧。"

在这位营业员的热心帮助下，老人高高兴兴买了一台彩电。

分析题：

推销员在成交阶段主动向顾客提供合理的购买建议有何好处？要注意哪些问题？

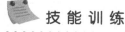 **技 能 训 练**

技能训练 1　校 内 实 训

● **实训内容**

模拟成交。

● 实训目标

掌握并灵活运用有效成交的策略和主要技巧方法。

● 实训方法

将班内学生分成若干小组,每两组分角色扮演顾客和销售人员,然后模拟某一商品的成交过程。

技能训练2 校外实践

在教师的指导下,将学生分成若干小组,到本地商场、超市、农贸市场或批发市场进行实地观察学习。观察并记录销售员如何察觉顾客的购买意图,采用哪些方法促成交易,回到学校进行交流。

第八章
推销售后跟踪与管理

 本章学习目标

- ☐ 1. 掌握售后服务的主要内容与方法
- ☐ 2. 懂得推销员有关市场管理职责
- ☐ 3. 了解和懂得推销员管理的基本内容

案例导入

柴田和子——做顾客的"贴心人"

柴田和子是日本保险界的传奇人物,她16年来蝉联日本保险营销冠军,她的业绩甚至超越了有"推销之神"之称的原一平。她一年创下的业绩等于804位业务员的业绩总和,被称为日本推销女神。

有人问柴田和子:"你成功的主要原因是什么?"柴田和子说:"凡事要有爱心,要有使命感。要成为什么样的人才能对社会有益,自己能为别人做些什么,这是决定一个人是否能在独善其身之后,再兼济天下的重要因素。"柴田和子正是以这种信念和心态来经营她的保险事业的。

柴田和子对客户非常关爱。遇上客户生日,柴田和子不仅会送客户一些礼物,而且还会随礼物送一张贺卡或是感谢信:"生日快乐,感谢您在过去的日子里给予我的关照。我是在您的帮助下成长起来的,以后还更需要您的支持和关照。"

如果是客户某天要加班,柴田和子会买上几盒便当到客户加班地点。"今天又加班,辛苦了。"然后就与客户一起吃便当,一起工作,柴田和子把客户当做自己的兄弟姐妹。

有一位客户酷爱音乐,很喜欢贝多芬的曲子,但又苦于找不到。柴田和子知道后,马上请人录制了一张有21首曲子的CD送给客户。

此外,柴田和子会把每一位客户都当做唯一的客户来对待。因为她知道,每位客户的内心都渴望被关怀、被重视。

一位从事设计工作的客户打电话来,对柴田和子说:"我想为我的夫人投保,请派你的秘书或是任何一位工作人员来就可以了。"柴田和子说:"您是我最重要的客户,即使再忙,我也要亲自过来看您。"

客户说:"好久不见,柴田小姐大概已经忘了怎么来我的公司了吧!"柴田和子说:"说哪儿的话,您的办公室在东京××街消防队东边的那个小红楼,三层,是一个金属玻璃门。"柴田和子连顾客公司的大门都知道是什么做的,可见,柴田和子对这位顾客是非常重视的。这位客户非常感动:"你可真没忘记,永远把我当回事。"要知道,这位客户是8年以前碰过面的,这8年来从没见过面。

思考:

结合该案例,谈谈你如何理解"最好的服务就是客户需要什么,我们就提供什么"。

第一节 推销售后工作

一、在关系市场营销环境下的售后服务

进入21世纪以来,在经济高速增长、加入WTO、科技发展等多种因素的促动下,我国

各个行业先后步入成熟的市场竞争阶段。据有关企业调查研究发现,在成熟的市场,开发一个新客户的成本是维持一个老客户成本的 5 倍,而失去一个老客户要用 10 个新客户才能弥补。就是在这种市场环境下,我国大部分企业先后步入了关系市场营销阶段,越来越重视客户维护,普遍推行顾客关系管理。在这种背景下,推销员的工作重点也开始由开发新客户转向维护老客户,让顾客满意,培养和提高顾客的忠诚度,从而建立和发展稳固的客情关系。其具体表现在工作目标、交易方式和担负角色三个方面发生了重大变化。

（一） 在新背景下推销目标是不仅要让顾客购买商品，还要让顾客满意

在新背景下,推销业务员的工作任务与目标发生了质的变化:推销员不仅要让顾客购买产品,满足顾客的需要,更重要的是,要让顾客满意。顾客满意的含义见表 8 - 1。

表 8-1　顾客满意的含义

手段	满意的体验
产品	顾客不仅需要产品实体,还需要解决自己的问题和愿望
价格	希望能购买到物有所值的东西
地点	在期望的地点和时间得到产品
促销	从广告、推销员以及其他促销媒介中得到正确、诚实的产品信息
交换交易	希望能获取高效率、专业化的处理
成交之后	兑现承诺与保证,及时获得所需服务,及时便利地得到具体建议和指导等

（二） 新背景下关系型推销和合作型推销代替了交易型推销

在过去,大部分的推销以交易型推销为主,即推销员把产品销售给顾客之后,双方的关系就结束的一次性交易。在今天,越来越多的推销活动开始转向关系型推销,甚至合作型推销。在新型的交易方式下,推销员为了实现顾客满意,并与顾客建立关系,与顾客达成交易后,需要做大量的售后服务工作,见表 8 - 2。

表 8-2　不同交易方式下的推销行为

交易方式	推销行为
交易型推销	将产品销售给顾客之后不再与顾客取得联系
关系型推销	企业及推销员实现商品销售之后继续与顾客保持着长远密切的关系
合作型推销	通过交易,企业与顾客之间建立战略联盟,互相合作,取得长远的互惠、双赢或多赢关系

（三） 在新背景下推销员角色变化

进入 20 世纪 90 年代以来,推销员的作用被认为已经超越销售本身而在销售组织的战略性领域中扮演着多重角色。从这些角色也可以看出,推销员在新背景下的售后服务职能成为越来越重要的工作职责,见表 8 - 3。

表 8-3　推销员所扮演的多重角色

角　色	工　作　职　责
客户的合作伙伴	与顾客一起工作,以便在买方市场创造战略优势
市场分析和策划者	洞察市场变化趋势,并参与企业发展战略的制定
顾客与销售团队的协调人	协调买方与卖方的专家解决对方的问题,实现买卖双方关系的管理
顾客服务提供者	通过提供技术咨询、送货、融资等服务扩大商品销售
消费者行为专家	了解用户的类型、要求、购买决策程序等
信息收集者	收集并筛选市场信息,并提供给上级管理决策部门
销售预测者	提供上级管理部门制定战略计划和销售指标所需要的信息
营销成本分析者	追求销售利润、控制营销费用
技术专家	采用现代高新技术改进推销工作

二、做好售后服务,留住顾客

在大部分情况下,企业一般有专门的售后服务部门为顾客提供售后服务工作,推销员是履行企业服务承诺的一个成员。站在这个角度来讲,推销员在完成交易后应做的售后服务工作主要有:

(一) 协助有关部门履行企业售后服务承诺

产品的复杂程度不同以及交易性质不同,企业承诺或顾客所需的售后服务工作的要求和内容有很大的差异。一般来说,企业售后服务工作包括商品包装、交易程序办理、货款结算、确定交货时间、安排送货、联系上门安装与调试、指导使用或协助销售、产品养护与维修、商品的报废处理等。

售后服务是企业对顾客的一种承诺,在交易达成后,推销员有责任和义务站在顾客的角度,替顾客着想,联系并处理好售后服务的种种工作。

(二) 及时提供推销产品的有关信息

向顾客销售某种商品之后,推销员就有义务帮助顾客继续了解有关这种商品的最新变化情况,这是因为,在很多情况下,顾客使用的这种商品的有关信息会直接关系到顾客的使用利益。本书认为美国《销售学基础》所提供的售后服务建议对我国推销员很有借鉴的价值,它包括:

(1)尽管你可能距离顾客很远,但不管何时,一想起或看到某些东西能够解决顾客的一个问题,就立刻打电话。

(2)把顾客可能感兴趣的剪报邮寄给顾客,即使这些材料与推销没有关系。它们可以是从贸易刊物、杂志、报纸等上面剪下来的。

(3)向那些被选任官职、得到晋升或受到奖赏的顾客邮寄贺信。

(4)把有关顾客家事内容如结婚、出生或活动的剪报邮寄给顾客。

（5）邮寄节日或特殊时刻的卡片。

（6）在顾客每个生日时给其邮寄一张贺卡。为了开始这个过程,应巧妙地搞清楚顾客的出生时间。

（7）准备并邮寄一份简短的新闻通讯,可以每季度一次,使顾客了解发生的重要事件。

（8）把信息电传给准顾客和买主。

另外,下面所介绍的顾客渗透工作、与顾客保持联系、立即处理顾客的退货和投诉等许多工作也是售后服务的内容。要强调的是,推销员在为顾客提供各种服务的同时,尽力向顾客表示感激和愿意为他服务的态度,也是提供售后服务的一个不可忽视的工作内容。

三、挽回失去的顾客

所有推销员都有可能会遭受到挫败和损失,包括失去一笔交易或是完全把顾客输给竞争对手。如果推销员能做以下这些事情,有可能会挽回失去的顾客。

（1）访问调查,搞清真正的原因。与买主和朋友联系,确定顾客不从你那里购买的原因。

（2）具有职业风度。如果你把顾客完全输给了竞争对手,要让顾客知道你很感激过去的交易,你仍然珍惜顾客的友谊,你依然是友好的。要记住:一定让这个失去的顾客相信你随时准备得到未来的生意。

（3）不要表现出不友好。永远不要批判顾客购买的竞争品。即使顾客的这个决定很糟糕,也只能让顾客自己去领悟。做生意永远不要说:"我告诉过你应该怎样! 现在你看……"

（4）坚持拜访。对待以前的顾客要像对待准顾客那样,继续正常地前去拜访;介绍自己产品的益处时不要直接与竞争品进行对比。

总之,推销员要像职业运动员那样,要极有风度地接受失败,迎接下一个挑战,优秀的表现会带来成功以弥补失败的损失。

四、继续向顾客推销,扩大销售

推销员可以通过以下途径和方法实现继续推销和扩大销售:

（一） 实行顾客渗透

顾客渗透,也就是推销员成交后继续与顾客保持联系,渗透到顾客的工作生活当中,以此来掌握扩大销售所需要的一系列信息。顾客渗透在组织型业务中是继续向原有顾客推销,扩大销售额最重要的途径。

（二） 仔细检查推销品的销售情况

检查推销品在客户那里的销售情况,有三个意义:

第一,及时发现问题,改进销售状况。如果你的推销品待在经销商或零售商的仓库里或柜台上一动不动,无论如何他是不会再有兴趣继续进货的。推销员必须随时帮助经销商或零售商改进销售状况。

第二，可以杜绝脱销或断货现象。作为经销商或零售商，他们手头有很多产品，如果等他们发现了脱销或断货的情况，这时推销品的损失已经发生；甚至他们可能根本就不会发现；或者即使发现了，也可能用更加勤快的推销员的竞争品来替代。

第三，可以鼓励经销商或零售商备足库存。在相当多的情况下，经销商和零售商出于多种顾虑，他们一般不敢多进货，除非在此期间有促销，如给中间商库存补贴。保证中间商合理的库存量，一般可以采用最低库存量、平均库存量和最高库存量的控制方法。最低库存量＝日均销售量×进货平均时间＋安全存量；最高库存量＝最低库存量＋进货周期×日均销售量；平均库存量就是两者的平均值。销售比较稳定的企业大都采用这种方法来控制中间商的库存量。推销员要说服中间商用这种方法来控制库存量，必须具备一个前提，那就是推销员必须随时掌握他们的销售情况。

（三）　维持最好的架位和货位空间

如果推销员所推销的是进入销售终端的产品，非常重要的一个任务就是争取一个好的陈列位置，比如端头或者占据比较大的货位空间。当然这需要多花一些费用（端头费和大批展示费）。有时，好不容易争取到了，由于竞争的关系，这个位置又可能被竞争品所占据。所以，推销员完成销售后，要随时检查架位和货位空间是否被其他产品侵占。

另外，还有一个工作也必须要做：要经常性地检查货架上的商品陈列状况。比如，商品是否整齐、卫生，是否有破损现象，是否维持先进先出的原则，商品陈列是否丰满、美观等。

（四）　为用户提供帮助

如果推销的是耐用品，如汽车、计算机等，不管是个体顾客还是组织型顾客，顾客购买后在使用过程中迫切需要企业或推销员提供种种后续服务，如故障维修、产品保养、使用指导等。推销员如果能做好这些工作，对提高顾客的购买评价和树立良好的形象非常有益。但是如果做不好，顾客就会产生不满，即使购买时非常满意，这时他也会对推销员或企业作出不利的评价，进而影响顾客继续购买。

（五）　向顾客表示你愿意帮助他的态度

注意态度诚恳，多与顾客交流，在言语中透露出你关心他的利益的想法和态度；更要注意用实际行动来表示诚意。比如，主动帮助顾客整理货柜、打扫卫生、整理仓库货物、退换损坏的商品，或者适时上顾客家拜访、顾客喜庆日不忘贺喜等。只有这样，才能赢得顾客。

（六）　得到顾客的支持

经常有这样的现象：一些推销员一直都很努力，愿意帮助顾客解决种种难题，但由于缺乏应有的沟通能力，无法获得顾客的信任，使得顾客对他所做的一切都抱有敌意，在很长的时间里无法获得顾客的支持。在这种情况下，推销员所做的一切工作自然不会有什么效果。因此，推销员在为自己的顾客做种种服务之前必须想方设法获得顾客的信任和支持，只有这样才能获得事半功倍的效果。

五、妥善处理顾客的退货

（一）　分析退货原因

退货可分为销售订单退货和已送货并收款后的退货。这两种退货的原因不同。

1. 订单遭退货的原因

（1）顾客签单后反悔、改变主意不买。

（2）受推销员强迫推销,顾客不好意思当面拒绝,勉强答应购买,事后要求取消订单。

（3）受推销员骚扰过度,引起反感,要求退货。

（4）顾客的购买受家人反对。

（5）送货太慢,给顾客造成不便。

2. 送货收款时遭退货的原因

（1）顾客临时缺钱,乃要求暂缓送货或干脆退货。

（2）顾客要求换购公司其他产品。

（3）收到货物时感觉与推销员介绍的产品不一致。

（4）未按指定时间送货或太迟交货。

（5）产品有瑕疵。

（6）送货员态度不佳。

（7）顾客的行业、身份、年龄不宜以分期条件购买并无力改以现金购买。

（8）付了几期分期付款突遭财务困难而无法再付。

（9）推销员答应的赠品或额外服务却未履行。

（10）竞争杀价干扰。

（二）　妥善处理退货的技巧

推销员碰到退货时不要惊慌或气愤,先冷静下来思考原因,必要时应寻求主管领导的协助。

如果查出问题确实是自己疏忽或错误,应即向顾客说明或道歉,如此或许有挽救的机会;如果原因出于顾客,也要去了解真正原因,并与送、收货人员保持联系,自己设法挽救以保有订单,也可向主管请求支援设法救回订单;如果是送、收货人员造成的退货,应先向顾客致歉,然后再据实反映给送、收货主管请求改善;如果是公司销售策略或定价所造成的退货,则要先向顾客澄清真相,且站稳立场,并给顾客作委婉说明,同时也向公司反映顾客的意见及问题;另外,推销员要随时关注公司的送、发货的报表和有关明细账,查阅公司售后服务有关部门是否已经按时完成承诺的服务内容。

六、及时处理顾客的抱怨

（一）　正确处理顾客抱怨的重要性

所谓顾客抱怨,就是顾客购买产品后因主客观原因而向推销员或企业所提出的各种不满、意见、投诉或要求的通称。值得注意的是,顾客抱怨与顾客异议有着本质的不同,顾客异议是在推销过程中顾客所提的各种反对意见,是在购买产品之前,而顾客抱怨是在顾客购买产品之后发生的。因此,顾客抱怨属于售后服务的问题。

不管是什么推销业务,几乎都可能会遇到顾客抱怨。尽管顾客抱怨是推销员完成销售之后的问题,但如果不能正确处理顾客抱怨,会对企业产生种种不利影响。它具体表现在:可能会遭到退货;顾客产生积怨,不利于提高顾客的满意率,培养顾客的忠诚度;顾客夸大或歪曲事实,向外传播,损害企业的形象和声誉;顾客向有关部门举报和抱怨,给企业带来种种麻烦和问题。

根据经验,即使顾客有着比较大或严重的不满和怨气,但如果他及时地得到企业和推销员的尊重和重视,顾客的这种不满和怨气会明显地缩小,产生的负面影响会明显减弱;反之,即使是个很小的意见,如果不能得到及时、正确的处理,它所产生的负面效应可能就会加倍地放大。总之,一句话:面对顾客抱怨,必须引起企业和推销员足够的重视,必须及时而正确地处理顾客的各种抱怨。

关于处理顾客抱怨的知识包括很多,由于篇幅关系,下面只介绍处理顾客抱怨的准则和程序。

(二) 处理顾客抱怨应遵循的基本准则与程序

1. 处理顾客抱怨应遵循的基本准则

(1) 顾客并不总是正确的,但让顾客正确不仅是必要的,也是值得的。

(2) 站在顾客的角度理解顾客的抱怨。

(3) 处理前注意倾听,了解事实真相,分清双方的责任。

(4) 迅速处理顾客合理的抱怨,如果不能处理,要告诉顾客答复的时间。

(5) 诚恳的态度胜过冷漠的道理。

(6) 了解顾客的要求。

(7) 对于发怒的顾客仅有道理是不够的,首要的任务是让他平静下来。

2. 处理顾客抱怨应遵循的基本程序

(1) 认真倾听顾客的抱怨。顾客抱怨时一般情绪比较激动,认真倾听有利于顾客发泄不满,同时,推销员还可以从中了解具体的事实及其可能的原因。

(2) 同情顾客的遭遇,并向顾客表示歉意。不管顾客所提的抱怨是不是由企业引起的,企业和推销员都必须站在顾客的角度理解顾客,让顾客认识到企业重视他的意见和利益。这种认识和态度往往会减弱抱怨的强度和性质;反之,顾客可能就会夸大抱怨。

(3) 提出解决方案。具体包括:① 了解问题的性质和严重程度;② 确定责任归属;③ 按照企业规定的办法处理;④ 与顾客商定处理方案。

(4) 执行处理结果。处理方案一经协商一致,就要尽快执行,并及时告知顾客处理的结果。

第二节　市场维护与管理

在现代市场环境下,大部分推销员,特别是业务员,在完成一定销售任务的同时,一般要承担一定的市场管理职责。这些职责包括售后服务、回收货款、维护客情关系、市场信息管理等。关于售后服务在上节已经做过介绍,本节重点介绍后面三个问题。

一、回收货款

（一） 在当今环境下，回收货款成为评价业务员业绩与能力的重要指标

大部分的组织型推销员,甚至包括部分面向最终消费者的推销员,对他们的业绩考核普遍采用两个定量指标,即销售额和回款率。这说明了催收货款是推销员重要的工作内容。

（二） 基本准则

1. 相信完全回收货款对顾客有利

经销商对已经完全付款的商品,会更加认真地对待,会更积极地设法将其尽快售出。这么一来,产品的流通就会加速,销售量就会增加,所获的利润也相对提高。

完全回收货款对顾客还有其他益处,因为厂商若回收货款的期限被延长,就必然会增加营业成本,并算入价格内,结果会加重顾客负担。

2. 超过信用额度（限度），不可再推销产品给顾客

所谓信用限度,就是对特定顾客而言能赊销的最大付款额度或最长的付款期限。不同顾客的资金信贷信誉程度不同,信用额度也就不同。通俗地说,资金信用好的企业,信用额度要比资金信用不好的企业信用额度高。

信用额度是控制货款回收风险非常有效的手段。但是,在现实中,有些推销员可能出于必须达成推销业绩目标的心理,无视信用额度的存在,将产品集中销售给容易推销的顾客,使得自己销售给这些顾客的销售额远远超过了他们的信用额度。这种做法让那些信用程度差,甚至使恶意赖账的顾客占据了主动地位,大大提高了交易风险。

3. 回收货款开始于推销之前

推销员可以通过推销前的许多措施,减少或杜绝回款有问题交易的发生。它主要包括以下几条措施:

（1）销售前问一问自己:"他是可以售给产品的好顾客吗?"要停止向在推销前回收货款情况较差的顾客销售产品,这是加速货款回收的基本途径。

（2）相互确认契约条件。推销员为了急于推销,对于契约条件,特别是货款的回收,采取较低姿态。结果,盲目地开始交易行为,等到回收货款时,问题就发生了。

（3）不答应自己权限以外的条件。推销员擅自答应顾客自己权限以外的条件,事后被上司指责,再向顾客表示拒绝,这时推销员觉得理亏心怯,收款自然就手软了。

（4）由强迫性推销转为接受性推销。回收货款无法顺利的原因,有时候也在于推销员。在最初,推销员采取压迫性推销或橡皮糖式推销,这样会被顾客抓住弱点,到了要回收货款时,顾客当然会借机报复。例如,"我并不需要进货,是你求我的,我不得已之下才采购的。如果你急于收钱,反正东西还没卖出去,你带回去吧。"当顾客以这句话回敬时,推销员当然不敢再坚持回收货款了。

4. 注意顾客发生的变化

推销员如果对顾客一直保持关注的话,一定程度上可以避免一些资金回收的风险。某渔业饲料公司的一位业务员,在 2010 年发生了本不该发生的一笔高达 200 万元收不回的有问题货款。为什么? 因为在发现资金回收有问题的 8 个月之前,那个养殖场就没有再养鱼了,而那个业务员竟然长达 1 年多的时间没有到养殖场考察,每一次买卖的发生都是在电话里。如果推销员能经常保持对顾客最新情况的了解和掌握,就不会发生这样的事情。

（三） 回收货款的技巧

有些顾客明明资金周转并不困难,但若对方不催促,就不会轻易付款。因此,推销员要特别注意:

(1) 对于付款不干脆的顾客,在收款前,先打电话联络予以提醒。

(2) 在收款日期一定要拜访顾客,即使负责出纳的人不在,也尽可能要求顾客支付。

(3) 拜访时,首先提出收款的目的,未达到目的,暂时勿提交易的事。

(4) 即使顾客已先有客人,也不要离开,耐心等到能够收款为止。

(5) 写收据,记下日期、盖章。

(6) 被拒绝时,要定下确切的付款日期,到时一定要前往收款。

(7) 当顾客拖拖拉拉,不想付款时,一定要表现出相当程度的粘缠性。

(8) 不应该以感情本位行动,应以付账本位去面对顾客。

(9) 即使听顾客解释或说明苦衷,也不可堕入顾客的圈套中。

(10) 可能导致麻烦的话,率先说出。

(11) 必须具有一定收到货款的信念与意志力。

(12) 问题如果解决不了,请上司同行。

二、维护客情关系

 推销小贴士

跟 进 法 则

世界著名推销大师乔·吉拉德有一句名言:"不管你的目的是什么,一旦你对他进行了销售,就要坚持到你达到目的为止。"人们把他的这句话叫做跟进法则。

比如,打完一个电话后,不要就此停手,要知道你的工作还没有完成,要做后续电话追踪。不要提出诸如"你有没有收到我寄给您的资料"这类问题,如果客户说没有,你怎么办呢? 你可以试着这样说:"我打电话来跟您谈一谈寄过去的资料。资料可能说得不够明白,我希望能有机会当面向您介绍。"这样一来,你就取得了主动权。

在关系市场营销的背景下,维护客情关系是推销员极其重要的工作职责,这项工作所包括的知识和技能相当广泛,这里只重点介绍其基本概念、基本目标和应注意的问题。

（一） 分销渠道维护与维护客情关系的概念

1. 分销渠道维护

分销渠道维护是在关系市场营销比较盛行的背景下所产生的一种企业市场管理行为。企业进行分销渠道维护的直接目的是为了理顺客情关系，维护正常的市场秩序；它的最终目的是培养和提高顾客的忠诚度，建立和发展与顾客的长期关系，巩固和扩大企业市场份额。因此，从广义的角度来讲，分销渠道维护所包括的内容范围非常广，凡是有利于企业分销渠道维护目标的一切有关市场活动都可以归入分销渠道维护的范围。从这种意义上说，它贯穿企业市场营销活动的全过程。

2. 维护客情关系

从推销员的角度来讲，他所承担的渠道维护职能较多地局限于售后有关工作。从这个角度来讲，推销员的渠道维护偏重属于维护客情关系的范围。它一般指的是为了疏通企业与顾客的各种关系，推销员直接参与顾客的工作、生活之中，增进双方的相互理解和信任，提高顾客满意度，培养和提高顾客忠诚度的一种售后活动，有的也把它叫做顾客渗透。

不同行业，维护客情关系的内容和要求会有明显的不同，一般来说，维护客情关系至少包括售后服务、退货处理、顾客抱怨处理、销售支持、客户培训、顾客信息管理、顾客感情联络等方面的内容。这其中大部分内容在本章相关环节有过专门介绍。

（二） 客情关系维护的基本目标

只有明确了维护客情关系的目标，才能明确自己在理顺疏通客情关系时的行为方向和工作内容。这里罗列几个参考性的目标：

（1）及时了解和掌握顾客的需求满足程度和对现有供货状况的满意程度。

（2）及时了解顾客最新的需求信息以及需要帮助解决的各种难题。

（3）提高产品的使用效果或产品在顾客那里的销售速度。

（4）及时发现竞争对手的入侵，及时采取措施，维持和扩大现有销售份额。

（5）与顾客成为朋友，获得顾客的支持。

（三） 客情关系维护应注意的问题

1. 了解顾客的购买评价，并尽力提高顾客的满意程度

当顾客完成购买后，他们的满意程度各有不同，如果满意，那么在将来有新的需要的时候，他们首先想到的是这位推销员。如果不能令顾客满意，不能了解顾客不满意的原因，那就意味着推销员将失去这位顾客。可以说，了解顾客的满意程度并让顾客满意，是维护企业与顾客关系的基本前提。推销员要让顾客满意，需要做很多方面的工作，它包括产品、价格、信息、地点、服务、感情联络等方面的工作。

2. 提高自己的专业销售能力，帮助顾客解决问题

在许多推销业务中，顾客购买推销产品之后，比如消费者买了汽车、房子等耐用品，商场买了防盗监视器，中间商买了经销的某种产品，面临着种种习惯和行为的改变，顾客在购买产

品后会碰到种种问题,推销员必须要及时地帮助顾客解决。有时,顾客会直接向推销员提出求助的信号,这时候,无论如何,推销员应积极作出反应,及时帮助顾客解决问题;有时,顾客出于面子的缘故或对推销员能力与态度不信任等原因,没有直接向顾客提出帮助的要求,即使在这种情况下,如果解决这种问题是在推销员的能力所及范围之内,推销员也应该主动地帮助顾客解决问题。

特别要注意的是,在面向中间商的业务中,有些顾客碰到推销品销售不好的时候,往往一味地把责任推向推销企业和推销员,而很少能发现自己经营上的问题,这种情况下,主动帮助中间商解决销售经营上的问题,就具有非常重要的意义。

要做到这一点,要求推销员本身要具有丰富的市场知识和企业经营管理的专业技能,成为真正的专业销售人员。

3. 向顾客提供支持

当推销员销售的产品用于企业组织运营的时候,特别是把产品销售给中间商的时候,要帮助他们改善企业运营的状况。他们购买产品的直接目的就是提高运营效率、降低成本或者获取一定的销售利润等。因此,推销员如果能帮助他们达到这些目的,自然会改善双方的关系。

这里以中间商为例,推销员可以在以下这些方面帮助经销商或零售商:

(1) 提供市场有关最新信息,特别是需求和购买趋势的动态信息。

(2) 获取进销存的数据,分析最佳的库存量。

(3) 改进商品货位布局、柜台和橱窗的商品陈列和库存商品堆放。

(4) 调整销售服务政策、项目和方式。

(5) 设计和组织各种推广促销活动。

(6) 提供销售人员的培训或者学习资料。

(7) 对企业经营管理方面提供其他的建议。

4. 与顾客成为朋友

首先要提醒的是,推销员与顾客成为朋友,不能牺牲企业的利益,这是前提。有些推销员为了获取顾客的友谊,没有掌握好尺寸,一味地讨好顾客,结果站在中间商的利益和立场上替顾客说话。这种现象现在比较普遍。这种情况说明推销员的做法已经超越了商业关系的范围。这里讲的买卖双方成为朋友关系的前提是遵循基本的商业准则,即尊重双方的平等利益。在这个前提下,推销员成为顾客的朋友,有利于双方互相信任和支持。推销员可以通过以下途径获取顾客真诚的友谊:

(1) 注意与顾客保持顺畅的沟通。推销员售后要经常地与顾客保持联系。

(2) 获取顾客的信任。获取顾客信任的方法已经在前面章节中作过介绍。在售后阶段,还应该:不随便承诺,一旦给出承诺,应及时兑现;不要泄露别人的秘密;不要答应自己做不到的事情;等等。

(3) 发现双方共同的爱好。有共同爱好的人很容易谈到一起,甚至能参与到共同的活动之中。

(4) 学会欣赏顾客。如果推销员对他的顾客表示欣赏,顾客感觉得到了尊重,推销员自

然就会获得顾客的喜欢。

（5）不时地给顾客送一些小礼物。许多公司会帮助推销员向顾客提供一些小礼物，推销员自己也可以在适当的时机购买一些礼物送给顾客，同时说上两句温暖人心的话，双方的关系自然就贴近了很多。

（6）显示对顾客的重视。顾客有什么要求，推销员第一时间作出反应；顾客有什么重大事件，第一时间表示关切；等等。

当然，要获得顾客的信任和友情还有很多手段和途径。

三、市场信息管理

推销员是企业面对市场的一线工作人员，他们每天都要接触大量的市场信息，这些信息是企业战略和战术决策的重要依据，也是企业和推销员改善顾客关系，维护分销渠道的重要条件。所以，绝大部分企业都要求推销员参与企业的市场信息管理工作。

从一般的角度来讲，推销员应该及时收集来自于顾客、竞争对手和市场其他方面的市场信息，并及时向企业反馈。企业为了便于信息管理、保证推销员能按要求收集和提供所需要的市场信息，一般采取让推销员按时填写表格或数据库的方式，并要求推销员在规定时间内上报企业信息管理部门。考虑到种种因素的限制，这里列举两个顾客档案资料参照表格（见表8-4和表8-5）。

表8-4和表8-5是收集顾客信息、对顾客进行管理的一种工具。不同企业所使用的信息管理工具可能不同，而且复杂程度也会有所不同。甚至有的企业要求推销员根据自己业务的需要，自己编制市场信息收集、记录的工具。

通过本章第一节、第二节的介绍，可以看出，推销员在完成销售任务的同时，还担负着与推销有关的一系列售后服务与市场管理的职责。因此，作为现代推销员，为了胜任工作的要求，除了掌握必备的推销知识和技能之外，还要掌握丰富的市场营销知识与技能以及先进的科学知识和技能。

表8-4　零售终端静态信息

信 息 类 别	信 息 单 元
基本信息	客户编码、名称、地址、规模类别、门店类别、客户代表、客户对供应商的政策等
联系信息	采购员的姓名、联系电话、传真、E-mail等 门店运营相关人员的姓名、联系电话、传真、E-mail等 结算人员的姓名、联系电话、传真、E-mail等 收货人员的姓名、联系电话、传真、E-mail等
物流信息	供货方式、供货商（经销商是谁）、收货地址与时间、收货及拒收条件、配送方式等
财务信息	开户行、账号、信用额度、结算时间、结算和拒付条件等
贸易条件信息	企业同该零售终端签订的各项合作条款，如返利、费用要求等

表 8-5　零售终端动态信息

信息类型	项目	信 息 单 元	提供人和录入频率
投入	人员	促销人员的姓名、配置时间、薪酬等	销售主管,在有促销人员变更时录入
	费用	费用发生时间、类别、金额、用途和目的	销售主管,按实际发生情况录入
	促销活动	促销名称、方式、时间、促销产品、促销详细内容等	销售主管,按实际发生情况录入
产出	进货	日期、单品编号、进货量、进货金额等	经销商,按实际进货发生情况录入
	销量	日期、单品编号、零售销量、零售金额等	促销人员/销售代表,每天录入
	店内表现	分销、陈列、位置、库存、价格、助销、促销、竞品信息等	销售代表,每次拜访时录入

第三节　推销员管理

作为推销员,必须要了解推销员人力资源管理的基本知识。这里简单介绍推销员的招聘、培训、激励、薪酬和绩效评估的基本知识。

一、推销员的招聘

（一）招聘渠道

推销员的招聘渠道主要有两条,即内部招聘和外部招聘。

1. 内部招聘

内部招聘是由企业根据空岗情况对内发布招聘信息,由内部职工自行申请竞岗或者推荐他人应聘的招聘方式。大企业经常采用这种方法。

2. 外部招聘

外部招聘主要包括:

（1）人才交流会。有定期和不定期的人才交流会,通过供需双方面对面双向交流来决定。

（2）广告招聘。即企业通过报纸、电视、互联网等媒体向公众传递企业用人信息。值得一提的是,目前网络招聘已成为越来越普遍的招聘方式。

（3）职业中介单位。目前这种方式在国内普遍效率太低,所以它占企业招聘的比例较小。

（4）校园招聘。即许多企业直接与各大中专院校联系,获取自己所需的人才。

（5）从客户中挑选。比如,企业可以从自己的经销商或代理商那里直接招聘所需要的业务员。

（6）猎头公司。又称"经理搜寻公司"。这类公司一般与高素质的人才有着密切的联系。由这类公司推荐的人才一般是能力与经验出众的业务员或销售管理人员。

（二） 招聘程序

不同企业,具体工作不同,招聘程序差异很大。但招聘一般都要经历以下三个环节：

1. 填写应聘申请表

申请表一般包括以下内容：

（1）所申请的职位和工作性质。

（2）个人资料。包括姓名、通信地址、年龄、性别、户口所在地、兴趣爱好等。

（3）教育情况。包括学校、专业、学历、学位等。

（4）学术及专业活动情况。

（5）技能。包括技能证书、进修培训经历等。

（6）工作简历。包括单位、职位、主要责任、收入、离职原因等。

（7）个人要求。包括薪酬、住房、休假等。

2. 测试

测试包括面试和笔试两种。不同企业的要求不同,有的两种测试都要求,有的可能只需要面试。

（1）笔试。主要包括智力测试、能力测试、人格测试、成就测试等。

（2）面试。有结构式与非结构式面试两种。结构式面试即每一个应聘者按照同样的程序和接受同样问题的当面测试；非结构式面试就是主持者可以根据需要随意提问的面试方式。

3. 录用

录用是企业根据测试结果,综合考虑,最终决定应聘者中谁被录取的过程。

二、推销员的培训

推销员培训虽然要花一定的时间、精力和费用,但对于企业和推销员来说都具有非常重要而现实的意义,它开始引起越来越多的企业和推销员的重视。

（一） 培训作用

1. 增强推销技能

新的推销员可以在很短的时间内掌握老推销员的技能,缩短新推销员"成长"的时间；对于老推销员来说,能不断充实最新的销售技能,适应环境变化的要求。

2. 提高推销员的自信心和独立工作能力

推销工作出现挫折甚至遭到羞辱是经常的,推销员必须具备坚强的意志和非凡的耐心,能够忍受孤独的压力,用超乎寻常的自信和独当一面的工作能力去克服困难取得成功。而这一切需要内在的动力,也需要外在的动力,培训可以及时给推销员提供外在的动力。

3. 稳定销售队伍

培训可以算是给推销员的一种福利,同时也是企业的一种文化,可以增强凝聚力,培养员工对企业的归属感,降低离职率。

4. 提高推销员素质,维护企业形象

推销员是企业的对外代表,优秀的推销员能对顾客产生良好的人格影响力,易赢得顾客的信任和尊重,从而有利于使顾客对企业产生良好的评价和印象。

（二） 培训内容

推销员培训的内容从性质看,主要由职业态度培训、职业知识培训和职业技能培训构成。

（1）职业态度培训。包括职业认识、职业道德、敬业精神等方面的培训。

（2）职业知识培训。包括企业知识、产品知识、市场知识、顾客知识、推销知识等方面的培训。

（3）职业技能培训。包括推销业务流程、操作基本技术要求等方面的培训。

（三） 培训方法

培训方法有很多,比较常用的方法主要有:

1. 在职培训法

在职培训法就是推销员在工作中由具有丰富经验的推销员或业务主管进行直接的指导,通过实际工作掌握和提高业务技能的培训方法。

2. 讲授法

讲授法就是采用培训班、研讨会等形式集中对推销员进行课堂讲授的培训方法。这种培训方法的运用越来越少,因为它缺乏互动效果,受训者没有直接参与操作,忽略了个体推销员的差异,因而培训效果较差。它一般用于职业知识、职业态度的培训。

3. 讨论法

讨论法就是由培训教师有效地组织受训人员以小组的形式对工作中的实际问题或某一专题共同进行讨论并得出相关结论的培训方法。它具体包括专题讨论法、对立式讨论法、民主讨论法、演讲讨论法等。

4. 案例分析法

案例分析法就是收集和编辑有关对应性的案例,以书面说明各种情况或问题,使受训人员就其工作经验及有关知识,分析案例所提问题,并探讨相关政策的培训方法。

5. 角色扮演法

角色扮演法就是指定一名受训者扮演推销员,其余受训人员或指导老师扮演顾客,受训者可以在相对逼真的情景内直接参与实际业务的各个技术环节,从中体验业务操作技术与技巧的培训方法。它比较多地用于顾客异议处理和推销洽谈的说辞训练。

6. 会议法

会议法就是通过会议的形式,受训者与培训者之间进行双向的交流,发表意见、交换思想以及讲述经验教训,使受训者从中受到启发和教育的培训方法。企业中的业务例会实际上就是重要的会议培训法。

7. 计算机辅助培训法

计算机辅助培训法就是利用计算机多媒体技术辅助进行培训的方法,这种方法一般是为受训者模拟一个销售情景:一位扮演购买者的演员进行评论或提出问题,要求受训者从计算机屏幕显示的可能反应中作出选择,根据受训者的选择,屏幕上会出现下一幕或是课程材料的回顾。整个过程包括受训者的反应,将被录下来供受训者或培训者总结。这种方法可以节约学习技能的时间,但是,开发成本很高。

三、推销员的激励

推销工作是一项艰苦而又极具挑战性的工作,推销员需要不断地自我激励和企业的外部激励。这里只介绍企业外部激励的几种主要形式。

(一) 目标激励

人们行为的一个重要动力在于目标。当人们有意识地明确自己的行动目标,并把自己的行动与目标不断地加以对照,知道自己的行动不断地在缩小与目标的距离的时候,人们的积极性就会持续高涨。

根据这一认识,企业可以为推销员设计一个合理的目标,用以激励推销员。值得注意的是,根据期望理论,行动力 = 目标期望值 × 实现概率,因此,推销员的目标必须是具备较高的期望值并经过努力可以实现的目标(期望理论)。

(二) 物质奖励

企业可以运用工资、奖金、福利等手段激励推销员。对于大部分推销员来说,物质奖励是其工作的直接动力,是工作动力的基础。

(三) 榜样激励

俗话说,榜样的力量是无穷的。推销员都渴望成功,先进典型可以使他们看到成功的实例,从而坚定自己的信心。

(四) 工作激励

首先,应合理分配销售任务,使工作任务适合推销员的兴趣、专长和工作努力;其次,工作任务要带有一定的挑战性,并强调完成工作任务的意义和价值。

(五) 荣誉激励

荣誉表明一个人的社会存在价值,在人的精神生活中占据重要的位置。对推销员进行表彰,可以满足他们的自尊,达到激励的目的。例如,IBM 公司每年都举行表彰大会,业绩突出的业务员可以成为"百分之百俱乐部"的成员。

（六） 晋升奖励

这种方法可以使优秀的推销员感到个人有充分的发展空间,工作地位可以切实得到提高。

（七） 销售竞赛

销售竞赛是利用奖金或其他报酬来激励推销员完成上级所确定的工作目标的一种激励方法。

（八） 授权激励

给予推销员相应的独立处理事务的权力,意味着组织对他的信任和支持,进而会对推销员产生一定的激励作用。

（九） 培训激励

许多培训本身就是对推销员的一种激励。另外,通过培训,提高推销员的自信心,也可以产生激励作用。

（十） 团队激励

塑造企业的团队精神,在工作中营造一种团结向上的氛围,使推销员能感受到集体的温暖,就会提高推销员战胜困难的信心和动力。

四、推销员的薪酬

（一） 推销员薪酬的含义与结构

推销员薪酬是指推销员通过销售工作而获取的利益回报,包括工资、奖金、津贴、福利及保险等。

从总的来看,推销员的薪酬体系主要由四个部分构成:基本薪酬、奖励薪酬、附加薪酬、员工福利。

（二） 薪酬类型

目前来看,推销员薪酬一般有以下三种形式:

1. 固定薪酬制

固定薪酬制是指推销员在一定工作时间内获得固定数额的报酬,其收入与推销员的推销业绩没有挂钩的一种薪酬机制。它一般适用于:① 新招聘的推销员;② 销售过程比较复杂,需要多个部门人员参与的大型业务;③ 新产品或新区域推销员;④ 工作效果难以进行实质性评定的推销工作。

2. 直接佣金制

直接佣金制是指根据企业工作量的绩效直接支付一定的报酬。它主要适用于：① 严格要求销售成本必须与销售额直接挂钩；② 产品和服务需要开展很少的非销售性工作；③ 企业目标注重销售额，并要求与顾客建立长期关系；④ 雇用兼职推销员或代理商。

3. 组合薪酬制

组合薪酬制主要包括以下几种形式：

（1）薪水加佣金制。就是有一定的底薪，佣金根据销售业绩按一定比例提成。

（2）薪水加奖金制。就是有一定的底薪，然后规定一个指标，完成或超额完成后可以获得不同比例的奖金。

（3）薪水加佣金再加奖金制。就是以上两种的组合。

（4）特别奖励制。就是有一定的底薪，对按规定完成指标后给予额外的奖励。

（三）推销员福利

不同企业的福利有很大的区别，一般来说，企业给推销员的福利包括以下项目：

（1）医疗保险。这是公共福利中最主要的一种福利，企业必须给每一位正式员工购买相应的医疗保险，确保员工患病时能得到一定的经济补偿。

（2）失业保险。

（3）养老保险。

（4）伤残保险。

（5）住房补贴。

（6）交通费。

（7）带薪休假。它又包括脱产培训、病假、事假、公休等。

五、推销员的绩效评估

对推销员个人业绩的评估一般用两种尺度，即定量评估和定性评估。

（一）定量评估

定量评估也叫顾客评估，是指根据推销员完成业绩的量性指标来测评推销员的业绩状况。它主要包括以下内容：

（1）产出指标。包括销售量、市场份额、毛利、订单数量、客户数等指标。

（2）投入指标。包括推销拜访次数、工作时间与时间分配、直接销售成本、非销售活动等指标。

（3）比率指标。包括费用比例、客户开发与服务比率、访问比率等指标。

（二）定性评估

人们一般喜欢用定量指标来考核推销员，因为它更具有客观性，而且也容易操作。但是，推销员有些方面的评定很难用定量指标来评定，如工作态度、与顾客的关系、综合素质与能力等。因此，定性评估可以弥补定量评估的不足，使企业考核员工做到客观全面。一般来说，下面这些因素用定性评估的方法来测评比较合适：

（1）推销员的个人努力。包括时间管理、拜访的规划和准备、推销陈述的水平、处理顾客异议和成交的能力等。

（2）知识。包括产品知识、公司概况和公司政策、竞争者产品和战略信息、顾客知识等。

（3）顾客关系。包括顾客的评价、顾客投诉情况等。

（4）个人因素。个人形象与健康状况、个性和态度因素、团队合作意识、自信心、责任感、逻辑分析能力和决策能力等。

本章小结

强化售后服务和市场管理是现代推销活动的重要趋势，本章从这个角度阐述了推销员售后的相关工作活动，这些活动包括了推销售后工作、推销市场管理和推销员管理。

推销员售后工作的基本目标是让顾客满意、维持和扩大市场份额，由此决定了推销员售后工作的基本内容。具体包括：协助企业履行售后服务承诺；挽回失去的顾客；继续向顾客推荐产品或请求推荐顾客线索；妥善处理顾客的退换货；及时处理顾客的抱怨或投诉等。

很多情况下，推销员不仅要承担市场推销的任务，还要承担市场维护与管理的工作，其主要工作职责包括回收货款、维护客情关系、市场信息管理等。

推销员管理的主要内容包括推销员的招聘管理、推销员的培训、推销员的激励、推销员的绩效评估等。

本章关键词

客情关系管理　售后服务　顾客抱怨　信用额度

 推销技能测试

1. 推销员在完成交易后应当做的售后服务工作包括（　　　）。

A. 协助有关部门履行企业售后服务承诺

B. 及时提供推销产品的有关信息

C. 与顾客保持联系

D. 及时处理顾客的退货和投诉

2. 推销员在完成交易后在维护顾客方面应当（　　　）。

A. 了解顾客的购买评价

B. 与顾客成为朋友

C. 不再理会顾客

D. 掌握顾客的新需求

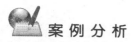

案例分析

案例 8-1　推销真正从售后开始？

乔·吉拉德从1967年到1976年,连续十年获得了欧洲汽车销售冠军的称号,他在这十年里平均每年卖出汽车超过1 000辆。他靠的是什么？靠的就是售后服务。他有一句格言,即"销售真正从售后开始"。我们来看看他是怎么做的。

吉拉德把顾客及其与买车有关的一切情报,全部记录在卡片上;同时他给买过车的人寄去感谢卡;之后,他每月都给自己的顾客分别邮寄一次卡片,这种卡片(信)是经过他亲自设计的(他认为:"这样才不会像一封'垃圾邮件'那样,还没被拆开之前就被扔进垃圾筒了。"在一月,他寄去的卡片写着"我喜欢你！祝新年快乐！吉拉德敬贺";在二月,他会寄张"美国国父诞辰纪念日快乐"的贺卡……);一旦顾客新汽车出了问题,他会站在顾客的一边帮他联系有关部门做好维修和养护……

总之,他总是把购买他汽车的人当做家族的一个成员来对待,至少也把他们作为一个老朋友来看待,他希望顾客也把他当做朋友或亲人,希望顾客介绍他们的朋友、儿女继续购买他的汽车。

分析题:

(1)总结归纳吉拉德销售汽车过程中进行售后服务的内容。

(2)他使用了较多的卡片与顾客保持联系,请问这种做法有什么好处？为什么他要亲自设计和书写卡片(信)？

案例 8-2　这些数据说明了顾客抱怨的什么问题？

下面是关于顾客抱怨的一组数据:

(1)抱怨的顾客只占全部顾客的5 %～10 %,有意见而不抱怨的顾客80 %左右不会再来购物,而抱怨如果能处理得当,那么有98 %左右的顾客抱怨之后还会再来。

(2)平均每位非常满意的顾客,会把他们的满意告诉至少12人,而这些人当中,会有10人左右在产生同样的需求时,光顾那些被满意顾客赞扬的企业。

(3)一个非常不满意的顾客,会把他的不满告诉20人以上,这些人在产生需求的时候,几乎都不会光顾那些被批评的服务品质恶劣的公司。

(4)服务品质低劣的公司,平均每年业绩只有1%的增长率,而市场占有率却下降2%。

(5)服务品质高的企业,每年的业绩增长率为12%,市场占有率则增长6%。

(6)每开发一个新顾客,其成本是保护一个老顾客成本的5倍,而流失一个老顾客的损失,只有争取10个新顾客才能弥补。

(7)有95 %以上的顾客表示,如果所遇到的问题在现场能迅速得到解决,他们就不会发脾气。绝大多数顾客表示,企业这样做会得到他们的谅解。

分析题：

（1）以上数据说明了什么问题？

（2）根据这些数据，分析出处理顾客抱怨应注意的问题。

 **技 能 训 练**

校外顶岗实习

收集工业品推销员"售后服务与市场管理"的案例

● **实训内容**

厂家驻外推销员的售后服务；有关的市场管理工作。

● **实训目标**

了解和熟悉推销员售后服务以及市场管理的主要内容和技能要求。

● **实训方法**

（1）可以请业界的推销员讲授个人的经验或请企业市场销售负责人介绍。

（2）可以从相关营销杂志（如《销售与市场》）上收集典型案例，组织学生学习和讨论。

参 考 文 献

[1] 海因兹·姆·戈德曼. 推销技巧——怎样赢得顾客. 谢毅斌, 王为州, 张国庆, 译. 北京: 中国农业机械出版社, 1984.

[2] 黄恒学. 现代高级推销技术. 武汉: 湖北科学技术出版社, 1987.

[3] 郑泽廷, 郑力增. 购销技巧. 北京: 中国经济出版社, 1989.

[4] 吴绿星, 田乃吉. 推销与口才. 福州: 福建科学技术出版社, 1989.

[5] 齐格·齐格勒. 销售成交秘密和120个诀窍. 郑春瑞, 译. 北京: 中国林业出版社, 1989.

[6] 韩建中. 实用销售技巧. 北京: 红旗出版社, 1995.

[7] 夏年喜. 世界上最成功的推销员. 北京: 工商出版社, 1996.

[8] 屈云波, 马旭, 张伟. 业务员推销技巧与成功的销售训练. 北京: 企业管理出版社, 1997.

[9] 张志刚. 业务代表推销技巧指南: 技巧篇. 北京: 中华工商联合出版社, 2000.

[10] 苏伟伦. 轻松处理顾客投诉. 北京: 中国纺织出版社, 2000.

[11] 查尔斯·M. 雷特雷尔. 销售学基础——顾客就是生命. 苏丽文. 大连: 东北财经大学出版社, 2000.

[12] 苏伟伦. 轻松处理顾客投诉. 北京: 中国纺织出版社, 2000.

[13] G. 大卫·休斯, 戴瑞·麦基, 查尔斯·H. 辛格. 销售人员职业规划. 王海忠, 译. 北京: 电子工业出版社, 2002.

[14] 欧阳小珍. 销售管理. 武汉: 湖北大学出版社, 2002.

[15] 陈企华. 新推销员必读全书. 北京: 中国纺织出版社, 2002.

[16] 林健安. 电话行销宝典. 北京: 北京工业大学出版社, 2003.

[17] 林健安. 走访行销宝典. 北京: 北京工业大学出版社, 2003.

[18] 林健安. 信函行销宝典. 北京: 北京工业大学出版社, 2003.

[19] 孙奇. 推销学全书. 北京: 中国长安出版社, 2003.

[20] 史伟. 销售魔鬼训练——打造卓越销售力. 北京: 中国经济出版社, 2003.

[21] 邹东和. 金牌推销员速成技巧. 北京: 中国商业出版社, 2004.

[22] 韩庭卫, 陈龙海. 企业培训游戏全书. 深圳: 海天出版社, 2004.

[23] 邓明新. 情感营销技能案例训练手册. 北京: 北京工业大学出版社, 2008.

[24] 陈守友. 每天一堂销售课. 北京: 人民邮电出版社, 2009.

[25] 特劳特. 终结营销混乱. 谢伟山, 谈云海, 陈逸伦, 译. 北京: 机械工业出版社, 2009.

[26] 李文国, 夏冬. 现代推销技术. 北京: 清华大学出版社, 2010.

[27] 陈姣. 看故事, 掌握签单技巧/做单就能赢单的120种方法. 北京: 人民邮电出版社, 2010.

[28] 赵成. 拿到订单的100个故事. 北京: 人民邮电出版社, 2010.

郑重声明

高等教育出版社依法对本书享有专有出版权。任何未经许可的复制、销售行为均违反《中华人民共和国著作权法》，其行为人将承担相应的民事责任和行政责任；构成犯罪的，将被依法追究刑事责任。为了维护市场秩序，保护读者的合法权益，避免读者误用盗版书造成不良后果，我社将配合行政执法部门和司法机关对违法犯罪的单位和个人进行严厉打击。社会各界人士如发现上述侵权行为，希望及时举报，本社将奖励举报有功人员。

反盗版举报电话 (010)58581897 58582371 58581879
反盗版举报传真 (010)82086060
反盗版举报邮箱 dd@ hep. com. cn
通信地址 北京市西城区德外大街 4 号 高等教育出版社法务部
邮政编码 100120

短信防伪说明

本图书采用出版物**短信**防伪系统，用户购书后刮开封底防伪密码涂层，将16 位防伪密码发送短信至 106695881280，免费查询所购图书真伪，同时您将有机会参加鼓励使用正版图书的抽奖活动，赢取各类奖项，详情请查询中国扫黄打非网(http://www. shdf. gov. cn)。

反盗版短信举报
编辑短信"JB，图书名称，出版社，购买地点"发送至 10669588128
短信防伪客服电话
(010)58582300

学习卡账号使用说明

本书所附防伪标兼有学习卡功能，登录"**http://sve. hep. com. cn**"或"**http://sv. hep. com. cn**"进入高等教育出版社中职网站，可了解中职教学动态、教材信息等；按如下方法注册后，可进行网上学习及教学资源下载：

(1) 在中职网站首页选择相关专业课程教学资源网，点击后进入。

(2) 在专业课程教学资源网页面上"我的学习中心"中，使用个人邮箱注册账号，并完成注册验证。

(3) 注册成功后，邮箱地址即为登录账号。

学生：登录后点击"学生充值"，用本书封底上的防伪明码和密码进行充值，可在一定时间内获得相应课程学习权限与积分。学生可上网学习、下载资源和提问等。

中职教师：通过收集 5 个防伪明码和密码，登录后点击"申请教师"→"升级成为中职课程教师"，填写相关信息，升级成为教师会员，可在一定时间内获得授课教案、教学演示文稿、教学素材等相关教学资源。

使用本学习卡账号如有任何问题，请发邮件至："4a_admin_zz@ pub. hep. cn"。